과잉과
결핍의
신체

일본문학 속 젠더,
한센병,
그로테스크

이 저서는 2014년 정부(교육부)의 재원으로 한국연구재단의 지원을 받아 수행된 연구임
(NRF-2014S1A6A4027418)

과잉과
결핍의
신체

이지형

일본문학 속 젠더,

한센병,

그로테스크

보고사
BOGOSA

책머리에

처음부터 주변적 존재, 소외된 존재에 그리 관심이 많지는 않았던 것 같다. 일본 소설가 시마자키 도손의 문학을 1910-20년대 문화와 관련해 논한 박사논문 속에 동시대 여성운동을 다룬 절이 일부 들어가긴 했지만, 그것뿐이었다. 마이너리티를 논한다는 자의식은 없었다. 귀국 후 십 수 년이 지났음에도 단독저서 하나 없는 것은 기본적으로 불성실함에 기인하지만 그것만은 또 아니었던 것 같다. 책으로 낼만한 변변한 거리도 없었지만 무엇보다 마음이 내키지 않았다. 산발적으로 써내는 연구결과물과 연구 주체 '나' 사이의 명확한 괴리감을 메울 길이 없었다. 솔직히 의미를 찾기가 어려웠다. 쓰면 쓸수록 공허함만 더해 갔다. 일본에서 했던 연구를 정리 소개하며 5년, 새로이 진행할 연구를 지지부진 모색만 하며 5년. 그렇게 시간이 흘러갔다.

작으나마 의미를 발견할 수 있는 공부를 한다는, 그래도 쓰고 싶은 글을 쓰고 있다는 자의식이 싹튼 것은 불과 최근 5년의 일이다. 우연찮게 호조 다미오의 소설『생명의 초야』를 읽은 것이 계기라면 계기였다. 가슴 속에 뜨거워지는 무언가가 있었다. 한센병자의 자전적 소설, 한센병 요양소에 격리된 첫날밤의 충격과 심상 풍경을 고백한 그 소설의 어딘가가 비한센병자인 나에게 큰 울림으로 다가왔다. 그리고 그것이 내 마음속 깊이 자리 잡고 있던 어떤 '아픔'에 큰 위로가 되었다. 비당사자인 내가 한센병자의 고통을 어찌 헤아릴 수 있단 말인가. 그럼에도 오롯이 고통을 받아들이는 것에서 한센병자의 새로운 생명이 시작된다는 그 한마디가 마치 나에게 전하는 말인 듯 했다. 가슴 속 응어리가 풀리는 느낌이었다. 소외의 보편성, 차이를 넘은 공감의 가능성을 조심스럽지만 감히 말할 수 있게 된 것은 그때부터였다.

한센병자, 동성애자 등 차별과 혐오의 대상으로서의 마이너리티 존재, 그들에 대한 차별과 혐오는 직접적으로 그들의 신체를 향한다. 온전치 못한 신체, 정상성에서 일탈한 신체로 일컬어지는 그것은 마땅히 그들이 차별과 소외의 대상이 되어야 할 이유가 된다. 그것은 모자라면서도 넘쳐흐르는 신체, 즉 결핍과 과잉을 동시에 체현하는 괴이한 신체다. 결코 정상성으로 수렴될 수 없는 그 마이너 신체는 그들의 소외 양상을 가장 가시적으로 표상한다. 신체는 소외의 이유인 동시에 소외의 결과물이다.

그 때문에 마이너리티 당사자가 아닌 이가 마이너리티에 대해 말하는 것은 지극히 조심스러울 수밖에 없다. 그들과 나 사이에 엄존하는 차이는 쉽사리 극복의 대상이 될 수 없음이 자명하기 때문이다. 마이너리티 소외에 대한 비당사자의 섣부른 공감이 되레 당사자의 아픔을 가중시키는 예도 없지 않기 때문이다. 이는 마이너리티를 둘러싼 논의가 흔히 '마땅히 그러해야 한다' 식의 당위적 결론으로 흐를 수밖에 없는 결정적 이유이기도 하다. 문제는 이러한 논의 방식이 그저 올바르기만 할 뿐 으레 동어반복적 지점으로 수렴되기 일쑤이기에 결코 생산적이지도 않으며, 따라서 마이너리티 문제를 사유하기에 '올바르다'고 보기도 어렵다는 점이다. 필자가 윤리성을 전제한 비당사자의 '마이너리티 말하기'가 더욱 적극적으로, 더욱 다양한 방식으로 실천되어야 한다고 믿는 이유가 여기에 있다.

그런 의미에서 문학서사 속에서 마이너리티의 신체가 어떤 양상으로 다양하게 연속적으로 때론 불연속적으로 묘사되는지를 살피는 것은 마이너리티 문제를 사유함에 있어서도 결코 무의미하지 않을 것이다. 일본문학에서 신체성이 서사의 표층과 내용 모두에서 문제시되기 시작한 것은 1920년대부터다. 이 시기는 정치적으로는 다이쇼(大正, 1912-1926) 시대, 거시 문화적으로는 모더니즘의 시대, 미시 문화적으로는 에로 그로 넌센스의 시대다. 여성, 동성애, 그로테스크 신체 묘사가 두드러지기 시작한 것도 이때와 궤를 같이 한다. 다이쇼 데모크라시로 불리는 1910년대 이후의 민주주의, 자유주의 경향이 여성, 노동자 등 마이너리티의 자기주장을 견인한 것도, 제1차 세계대전 이후에 더욱 뚜렷해진 모더니즘 사조가 문학, 미술, 음악 등의 예술 영역에서 미(美)와 정상성의 고정관념을 해체, 전복하기 시작한 것도 이때부터이다. 중심에서 소외된 이들이 목소리를 내기 시작한 시점과 자명시되던 미의식의 규범이 의문시되고 추한 것, 비정상적인 것의 새로운 미적 가능성이 주창되는 시점이 겹쳐지는 것은 의미심장하다. 마이너리티 당사자의 목소리와 마이너한 대상에 대한 관심이 교차하며 상승효과를 자아내기 때문이다. 한센병자, 여성 등 마이너리티 당사자의 자전적 문학 서사와 근대적 신체성에서 이화(異化)된 마이너 신체를 대상화하는 문학 서사를 두루 함께 살펴야 하는 까닭이다.

허나 동시에 놓치지 말아야 할 것은 20세기가 전무후무한 내셔널리즘의 시대였다는 사실이다. 일본을 포함한 열강들이 전쟁을 통해 손에 넣은 식민지를 모태로 제국의 확장을 욕망한 것이 근대의 기본 구도임은 부정될 수 없다. 우생학은 신체성의 관점에서 근대국가의 바람직한 구성원, 즉 국민의 자격을 심판하는 규범이었다. 추하고 결손된 신체, 국민 재생산을 할 수 없거나 하지 않으려는 신체는 부적격 신체로서 심판에서 탈락되었다. 한센병자의 신체는 요양소에 격리돼 단종 수술을 강요당했고, 불임 여성과 동성애자의 신체는 무용하고 사회적 통념을 거스른다는 이유로 사회적 삶이 거세되었다. 한센병자, 동성애자, 불임 여성은 그런 의미에서 비국민이었고, 한센병자를 강제 격리한 한센병 요양소는 제국 내부의 식민지라 불러도 과언이 아니었다. 요양소는 곧 수용소였다. 수용소의 장벽이 열린 것은 아시아태평양전쟁의 종전, 즉 일본의 패전과 궤를 같이 한다. 본 저술은 근대 일본이 세계대전에 참전한 1910년대부터 거대전쟁이 종지부를 찍은 직후의 1950년 무렵까지를 살핀다. 그 중에서도 1920-40년대에 초점을 맞춘다. 다이쇼 시대의 짧은 해방의 기운 이후 점차 첨예화되는 전쟁의 시대에 문학을 통해 표현된 마이너리티의 삶과 신체성이 주된 고찰 대상이다.

　책을 이렇게 갈무리하면서도 불식되지 않는 여전한 거리낌이 있다. 나는 여성도 한센병자도 동성애자도 아니라는 것, 즉 마이너리티 비당사자라는 사실이다. 과연 내가 마이너리티에 대해 말할 수 있는가, 감히 말할 수 있다면 어디까지 말할 수 있는가? 혹 마이너리티 간에 존재하는 다양한 차이와 간극이 마이너리티 연구라는 미명 아래 무시되고 간과되고 있지는 않은가? 내게 마이너리티를 말할 자격은 누가 부여했으며, 나는 어디에 서서 말하는가? 답할 자신 없는 이런 자문들이 끊임없이 지금 이 순간에도 맘속에서 휘몰아친다. 그런 내게 엄기호의 다음의 말은 구원에 가깝다. "고통 자체는 절대적이라서 교감하고 소통할 수 없지만, 바로 그 교감하고 소통할 수 없다는 것이 '공통의 것'임을 발견하게 되는 순간 그것은 교감하고 소통할 수 있게 된다. 고통의 절대성 자체가 '공통의 것'이 되는 것이다."(엄기호, 『고통은 나눌 수 있는가』, 나무연필, 2018, 125쪽) 이 구절을 접하고서야 비로소 나는, 한센병자의 글을 통해 위로받은 내 마음을 조금은 더 편하게 받아들일 수 있었다. 그리고 여전히 거리낌 많은 이 책을 세상에 내놓을 작은 용기를 얻었다.

보잘 것 없는 첫 번째 책을 내면서 꼭 감사드려야 할 분들이 있다. 항상 학문과 삶의 자극을 던져주시는 숙명여대 일본학과 동료 교수님들께 감사드린다. 저술출판지원사업을 통해 책을 마무리할 책임감을 부여해 주신 한국연구재단과 졸고의 출판을 기꺼이 응원해 주신 보고사 김흥국 사장님께도 지면을 빌려 감사드리고 싶다.

못난 아들의 부족한 책을 참으로 오랫동안 기다려주신 부모님께 고개 숙여 감사드리고, 아빠의 부족함을 항상 일깨워 주는 두 딸에게도 고마움을 전한다. 그리고 마지막으로, 내 내면의 결핍을 채워준 삶과 학문의 동행자 박은희 선생께 한없는 감사와 애정을 드린다.

청파동에서
2019년 9월
이지형

목차

서장

과잉과 결핍의 신체

1. 우생사상과 마이너 신체성

본 저술은 근대 내셔널리즘이 다양한 사회적 마이너리티에 대해 비정상 신체를 명목으로 차별·소외한 논리와 배경을 일본문학에 투영된 양상을 중심으로 분석한 일본문학론이다. 한센병자, 동성애자, 여성, 신체장애자 등이 그 대표적 마이너리티다. 그들에게 덧씌워진 '비정상'의 굴레는 내셔널리즘이 주조·장악하고자 했던 근대적 신체와 정신으로부터 그들이 일탈하는 존재였음을 의미한다. 그들은 소외된 주변적 존재였지 비정상적 존재는 아니었다. 본 저술에서는 그들의 존재 자체를 체현하는 '몸'을 이분법적 가치 판단 관점에 기초한 단어 비정상 신체가 아니라 현실적 소외의 의미를 담아 '마이너 신체'로 명명하고자 한다. 더불어 신체의 비정상성, 즉 마이너 신체성을 이유로 소외된 그들을 '신체 마이너리티'라고 부를 것이다.

본 저술의 또 하나의 핵심 키워드는 우생사상이다. 우생사상의 기반이 되는 학문은 우생학이다. 우생학(eugenics)은 영국의 프랜시스 골턴(Francis Galton)에 의해 1883년 명명되고 체계화된 학문으로 선택과 배제의 원리를 토대로 탄생한 생물학의 응용과학이자 이념이다. 우생학은 유전적 요인의 통제를 통해 인간의 타고난 질을 개선하는 것을 목적으로 삼았다. 골턴은 환경 개혁을 통해 진보를 극대화한다는 계몽주의 이상을 방법론적으로 역전시켜 유전 형질의 개선을 통한 인류의 질적 개량을 이상으로 삼았다. 실제로 우생학은 유전론에 기초하여 열성 형질 또는 부적자의 제거를 강조하며 계급적·인종적 차별을 정당화하는 이데올로기로 기능하기도 했고, 이와는 반대로 환경적 개선을 통해 인간 삶의 질을 개선하려는 세력들의 이론적 근거가 되기도 했다. 이렇게 과학과 이념 그리고 담론과 실천이 혼재되며 선택과 배제의 원리로 작용했던 우생사상은 근대 일본에서 지우기 힘든 흔적을 남겼다.

근대국가 일본은 우생학의 이름으로 근대적 신체를 억압하고 관리하였다. 교육·연애·결혼·출산·양육·입영·치료 등 삶의 모든 부분에 우생사상이 직간접적으로 관여하지 않은 대상은 없다고 해도 과언이 아니었다. 이른바 포지티브 우생학을 통해서는 종의 개량이 도모되었고 네거티브 우생학을 통해서는 열성 종의 억제가 자행되었다. 전자의 대표적 예가 모성주의이며, 후자의 대표적 예가 단종법(斷種法)이다. 그렇기에 남성보다는 여성이, 이른바 '정상적' 존재보다는 '비정상적' 존재가 더욱 우생사상이 실천되는 직접적 대상이 되었다. 여성은 문자 그대로 국민의 생물학적 재생산이라는 역할을 완수하기 위해 민족위생 혹은 민족개량을 둘러싼 우생학적 언설과 제도 속에 성·문화 등의 모든 관점에서 남성보다 훨씬 깊숙이 포섭되었다. 한센병자, 동성애자, 신체장애

자, 정신장애자 등 마이너 신체성의 소유자들은 사회적 부적자로 판정
되어 몸과 정신의 자유가 억압되었다. 제도적 장치로서 전면적 우생 법률
이 일본에서 제정된 것은 1940년의 국민우생법(国民優生法)을 통해서이
다. 이 법안은 전후 우생보호법(優生保護法)으로 개칭되어 놀랍게도 1996
년까지 오래도록 존속되었다. 하지만 그보다 훨씬 빠른 1907년에 이미
법률 제11호 '나병 예방에 관한 건(癩予防に関する件)'이 제정되어 한센병
자의 요양소 격리가 시작되었고, 1918-1919년의 모성보호논쟁(母性保護
論争)을 통해 아이를 낳고 기르는 성역할로서의 '모성주의'는 일본 국민
에게 과학을 초월한 이데올로기로서 침투되었다. 이와 같이 우생사상의
영향을 배제하고는 마이너 신체성에 토대한 근대 일본의 신체 마이너리
티를 논하는 것은 불가능하다.

  본 저술은 우생사상과 마이너 신체성의 관계를 바탕으로 근대일본
문학을 논하고자 한다. 단순 문학론을 넘어 근대 일본인의 삶과 생활에
전방위적 영향을 끼친 우생사상이 근대 일본문학 텍스트에 투영된 다
양한 콘텍스트와 변용 양상을 마이너 신체성의 관점에서 고찰함으로
써, 문학과 우생학의 시좌에서 근대 일본의 실체를 부감하고 해부하는
것을 목적으로 한다. 이러한 저술은 근대 우생학과 그 수용이 가지는
의미의 다면성과 다층성을 고려할 때 매우 긴요한 작업이다. 우생학의
사회적 수용은 과학사, 의학사의 분야뿐만 아니라 문학사·문화사·정
치사·여성사·교육사·기독교사 등 근대의 제 영역과 모두 맞닿아 있
다. 특히 문학 및 문화연구의 측면에서 본 저술은 기존 마이너리티 연
구의 성과와 긴밀히 연동될 것이다. 그러므로 본 저술은 일본문학론인
동시에 일본문화론이다. 또한 근대 내셔널리즘 연구, 출판미디어 및
대중문화 연구과 문제의식 및 성과를 공유할 수 있는 연구이기도 하다.

무엇보다도 우생사상의 영향이 소수자 문제, 윤리, 의료, 환경 등의 다양한 영역에서 현재에도 여전히 뿌리 깊게 드리워져 있음을 감안하면, 본 저술이 지향하는 지점은 과거를 넘어 현재의 당면 과제에 긴밀히 맞닿아 있다고 할 수 있다.

2. 과잉과 결핍의 중의성과 양가성

신체는 곧 정신이다. 그렇기에 근대 내셔널리즘은 가정·학교·군대·병원·요양소 등의 공간 창출을 통해 근대적 신체를 격리하고 정신을 장악하고자 했다. 이른바 '규율'[1]을 통해 근대국가라는 체재 내에서 분할 관리하고자 했던 것이다. 공간의 분할은 역할의 분할이자 통제이다. 공간과 역할의 분할을 위해서는 마땅한 논리가 요구되었다. 근대 내셔널리즘의 자장 속에서 그 핵심 논리의 하나로 작동했던 것이 우생학이었다. 신체 마이너리티들을 소외한 이론적 근거도 우생학이었다. 공간 분할에 의한 신체 격리 및 구속은 신체 마이너리티 존재 자체를 소외시키는 방법인 동시에 그 결과였다. 이렇게 신체 마이너리티들은 한편으로 근대국가의 외각으로 배제·소외되었고 다른 한편으로 권력의 구심력 아래서 관리 통제되었다. 그 배제와 관리의 중심 방법론을 제공한 것이 바로 우생학이자 우생사상이었다.

---

1 요컨대 '규율'이란 인간을 개인으로 분해하고 각 개인을 철저하게 통제하여, 각 개인의 효율성을 높이기 위해 시간과 공간, 힘, 행위를 분해하고 조직하는 것이라 할 수 있다. 푸코에 의하면, 규율은 분할의 기술을 통해 공간을 분할한다. 중세 수도원에서 유래한 독방은 규율적 공간으로 재조직되어 효율적이며 위계질서를 갖는 공간으로 거듭난다. 강미라, 『몸 주체 권력─메를로퐁티와 푸코의 몸 개념』, 이학사, 2011, 120-121쪽 참조.

본 저술의 핵심 개념어 '과잉'과 '결핍'은 일견 상반돼 보이지만 실은
상호보완적이다. 정상성에서 벗어나 있다는 점에서 양자는 맞닿아 있
다. 우선 '결핍'의 신체성은 질병, 장애, 기형, 동성애 등등 건강하고
건전한 규범적 신체로부터 일탈된 신체성이다. 우생사상에 기초한 근
대 '생명정치' 혹은 '생명권력'[2]의 주요 관리 대상이다. 한편 '과잉'의
신체성은 1차적으로 체재로부터 부여된 규율을 벗어나는 비정상성을
의미하기에 '결핍'의 신체성의 다른 양상이라고 할 수 있다. 다지증,
다모증 등을 떠올리면 알기 쉽다. 또한 '과잉'은 근대 생명권력이 신체
마이너리티에게 가하는 억압의 과도함을 의미한다. 따라서 이때의 과
잉은 체재에 대한 순응·순종을 거부하는 마이너리티 당사자의 반발이
라는 과잉의 반체제적 양상을 야기하기도 한다. 권력으로부터 부여된
규율에 대한 돌출이자 강한 위화감이다.

신체 마이너리티에 부여된 사회 일반의 가치평가는 '비정상성'이라
는 한마디로 집약된다. 비정상성은 다양한 이미지를 내포, 포괄한다.
장애·기형·결손·일탈 등이 그것이다. 이러한 관념이 수렴되는 지점

---

2 푸코의 이론에서는 세 가지 권력 형태가 있다. 주권권력, 규율권력, 생명권력이 바로
   그것이다. 주권권력은 영토국가라는 좁은 의미를 바탕으로 하는 권력, 규율권력은 주로
   17, 18세기에 형성된 교육과 근대 형법에서 볼 수 있는 것처럼 개인의 신체를 훈육하는
   권력이다. 이에 비해 생명권력(생명정치)은 종(種)으로서의 인간의 생물학적 과정을 파
   악해 생명의 원리를 극대화하고자 하는 권력이다. 따라서 생명권력은 사회의 지속적인
   의료화와 맞물리며 출생률, 사망률, 인구증가율, 평균수명 등의 통계학적 산출이 그
   지식 기반으로 중요시된다. 이렇게 보면 규율권력은 보다 개인의 차원에서, 생명권력은
   사회 전체의 차원에서 근대인과 근대적 삶을 형성해나갔다고 볼 수 있다. 이러한 권력의
   미시적 효과가 드러나는 곳은 결국 개인의 몸과 성이다. 조르주 아감벤은 푸코의 생명권
   력(생명정치)의 근원적 핵심이 '주권의 죽일 수 있는 권리'에 있다고 보고, 그 대표적
   예로 근대의 수용소를 내세운다. 본 저술 1부의 분석대상인 한센병 요양소는 아우슈비
   츠수용소와 더불어 근대 수용소의 대표격으로 부를 만하다. 고지현, 「아감벤-호모 사케
   르」, 고지현 외, 『포스트모던의 테제들』, 사월의 책, 2012, 244-245쪽 참조.

은 불편한 감정, 즉 위화감이며, 위화감의 본질은 '과잉성'이다. 정상적이라 여겨지는 생물학적·사회적 기준 및 규범의 척도와 범위를 훌쩍 넘어서는 혹은 훨씬 못 미치는 일탈 정도의 과잉성이야말로 비정상성의 본질인 것이다. 일반적 신체에서 범람해 가시적으로 노출되는 기형적 신체, 보편적 정서의 경계를 넘어서는 정신적·육체적 욕망, 사회 규범 및 윤리를 부정하는 자아 주장, 기존 방식을 해체하는 과잉의 예술 표현 등은 비정상성으로 낙인찍히기 일쑤인 다양한 과잉의 징후들이다. 주목해야 할 것은, 비정상성으로 규정된 다양한 과잉 징후들이 필연적으로 후기자본주의, 근대산업사회의 과잉생산·과잉소비 속성과 긴밀히 연동되어 있다는 사실이다. 다시 말하면, 신체 마이너리티에 부여된 과잉의 비정상성은 곧 근현대 체재의 속성 그 자체를 표상한다. 공동체가 신체 마이너리티의 신체와 정신에서 위화감을 느껴 '괴물'적인 무언가를 발견했다면, 그것은 공동체가 귀속된 체재 그 자체가 실은 이미 '괴물'임을 자백하는 것이나 진배없다.

신체의 과잉성은 한센병자·동성애자·여성·신체장애자가 권력과 체재로부터 불온한 존재로 낙인찍힌 이유다. 하지만 체재 내 균열과 전복의 가능성을 마이너리티에게 부여한 것 또한 바로 과잉성이다. 과잉성은 근원적으로 정상적 사회 규범으로부터의 궤도 일탈과 경계 넘기를 전제하기 때문이다. 때문에 과잉의 징후는 정상성과 규범에 집착하는 공동체를 불편하고 불안하게 만든다. 공동체는 정상성으로 수렴되지 않는 불온한 반규범적 대상들이 '나'를 덮쳐올 것 같은 불안에 사로잡혀 내가 선 자리와 내가 가진 것을 잠식할 것 같은 두려움에 휩싸이게 된다.[3]

---

3 이진경, 『불온한 것들의 존재론』, 휴머니스트, 2011, 28쪽.

체재 입장에서 봤을 때, 신체 마이너리티들의 탈규범성은 그 결과와 의도를 예측할 수 없기에 더욱 불온하고 두렵다.

불온의 감정을 타자에게 자아낸다는 점에서 과잉성은 결핍성과 본질적으로 맞닿아 있다. 과잉과 결핍, 월경과 잠복 모두 체재의 안정성과 정상성을 위협하는 요소라는 점에서 동질하다. 거인이든 난쟁이든, 다지증이든 소지증이든, 그 크고 작음과 많고 적음이 문제가 아니라, 정상 궤도를 이탈하는 정도의 '과도함'이 불온성의 사유가 되는 것이다. 불온함이 마이너리티 당사자의 의지가 아니더라도 개의치 않는다. 그저 과잉과 결핍, 이를 빌미삼은 불온의 낙인찍기를 통해 신체 마이너리티들을 중심의 바깥으로 혹은 중심 속 공동(空洞)으로 추방하거나 유폐할 뿐이다. 이렇게 신체 마이너리티에 부여된 속성, 과잉성은 결핍성과 하나 되어 마이너리티들이 근대의 포섭과 배제의 시스템에 의해 불온한 존재로 규정돼 공동체의 중심으로부터 배제·소외될 수밖에 없는 근거로 작용한다.

그러나 신체 마이너리티에게 가해진 소외와 고난에도 불구하고 그들의 생명은 사그라지지 않는다. 불멸이다. 그들의 존재는 두 가지 측면에서 불멸이다. 첫째는, 그들에게 부가되는 차별·혐오·배제·억압이 근대에서 현대로 이행하는 시간 경과에도 불구하고 여전히 엄존한다는 의미에서, '고난'의 불멸이다. 신체 마이너리티들이 존재의 소멸에 대한 불안에 사로잡혀 위축될 수밖에 없는 이유가 여기에 있다. 둘째는, 지속되는 삶의 고난과 한층 첨예화된 억압에도 불구하고 스스로 존엄하고자 하는 그들의 정신과 의지는 영원하다는 의미에서, '생명'의 불멸이다. "신체는 양가적인 존재로서, 주권 권력에 대한 예속의 대상이자 개인적 자유의 담지자이다."[4]라고 말한 조르주 아감벤의 시사적 주장에서 환기할 수 있는 것은, 신체 마이너리티의 비정상적 신체야말로 그들이 소외되는 이유인 동시에 존재의 기반이기도 하다는 엄정한 진리다. 억압의 명분을 제공한 마이너 신체로 말미암아 역설적으로 그들의 생명은 소멸하지 않고 지속될 수 있다. 고난과 생명, 양자는 일견 대비되는 것처럼 보이지만 좀처럼 해소되지 않는 삶의 고난이 그들의 생명에 대한 의지를 되레 불타오르게 하는 동인으로 작용한다는 점에서, 실은 분리 불가능한 상호의존적 관계로 맞물려 있다. 신체는 유한하고 구속되었을지라도 시종일관 생명의 해방을 지향하는 정신은 불멸이다.

그렇기에 근대 내셔널리즘이 우생사상에 기초한 우생정책을 통해 장악하고자 했던 마이너리티 신체와 정신은 결코 포섭과 배제라는 이분법 구조에 얽매이지만은 않는다. 때론 폭압적 억압에 굴복해 순응을 감내하기도 하지만, 한편으론 억압 구조를 전유함으로써 되레 마이너리티 존재의 의미를 확장하기도 한다. 정상과 비정상, 남성과 여성, 이성애와 동성애 등과 같은 이분법적 경계를 허물어 이러한 구분이 얼마나 공허한 것인지를 폭로한다. 그러한 의미에서 신체 마이너리티는 근대 내셔널리즘의 억압에 내몰리는 존재인 동시에 견고한 체재의 자기장에 균열을 만드는 존재이기도 하다. 신체가 구속되었기에 더욱 정신의 해방을 갈구하는 전복적 몸부림이 아이러니하게도 마이너리티의 생명을 불멸로 이끈다. 그러한 전복의 가능성을 매개하는 통로가 바로 문학인 것이다.

---

4 조르주 아감벤, 박진우 옮김, 『호모 사케르–주권 권력과 벌거벗은 생명』, 새물결,
2008, 245쪽.

3. 불온한 신체와 소외된 문학

문학은 사회적으로 소외돼 말할 권리를 갖지 못한 신체 마이너리티에게 말하는 것이 허용되는 극히 제한된 통로의 하나다. 여기서 불온한 신체의 소유자라는 이유로 사회로부터 소외당하는 실존 상황을 마이너리티 당사자들이 문학 등을 통해 사회에 발신함으로써 그들의 존재를 증명하는 일련의 서사를 '신체 소외 서사'로 부르고자 한다. 바꿔 말하면, 신체 소외 서사는 신체 마이너리티의 서사인 동시에 신체 마이너리티에 대한 서사다.

신체 소외 서사는 서사의 주체이자 대상인 마이너리티가 소외당해 온 것에 비례하는 소외를 겪지 않을 수 없었다. 창작과 연구 모두에서 신체 소외 대사는 철저한 소외의 대상이었다. 한센병문학은 미흡하나마 발표작품은 있으되 온전히 논해진 역사가 일천하고, 동성애문학의 실체는 동성애자의 잠재성만큼이나 잠재된 형태로 존재한다. 문제는 각각의 문학이 실재함에도 불구하고 다양한 양상으로 소외, 무시됨으로써 비가시화된 채로 머물러 왔다는 사실이다. 이러한 존재의 비가시성은 한센병문학, 동성애문학 등이 각각의 소외 양상에 세부적 차이가 있음에도 불구하고 함께 논의되어야만 하는 중요한 근거이다. 신체 소외 서사를 비가시화했던 베일을 벗겨냄으로써 소외의 보편성을 환기하는 것은 본 저술의 또 다른 목적이다. 이는 곧 신체 마이너리티의 비가시화 상태 극복을 의미하는 것이기도 하다.

본 저술은 본론 1부와 2부에서 각각 일본 한센병문학과 남성 동성애문학을 고찰함으로써 신체 마이너리티 존재와 그 문학의 가시화를 도모한다. 본론 3부와 4부에서는 각각 여성 신체성과 기형 신체성이 동시대 콘텍스트 속에서 어떻게 전유돼 문학화되었는지를 살핌으로써, 마이너 신체성이 여성과 기형 신체자라는 마이너리티 주체로부터 분리돼 남성 주체와 그로테스크 취향을 통해 소비되는 신체 소외 서사의 또 다른 내실을 확인할 것이다. 1부와 2부가 한센병자와 남성동성애자라는 '신체 마이너리티의 문학'이라면, 3부와 4부는 여성과 기형 신체자의 신체성을 문학화한 '신체 마이너리티에 대한 문학'을 다룬다고 할 수 있다. 소외와 결손이라는 마이너 신체성을 매개로 본 저술의 각 장은 맞물려 있지만 신체 마이너리티가 주체화한 문학(1부, 2부)과 신체 마이너리티가 대상화된 문학(3부, 4부)이라는 점에서는 나눠된다.

이러한 연구의 시도는 그간 일본 마이너리티문학 연구의 자장이 주로 근대 제국의 외부 혹은 경계에 위치했던 마이너리티의 문학을 중심으로 형성돼 왔던 관행을 극복하고 제국 혹은 식민지의 안쪽에 위치하는 체재 내부의 타자의 문학에 주목한다는 점에서 의의가 있다. 재일코리언문학, 오키나와문학 연구 등이 제국 외부의 타자에 주목했던 대표적 연구다. 이처럼 디아스포라문학, 포스트콜로니얼문학 연구의 성격을 띠며 에스닉 마이너리티에 주목한 일련의 연구들이 그간 왕성했던 데 비해 상대적으로 미진했던 영역이 내부의 타자에 대한 관심이었다. 그 중에서도 소외 양상이 현저했던 영역이 신체의 장애와 결손, 성적 지향 등과 같은 마이너 신체성으로 인해 타자가 될 수밖에 없었던 마이너리티의 문학에 대한 연구였다. 본 저술에서는 공공연히 '신체가 곧 정신'임을 표방했던 근대 내셔널리즘이 마이너 신체성을 이유로 적극적으로 소외했던 체재 내부의 타자의 문학을 안팎으로 조명하고자 한다.

본 저술의 구성에 대해 구체적으로 살펴보자. 본 저술의 본론은 전체 4부 9장 구성이다. 본론 내용은 1부 한센병 신체성, 2부 남성동성애

신체성, 3부 여성 신체성, 4부 기형 신체성 등의 마이너 신체성을 매개로
한 문학을 다룬다. 다시 말하면, 한센병문학, 남성 동성애문학, 여성을
다룬 문학, 기형을 다룬 문학이 고찰대상이다. 주요 분석 텍스트는 1부
호조 다미오(北条民雄) 작품을 중심으로 한 한센병소설, 2부 미시마 유키
오(三島由紀夫) 소설과 성과학잡지『인간탐구(人間探求)』, 3부 시마자키
도손(島崎藤村) 소설, 4부 에도가와 란포(江戸川乱歩) 소설이다.

1부에서는 '한센병과 근대 내셔널리즘'이라는 주제로 일본의 대표적
한센병문학 작가 호조 다미오의 소설을 기점으로 전전·전후의 한센병
소설을 망라해 계보적으로 고찰하고, 한하운으로 대표되는 한국의 한
센병문학과 비교한다. 이를 통해 우생사상과 긴밀히 연동하는 근대 한
센병정책이 한센병자의 삶을 어떻게 옥죄며, 한일의 한센병문학은 그
엄혹한 실상을 어떻게 담아내고 있는지를 확인할 것이다. 호조 다미오
의 대표 소설이자 한센병문학의 기념비적 작품인『생명의 초야(いのち
の初夜)』(1936) 분석은 그 시발점이 된다.

2부는 '동성애 신체성과 우생사상 그리고 전후'라는 주제로 남성동
성애소설과 전후 성과학잡지를 고찰한다. 우선 미시마 유키오 소설을
포함해 일본 남성 동성애문학으로 분류 가능한 소설의 목록을 작성하
고 텍스트의 특징을 내용적으로 살핀다. 이를 통해 전후 데카당스와
허무주의를 표상하는 기호이자 실체로서 동성애의 잠재된 소수자성을
드러내고자 한다. 또한 전후에 간행된 대표적 성과학잡지『인간탐구(人
間探求)』(1950-1953)에 수록된 동성애 관련 기사에 주목해, 동성애 아이
덴티티가 전전과 전후를 관통하는 파시즘적 억압 속에서도 일상의 자
율성을 구가한 양태를 고찰한다. 나아가 거의 선행연구가 전무한 성과
학잡지 연구를 통해 전후라는 개방적 분위기 속에서 성과 동성애 담론

이 어떻게 당시의 시대상을 반영하고 전후라는 정치적 맥락과 맞물리는지에 대해 조망할 것이다.

3부는 '여성 신체성과 전유된 모성주의'라는 주제 아래 우생사상에서 배태된 1910년대의 모성주의가 동시대 지배체제 및 페미니즘 운동에 전유되는 양상을 중도 보수 성향의 여성 주간잡지 『부녀신문(婦女新聞)』(1900-1942)과 시마자키 도손(島崎藤村) 소설 『신생(新生)』(1918-1919)및 동화집 분석을 통해 드러낸다. 특히 동시대 여성운동 및 모성주의와 밀접히 관련된 모성보호논쟁(母性保護論争)에 주목할 것이다.

마지막 4부는 '기형적 신체성과 우생사상'이라는 주제로 기형적 신체성이 부각된 1920년대 에도가와 란포(江戸川乱歩) 초기 소설 분석을 통해 우생학 등 과학과 인간 욕망이 맞물려 잉태된 그로테스크한 괴물성의 의미를 고찰한다. 특히 소설 『애벌레(芋虫)』(1929), 『외딴섬 악마(孤島の鬼)』(1930) 분석에 초점을 맞춰 상업주의를 표방한 미스터리 소설이 기형적 신체를, 그로테스크와 에로의 경계를 넘나드는 비일상적 소재로 소비하는 양상을 분석한다. 또한 상이군인의 괴물적 신체와 이들 부부의 비일상적 관계를 소묘한 그로테스크 소설이 작가의 의도를 넘어서 근대 전쟁의 역사성을 환기하는 텍스트의 불온함에 대해 주목하고자 한다.

본 저술의 중심적 분석대상인 호조 다미오, 미시마 유키오, 시마자키 도손, 에도가와 란포 등은 일본 문학계에서 점하는 위상과 작품 평가가 결코 균질하지 않다. 한센병소설가 호조 다미오의 무명성에 비한다면 나머지 세 작가는 이른바 주류 작가에 속한다고 할 수 있다. 주류로 분류 가능한 세 작가의 입지 또한 매우 상이하다. 흔히 일본자연주의문학의 대가로 분류되는 시마자키 도손이 정통파 순문학 작가로서 문학사적 위상이 굳건하다면, 에도가와 란포는 미스터리추리소설 장르를 개척한 일본문학의 이단아로 평가받는다. 그의 문학이 곧 이단(異端)문학으로 불렸을 정도로 순문학과는 거리가 있다. 다만 최근의 통속소설, 대중문화에 대한 관심은 란포에 대한 평가를 전면 재고하게끔 하는 견인차 역할을 하고 있다. 한편 미시마 유키오는 순문학 대가로서의 위상과 이단아의 이미지를 함께 구유하는 작가다. 수려한 문장과 탁월한 고전 교양을 바탕으로 한 유미주의 문학으로 세계적 명성을 구가하는 한편으로 만년의 과도한 정치적 우경화에 이은 충격적 할복자살까지, 미시마의 문학과 삶은 그 자체가 드라마이다. 끝내 커밍아웃하지 않은 동성애 정체성은 그의 삶과 문학을 더욱 드라마틱하게 윤색한다. 미시마의 삶이 선명히 가시화된 그의 문학과 비가시화된 동성애 정체성으로 양분된다면, 한센병소설가 호조 다미오의 삶은 한센병 요양소의 안과 밖으로 양분된다. 한센병 발병으로 요양소에 격리 수용된 스무 살을 전후해 그의 생은 완벽히 분절된다. 아이러니컬하게도 신체 구속을 대가로 비로소 무명작가의 문학은 요양소 밖으로 발신될 수 있었다. 요양소에서 스물 셋의 나이로 맞이한 죽음과 한센병문학가로서의 자취를 맞바꾼 삶이었다.

이 밖에도 본 저술은 다수 작가의 한센병소설과 남성동성애소설을 문제시한다. 전후의 카스토리잡지(カストリ雜誌)의 하나로서 성과학잡지를 표방했던 『인간탐구』에 이르기까지 이들 텍스트는 그야말로 비주류의 마이너한 텍스트들이다. 주류 작가와 비주류 작가, 순문학과 이단문학, 이성애와 동성애, 한센병 요양소의 안과 밖 등등, 본 저술은 과잉과 결핍의 경계성을 넘나드는 일본 근대문학의 텍스트들을 불온성과 우생사상을 키워드로 횡단하고자 한다.

제1부

한센병과 근대 내셔널리즘

1장

호조 다미오와 한센병문학의 여명

1. 천형이라 불리는 질병

동서고금을 막론하고 한센병[1] 만큼 '천형'이라는 단어에 부합하는 질병은 없다. 발병으로 인한 당사자의 신체적 고통, 얼굴 등 신체에 가시화되는 증상으로 인한 타자의 혐오, 혹독한 사회적 차별과 배제 등등, 한센병자는 발병이 확진되는 순간을 경계로 그 이전까지 자신이 속했던 성·인종·계급의 기득권 유무와 상관없이 철저히 '최하의 인간'으로

---

1 한센병(leprosy, Hansen's disease, ハンセン病)은 그 감염자에 대한 차별과 혐오를 담아 역사적으로 나병·문둥병으로 불리어 왔다. '한센병'이란 명칭은 1972년에 한센병의 원인균을 최초로 발견한 노르웨이 의학자 한센(Gerhard Henrick Armauer Hansen)의 이름을 따서 명명되었다. 현재에는 당연히 그 병과 환자에 대한 차별의식을 배제한 용어인 '한센병'을 사용하는 것이 일반적이며 바른 사용법이다. 따라서 본 저술도 '한센병'이라는 용어를 사용하는 것을 원칙으로 하되, 텍스트 직접인용이나 한센병에 대한 역사적 차별 정황을 적시해야 하는 경우 등에 한해 제한적으로 '나병' 등의 용어를 사용할 것이다.

추락한다. 그들을 기다리는 것은, 인간도 아닌 인간 즉, '비인간'으로서
의 처우다. 최소한의 연민도 얻지 못한 채 오롯이 혐오와 공포, 차별과
배제의 대상이 되어 당사자뿐만 아니라 그 가족까지 사회적 관계로부
터 유리되게끔 하는 질병은 한센병 외에 달리 없었다고 해도 과언이
아니다. 도저히 숨길 수 없는, 그래서 익명성과는 가장 대극에 위치한
철저히 가시화된 질병. 한센병이 오랫동안 '나병' '문둥병'으로 불리고
한센병자가 '문둥이'라고 비하되어 불리어졌던 가장 큰 이유였다.

　근대에 들어와서도 한센병자에 대한 차별은 여전했다. 되레 한센병자
는 우생학을 기조로 국민의 우성 인자를 확산시키고 열성 인자를 도태시
키고자 도모한 근대국가의 중점 관리 대상이 되었다. 근대국가는 건강하
고 우수한 공동체 구성원의 재생산을 목적으로 하며, 한센병자는 그 목적
을 달성키 위해선 필시 배제되어야만 하는 존재였다.[2] 그 배제의 방법이
바로 격리(隔離)와 단종(斷種)이었다. 일본에서는 1907년, 법률 제11호
'나병 예방에 관한 건(癩予防ニ関スル件)'이 제정되어 한센병자에 대한 요
양소 격리가 시행되기 시작했다. 이어 1931년, '나예방법(癩予防法)'이 공
포됨으로써 보다 철저한 강제격리정책이 법제화되었으며, 마침내 1940
년에 공포된 '국민우생법(国民優生法)'에 의해서 거세·낙태 등 한센병자
에 대한 단종 정책이 근대국가 일본의 정책으로 공식화되었다.[3]

2　한센병 외에도 근대국가 일본의 중점 관리 대상이 된 질병으로는, 결핵·정신질환·화류
　병·알콜중독·중대한 신체적 기형 등이 있었다. 관련 법안의 구축을 통해 국가적 차원의
　관리대상이 된 이들 질병자에 대한 억압이 정점에 달한 것은 1940년에 제정된 '국민우생
　법(国民優生法)'을 통해서였다. 결핵의 경우는, 같은 해 별도로 결핵예방, 청소년 체력
　향상을 목적으로 국민체력법(国民体力法)이 제정되었다.

3　일본보다 앞서 나치즘 체재하의 독일에서는 1933년, '유전성 질환 자손방지법'이 제정
　되어 '단종'이 국가정책으로 시행되었다. 이어 1939년부터는 이른바 'T4계획'의 이름
　아래 단종법 대상자에 대한 안락사가 자행된다. 극단화된 우생사상의 도달점이 얼마나

한센병문학은 바로 한센병자의 궁극의 고난이자 숙명이었던 '격리'를 그 모태로 한다. 한센병문학을 정의하기란 실은 간단치 않다. 한센병문학이란 무엇인가? 한센병을 다룬 문학? 한센병자가 쓴 문학? 그렇다면 한센병자가 창작한 문학작품은 모두 한센병문학인가? 또는 비한센병자가 한센병을 소재로 쓴 작품은 한센병문학이 아닌가? 정리가 용이치 않은 이러한 일련의 물음들은 그만큼 한센병문학을 둘러싼 자기장과 역사가 다층적임을 웅변한다.

본 저술은 『한센병문학전집(ハンセン病文学全集)』(皓星社, 2002)[전10권]의 편집자인 가가 오토히코(加賀乙彦)의 한센병문학 정의를 따르고자 한다. 가가는 한센병문학을 '한센병 요양소에 수용된 사람들의 작품'이라는 다소 협소한 범주로 규정한다. 여기에는 요양소 격리수용을 피해 민간에서 숨어 지낸 한센병자의 작품, 비한센병자가 한센병 혹은 한센병자에 대해 쓴 작품 등은 배제될 수밖에 없다.[4] 가가의 정의는 매우 엄정하기에 이와 같은 협소한 정의에 대한 일각의 문제 제기가 전무한 것은 아니다. 하지만 격리 즉, 한센병 요양소 격리 문제를 거론하지 않고 근대 한센병자의 삶과 문학을 논할 수 없다는 점에서 본 고찰은 가가의 한센병문학 정의를 따르고자 한다.

그런데 일본 한센병문학을 어떻게 규정하든 분명한 것이 하나 있다. 그것은 호조 다미오(北条民雄, 1914-1937)와 그의 소설이 없었다면 한센병문학의 존재감 자체가 결코 각인되기 쉽지 않았을 것이며 적어도 그 시기는 크게 지연되었을 것이라는 사실이다. 불과 23년의 짧은 생, 그

반인간적·비인도적인지를 명확히 보여주는 예이다.

4 加賀乙彦 외 編, 『ハンセン病文学全集』 第1卷 〈解説〉, 皓星社, 2002, 468쪽.

마지막 2년 동안 한센병 요양소에 격리돼 창작활동을 펼치다 삶을 마감한 이 한센병소설가의 의미는 그토록 각별하다. 그는 일본 한센병문학작가 중에서 공식적인 단행본을 출판 간행한 최초의 소설가이다.[5] 한센병자의 존재 자체가 사회와 일상으로부터 소거되고 기피되던 시절, 더욱이 근대국가 일본이 제국의 확장을 위해 국수주의도 마다하지 않았던 삼엄한 분위기의 1930년대 중반, 호조 다미오가 그의 생명을 살라 쓴 『생명의 초야(いのちの初夜)』(1936)는 일개 한센병자라는 개인성을 초월한 큰 울림을 세상 밖으로 내던졌다. 1장은 일본의 대표적 한센병문학가 호조 다미오의 삶과 문학을 그의 대표작이자 일본 한센병소설의 효시로 평가받는 소설『생명의 초야』를 중심으로 고찰함으로써, 한센병문학의 보편성과 현재적 의의에 대해 논하고자 한다.

2. 한센병과 호조 다미오

호조 다미오[6]는 누구인가? 무명이었던 그의 존재는 『문학계(文学界)』

---

5 앞의 책, 469쪽.

6 호조 다미오의 본명은 시치조 고지(七条晃司)이다. 한센병자는 한센병 요양소에 수용되고 나면 자신을 향한 사회의 차별이 가족을 포함한 친척 및 지인들에게는 미치지 않도록 가명을 사용해 '익명성' 뒤로 그 존재를 숨기는 경우가 많았다. 동시에 그 반대로 차별의 파급을 두려워한 가족 및 친척 등으로부터 일방적으로 절연을 당하는 경우 또한 적지 않았다. 따라서 작품을 공개적으로 발표하는 한센병문학 작가의 경우, 익명성을 활용하는 경향이 더욱 강했다. 작가의 상당수는 작품 발표 이전부터 가명을 사용하거나, 혹은 작품 발표를 위해 필명을 사용하기 시작했다. 작품 발표를 통해 감추어진 존재를 드러내고자 하는 '고백'의 욕망과 그 존재를 어떻게든 숨겨야만 했던 '은폐'의 욕망이 이질적으로 뒤섞여 있는 것, 이것이야말로 한센병문학이 위치한 좌표의 특별함이라고 할 수 있겠다. 호조의 본명 또한 생전 그 자신의 완전한 침묵으로 말미암아

(1936년 2월호)에 발표된 단편소설『생명의 초야』를 통해 일약 일본 문단
에 알려졌다. 잡지의 편집자였던 가와바타 야스나리(川端康成)의 추천
에 의해 문단 데뷔한 호조는 이 소설을 통해 제2회 문학계상을 수상하
고 아쿠타가와(芥川)상의 후보에도 오른다. 같은 시기, 호조는 한센병
요양소 전생병원(全生病院)[7]에 수용돼 한센병자로서 사회와 격리된 삶
을 살고 있었다. 그가 요양소에 입소한 것은 소설가로서 알려지기 약
2년 전, 1934년 5월의 일이었다. 1914년생인 호조 다미오는 한창 청춘
을 구가해야 할 약관 스무 살의 나이에 그 이전까지의 삶과 완벽히 단
절된 요양소의 삶을 살게 된 것이다.『생명의 초야』는 그가 체험한 한
센병 요양소에서의 첫날을 생생히 그리고 있다. 이는 다름 아닌 '격리
의 초야'이기도 했다.

그러면 소설이 발표된 1930년대 중반 당시에 한센병자에 대한 사회
의 인식은 실제 어떠했을까? 논픽션 작가 도쿠나가 스스무(德永進)가
인터뷰를 통해 담은 한센병자의 증언을 들어보자.

최근까지도 알려지지 않았었다. 그것이 비로소 밝혀지게 된 것은, 2014년 호조가 성장
한 곳이자 양친의 고향인 도쿠시마현 아난(阿南)시 아난문화협회가 발행한 책자『阿南
市の先覚者たち 第1集』(2014.8)을 통해서였다. 아난문화협회는 호조의 유족들에게 "사
실을 세상에 전하고 싶다"는 의사를 타진하고 설득한 끝에 허락을 받아 '시치조 고지'라
는 본명과 그 아버지의 실명까지도 확인 공표할 수 있었다고 한다. (「没後77年, ハンセ
ン病作家・北条民雄の本名公開「事実を世に伝えたい」と打診」(『読売新聞』, 2014.7.30)
를 참조) 본명, 집안 내력 등 호조의 숨겨졌던 이력을 둘러싼 경위에 대해서는 川津誠,
「読まれた北条民雄」(『聖心女子大学論叢』第125集, 2015.6), 47쪽의 附2에 상세히 소
개되어 있다.

7 현재의 명칭은 국립요양소 多摩全生園이다. 1909년에 설립되어 1941년에 후생성으로
관할이 이관되면서 현재의 국립요양소가 되었다. 東京都 東村山市에 소재한다. 도쿄
도심에서도 1시간 반이면 충분히 갈 수 있는 인근 지역에 위치한다.

　　나는 1938년에 형과 함께 고향으로 돌아왔어. 누구라도 요양소 따위로
부터 도망치고 싶은 마음이었지. (중략) A촌에 돌아오자 낯익은 사람들이
있지 않겠어. 그런데 박해를 받은 것까진 아니지만 곤란한 일들이 벌어졌
어. 사람들과 얼굴을 마주치고 싶지 않았어. 제일 난감했던 건 이발소였
어. 한센병자의 몸에 손대고 싶지 않다는 거지. (중략) 뿐만 아니라 옷
수선을 맡기려 해도 "수선할 수 없어."라며 대놓고 거절하곤 했지.[8]

　　일반 사회에 만연되어 있던 한센병자에 대한 혐오와 차별은 그들이
일반 사회로부터 유리된 요양소 격리 생활을 감수할 수밖에 없었던 또
다른 이유이기도 했다. 문학가 또한 예외가 아니었다. 당시 일본 문단
의 중진이었던 소설가 시가 나오야(志賀直哉)의 일화는 시사적이다 못
해 충격적이다. 그는 한센병에 대한 혐오와 공포 때문에 호조 다미오의
이름이 들어간 인쇄물조차 아예 손대지 않으려 했으며, 그래도 호기심
을 이기지 못하고 소설을 읽고 나서는 즉시 손을 몇 번이고 씻고 소독
했다고 한다. 시가 나오야의 일례는 한센병자에 대한 사회의 평균적
시선이 얼마나 왜곡되고 차별적이었는지를 여실히 증명한다.[9]

　　심지어 이러한 차별은 한센병자 당사자뿐만 아니라 그 가족에게도
가해졌다. 한센병자가 아님에도 한센병자를 가족의 일원으로 둔 것만으
로도 기피와 차별의 대상이 된 것이다. 한센병 발병으로 열 살 때 요양소
에 수용되었다가 30년 만에 고향을 방문한 동생을 한 번 만나주지도
않는 친형, 자신의 임종 때도 굳이 올 필요 없다며 친아들과 해후한

8　德永進, 『隔離-故郷を追われたハンセン病者たち』(岩波現代文庫, 2001); 西村峰竜「文
　学者の差別性をどう裁くべきか-阿部知二とハンセン病患者達との交流からの一考察」
　(『阿部知二研究』20, 2013.4), 31쪽에서 재인용.
9　高山文彦, 『火花-北条民雄の生涯』, 飛鳥新社, 1999, 22쪽.

반가움보다는 마을사람들의 차별적 시선을 더욱 의식하는 노모. 무정한 가족을 뒤로 한 채 쓸쓸히 요양소로 돌아갈 수밖에 없는 한센병자의 엄혹한 현실을 직시한 가자미 오사무(風見治)의 소설『부재의 거리(不在の街)』(1977)[10]는 가족으로부터도 외면 받는 한센병자의 고독과 더불어 그 가족에게마저 가혹했던 사회의 굴절된 시선을 확인케 한다. 가족 구성원 전체가 받을 차별과 불이익을 피하기 위해 가족들은 한센병자 당사자의 발병 사실을 숨기거나 아예 그 존재 자체를 기억으로부터 소거하는 경우가 적지 않았다. 한센병자 당사자에게 가장 가혹한 아픔이었을 친가족으로부터의 소외는 호조 다미오 또한 예외가 아니었다.

여기서 호조 다미오의 생의 이력을 그의 전기『불꽃-호조 다미오의 생애(火花―北条民雄の生涯)』(2003)를 통해 간략히 살펴보자.[11] 호조는 육군 경리부 하사관이던 부친의 부임지, 조선의 경성에서 1914년 출생했다. 이듬해 모친의 병사로 인해 양친의 고향인 도쿠시마(德島)현 나카(那賀)군으로 이주해 외조부모 아래서 성장한다. 한센병의 징후가 나타난 것은 16세 때였다. 증상이 두드러지지 않아 18세 때 한 살 아래의 여성과 결혼하지만, 다음해 다리 마비 등 한센병 증세가 심해지면서 이내 헤어지고 만다. 그 직후 한센병 확진 판정을 받게 되는데 그때 그의 나이 불과 19세였다. 한센병 요양소 전생병원 입원은 이듬해 그가 20세가 되던 1934년이었다. 그리고 그 3년 뒤 초겨울의 어느 날 새벽, 호조는 짧은 23년의 생을 마감한다. 당일 오후, 요양소 사람 외에 아무도 찾는 이 없던 빈소를 가와바타 야스나리와 소겐샤(創元社) 사장 고바야시 시게

---

10 『火山地帯』 31号(1977.7)에 첫 게재된 이후 『ハンセン病文学全集』 第2巻(皓星社, 2002)에 수록됨.

11 高山文彦, 앞의 책, 「関連略年譜」의 384-394쪽을 참고해 작성.

루(小林茂)[12]가 조문했다. 호조의 가족이 빈소를 찾은 것은 그의 죽음으로
부터 사흘 뒤 유골 인도를 위해 방문한 부친이 유일했다. 요양소 입소로
부터 임종까지의 3년 간 호조는 아버지 외에 그 어떤 가족과도 재회할
수 없었다. 호조 다미오의 쓸쓸한 최후는 가족으로부터도 외면될 수밖
에 없었던 한센병자의 고독한 삶을 오롯이 보여준다.

　호조의 이력에서 눈에 띄는 점은 식민지 조선에서 태어난 그의 태생
이다. 실제 성장은 일본에서 했을지언정 식민지 조선 출생이라는 이력
은, 한센병자로서의 소외된 삶을 살게 된 그의 인생 전체를 통해 보았을
때 한센병자와 식민지 태생이라는 마이너리티성의 중첩이란 측면에서
상징적 의미를 지닌다. 가와무라 미나토(川村湊)는 한센병 요양소의 지
배체제가 근대 일본의 천황제 지배와 유사함을 지적하며 "「한센병 요양
자의 문학」은 「제국의 식민지」로서의 「한센병 요양소」에 관한 문학"[13]이
라고 주장한 바 있는데, 호조는 이러한 한센병 요양소와 식민지 혹은
한센병과 식민지라는 마이너리티 요소의 중첩을 체현하는 존재라고 할
수 있겠다. 한센병 요양소는 그 자체로도 속박·폐색과 같은 식민지적
속성을 노정하는데다 거기에 부가된 조선 출생이라는 이력은 호조의
마이너리티성을 더욱 증폭시키는 요소라는 점에서 주목할 만하다.[14]

---

12 고바야시 시게루는 그가 주재하던 출판사 創元社가 호조 다미오의 첫 작품집이자 생
　전 유일의 작품집 『생명의 초야(いのちの初夜)』를 출판함으로써 호조와 인연을 맺게
　된다. 1쇄가 2,500부에 가격은 권당 1엔 50전이었다.

13 川村湊, 「風を読む 水に書く(六)鳥になりたい 花になりたい」(『群像』, 1998.7); 金井景
　子, 「全生座のこと-北条民雄に導かれて」(『日本文学』49卷7号, 2000.7), 63쪽에서 재
　인용.

14 한센병자와 식민지라는 이중의 마이너리티성을 가장 극적으로 체현하는 존재는, 실은
　조선인 한센병자임에 분명하다. 특히 제국 일본의 한센병 요양소에 격리 수용된 조선인
　한센병자야말로, '요양소'라는 공간 자체가 제국 속 '식민지'의 유사 공간임을 실존적으

호조의 삶은 한센병 발병과 요양소 수용을 기점으로 완벽히 그 이전과 다른 삶으로 전환되었다. 아내와 이혼하고 친형제와 절연하게 된 것은 물론 그때까지의 정상적 삶을 더 이상 영위할 수 없는 처지가 되고 말았다. 공장에서 일하며 문학가를 지망하던 그의 꿈 또한 완벽히 좌절된 것처럼 보였다. 실제 호조는 18세 때 프롤레타리아문학 작가 하야마 요시키(葉山嘉樹)에게 문학가 지망의 편지를 띄우기도 하고, 친구와 더불어 프롤레타리아문학 동인지 『구로시오(黑潮)』를 창간하는 등 작가로서의 꿈을 키워가고 있었다. 그랬던 그가 한센병 발병을 통해 '인간'으로서의 사형선고를 받고 요양소 격리를 통해 사회적 인간의 삶 또한 차단된 것이다. 그의 존재는 부정당했고 삶은 단절되었다. 하지만 '격리' 또한 호조의 생의 의지와 연속성을 가로막을 수는 없었다. 호조의 작품 활동은 요양소 격리 이후 되레 본격화되었고 그의 문학혼은 불타올랐다. 역설적으로 호조 다미오의 문학은 요양소 격리 후에서야 가와바타 야스나리의 발탁을 통해 비로소 세상 밖으로 나올 수 있었다. 그의 신체는 세상과 차단되었을지언정 그의 문학과 정신은 세상에 그 존재를 각인시켰다.

호조 다미오의 문학은 한센병조차 결코 멈춰 세울 수 없었던 한 인간의 생의 의지를 대변한다. 한센병 발병과 요양소 격리가 호조의 삶을 크게 요동치게 한 것은 분명하지만 그의 생 자체를 전복시키지는 못했다. 피할 수 없는 한센병자의 숙명을 온몸으로 껴안는 소설 『생명의 초야』가 그것을 증명한다.

로 증명하는 존재라고 할 수 있다. 실제 加賀乙彦 외 編 『ハンセン病文学全集』(皓星社, 2002)에 수록된 다양한 한센병문학 작품을 통해 요양소 내에 상당한 수의 조선인 환자가 수용되어 있었음을 확인할 수 있다. 일본한센병문학 속에 투영된 조선인 한센병자 인물 조형, 조선인 한센병자가 일본어로 쓴 한센병문학 등에 대한 고찰 등은 이후 중요히 연구되어야 할 과제이다.

3. 충격의 한센병소설 『생명의 초야』를 둘러싼 자기장

『생명의 초야』는 실은 호조 다미오의 데뷔작이 아니다. 호조는『생명
의 초야』를 발표하기 3개월 전『마키 노인(間木老人)』(『文学界』, 1935. 11)을
통해 문단에 공식적으로 데뷔하였다. 이『마키 노인』의 평가가 호의적이
었기에 두 번째 소설『생명의 초야』를 동시대 유수의 문학잡지『문학계
(文学界)』에 다시금 발표할 수 있는 기회를 얻게 되었고, 결국 이것이
소설가 호조 다미오와 한센병문학의 존재를 세상에 알리는 결정적 계기
가 되었다. 호조가 명명한 소설의 원제목은 사실『생명의 초야』가 아닌
『최초의 하룻밤(最初の一夜)』이었다. 이를『생명의 초야』로 바꾼 이는
다름 아닌 호조의 문학적 후견인, 가와바타 야스나리였다.

가와바타는 "「최초의 하룻밤」은 작품 분위기에 어울리는 꾸밈없는
제목이지만 다소 매력이 부족하다"며 편집자인 자신의 뜻을 관철시켜
제목을 바꾸었다고 한다. 『생명의 초야』라는 제목이 "몹시 잘난 체하는
인상을 주긴 하지만 작품 속의 '생명'이라는 단어를 어떻게든 살리고
싶었다."[15]는 것이 가와바타의 속내였다. 어쨌든 제목변경은 대성공이
었다. 『생명의 초야』가 커다란 반향을 불러일으킨 데에 독자의 호기심
을 자극하는 충격적이고 참신한 제목이 큰 몫을 했음은 부정할 수 없기
때문이다.[16] 한센병소설『생명의 초야』는 이렇게 세상으로 나왔다.

동시대 평을 살펴보면, 특히 인상적인 것은 고바야시 히데오(小林秀
雄)의 비평이다. "이상하리만큼 단순한 이야기"를 담았으되 "생명 그 자

---

15 川端康成, 「「いのちの初夜」推薦」(『文学界』, 1936. 2), 『川端康成全集』29巻(新潮社,
   1982), 368쪽에서 재인용.
16 荒井裕樹, 『隔離の文学−ハンセン病療養所の自己表現史』, 書肆アルス, 2011, 137쪽.

체의 형태"를 한 "희유의 작품"으로서 "작품이라기보다도 문학 그 자체
의 원형의 모습"[17]을 한 소설이라는 고바야시의 평은 『생명의 초야』에
대한 세간의 충격을 상징한다. 또한 나카무라 미쓰오(中村光夫)는 "마르
크시즘 문학이 단 한사람의 인간도 살릴 수 없는" 데 비해 『생명의 초야』
는 숙명의 고뇌와 대결함으로써 "「생명」의 이론"을 탄생시켰다고 평가
하며 "현대의 모든 사회적 규범의 허울을 벗어던지고 인간을 오롯이
알몸의 인간 그 자체로 바라보는 데서 문학을 출범시키고 있는 거의
유일한 작가"[18]라는 절찬을 호조에게 안기고 있다. 고바야시와 나카무라
양자 모두에게 '생명'이 키워드로 언급되는 것을 통해 『생명의 초야』로
의 제목변경이 매우 효과적이었음을 확인할 수 있다.

그렇다고 긍정적 평가만 있었던 것은 아니다. 다케다 린타로(武田麟
太郎)는 "줄곧 개인적 고뇌의 관점으로 일관한" 작품이 "나병이라는 특
수한 사실에 머무는 데 그쳐 문학적 보편성의 힘이 결핍되어 있다"고
비판했으며,[19] 나카무라 무라오(中村武羅夫)는 한센병이라는 "일종의 특
수한 세계의 기록문학으로서의 의의는 깊다"고 보면서도 "문학으로서
얼마만큼 의의가 있을까"라며 『생명의 초야』의 문학적 가치에 대해 의
문을 표명한다.[20] 또한 니와 후미오(丹羽文雄)는 "나병을 독점 판매하는
것 같은 호조 다미오의 작품은 읽으면 읽은 만큼의 깊은 감동을 받기는
하지만, 나병이라는 사실의 무게가 나병 작가의 무게와 이중으로 중첩

---

17 小林秀雄, 「作家の顔(一)-北条民雄の希有な作品」(『読売新聞』, 1936.1.24.), 조간 5면.
   荒井裕樹, 앞의 책, 142쪽에서 재인용.
18 中村光夫, 「癩者の復活(文芸時評)」, 『文芸春秋』, 1936.11), 252쪽.
19 武田麟太郎, 「「癩院受胎」について-北条民雄の作品(文芸時評【2】)」, 『読売新聞』, 1936.
   10.3, 조간 5면.
20 中村武羅夫, 「胸に泊る作品(文芸時評【五】)」, 『東京日日新聞』, 1936.1.25, 조간 9면.

되어 있는 경우, 비평은 한쪽 눈을 감은 채 공정한 평가를 내릴 수 없게 되는 것이 통상이다"[21]라며 문학 소재의 특수성을 이유로 공정한 평가의 가능 여부 자체를 회의시하고 있다.

위와 같이 찬반으로 엇갈린 동시대평을 통해 파악되는 것은 다음의 두 가지이다. 그 첫째는 찬반 의견의 어느 쪽이든 당시 문단이 호조 다미오『생명의 초야』로부터 받은 충격파가 상당했음을 공통적으로 확인케 한다는 사실이며, 둘째는 한센병자의 실존적 삶을 당사자의 관점에서 직시한 한센병소설의 보편적 문학성을 인정하느냐 아니면 특수 체험의 기록으로서 그 문학적 가치를 제한적으로 평가하느냐에 따라 찬반이 갈리고 있다는 사실이다. 결국 문제는 한센병소설의 문학적 보편성과 특수성을 어떻게 평가하느냐, 즉 문학적 가치의 문제로 수렴되고 있는 것이다.

이어 선행연구를 개관하면, 한센병문학 전반에 대한 연구 성과의 결핍이 매우 두드러짐을 확인할 수 있다. 그나마 얼마간의 성과가 산견되는 것은『생명의 초야』로 대표되는 호조 다미오의 소설이다. 발표 당시의 충격도에 비해 연구의 상대적 미진함이 여기서 확인된다. 이러한 경향 속에서 가가 오토히코의 "일찍이 일본근대문학에서 이 정도의 깊은 절망과 이 정도의 극한까지 고뇌한 문학이 있었던가?"[22]라는 평은, '희유의 문학' '충격의 문학'으로서의『생명의 초야』인식이 현재에도 여전히 진행형이며, 그것이 작품평가의 기본 출발선임을 웅변한다. 이는 또한 기념비적인『한센병문학전집』(전10권)의 제1권 첫 번째 작품으로『생명

---

21 丹羽文雄,「文芸時評」,『新潮』, 1937.2, 144쪽.
22 加賀乙彦 외 編,『ハンセン病文学全集』第1卷, 471쪽.

의 초야』가 선정된 이유이기도 할 것이다. 한편 전후 한센병 요양소 평론가를 대표하는 시마다 히토시(島田等)는 호조 다미오 문학의 선진성을 인정하면서도 '사회성의 결락'이라는 한계 또한 지적한다. 한센병자의 고통이 개인적 차원을 넘어 동시대 사회와 밀접히 연동되어 있다는 거시적 관점의 부재가 호조 문학의 '비극성'이라는 주장이다.[23]

주목해야 할 것은, 최근 들어 한센병문학과 그 주변에 대한 연구가 활발해지고 있다는 사실이다. 그 대표격은 아라이 유키(荒井裕樹)다. 2005년 이후 한센병문학 관련 논문을 의욕적으로 발표한 그의 연구 성과는 『격리의 문학-한센병 요양소의 자기표현사(隔離の文学ーハンセン病療養所の自己表現史)』(2011)에 집약되어 있다. 그 속에서 아라이는 『생명의 초야』에 대해, 한센병 요양소에 입소한 주인공에게 내재된 "「나병 환자」에 대한 차별적 「시선」"이 자기 자신에게로 되돌아와 그 "차별적 「나병 환자」" 인식에 "자기동일화하는 고난의 과정"이 소설의 본질이라고 파악한다.[24] 타자였던 한센병을 주체화하는 과정이 곧 『생명의 초야』의 세계라는 주장이다.

이러한 주장은 한센병문학을 연구하는 행위의 본질과도 긴밀히 맞닿아 있다. 한센병과 한센병문학을 '타자'의 문제가 아니라 '나'의 문제의식으로 주체화하는 과정이야말로, 한센병문학을 연구하는 것 그 자체의 의미일 것이기 때문이다. 바로 그 과정으로 들어가는 입구에 호조 다미오와 『생명의 초야』가 위치한다. 긍정, 부정을 막론하고 『생명의 초야』에 대한 평가가 작가 호조 다미오의 평가를 좌우할 뿐만 아니라

---

23 島田等, 『病み捨て-思想としての隔離』, ゆみる出版, 1985, 124쪽.
24 荒井裕樹, 앞의 책, 149쪽.

한센병문학 전체의 의의와 필연적으로 연동된다는 사실이 이상의 개관을 통해 확인된다.

4. 한센병자라는 타자와 마주하기

『생명의 초야』는 그 제목 그대로 주인공 오다 다카오(尾田高雄)가 한센병 요양소에서 보낸 충격적인 첫날의 체험을 생생히 그린 작품이다. 소설은 오다가 한센병 요양소에 자진 입소하는 장면으로부터 시작된다. 요양소 수용이라 하면 보통 강제수용을 연상하는 것이 일반적이지만, 『생명의 초야』의 경우처럼 자발적으로 한센병자가 입소하는 경우도 없지는 않았다. 호조 다미오의 경우에는 아버지와 함께 요양소를 방문해 입소하였는데, 보는 관점에 따라서는 강제수용 못지않게 자발적 입소도 충분히 비극적이다. 살아서는 두 번 다시 밖으로 나올 수 없는 무기수와 같은 감금의 삶이 기다리는 한센병 요양소에 자신의 의지와 두 발로 자진해 들어갈 수밖에 없는 심경은 그 당사자가 아니고서는 도저히 감히 헤아릴 수조차 없는 비경(悲境)일 것이다. 그것은 사회에서 그가 머물 곳이 요양소 외에 달리 존재하지 않음을 자인하는 것이기 때문이다.

> 역을 나와 20분 정도 잡목림 속을 걷자 벌써 병원 담벼락이 보이기 시작했다. 하지만 그 사이엔 언덕처럼 낮은 지대와 약간 높은 산으로 이루어진 완만한 비탈이 이어져 인가는 한 채도 눈에 띄지 않았다. 도쿄에서 불과 20마일 될까 말까한 곳이지만 깊은 산중에 들어선 듯한 정적과 인적 없는 외딴곳의 분위기였다. (3쪽)[25]

소설의 첫 문단을 통해 확인되는 것은 한센병자의 자진 입소에 이어
지는 또 하나의 의외성이다. 통상적인 한센병 요양소의 입지는 외딴
섬, 산속, 벽촌 등과 같이 도시부로부터 멀리 떨어져 격리에 적합한 외곽
지역을 연상하는 것이 일반적이다.[26] 하지만 오다가 입소하는 요양소는
"도쿄에서 불과 20마일 될까 말까한" 그리 멀지 않은 곳에 위치하는
곳으로, 도쿄 도심으로부터도 2시간이면 족히 갈 수 있는 거리다. 심지
어 "역을 나와 20분" 걸으면 닿을 수 있는 접근성이 용이한 곳에 소재한
다. 하지만 격리의 공간과는 어울리지 않는 이와 같은 지리적 근접성은
요양소 가는 길에 만연한 "깊은 산중"의 "정적"과 "외딴 곳"의 "인적" 없는
쓸쓸함으로 인해 심리적 친근감으로 자리매김하지 못한다. 지리적·물
리적 접근성과 무관하게 한센병 요양소는 사회와 차단된 격리의 공간이
며, 역에서 불과 20분만 걸으면 도착할 수 있는 그곳에 이르기까지의
길이야말로, 요양소와 사회를 질적으로 완벽히 가르는 경계인 것이다.
일상과 비일상이 뒤섞인 그 경계를 넘으면, 그를 기다리는 것은 "모든
것이 보통의 병원과 느낌이 다른"(6쪽) 그곳이다. 이제 그는 돌아올 수
없는 존재가 된다. 그런 의미에서 위 첫 문단은 매우 상징적이다.

　　남자를 따라 오다도 발걸음을 옮겼지만, 어딘지 모르게 니힐리즘에 사
　로잡혔던 요양소 밖에서의 감정이 사라지면서 동시에 서서히 지옥 속으

25　본 글의 『생명의 초야』 본문 인용은 加賀乙彦 외 編 『ハンセン病文学全集』 第1巻,
　　(皓星社, 2002)에 수록된 텍스트에 의한다. 본문 인용 다음에 기재된 숫자는 전집의
　　쪽수이다.

26　실제 13곳에 지정된 일본의 국립 한센병 요양소 소재지를 보면, 오키나와에 소재한
　　두 요양소를 포함해 6개 요양소가 섬에 위치해 있다. 한국의 대표적 요양소가 위치한
　　소록도를 떠올리면 요양소의 공간성을 이해하기가 더욱 용이하다.

로 떨어져 가는 것 같은 공포와 불안을 느꼈다. 인생에서 돌이킬 수 없는
짓을 하고 있는 것 같아 견딜 수가 없었다. (7쪽)

이제 요양소 안으로 한발 들어선 오다의 심경은 "서서히 지옥 속으로
떨어져 가는 것 같은 공포와 불안"이라는 한 줄로 대변된다. 요양소 밖에
서 가졌던 "니힐리즘" 즉, 관념적 허무주의와 체념은 요양소 안으로 들어
서자 손에 잡힐 듯한 "공포와 불안"으로 실체화된다. 요양소는 그에게
"지옥"이라는 이름의 이계(異界)이다. 더욱이 입소에 따른 신체 소독 과
정에서 경험한 불결하기 짝이 없는 환경은 마치 자신이 "부랑자·행려병
자"(8쪽)와 같은 취급을 당한 것 같은 "분노와 슬픔"을 오다에게 안긴다.
오다에게는 적어도 자신이 "부랑자·행려병자"와는 차별화되는 존재여
야 한다는 인식이 내재되어 있었음을 여기서 알 수 있다. 흔들리는 심경
은 "슬픈지 불안한지 두려운지, 그 자신도 식별할 수 없는 이상한 마음
상태"(11쪽)로서 그 자신을 "광야에서 헤매는 나그네"(14쪽)로 자조하게끔
한다. 이와 같이 한센병 발병으로 인해 체득된 삶의 허무주의는 요양소
입소를 통해 공포·불안·슬픔이 뒤섞인 혼란스럽고 불안정한 감정으로
한층 증폭되게 된다. 한센병 요양소에 부여된, 사회와의 반영구적 격리
라고 하는 공간적 의미를 체감한 오다의 불안감은 더욱 커지고 "인생에
서 돌이킬 수 없는 짓"을 한 것 같은 회한에서 불안은 정점에 달한다.
여기서 분명 그는 요양소 자진 입소를 후회하고 있는 것이다.

한센병 요양소의 공간적 의미는 한 가지 더 있다. 격리로 말미암은
필연적인 파생 효과로서, 요양소가 한센병자 그들만의 공간이라는 점
이다. 물론 그 독점성은 자발적 의지의 산물이 아니기에 사회의 차별적
시선으로부터 벗어났다는 해방감보다는 모든 것들과 단절된다는 절망

감을 더욱 불러일으키는 요소로 작용한다. 더욱이 문제는 요양소 내에서 한센병자가 다른 한센병자들과 대면하는 낯선 상황에 직면하게 된다는 사실이다. 한센병자와 한센병자가 마주하는 것, 이는 한센병을 극도로 혐오해 한센병자가 스스로를 비가시화할 수밖에 없는 일반 사회에서는 좀처럼 실현되기 힘든 광경이다. 과연 한센병자는 같은 한센병자를 어떠한 시선으로 바라볼까?

① 기괴한 용모였다. 진흙처럼 색채가 전혀 없고 조금이라도 쿡 찌르면 고름이 튀어나올 정도로 탱탱 부어서, 게다가 눈썹 한 올 남아 있지 않아서인지 괴이하고도 얼간이 같은 밋밋함이었다. 뛰어 나와서인지 거친 숨을 헉헉 몰아쉬면서 누렇게 짓무른 눈으로 뚫어지게 오다를 보는 것이었다. (9쪽)

② 사가라기를 따라 처음 들어간 중증환자실의 광경이 머릿속에 맴돌며, 코가 문드러진 남자, 입이 비뚤어진 여자, 해골처럼 눈알이 없는 남자 등의 모습이 눈앞에 어른거려 견딜 수가 없었다. (11쪽)

오다의 눈에 포착된 한센병자의 모습은 충격 그 자체이다. 그 신체는 "기괴"하고 "괴이"하다. 눈썹 한 올 없이 고름으로 부어오른 무채색의 얼굴과 짓무른 눈은 마치 사람의 얼굴 형상을 그림으로 그리다 만 것과 같은 불완전한 모습으로 비친다. 증상이 더 진행된 중증 환자의 경우는 더욱 심하다. 그 신체는 불완전을 넘어서 결손으로 뒤덮여 있다. 코와 입은 제 모습을 하고 있지 않고, 눈알은 아예 없다. 신체는 결손·훼손되어 형상은 물론이려니와 기능 또한 온전함과는 거리가 멀다. 아직 초기 증상을 겪는 단계의 오다에게 중증 한센병 환자의 그로테스크한 신체는 상상을 넘어선 참혹함과 충격으로 다가온다. 그것은 낯설디 낯선 타자의 신체이다. "이것이야말로 진정 도깨비집이다"(23쪽)라고 요양소의 기괴한 낯섦에 절규하는 오다에게 있어 그것은 "전율"(9쪽) 그 자체이다.

하지만 진정한 전율은 그 낯설디 낯선 타자의 신체가 곧 '나'의 신체임을 깨닫는 데서 일어난다. "도깨비"의 형상이야말로, 오다 자신이 맞이할 피해갈 수 없는 미래다. 타자의 신체는 타자의 것인 동시에 같은 한센병자인 자신의 신체인 것이다. 한센병자들과 직접 대면한 오다의 내면 심리가 공포와 불안에서 이제 전율로 그 단계가 심화될 수밖에 없는 결정적 이유다. 더욱이 그 신체 훼손의 종착점이 곧 죽음이라는 것을 알기에 전율은 또 다른 전율을 낳는다. 한센병이 불치의 질병이었던 이 시기, 그에게는 퇴로도 일말의 희망도 존재하지 않는다. 죽음이 머지않은 곳에서 기다리고 있음을 알면서도 그저 앞으로 나아가는 것만이 한센병자에게 주어진 유일한 선택지이다. '불치(不治)', 한센병자의 궁극의 비극을 '격리'와 더불어 완성하는 그것이 그 전율의 실체를 명확히 드러낸다.

그렇기에 한센병자에게 자살의 유혹은 상존한다. 마냥 고통스럽게 죽음을 기다리기보다는 제 손으로 스스로의 삶을 마감하겠다는 필사적인 자구적(自救的) 욕망의 속삭임이다. 그렇게 속삭이는 내면의 목소리는 한센병 발병 후 오다가 줄곧 지녀왔던 속내이기도 했다. 한센병 요양소의 경계를 넘으며 그 유혹은 배가된다. 그 경계를 넘는 행위의 의미를 절감하기에 오다는 "역시 지금 죽는 편이 더 나을지 몰라"(3쪽)라며 줄곧 스스로 목숨을 끊고자 하지만, "죽으려 하는 자신의 모습이 한번 마음속에 들어오면 도저히 죽을 수 없는"(4쪽) 인간의 "숙명"(4쪽) 때문에 고통스러워한다.

자살이란, 살인의 주체와 대상이 일치하는 행위다. 그것은 자신의 삶을 소거하고자 하는 욕망이 죽음에 대한 공포를 뛰어넘었을 때에 비로소 수행 가능하다. 또한 그것은 자신을 해하고자 하는 낯선 타자가 실은 자기 자신임을 기꺼이 받아들이는 주객의 동일화 과정이 전제되었을 때에 가능한 행위다. 하지만 오다는 자살의 주체인 동시에 객체인 자기 자신을 동일화할 수 없다. 그렇기에 "죽으려 하는 자신의 모습"(4쪽), 즉 자신을 죽이려고 하는 타자로서의 자기 자신을 동일자가 아니라 여전히 타자로서 의식하는 순간, 그는 "도저히 죽을 수 없는"(4쪽) 것이다.

> 나는 자살하는 것이 아니다. 단지 지금 죽지 않으면 안 되도록 결정되어진 것이다. 어느 누가 결정했는지는 모르지만 여하튼 모두 정해져 버렸다라고 엉겁결에 내뱉듯 중얼거리며 머리 위 밤나무 가지에 허리끈을 걸쳤다. (중략) 그러나 일척이나 머리가 길게 축 늘어져 나무에 매달려 죽은 자신의 모습이 꽤나 괴이할 것임에 분명하다는 생각이 들자 한심스럽게 여겨졌다. 어차피 여기는 병원이니 조만간 간편한 약품을 몰래 손에 넣은 후에 행동에 옮기는 편이 훨씬 더 나은 방법이란 생각이 들었다.
>
> (12–13쪽)

자살 충동과 시도는 요양소에 들어온 후에도 계속된다. 하지만 거듭 미완에 그치고 만다. 자살하려는 이가 "머리가 길게 축 늘어져 나무에 매달려 죽은 자신의 모습"을 상상하는 행위는 일치되어야 할 자살의 주체와 객체를 분리해 인식하는 것임에 틀림없다. 자살하려는 자신을 "한심스럽게" 여기는 감정은 오다가 스스로를 대상으로서 여전히 상대화하고 있다는 명확한 증거이다. 이래서는 당연히 '죽이는' 주체와 '죽임을 당하는' 대상이 동일화되어야 가능한 '자살' 행위가 완수될 수 없다.

어쩔 수 없이 다시 요양소의 일상으로 돌아온 그를 기다리는 것은 가중되는 허무와 불안, 공포와 전율이다. 스스로 죽음을 선택함을 통해 그것과 단절할 수 없다면, 남는 방법은 그것을 없애거나 아니면 그 속으로 뛰어드는 것 외에 달리 선택지가 없다. 어떻게 해야 할 것인가? 생과 사의 기로에 서 있는 오다의 삶의 향배는 피해갈 수 없는 한센병을 피하지 않고 마주할 수 있는 방법, 그것을 찾을 수 있는가에 달려 있다.

5. 인간의 죽음과 생명의 부활

소설『생명의 초야』에서 한센병은 고통의 근원인 동시에 오다의 존재를 규정하는 절대조건이다. 하지만 거의 자포자기 심정으로 요양소에 들어온 그는 자신의 현실에 대해 성찰할 기력도 의지도 상실한 채다. 이때 등장하는 이가 요양소에서 처음 대면한 "동병자(同病者)"(9쪽)인 사가라기(佐柄木)라는 인물이다. 당직을 맡은 관계로 오다의 안내자가 된 사가라기는 "한쪽 눈이 이상하리만큼 아름답게 빛나고" 있으되 "한눈에 환자임을 알아차릴 정도로 병세가 얼굴을 뒤덮고 있고 눈도 한쪽은 혼탁한 색깔을 하고 있어서인지 아름다운 다른 한쪽 눈과는 심할 정도로 어울리지 않는 느낌"(10쪽)을 주는 기괴한 인상의 소유자였다. 그런 의미에서 사가라기는 오다가 '타자'적 존재로 처음 접한 '동병자'이기도 했다.

오다는 사가라기의 한센병자로서의 신체를 곁눈질로 관찰하는 한편으로 젊은 동년배 사가라기에게 친밀감이 싹트는 자신을 혐오한다. 반면 사가라기는 요양소의 다망한 업무에 분주하면서도 오다의 적응을 돕는 안내자의 역할을 소홀히 하지 않는다. "병원 제도, 환자의 일상생활"(12쪽) 등의 필요정보를 오다에게 제공하면서도 사가라기는 "결코 오다를 위로하려 들지는 않는"(12쪽) 자세를 취한다. 하기야 누가 누구를 위로한단 말인가. 요양소 입소 뒤 가중된 불안과 공포로 급기야 숲에서 몰래 목매어 자살을 시도하기까지 한 오다를 그저 묵묵히 사가라기는 지켜볼 따름이다. 그리고 오다의 모습에 5년 전 자신의 모습을 오버랩하며 "동정"(18쪽)도 "위로"도 삼간다.

오다가 요양소에서 맞이하는 첫날밤은 왜 이 소설이 『생명의 초야』라는 제목으로 발표될 수밖에 없었는가를 여실히 증명한다. 그날 밤 "인간이라기보다는 숨 쉬는 흙인형" 같은 한센병 환자들로 "여기저기 금방 썩어 문드러질 것 같은 사람들뿐"(15쪽)인 중환자 병실에서 오다는 당직을 서던 사가라기의 진면목을 확인한다. 사가라기의 빛나도록 아름다운 한쪽 눈은 실은 의안이었던 것이다. 아름다운 한쪽 눈의 자리가 "해골처럼 움푹 패여 있는 것"(15쪽)을 보고 오다는 경악을 금치 못한다. 이때 사가라기의 신체는 오다가 불안과 공포에 휩싸여 두려워하는 낯선 존재, 타자로서의 한센병자 그 자체라고 할 수 있다. 하지만 그 타자가 오다에게 던지는 다음의 한 마디야말로 한센병자로서 살아가는 것의 의미를 일깨우는 촉매제가 된다.

온전히 나병 그 자체가 되는 것이야말로 무엇보다도 중요한 것이라 생각합니다. (중략) 오다 씨, 새롭게 출발합시다. 그러기 위해서는 나병 그 자체가 되는 것이 필요하다고 생각합니다. (중략) 한 번은 굴복해서 완전히 나병환자의 눈을 가지지 않으면 안 된다고 생각합니다. 그렇지 않으면 새로운 승부는 시작되지 않으니까요. (18-19쪽)

도대체 "나병 그 자체가 되는 것(癩に成り切る)"이란 무엇이며, "나병 환자의 눈을 가지는 것"은 어떻게 가능한가? 사가라기는 "새로운 출발"과 "새로운 승부"를 말하지만, 오다는 한센병 요양소라는 "무시무시한 세계"에서 하루를 "살아갈 방법"(18쪽)조차 가늠할 수 없다. 어쩌면 이런 곳에서 '살아가는' 것이 과연 '산다는 것'에 합당한 삶인가 라는 의문이 오다의 본심일 것이다. 그러나 다음의 광경은 '산다는 것'의 의미를 다시금 환기시킨다.

> "저 모습을 당신은 어떻게 생각하십니까?"
> 가리키는 쪽을 바라보자마자 욱 하고 가슴에 저미는 무언가를 오다는 강렬히 느꼈다. 그가 눈치 채지 못하는 사이에 오른쪽 구석에 누워 있던 남자가 깨어나 가만히 정좌하고 있었다. 물론 온몸에 붕대를 감고 있는 상태였지만, 침침하게 흐린 실내에 떠오른 그의 모습은 왠지 마음에 저미는 엄숙함이 있었다. 남자는 미동도 없었지만 이윽고 조용히 그러나 매우 낭랑한 목소리로 나무아미타불, 나무아미타불 하고 염불을 읊는 것이었다. (25쪽)

조용히 염불을 읊는 남자는 병세 악화로 인해 목에 구멍을 뚫어 호흡하며 벌써 5년 이상을 살아가고 있는 중증의 환자다. 온몸에 붕대마저 휘감고 있는 그는 하지만 평온한 모습이다. 사가라기가 오다에게 보여주고자 하는 광경이다. "아무리 아파도 죽지는 않는다, 아무리 겉모습이 문드러져도 죽지는 않는다"(25쪽)는 한센병의 숙명을 온몸으로 체현하는 존재다. 병의 진행과 더불어 육체적·정신적 고통은 날로 극심해지지만 당장 죽음에 이르지는 않는 것이 한센병의 부조리함이다. 아파도, 문드러져도 죽지는 않는 상황이란 매우 부조리한 상황이다.

죽지도 못하고 언제까지나 고통을 감당할 수밖에 없는 절망적이고 비극적인 조건이기 때문이다. 그러나 이는 역설적으로 힘겨운 상황에서도 어떻게든 삶을 살아가는 고래힘줄과 같은 끈질긴 생명력을 상징하는 것이기도 하다. 신음 속에 모두가 잠든 한밤중의 중환자실, 정좌해 불경을 외는 남자의 모습에서 풍겨나는 "엄숙함"(25쪽)은 분명 죽음이 아닌 생명을 가리키고 있다.

> 인간이 아닙니다. 생명입니다. 생명 그 자체, 목숨 바로 그것입니다. 제 말, 이해하시는지요? 오다 씨. 저 사람들의 '인간'은 이미 죽어 사멸해 버렸습니다. 단지 생명만이 파르르 살아있는 것입니다. 이 얼마나 대단한 끈질김입니까? (중략) 오다 씨, 우리들은 불사조입니다. 새로운 사상, 새로운 눈을 가지게 될 때, 완전한 나병인의 생활을 획득할 때, 다시 한 번 인간으로서 되살아나는 것입니다. 부활. 그렇습니다. 부활입니다. 파르르 살아 있는 생명이 육체를 획득하는 것입니다. 새로운 인간생활은 그때부터 시작됩니다. (26쪽)

"인간"이 아닌 "생명"으로 산다는 것의 의미는 무엇인가? 인간은 죽고 생명이 살아있는 것이 과연 가능한가? 논리적 모순이자 궤변과도 같은 이 외침이 설득력 있게 다가오는 것은, '무너져도 죽지는 않는' 한센병자의 실존 자체가 이미 부조리하며 역설적이기 때문이다. '인간'을 죽인 것은 다름 아닌 한센병자 자신이다. 과거의 삶과 그것에 집착하는 자신의 '인간'을 죽이고 한센병이라는 타자를 자신의 것으로 받아들이는 것이다. 그것은 한센병자를 타자로 바라보던 자신의 '인간'을 죽이고 한센병자로서의 '생명'을 새로이 받아들이기는 것을 의미한다. 즉 인간의 죽음과 생명의 부활이다.

그러한 의미에서 '부활'은 불안과 공포로 가득했던 과거의 삶을 자신의 의지에 의해 마감한 상징적 '자살'에 의해서 비로소 가능해졌다고 볼 수 있다. 한센병이라는 '타자'를 '자신'의 것으로 받아들이는 과정은, 자살 행위에 있어 '자신'을 죽이고자 하는 또 다른 자신이라는 '타자'를 받아들이는 과정과 의미적으로 닮아 있다. 그것은 한센병자라는 타자와 주체로서의 나의 동일화를 의미하며, 곧 자신을 한센병자로서 인정하고 받아들이는 과정인 것이다. 그렇게 새로이 얻은 생명은, 점진적인 신체의 소멸과 더욱 또렷해지는 정신의 생명력이라는 부조리한 엇갈림 속에서 더욱 견고해지는 한센병자로서의 생명이다.

소설 말미, "아직 불안이 짙게 남아 있지만 역시 살아 볼 터이다"(28쪽)라고 마음을 다잡는 오다의 모습을 통해 이제 그가 진정으로 준비가 되었음을 알 수 있다. 그것은 이제까지의 자신의 '인간'을 죽이는 결별로서의 '자살'의 준비다. 동시에 '부활'을 통해 새 생명을 살아갈 출발선에 설 준비다. 결국 오다는 초월적 의미의 자살의 성공에 한발 다가섰다. 그러나 그 자살은 새 생명을 얻기 위한 자구(自救)로서의 자살임에 분명하다. "온전히 나병 그 자체가 되는 것(癩病に成り切ること)"(18쪽)의 의미는 곧 "나병자로서의 삶을 오롯이 살아가는(らいを生きる)" 것 외에 다름 아니다. 오다의 멘토라는 차원을 넘어 사가라기가 소설 전체의 진정한 의미의 주인공이라 할 수 있는 것은, 그가 그 삶과 생명을 온몸으로 이미 살고 있기 때문이다. 넘쳐 나는 삶에 대한 안이한 낙관주의의 언설들과 명확히 구별되는 소설『생명의 초야』의 엄정함이 여기에 있다. 한센병이라는 특수 영역에 머물지 않고 '죽고 싶어도 죽을 수 없는' 부조리한 인간 실존의 보편성과 평범성에 맞닿아 있는 소설은 "생애 잊을 수 없는 기억이 될 하룻밤"(27쪽)을 '생명'이라는 이름으로 담아 완성되었다.

과연 이러한 세계를 "특수한 세계"라 부를 수 있을까?[27] 이러한 감동을 과연 "동정"이라 폄훼할 수 있을까?[28] 삶의 질곡 속에서도 어떻게든 '살아가겠다'는 고뇌와 의지야말로, 기실 한센병자 아닌 모든 이에게도 공통되는 보편적인 생의 당면문제가 아니었던가? 한센병이라는 피할 수 없는 숙명을 받아들이고 격리를 감금이 아닌 존재의 해방으로 승화시키고자 하는 절실한 몸부림은 제한된 조건 속에서 어떻게든 자신만의 생명을 지향하는 모든 이들의 모습과 닮아 있다. 한센병자의 요양소 격리를 다룬 소설『생명의 초야』는 그간 완벽히 차단되었던 한센병자의 존재를 사회에 인지시키고 그들의 고통과 상처에 대한 공감을 조성하였다.[29] 센티멘털한 동정이 아니라 보편적 공감을 획득할 수 있었음에, 타자의 문학이 아니라 생명이라는 문제의식을 공유한 '우리'의 문학임을 설득할 수 있었음에, 한센병문학이라는 궁극의 마이너리티문학이 결코 그 의의와 현재성에서 주변적이지 않은 이유가 있다.[30] 고뇌할 수 있는 능력, 사가라기가 오다에게 건네는 소설의 마지막 대사는 한센병문학이라는 영역이 거의 의학적으로는 한센병이 극복된 현재에 있어서도 왜 여전히 유효한 문제인지를 명확히 시사한다.

---

27 中村武羅夫, 앞의 글, 조간 9면.

28 武田徹, 『「隔離」という病い-近代日本の医療空間』, 中央公論新社, 2005, 9쪽.

29 물론 한센병자와 한센병문학을 타자적 존재로부터 탈피시켜야 한다고 해서 한센병자의 경험이 없는 비한센병자가 그들의 삶과 문학을 온전히 전부 공감·이해할 수 있다고 믿는 것은 분명 만용인 동시에 인간에 대한 결례일 것이다. 그렇기에 한센병문학 연구자인 荒井裕樹가 한센병 요양소 내에 위치한 한센병 자료관의 방대한 관련 자료를 앞에 두고 절감한 "실존적 존재감에 대한 심리적 부담"(荒井裕樹, 앞의 책, 333쪽)은 비한센병자로서 한센병자 및 그 문학을 대함에 있어 항상 견지해야 할 자세라고 생각한다.

30 이지형, 「일본 마이너리티문학 연구의 현재와 과제-내셔널리즘, 우생사상 그리고 궁극의 문학」, 『日本学報』 100집, 2014, 71-72쪽.

고뇌. 그것은 죽을 때까지 붙어 따라다니는 것이겠지요. 하지만 누군가
이야기했잖아요. 고뇌하기 위해서는 재능이 필요하다고. 고뇌할 능력이
없는 이들도 있습니다. (28쪽)

6. 한센병문학의 보편성

이상에서 고찰한 바와 같이, 일본의 한센병문학은 호조 다미오의 소
설『생명의 초야』를 통해서 세상 밖으로 나왔다. 오랜 동안 혹독한 혐
오와 차별 그리고 공포의 대상이었던 한센병과 한센병자의 실상에 대
한 정보가 한센병자 당사자의 글을 통해 사회로 발신된 것이다. 한센병
자의 요양소 격리에 대한 최초의 문학적 자기표현이야말로 소설『생명
의 초야』에 대한 가장 적합한 정의라고 할 수 있다.

한센병자가 사회 밖에서 요양소 안으로 수용되는 과정은 그가 사회
내부로부터 그 울타리 밖으로 추방되는 것을 의미한다. 격리를 본질로
하는 한센병 요양소의 안과 밖은 이렇게 대극의 의미로 맞물려 있다.
한센병 요양소는 한센병자 당사자에게도 이계(異界)이자 미지의 세계다.
체념과 허무는 요양소 격리를 통해 불안과 공포로 증폭된다. 입소 후
직시한 중증 한센병자의 훼손된 신체는 그것이 피할 수 없는 자신의
미래를 의미하기에 전율과 자살 충동을 야기한다. 한센병은 한센병자에
게도 결코 인정하고 싶지 않은 타자의 영역이다.

그러나 부정할 수 없는 것은, 한센병이야말로 고뇌의 근원인 동시에
존재를 규정하는 절대조건이라는 사실이다. 그 낯선 타자를 받아들이
고 한센병자로서 살아가기까지의 과정을 소설『생명의 초야』는 생생히

그리고 있다. 그 과정은 과거의 삶에 집착해 한센병자를 타자로 바라보던 자신의 '인간'을 죽이고 한센병자로서의 '생명'을 새로이 받아들임을 통해 가능했다. 온 몸이 무너져도 좀처럼 죽지는 않는 한센병자의 비극적 숙명을 삶의 끈질긴 생명력으로 전화시킨 것이다.

그렇기에 한센병문학은 결코 한센병이라는 특수한 세계가 아니라 우리 삶의 보편성과 긴밀히 맞닿아 있다. 어떻게든 살아가겠다는 의지, 어떻게 살 것인가라는 고뇌야말로 생명을 지향하는 모든 이들에게 공통되는 보편적인 삶의 당면문제이기 때문이다. 한센병문학이라는 마이너리티문학의 의의가 결코 왜소할 수 없는 이유가 바로 여기에 있다. 『생명의 초야』는 그간 은폐돼 있었던 한센병 요양소의 초야를 뜨겁게 지새움으로써 한센병문학이라는 새 생명의 새벽을 열었다.[31]

---

31 한센병문학이 1930년대 중반 등장한 문학사적 배경으로는, 1930년대 초반 일본 문단이 프롤레타리아문학 계열과 신감각파 등으로 대표되는 순문학 계열로 양분된 역학 구조를 유지하다가, 『생명의 초야』가 발표된 1936년부터 프롤레타리아문학 계열이 패퇴하고 이른바 '문예부흥기'에 접어들게 되었다는 사실을 꼽을 수 있겠다. '문학을 통한 혁명'을 지향한 프롤레타리아문학 계열과 '문학의 혁명'을 지향한 신감각파 등의 순문학 계열이 그 문학관 및 세계관에서 현격한 차이를 보이며 대립했음은 주지의 사실이다. 그런 의미에서, 호조 다미오로 대표되는 한센병문학은 프롤레타리아문학 계열의 패퇴를 확인하는 순문학파의 첨병으로서 문단에 소환된 측면이 없지 않다. 호조 다미오의 문학적 후견인이 신감각파의 거두 가와바타 야스나리라는 점, 그리고 호조의 문학에서 특히 '생명'이라는 순문학적 향취 짙은 키워드가 유난히 강조되는 것 등은 이것과 결코 무관하지 않다. 荒井裕樹, 앞의 책, 138쪽을 참조.

2장

격리와 불치를 넘어서

1. 연구대상으로서의 한센병소설

한센병문학은 한센병자가 쓴 한센병에 관한 문학을 말한다. 비한센병자가 쓴 한센병에 관한 문학이나 한센병자가 쓴 한센병과 무관한 문학은 이 범주에서 제외된다. 한센병자가 겪을 수밖에 없었던 한센병자로서의 특별한 체험을 제외하고 한센병문학을 논할 수 없기 때문이다. 발병으로 인한 신체 훼손과 변형, 그로 인한 극심한 혐오와 차별 등은 한센병이 역사적으로 '천형'이라는 궁극의 언어로 불리어 온 이유다. 한센병자의 고난은 근대 들어 더욱 가중된다. 근대국가는 요양소 강제격리와 단종(斷種)을 통해 '관리'라는 명목으로 한센병자를 억압하였고, 여전한 병의 불치(不治)는 피해갈 수 없는 한센병자의 비극적 숙명이었다. 따라서 한센병문학을 "한센병 요양소에 수용된 한센병자의 문학"[1]으로 정의하는 가가 오토히코(加賀乙彦)의 입장은 그 엄정함에도 불구하고 설득력 있다.

이렇게 근대 한센병자의 삶은 한센병 요양소와 밀접한 관련이 있다. 앞에서도 밝혔듯이 한센병자에 대한 일본의 요양소 격리 정책은 '나병 예방에 관한 건(癩予防に関する件)'(1907)의 제정에서 출발해 나예방법(癩予防法)(1931)에 이르러 강제격리정책으로 더욱 철저히 집행될 수 있는 근거를 얻었다. 그 완성이 국민우생법(国民優生法)(1940)이었다. 한센병자 뿐만 아니라 정신질환자·신체장애자·중독성 질환자 등 신체적 마이너리티를 집중관리대상으로 정해 국가가 조직적으로 관리하고자 한 이 법안은 근대 우생정책의 정점이라 해도 과언이 아니다. 그 중에서도 한센병자에 대한 거세·낙태 등을 포함한 단종 정책은 국민우생법의 핵심인 동시에 근대 우생정책에 의한 인간소외의 궁극이었다. 한센병자의 근대가 자유·평등과 같은 근대성의 핵심가치와 대극의 지점에 처해질 수밖에 없었던 이유다. 격리, 단종 그리고 불치로 대표되는 근대 한센병자의 삶은 질곡과 고난 그 자체였다.

따라서 한센병자의 삶을 실존적인 문학표현으로 담아낸 한센병문학의 3대 키워드가 격리, 단종, 불치임은 지극히 자연스럽다. 당연히 한센병문학의 공간적 배경은 한센병 요양소를 떠날 수 없다. 요양소 격리의 강제화로부터 다소 자유로워진 현대에 들어서도 요양소는 한센병자의 삶과 한센병문학을 구성하는 중요 요소다. '격리' 공간으로서의 요양소는 역설적으로 한센병자의 삶의 기반인 동시에 근대 한센병 정책의 실상을 입증하는 역사적 공간이다. '단종'은 요양소의 남녀 한센병자가 부부로 맺어지기 위해서는 필수적으로 남성에게 부과되던 이른바 거세, 즉 불임수술의 의무로 대표된다. 혹 요양소의 여성 한센병자가 임신하게

---

1 加賀乙彦 외 編, 『ハンセン病文学全集』第1巻 〈解説〉, 皓星社, 2002, 468쪽.

될 경우에는 당사자 의사와 무관하게 낙태가 집행되었다. 놀랍게도 이러한 단종 수술은 전후에도 국민우생법이 개칭된 우생보호법(優生保護法, 1948)에 기초해 20세기 후반까지 지속되었다. 단종에 대한 법적 근거가 완전소멸된 것은 우생보호법을 대신해 1999년 제정된 모체보호법(母体保護法)에 이르러서였다. 또한 '불치'의 병이었던 한센병에 치료의 길이 열린 것은 1943년 미국에서 개발된 치료제 프로민(promin)에 의해서다. 일본에서는 전후 1947년부터 치료약으로 사용되었고, 이후 한센병 치료는 획기적 전기를 맞이했다. 하지만 신체의 심각한 훼손과 피할 수 없는 죽음으로부터 해방되었다 해도 한센병자에 대한 사회의 뿌리 깊은 차별은 쉽사리 개선되지 않았다. 일본 한센병문학은 격리, 단종, 불치 즉, 근대 한센병자의 비극을 상징하는 세 키워드를 전전과 전후의 텍스트에 망라해 담고 있다. 그만큼 그것이 한센병자의 삶을 규정하는 절대 요소였던 것이다.

2장에서는 근현대 일본 한센병문학을 격리, 단종, 불치의 세 키워드에 기초해 계보적으로 고찰하고자 한다. 분석대상은 논의의 효율을 기하기 위해 소설로 제한하며, 분석 텍스트는 2002년에 간행된 『한센병문학전집(ハンセン病文学全集)』(皓星社)을 사용하고자 한다. 전10권의 『한센병문학전집』은 소설 외에도 시, 수필, 평론, 아동작품 등 1920년에서 2000년 사이에 간행된 한센병 문학작품이 총망라돼 수록되어 있다.[2] 전집의 발간 자체가 문학 차원을 넘어 한센병 운동사에서 큰 의미를 지닌다고 평가할 수 있는 기념비적 텍스트이다. 소설은 제1권부터 제3

---

2 수록작품 구성을 보면, 전집 1-3권은 소설, 4권은 수필·기록, 5권은 평론·평전, 6-7권은 시, 8권은 단가, 9권은 하이쿠·센류, 10권은 아동작품으로 나눠 수록돼 있다.

권에 걸쳐 수록되어 있는데, 한센병문학 전체에서 소설이 차지하는 비중의 막대함을 여기서 확인할 수 있다.

한센병문학 선행연구를 개관하면 전체적으로 연구의 축적이 빈약한 가운데 그나마 대부분의 성과가 소설에 편중되어 있음을 알 수 있다. 특히 그 상당 부분이 한센병문학의 선구적 작가이자 대표적 소설가인 호조 다미오(北条民雄, 1914-1937) 연구에 쏠려 있다. 대표소설 『생명의 초야(いのちの初夜)』(1936)가 던진 충격의 지대함도 그러하려니와 한센병자의 삶이 문학작품으로 세상에 알려지게 된 시발점 자체가 호조의 소설이기 때문이다. 이에 반해 그 외의 한센병소설에 대한 연구는 상대적으로 매우 미진한 편이다. 이러한 현황에서 한센병문학을 둘러싼 연구의 최신 동향은 주목할 만하다. '장애와 문학'의 관점에서 한센병문학을 포착하고 있는 아라이 유키(荒井裕樹)의 일련의 연구,[3] '문학가와 한센병자의 교섭' '한센병 요양소 내의 계급관계'에 착목해 새로운 연구의 가능성을 제시한 니시무라 미네타쓰(西村峰龍)의 최근 연구[4] 등이 그 대표예다. 양자는 각각 '장애'라는 보다 거시적 관점과 '요양소 내부 혹은 안팎의 교섭'이라는 보다 미시적 관점에 각각 입각해 한센병문학을 고찰하고 있다. 이러한 성과는 한센병문학이 결코 한센병이라는 특수 질병

---

3 아라이 유키의 일련의 한센병문학 연구성과는 단행본으로 간행된 『隔離の文学-ハンセン病療養所の自己表現史』(書肆アルス, 2011)에 망라돼 수록되어 있다. 그 외에도 아라이 유키는 뇌성마비를 대상으로 한 문학연구의 성과를 『障害と文学-「しののめ」から「青い芝の会」へ』(現代書館, 2011)라는 책으로 발간한 바 있다.

4 니시무라 미네타쓰의 최근 연구논문으로는 「文学者の差別性をどう裁くべきか-阿部知二とハンセン病患者達との交流からの一考察」(『阿部知二研究』20号, 2013.4), 「椎名麟三とハンセン病-ハンセン病療養所同人誌の選評からみえてくるもの」(『阪神近代文学研究』15号, 2014.5), 「文学が描いた「軍人癩」-「兵士」は如何に「癩者」となるのか」(『社会文学』41号, 2015) 등을 들 수 있다.

을 기반으로 한 특수 영역이 아니라 근현대의 보편적 문제와 맞닿는 현재성을 내포하고 있음을 입증함으로써 그 연구의 가능성을 현실화했다고 평가할 수 있다.

이번 장은 이러한 최근 연구 성과를 시좌에 넣되 그간 한센병소설 연구에서 공백으로 남겨진 대표작가 호조 다미오의 주변적 소설들과 그 이후의 다른 작가의 소설 텍스트들을 통시적 관점에서 계보적으로 고찰하는 것을 목적으로 한다. 격리, 단종, 불치라는 한센병자를 둘러싼 실존적 조건들이 전전에서 전후로, 근대에서 현대로 이어지는 시대의 흐름에 따라 어떻게 변화하는지, 그리고 그 양상은 한센병소설 속에 어떻게 투영되는지를 중심으로 살펴볼 것이다. 대표작『생명의 초야』에 가려 상대적으로 주목받지 못한 호조 다미오의 다른 소설들과 그 이후의 다수 작가의 한센병소설을 연대기적으로 분석할 것이다. 구체적으로는 1930년대에 발표된 초기 한센병소설의 화두인 격리 문제, 전전 1940년대를 다룬 소설에서 초점화된 전쟁기 요양소의 억압적 실태, 전후 1950년대를 다룬 작품에서 문제시된 한센병 관련 법안 개정 문제, 이후 현대 한센병소설의 대주제인 차별 없는 인간적인 삶의 희구라는 네 항목으로 나눠 본론에서 고찰한다. 이를 통해 근대 한센병자의 삶이 노정하는 역사성과 사회성의 변천을 확인하고, 호조 다미오 이외에는 문학사적으로 무명에 가까운 한센병소설 작가들의 작품 세계를 새로이 조명하고자 한다.

2. 절망과 생명–한센병 요양소 격리

호조 다미오 소설의 주제는 한센병 발병과 요양소 격리로 인한 한센

병자의 절망과 극복으로 요약될 수 있다. 대표작『생명의 초야』에 앞서
발표된『마키 노인(間木老人)』(1935)을 포함해 이후의『나병요양소 수태
(癩院受胎)』(1936),『눈보라 속의 아기 울음소리(吹雪の産声)』(1936),『나병
가족(癩家族)』(1936) 등 그가 23세로 요절하기까지 2년여의 짧은 창작활
동을 통해 남긴 작품들은 모두 한센병자의 숙명적 고뇌를 사실적으로
담고 있다. 특히 1931년 제정된 나병예방법을 통해 보다 엄격히 한센병
자의 삶을 구속하게 된 요양소 격리의 처절한 실상을 생생히 묘사한
점은 호조 다미오가 한센병문학의 선구자로 불리게 된 가장 큰 이유다.

　호조의 실질적 문단 데뷔작『마키노인』은 한센병 요양소에 갓 입소한
청년 우쓰(宇津)가 경험하는 불안과 공포 등의 음울한 현실을 마키 노인
이라 불리는 환자와의 교류를 통해 그린 작품이다. 사회와 격리된 요양
소는 그 자체로 거대한 세계다. "천오백 명에 가까운 환자"를 수용하는
큰 규모에 "막노동꾼" "여공"과 같은 다양한 직업인은 물론 "새싹 같은
아이들"도 뛰어노는 요양소는 반영구적으로 한센병자가 생활하게끔 설
계된 완전히 독립적인 하나의 "특수부락"(1:29쪽)[5]이다. 이는 역설적으로
요양소가 외부 사회와 차단된 폐쇄적인 특수공간임을 의미하기도 한다.
또한 동시에 감금을 방불케 하는 요양소의 폐쇄성은 동시대 1930년대
일본 사회가 국수적 내셔널리즘 지향의 분위기로 인해 경색된 시국에
"감옥에 복역 중인 친구들"(1:30쪽)을 우쓰에게 떠올리게 한다. 요양소는
사회와 차단되었다는 의미에서 폐쇄적 공간일 뿐만 아니라 동시대 사회
의 폐쇄성을 한층 내재적으로 심화시킨 공간이라는 점에서, 시대를 표

5　본 글에서 인용하는 한센병소설 텍스트는 전부 加賀乙彦 외 編,『ハンセン病文学全集』
　(皓星社, 2002)에 의거한다. 인용 표시에서 앞의 숫자는 전집의 권수를, 뒤의 숫자는
　인용 쪽수를 나타낸다.

상하는 중층의 폐쇄 공간이라고 할 수 있다. "어떤 세상에 가더라도 인간
과 감옥은 떼려야 뗄 수 없는 것일까"(1:30쪽)라고 독백하는 우쓰의 내면
이 "왠지 모를 두려움(不気味)"으로 가득 찰 수밖에 없는 것은 이 때문이
다. 소설 속에서 반복적으로 빈출하는 그 두려움은 우쓰가 이제까지
경험한 적 없는 거대한 위화감의 덩어리다.

마키 노인은 비교적 멀쩡해 보이는 겉모습과는 달리 정신질환자와
간질병 환자를 모아둔 요양소의 특수병동인 "10호 병동"에 수용된 이
다. 전직 육군 대위로 러일전쟁에 참전해 우쓰의 아버지와 같이 노기
(乃木) 장군의 부대에 소속돼 있었다는 기막힌 인연의 소유자이기도 하
다. 그는 요양소에서 살아가는 마음가짐을 우쓰에게 전하는 안내자의
역할을 자처하지만, 그 이상으로 격리 공간으로서의 요양소의 비극성
을 체현하는 존재이기도 하다.

> 그 다음날 노인은 딸이 죽은 소나무 가지에 똑같이 목을 매 죽었다.
> 우쓰는 노인의 시체를 바라보며 이제야 비로소 안도하는 표정을 짓고 있
> 는 노인의 모습에서 죽음만이 그의 행복이었으리라 생각하며 고민 따위
> 흔적도 찾아볼 수 없는 그 얼굴에서 무언가 아름다운 것을 느끼기도 했
> 다. 하지만 얼굴이 점점 창백해지면서 지금 자신이 커다란 위기와 마주
> 하고 있음을 자각하며 깊은 한숨을 내쉬었다. (1:48쪽)

마키 노인은 요양소에 같이 수용돼 있던 딸이 같은 한센병자였던 연
인과의 강제 결별을 비관해 자살하자 그 뒤를 좇아 스스로 목숨을 끊는
다. 딸과 연인은 동반탈출의 실패로 말미암아 남자는 요양소 밖으로 추방
되고 딸은 감방에 수감된 직후였다. "필시 배 속에 아이라도 가졌을 것"
(1:43쪽)으로 추정된 딸은 닷새 만에 감방을 나온 며칠 후 소나무에 목을

매었다. 당시는 아직 요양소 한센병자간의 "그들끼리의 결혼"(1:29쪽)이 허용되지 않던 시기였다. 역설적으로 한센병자 등 신체적 마이너리티의 단종을 법률로 명시한 1940년의 국민우생법 제정 이후에서야 남성의 단종, 즉 거세를 전제로 요양소 남녀 한센병자간의 결혼이 허용되었기 때문이다. 그에 비해 국민우생법 이전은 단종법 집행이 아직 본격화되지 않았던 시기였기에 한센병자의 출산은 엄격히 금지되지 않았고 일정 정도의 여지가 있었다. 그러나 설사 출산이 허용된다 해도 결혼이 금지되어 있었기에 미혼 남녀들은 부부가 되어 정상적 가정을 꾸릴 수가 없었다. 결국 요양소 내에서 새로이 사랑을 키운 한센병자 연인들은 사랑을 지키기 위해 위험을 무릅쓴 탈출을 감행했지만 그 결과는 참혹했다. 근대 한센병자의 삶을 궁지로 내몬 '격리'라는 절대적 억압 요소가 초래한 비극이었던 것이다.

부모자식, 형제 등 실제 혈육의 가족들이 함께 발병해 요양소에 격리 수용되는 예가 적지 않았던 당시였다. 가족의 동반 수용은 당사자들에겐 가중된 아픔이기도 했지만 한편으론 요양소의 힘겨운 격리 생활을 버텨갈 수 있는 삶의 동력이기도 했다. 유일한 삶의 희망이었던 딸의 자살에 절망한 마키 노인에게 남은 선택지는 하나뿐이었다. 스스로 삶을 마감한 노인의 얼굴 표정에서 되레 "안도"의 흔적을 발견하고 "무언가 아름다운 것"을 느끼는 소설의 마지막 장면은, 삶보다 죽음이 "행복"에 더 가까운 한센병자의 비극을 상징하고 있다. 주인공 우쓰가 자신이 마주한 "커다란 위기"를 절감하는 것으로 끝맺는 소설은 한센병자의 앞에 가로놓인 고난의 삶을 예고하는 것으로 읽힌다.

한편 호조 다미오의 다른 소설 『나병요양소 수태』(1936), 『눈보라 속의 아기 울음소리』(1936)를 통해서도 1930년대 중후반의 한센병 요양소에서 출산이 전혀 불가능한 것은 아니었음을 확인할 수 있다. 『나병요양소 수태』는 요양소에서 만난 남녀 청년 군상의 연애감정 교류와 절망 그리고 새 생명을 통한 희망을 그리고 있다. 주인공 나루세(成瀨)는 23세의 청년으로, 요양소에서 만나 선배로서 의지하게 된 후나키(船木)의 여동생 가야코(茅子)에게 이성으로서 호감을 갖게 된다. 하지만 가야코는 이미 구루메(久留米)와 연인 관계였기에 나루세는 구루메에 대해 질투와 선망이 뒤섞인 복잡한 감정을 가지게 된다. 그 후 가야코는 구루메의 아이를 임신하게 되는데, 그럼에도 구루메는 한센병자로서의 현실을 비관한 나머지 벚나무에 목을 매 자살한다. 하지만 후나키는 여동생 가나코에게 "하나의 새 생명이 이 세상에 태어나는 거잖아. 낳아도 되고 말고. 아이에게 후나키의 성을 물려주마."(1:85쪽)라고 말하며 아이의 출산을 강하게 권유한다. 소설의 대강은 이러하다.

주목할 것은, 자살한 구루메가 단순히 나약한 인간으로 그려지는 것은 아니라는 점이다. 나환자로서 육체는 썩어가도 "아름다운 정신"(1:62쪽)만은 지킬 수 있다고 정신의 생명력을 믿는 후나키에 대해, 구루메는 정신 운운하는 것은 눈속임일 뿐이며 육체의 패배를 견뎌낼 수는 없다고 토로하는 냉정한 현실인식의 소유자다. "나병에 걸려서 사는 것 자체가 허위"(1:76쪽)라며 아름답고 고상한 정신보다 "저열하고 하등한 육체적 욕망"(1:70쪽)을 갈구하는 구루메의 캐릭터는 매우 현실적이고 인간적인 한센병환자의 모습을 리얼하게 포착하고 있다. 피할 수 없는 '육체의 패배'와 병의 '불치'를 비관하면서 한센병에 "익숙해진다는 것"(1:76쪽)을 무엇보다 혐오하는 존재로서 구루메는 묘사된다. 후나키에 비해 상대적으로 경증의 환자임에도 한층 비관적인 삶의 태도를 견지하는 구루메를 통해 당시로선 불치의 질병이었던 한센병이 환자 당사자의 입장에서 결코 쉽사리 상대화될 수 있는 대상이 아님을 알 수 있다.

　나루세는 소설의 시점인물로서 서로 상이한 삶의 자세를 지닌 후나키와 구루메 사이에서 고뇌하며 미래의 삶의 방향을 모색하는 인물이다. 구루메의 자살에도 불구하고 구루메의 아이를 가진 여동생의 출산을 강하게 권유하는 후나키는 육체를 극복하는 정신의 생명력을 태어날 아이의 새 '생명'을 통해 확인하려 한다. 그런 의미에서 후나키는 호조 다미오의 대표작『생명의 초야』의 주제의식인 '생명의 부활'을 굳게 계승하는 인물임에 분명하다. 그럼에도 소설의 말미, 나루세는 후나키의 눈에서 "절망"과 "의지" 사이의 갈등이 또렷이 스침을 놓치지 않으며, 자신에게 닥쳐온 "위기"(1:85쪽)를 강렬히 의식하게 된다. 이와 같이 소설『나병요양소 수태』는 불치의 병에 걸린 한센병자의 실존적 고뇌를, '생명'이라는 이름에 가려 자칫 매몰될 수 있는 관념적 낙관주의에 편향되지 않고 지극히 사실적으로 그리고 있다.

　또 다른 소설『눈보라 속의 아기 울음소리』에서도 새 '생명'의 탄생이 한센병자의 '죽음'과 오버랩된다. 격리 요양소에서 처음 만나 친구가 된 야나이(矢内)와 노무라(野村)는 야나이의 죽음으로 이내 이별을 맞이하게 된다. 병세가 악화되는 와중에서도 야나이는 곧 출산을 앞둔 산실의 임산부를 통해 생명의 연속성을 절감하며 탄생을 학수고대한다. "나병에 걸려도 아이는 태어난다."(1:104쪽)며 기뻐하던 야나이가 죽은 바로 그 날 아이는 "우렁찬 울음소리"(1:105쪽)와 함께 태어난다. 한센병자의 죽음과 아이의 탄생이 교차됨으로써, 육체는 죽어도 정신은 '생명'의 연속성을 통해 살아있기를 희구하는 강한 의지가 여실히 묻어나는 작품이다. '생명의 부활'이라는 호조 문학의 주선율은 여기서도 거듭나고 있는 것이다.

이에 비해 『나병 가족』(1936)은 가족 대부분이 순차적으로 요양소에 수용되게 된 한센병자 일가족의 슬픔을 담담히 그리고 있다. 아버지 사시치(佐七)에 이어 장남 사키치(佐吉), 장녀 후유코(ふゆ子)에 이어 막내 사타로(佐太郎)까지도 한센병이 발병해 요양소로 입소하게 된다는 내용이다. 소설은 지극히 단순한 스토리임에도 한센병자가 겪는 고난의 배경과 내실을 정밀히 구조화하고 있다. 특히 아버지와 장남의 가족 갈등을 소설은 초점화한다. 아버지 사시치는 발병 사실을 숨기고 아내와 결혼했다. 바로 아버지가 아내를 제외한 자식 셋 모두가 발병하게 된 원인제공자인 셈이다. 장남 사키치의 아버지에 대한 증오는 아버지가 발병 사실을 은폐했다는 배신감에서 비롯된다. 이는 아버지의 아들에 대한 죄책감과 정확히 호응한다. 은폐의 이유는 파혼·소외 등 다름 아닌 사회적 차별 때문이었다. 장녀 후유코는 요양소에서 사귀던 연인이 자신을 버리고 증상이 가벼운 경증의 여자와 도주함으로써 더욱 깊은 절망에 빠지게 된다. 사키치와 후유코 모두 수차례 자살 시도 경험이 있는 것도 이런 척박한 현실과 무관하지 않다. "아버지를 용서하는 것"은 곧 한센병이라는 용납하기 힘든 "현실을 용서하는 것"(1:118쪽)이기에 장남은 아버지와 좀처럼 화해하지 못한다. 아버지에 대한 증오도 결국 한센병자로서의 자신을 받아들일 수 없다는 사실에 기인함을 여기서 명확히 알 수 있다. 겨우 부자간의 화해 무드가 무르익어 갈 무렵에 들려온 막내의 입소 소식은 아들의 마음을 다시 얼어붙게 만든다. 소설의 마지막 장면, 아직 십대의 청소년인 막내 사타로가 "처음 새장에 갇힌 새" 마냥 "공포와 경악의 눈초리"를 한 채 요양소에 수용되는 장면은 '나병 가족'이라는 제목 그대로의 처연한 비극성을 노정하고 있다. 비극적 가족사 이면에는 한센병자에 대한 사회 차별과 가족 해체,

요양소 격리, 한센병자로서의 자기수용 등과 같은 본질적 문제들이 맞
물려 있는 것이다.

이렇게 살펴보면, 호조 다미오 소설 전체를 통해 '죽음'으로 상징되는
한센병자의 절망과 '생명'으로 함축되는 삶의 의지가 반복적으로 교차하
고 있음을 알 수 있다. 소설 내부에서 뿐만 아니라 각기 다른 작품 사이에
도 생의 절망과 의지가 흔들리며 뒤섞여 교차되고 있는 것이다. 당연히
이것은 작가 호조 다미오 자신이 한센병자로서 겪는 불안과 고통 그리고
희망 등과 같은 실존적 고뇌의 진솔한 투영이라고 보아야 할 것이다.
하지만 결코 소설은 주관적 감상주의로 흐르지 않고 한센병자로서의
고뇌를 철저히 상대화함을 통해 완성되고 있다. 그 속에는 격리, 불치로
대표되는 요양소 한센병자의 삶의 절대조건들이 1930년대 한센병소설
의 골격을 구성하고 있다. 더불어 아직은 허용됐던 한센병자의 출산이
소설 속 새 생명의 탄생이라는 모티브로 투영됨으로써, 굴복하지 않는
삶의 의지와 생명의 부활을 상징하고 있다. 이렇게 한센병문학은 1930
년대 호조 다미오의 소설을 통해 그 '생명'을 얻었다..

3. 권력과 억압 – 전쟁기 요양소 실태와 단종

아시아태평양 전쟁이 본격화된 1940년대 전반기를 다룬 한센병소설
은 전시기의 특성을 여실히 요양소 생활에 투영해 담아내고 있다.[6] 1940

---

6 이 소설들은 내용적으로는 1940년대 전반기를 담고 있으되 소설 발표연도는 1950년대
   혹은 그 이후로, 그 사이엔 상당한 시차가 있다. 일반 작가들의 작품도 극심한 검열과
   판매금지 조치로부터 자유롭지 않았던 국가총동원의 시기였기에, 동시대 한센병 요양

년에 제정된 국민우생법은 우생사상에 기초해 국민의 기본적 인권을 침해하는 내용을 다수 포함하고 있기에, 그 자체로 전시기의 고양된 내셔널리즘 국면을 상징하는 법안이라고 할 수 있다. 특히 이 법을 통해 한센병자에 대한 '단종'이 명시화됨으로써 한센병자의 삶은 한층 동시대 국가권력의 억압에 내몰리게 되었다. '격리'와 '불치'에 '단종'이라는 치명적 억압요소가 부가된 것이다. 여기에 전시기의 노동 동원, 참전 군인의 발병과 요양소 수용 등과 같은 이 시기 특유의 정황들이 한센병소설에 다양하게 투영된다. 이번 절에서는 미야지마 도시오(宮島俊夫)의 『나병 부부(癩夫婦)』(1955), 모리 하루키(森春樹)의 『눈의 꽃은(雪の花は)』(1983)과 『약육강식(弱肉強食)』(1983), 히카미 게이스케(氷上惠介)의 『오리온의 슬픔(オリオンの哀しみ)』(1952)[7]을 살펴봄으로써, 전쟁기 한센병 요양소의 삶이 어떻게 권력의 억압을 내면화하는지를 고찰한다.

먼저 미야지마 도시오의 『나병 부부』를 살펴보자. 이 소설은 대표적 문학잡지의 하나인 『신조(新潮)』(1949.2)에 발표될 만큼 동시대 평단의 상당한 주목을 받은 작품이다.[8] 당시 평단으로부터 호조 다미오의 작

소의 비참한 실태가 투영된 소설이 1940년대 당시에 발표될 수 없었던 정황은 충분히 이해되고도 남음이 있다. 하지만 1940년대를 다룬 소설이 아니더라도, 한센병소설은 소설내용과 소설발표 사이의 시간 간극이 큰 경우가 많다. 그 큰 이유는 소외된 한센병자의 삶이 사회로부터 새삼 주목됨으로써 그들의 고난의 생을 다룬 한센병소설이 세간에 단행본 형태로 발표되기까지는 상당한 세월이 요구되었기 때문이다.

7 작품명 뒤에 표기한 연도는, 미야지마 도시오, 모리 하루키, 히카미 게이스케의 각각의 소설이 처음 발표된, 현재 시점에서 확인된 초출에 대한 정보이다. 한센병소설의 경우에는, 한센병 요양소 내의 문집이나 동호지에 처음 발표된 작품, 소설 속 배경 시대와 상당한 시차를 두고 이후에 개인 창작집이나 유고집의 형태로 발표된 작품 등, 그 초출에 대한 명확한 확인이 어려운 경우가 적지 않다. 본 저술이 소설 본문을 인용한 加賀乙彦 외 編, 『ハンセン病文学全集』(皓星社, 2002)이 수록 작품의 초출 정보를 명시하고 있지 않은 점이 그래서 아쉽다.

품을 잇는 새로운 한센병문학으로 호평 받은 『나병 부부』는 미야지마 도시오의 대표작이다. 1939년 오카야마(岡山) 현의 나가시마애생원(長島愛生園)에 수용된 미야지마는 요양소에서 문장회, 창작회 등의 문학 동아리 활동을 하며 소설을 발표하였다.[9] 소설은 '나병 부부'라는 제목에서 풍기는 애환 섞인 평탄함의 이미지와는 반대로 매우 극적이며 격정적인 1인칭 시점의 수기, 즉 고백체 소설이다.

  장교로 참전했다 나병 발병으로 인해 요양소에 수용된 주인공 다쿠(沢)는 유복한 환경에서 성장한 자부심 강한 청년이다. 게다가 전시기의 군인, 그것도 장교 출신이기에 그는 요양소 내에서도 나름 "특권의식"을 가지고 다른 환자로부터 선망되는 존재다. 하지만 정작 그 자신은 이제 적군이 아닌 "자기 내부에 잠입한 보이지 않는 적"(1:188쪽)과의 음울한 싸움을 앞에 두고 고뇌한다. 불안과 우울 속에 살던 그는 주위의 권유로 시즈에(静江)라는 여성 환자와 결혼한다. 그런데 결혼을 위해 그가 거쳐야만 했던 통과의례가 있었으니, 바로 남성 환자에 대한 단종 수술이었다. 이것이 1940년에 공포된 국민우생법에 의한 것임은 두 말할 나위도 없다.

  마침내 결혼을 앞두고 단종 수술을 받지 않으면 안 되는 날이 오자, 각오를 다졌음에도 불구하고 굴욕감이 무겁게 치밀어 오는 것이었습니다. 사랑은 굴욕을 넘어설 수 있을까? (중략) 단종법을 저는 이미 긍정하고 있었습니다. 사회적 인간으로 패배한 제가 결혼생활에 들어갈 전제조건으

---

8 『나병 부부』는 『新潮』 46卷 2号(1949.2)에 처음 발표되었다가 미야지마 도시오의 사후에 유고작품집 『癩夫婦』(保健同人社, 1955)에 수록되었다.

9 加賀乙彦 외 編, 앞의 책 第1卷, 476쪽.

로 수술을 받는 것은 당연합니다. 그렇게 긍정은 하면서도 온전한 육체의 일부에 가해질 부정적 수술의 광경을 떠올리자, 마치 내 육체가 개돼지와 같은 취급을 받는 것 같은 굴욕감이 밀려갔다 밀려오는 밀물과 썰물처럼 긍정과 부정 사이를 무겁게 왕복하는 것이었습니다. 이 치욕을 감내하면서까지 여인의 사랑을, 시즈에를 얻지 않으면 안 되는 것일까요. 동물로 전락하면서까지 사랑을 성취하지 않으면 안 되는 것일까요. (1:196쪽)

단종 수술은 참기 어려운 "굴욕"이자 "치욕"이었다. 남성으로서 육체적 훼손일 뿐만 아니라 인간으로서의 자부심을 무너뜨리는 행위였다. 흡사 "동물"이 된 것 같은 굴욕감과 "사랑" 사이에서 심각히 갈등하던 주인공은 마침내 후자를 선택한다. 그리고 자신의 신체를 "간호사의 부드러운 손가락"에 내맡긴 채 치욕감으로 "절규하고픈 충동"을 "필사의 노력"(1:196쪽)으로 견뎌내며 수술을 받는다. 다쿠는 사랑을 위해 단종을 선택했지만, 인간의 육체뿐만 아니라 영혼마저도 훼손하는 잔인한 행위가 바로 단종 수술임을 소설은 적나라하게 고발하고 있다.

소설이 여기서 끝났다면『나병 부부』는 신체적 결손과 마음의 상처를 한센병자 부부가 서로 보듬는 아름다운 치유의 이야기로 기억될 수 있었을 것이다. 그러나 인생은 잔인하며 소설은 가혹하리만치 사실적으로 비극의 진행을 포착한다. 결혼 후 각각 남녀 병동을 벗어나 요양소 교외의 과수원에 둘만의 보금자리를 꾸려 병원과는 다른 "별천지"(1:199쪽)의 행복을 맛보던 것도 잠시, 다쿠를 엄습한 한센병의 급속한 악화는 서서히 모든 것을 앗아간다. 발진과 결절, 격렬한 신경통, 시력 상실과 실명, 패혈증과 다리 절단으로 진행되는 병의 급속한 악화는 "지옥의 고통"(1:200쪽) 그 자체이다. 그 지옥은 아내 시즈에가 동향 출신이라는 인연으로 알게 된 경증의 한 남자와 요양소 야반도주를 함에 이르러 극에 달한다. 사랑을 위해 남성으로서의 신체성과 자존심을 내려놓는 단종 수술을 마다하지 않았던 다쿠로서는 더 이상 없는 비극적 결말인 셈이다. 소설은 매일 "방공경보"가 끊이지 않고 멀리 보이는 오카야마 시가지가 폭격에 의해 "소이탄의 빛과 벌겋게 불타오른 하늘"(1:210쪽)로 뒤덮인 전시 말의 지옥과 같은 풍경을 한센병자 남성의 영혼의 지옥과 오버랩시켜 그 처절한 비극성을 극단으로 끌어올린다.

> …… 악마. 당신에게 나는 호소하고 있습니다. 인간은 보통 신을 향해 호소하고 흐느끼고 혹은 감사하는 법입니다만, 나란 인간에게는 악마 당신이 훨씬 더 가깝고 친근하며 그립기조차 한 존재입니다. 당신은 실제 나를 철저하게 사랑해 주셨습니다. (중략) 아아, 악마, 다시 한 번 더 제 곁으로 다가와 주십시오……. (1:183-216쪽)

"악마"를 부르짖으며 절규하는 격정적인 독백체로 초지일관하는 소설의 문체가 다소 부담스러움에도 그것이 결코 과도한 설정으로 느껴지진 않는 것은, 실제 한센병자의 처절한 비극성을 가감 없이 담고 있는 소설의 사실성 때문일 것이다. 작가 미야지마 또한 소설 집필 당시 이미 병이 상당히 진행되어 왼쪽 눈을 실명한 상태였기에 오른쪽 눈에만 의지해 작품을 썼다고 한다. 부족할 것 하나 없던 한 남자가 한센병으로 인해 신체와 영혼의 모든 것이 앗아지는 고통의 과정을, 소설은 비참소설 혹은 자연주의 소설을 방불케 하는 필치로 담아낸다. 영육이 침식·훼손돼 가는 순간들을, 그리고 그 순간 더욱 또렷이 직시되는 "욕망" "질투" "고독"과 같은 인간적 감정들을 『나병 부부』는 날것 그대로 드러내고 있다. 다쿠의 투쟁은 오롯이 "패배"(1:216쪽)하였다고 선언하며 마감되는 소설은 일말의 낙관이나 희망의 가능성을 허락지 않는다. 그의

"패배"는 확연한 "패배"로 치닫는 일본의 전쟁과 겹쳐지며, 한센병자 개인의 삶의 비극성과 동시대 일본이 처한 종말적 시국을 처연히 결부시킨다. 소설『나병 부부』가 한센병소설의 깊이와 외연을 확장시켰다는 평가를 받는 연유가 여기에 있다.

이어서 모리 하루키의 소설을 살펴보자. 1915년생인 모리 하루키는 1940년에 미야지마 도시오가 수용된 같은 요양소인 나가시마애생원에 입소하였다. 먼저 살펴볼 그의 소설『눈의 꽃은』[10]은 매우 흥미로운 작품이다. 어린 시절, 지방의 같은 마을에서 성장한 옛 친구와 한센병 요양소에서 해후한다는 설정의 소설은 일견 정서적 서사의 인상을 주지만, 실은 스토리의 겉 얼개와는 달리 매우 골계적인 내용을 담은 작품이다. 소설의 주인공 "나"는 갓 입소한 요양소에서 그의 어릴 적 친구 다키구치(滝口)를 닮은 한 남자를 만나게 된다. 다키구치는 어머니가 한센병자라는 이유로 온갖 차별과 수모를 받아야만 했던 옛 친구로 가난 때문에 중학교 진학도 못한 채 주인공 집에서 머슴살이도 한 이였다. 그 후로 일찍이 고향을 떠났던 그가 우메조(梅三)라는 가명으로 행세하며 요양소 과장이라는 요직을 맡아 권력을 휘두르고 있는 것이다. 고학력자로 학력을 사칭한 것은 두말할 나위도 없다. 부유한 집안에 태어나 대학을 졸업하고 엘리트로서의 인생을 순탄히 살아갈 터였던 "나"는 예기치 않은 한센병 발병으로 인해 이제까지의 모든 성취들을 뒤로 한 채 요양소에 수용되었다. 이렇게 한센병은 주인과 머슴, 부자와 가난뱅이와 같은 계급적 차이마저 완벽히 무화시켜 '한센병자'라는 굴레로 동일화시키는

---

10 모리 하루키의 소설『눈의 꽃은』과『약육강식』은 그의 창작집『微笑まなかった男』(近代文芸社, 1983)에 첫 발표된 것으로 현재로선 확인된다.

가공할 절대조건이다. 빈민으로 일찌감치 한센병에 노출돼 비주류로서의 삶을 살아온 한 남자와 한센병과는 무관한 양지에서 주류의 삶을 영위했던 한 남자가 한센병이라는 매개를 통해 요양소라는 미지의 장소에서 조우했다. 사회적 타자와 주체가 기구한 인생유전 끝에 궁극의 지점에서 마주한 것이다. 심지어 이미 요양소 "물품과"(2:79쪽)[11] 과장을 맡고 있는 다키구치와 이제 갓 입소한 신참 "나"의 권력 관계는 이제까지 사회에서의 그것과는 반대로 전복되었다고 할 수 있다. 거짓말과 도주로 일관된 다키구치의 인생 역정을 다른 한센병자를 통해 전해 들으며 그와의 어린 시절을 회상하는 "나"는 흠뻑 내린 눈으로 "은세계"(2:79쪽)가 된 요양소 창밖을 멍하니 바라볼 뿐이다. 울 수도 웃을 수도 없는 유머와 페이소스가 뒤섞인 채 소설은 시종일관한다. '한센병'이라는 이름으로 모든 삶의 조건들이 동일화되고 결국 '요양소'라는 동일 공간으로 수렴될 수밖에 없는 한센병자의 삶의 비극성을 소설은 되레 가벼운 필치로 묘사해 더욱 그 비장감을 배가시키고 있다.

더욱 문제적인 것은, 모리 하루키의 다른 소설 『약육강식』이다. 요양소의 한 부부를 중심인물로 한센병 요양소 내부의 권력 관계와 부조리를 고발하는 이 소설은 전시 말의 1944-1945년을 시간적 배경으로 한다. 전쟁 말기의 대공습과 극심한 물자부족으로 인한 연료·식량의 배급제, 요양소 한센병자에게도 강요되는 강제 노동 등 전쟁 말기의 열악하기 짝이 없는 환경은 시국의 첨예함을 생생히 보여준다. 말 그대로 국가총동원의 시기, 한센병 요양소라는 이공간이 동시대의 격진을

---

11 2:79의 2는 『ハンセン病文学全集』(皓星社, 2002)의 第2巻을 의미한다. 이하는 쪽수이다.

어떻게 내면화하며 시국은 요양소의 일상을 어떻게 변모시키는지에 대해 소설은 평범한 한 부부의 시점을 통해서 포착하고 있다.

> 전쟁은 하루하루 패색이 짙어지고 있었다. 본토결전이라고 하는 그럴듯한 말조차 절실함을 더하고 있었다. 그만큼 식량난은 극도로 핍박해졌다. 쌀 2할에 보리 8할의 죽은 마치 쥐색의 풀죽을 방불케 했다. 부식으로는 소금 한주먹이나 고춧가루, 단무지 외엔 달리 없었다. (2:97쪽)

패색이 짙어지는 전쟁 말기의 힘겨운 시국은 "본토결전"이라는 전의 고취 슬로건이 무색하리만치의 궁핍함을 요양소 생활의 일상에 드리운다. 숯 또한 배급제이며 가벼운 증세의 한센병자에게는 "징용"(2:86쪽)이라는 이름으로 "보국농원(報国農園)"(2:98쪽)에서의 강제노동이 강요되어혹 이를 거절할 시엔 배급품 일체를 받을 수 없었다. 한센병 때문이 아니라 기아로 인한 "영양실조"와 "과로"(2:104쪽)로 말미암아 사망하는 한센병자가 속출하고 있었다. 격리 공간 한센병 요양소는 역설적이게도 전황의 첨예함으로 말미암아 바깥 사회와 차단되기는커녕 철저히 연결되고 있었던 것이다.

이러한 긴박한 시국을 살아가는 야스하라(安原)와 도키요(時代) 부부의 꿈은 실로 소박하다. 다다미 여섯 장의 방 한 칸을 두 부부가 나눠 쓰는 공동숙사를 벗어나 부부만의 독립적 생활을 영위할 수 있는 넉 장 반 크기의 단독숙사로 이주하는 것만이 두 사람의 포기할 수 없는 희망이다. 하지만 규정대로 집행되어야 할 요양소의 행정은 공정함과는 거리가 멀다. 빈번한 뇌물 공여로 인해 부부숙사 배정 순번은 뒤바뀌기 일쑤며, 원칙과 기준은 행정 권한을 가진 이의 의지 여하에 따라 무시된다. 특히 전횡을 일삼는 자는 행정실무 담당자인 자치회 방공계장 가토(加藤)였다. 시 창작을 즐기며 이상과 정의를 추구하는 성향의 야스하라에게 이러한 요양소의 부조리는 묵과할 수 없는 모순이었다. 항의나 소원이 받아들여지기는커녕 되레 가중된 억압으로 되돌아오자, 야스하라는 마지막으로 자치회 소장 나카다(中田)에게 희망을 건다. "도쿄의 어느 국립대학을 졸업하기 직전"에 요양소로 들어온 나카다는 이전에 요양원 당국의 "관료주의"에 도전한 이력도 있는 "학생 기질"(2:106쪽)의 인물로, 야스하라는 내심 그를 합리적이고 정의로운 인물로 신뢰하고 있었던 것이다.

> "다시 한 번 생각해 보겠네."
> 라고 말했던 나카다는 무얼 다시 생각해 본 것일까. 그간 시간을 두고 야스하라의 항의를 모면하기 위한 정치적 테크닉이었던 것일까. 야스하라는 나카다를 신용한 자신의 어리석음을 깨달았다. 나라의 중앙과 지방 그리고 이런 작은 섬의 정치마저도 기만과 허위에 가득 차 있음을 깨달았다. 나카다를 존경하고 신뢰하고 있었던 만큼 야스하라의 충격은 컸다. (2:109쪽)

야스하라의 마지막 기대는 산산이 부서졌다. 부조리의 개선을 바라며 소장 나카다에게 걸었던 희망은 되레 야스하라에 대한 큰 불이익으로 되돌아왔다. 일종의 괘씸죄가 적용된 것이다. 요양소 밖이든 안이든 세상은 "기만과 허위"로 만연함을 뼈저리게 자각한 야스하라는 "허무한 고독"을 곱씹으며 "이제부터는 강해지지 않으면……"(2:109쪽) 안 되겠다는 각오를 다지는 것으로 소설은 끝맺는다. 이렇게 소설은 요양소 밖의 차별 못지않게 첨예한 한센병자 내부의 계급 관계를 여실히 보여준다. 작가 모리 하루키는 '약육강식'이라는 제목 그대로 외부 사회의 모순과 부조리를 더욱 철저히 내면화하고 있는 한센병 요양소 내부의 현실을 강렬히 고발·비판하고 있다. 삶의 모순은 약자에게 더욱 가혹하다는 냉엄한 현실을 소설『약육강식』은 직시한다. 나아가 이런 삶의 척박함으로부터 좀체 벗어날 수 없다는 자조적 체념에 흔들리면서도, 그럼에도 어떻게든 살아가야 한다는 생의 의지를 포기하지 않음으로써『약육강식』은 리얼리즘 문학으로서의 한센병소설의 지평을 넓히고 있음에 분명하다.

그런 의미에서 히카미 게이스케의 소설『오리온의 슬픔』은『약육강식』의 주제의식을 계승하는 소설이라고 할 수 있다. 1923년 출생의 히카미는 어릴 적 한센병이 발병해 수용된 첫 요양원이 폐쇄됨에 따라, 1942년 도쿄 인근 무사시노(武蔵野)에 위치한 다마전생원(多磨全生園)에 입소하게 된다. 호조 다미오가 수용되었던 바로 그 요양소이다.『오리온의 슬픔』은 전시 말의 요양소 세탁장 인부들을 중심으로 펼쳐지는 고난과 억압의 분투기이다. 소설은 다마전생원 기관지『다마(多磨)』문예특집호(1952.11)에 처음 발표되었다가, 이후 부분 개고를 거쳐『신일본문학(新日本文学)』(1955.4)에 현재의 소설 전문이 게재되었다.[12] 소설의 시간적 배경은 일본의 패전을 목전에 둔 1945년인 것으로 추정된다. 소설 본문에 "작년 봄 4월"부터 이어진 "미국 함재기"(2:114쪽)의 빈번한 공습 운운 등 전쟁 막바지로 판단되는 정황 서술이 삽입돼 있기 때문이다.

---

12 히카미 게이스케『오리온의 슬픔』은 다마전생원 기관지『多磨』문예특집호(1952.11)에 처음 발표되어 소설 부문 1위를 획득한다. 이때의 심사자가 소설가 노마 히로시(野間広)였다. 그 후 부분 개고를 거쳐『新日本文学』(1955.4)의「전국문학집단 창작콩쿨」에 입선하여 소설 전문이 게재되었다. 최종적으로는 히카미의 유고집『オリオンの哀しみ』(永上恵介遺稿集出版委員会, 1985)에 수록되었다.

요양소 세탁장은 당시 한센병 요양소에서 사용되는 붕대·가제 등을 재활용할 수 있도록 세탁을 전담하는 곳이었다. 피와 고름이 배인 붕대 등을 세탁하는 일은 엄청난 중노동이었다. 그들 자신도 한센병자인 고작 예닐곱 명의 인부가 인력과 장비를 병용해 요양소 전체의 세탁을 전담해야 하는 세탁장의 작업환경은 극도로 열악했다. 더욱이 전시 말의 보급 물자 부족으로 인해 장화가 제대로 지급되지 않아 노동환경의 힘겨움은 한층 배가된다. 세탁장은 대량의 물을 사용하기 마련인데, 한센병은 피부 말단조직이 물에 노출되면 상처가 덧남은 물론 격심한 신경통을 유발하기에 장화는 세탁장 작업에 없어서는 안 될 필수품이었다.[13] 물이 새는 불량 장화로 인해 다리를 절단하는 등 인부의 건강이 날로 악화되자 작업 주임 나카하라(中原)는 요양소 당국에 새 장화의 지급을 요구하지만, 물자 부족을 이유로 번번이 거절당한다. 하지만 창고에 몰래 비축돼 있던 장화의 존재를 알게 된 나카하라가 재차 요구하자 요양소 당국은 장화를 결국 지급한다. 그러나 해피엔딩일 것 같았던 소설은 나카하라가 당국의 보복으로 인해 한 번 수감되면 살아 돌아오는 이 없는 것으로 악명 높은 구사쓰(草津) 요양소의 특별병동에 이감되는 것으로 마감된다.

매우 흥미로운 것은, 이 소설에 모델 사건이 존재한다는 사실이다. 1941년에 다마전생원에서 발생한 이른바 '세탁장 사건'[14]이 그것이다.

---

13 荒井裕樹, 『隔離の文学−ハンセン病療養所の自己表現史』, 書肆アルス, 2011, 281쪽.
14 위의 책, 281쪽. 그 외에 아래의 인터넷 정보에도 세탁장 사건과 그 전후 배경이 소상히 소개돼 있다. 다만 사건의 발생연도가 1940년으로 기재된 것은 명백한 오류이다. http://www.dinf.ne.jp/doc/japanese/prdl/jsrd/norma/n289/n289014.html(검색일 : 2015.12.16.)

히카미는 1942년에 다마전생원으로 옮겨 왔기에 사건 자체를 직접 목격하거나 체험한 것은 아니다. 사건 발생 이후에 관련 에피소드를 전해 듣고 소설화한 것이다. 그 와중에 소설 속 시간 배경도 전황이 더욱 첨예한 전시 말기로 설정이 바뀐 것으로 보인다. 나카하라의 실제 모델은 야마이 미치타(山井道太)라는 인물로, 실제의 '세탁장 사건'은 소설 『오리온의 슬픔』 속 사건과 거의 일치한다. 다만 그는 소설과는 달리 이미 결혼해 아내를 둔 기혼자였으며, 작업 보이콧을 통해서도 결국 새 장화를 지급받지는 못했다. 미치타는 소설에서 나카하라가 이송된 곳과 같은 구사쓰 요양소에 이송되었다. 구사쓰 요양소는 군마(群馬)현 구사쓰 소재 구리오낙천원(栗生楽泉園)을 말하며, 야마이는 그곳의 특별 병실에 이송되었던 것이다. 그곳은 "구사쓰 고원"의 "인가와 동떨어진 숲속에 위치한 특별병동"(2:122쪽)으로, 식사와 전기도 온전히 제공되지 않고 치료실이 있어도 치료도 해 주지 않는 '감옥'과 같은 곳이었다. 야마이는 이송된 지 3개월 만에 결국 사망한다.[15] 실제로도, 소설 속에서도, 한센병자들 사이에서 '구사쓰 추방(草津送り)'(2:122쪽)이라 불리며 공포의 대상이 된 특별병실의 실체는 이러했다.[16]

---

15 http://www.geocities.jp/libell8/97j-yamai.html(검색일: 2015.12.16.). 일본 한센병 관련자료 링크집인 위 사이트를 통해 확인하면, 실제 '세탁장 사건'은 한센병자의 요양소 도주를 막기 위해 가진 돈을 모두 빼앗은 다음, 최소한의 적은 돈을 노동 대가로 지급하며 한센병자의 노동력을 착취한 동시대 한센병 요양소의 폭압적 시스템이 사건 발생의 보다 근본적인 동인이라고 할 수 있다. 그렇기에 야마이의 죽음은 한센병자 개인의 비극적 죽음의 차원을 넘어 동시대 일본 국수주의 치하의 처참한 사회현실을 상징하는 중요한 의미를 갖고 있다고 봐야 할 것이다.

16 武田徹, 『「隔離」という病い-近代日本の医療空間』, 中央公論新社, 2005, 56-57쪽에 의하면, 특별병실의 실상은 병실이라 함은 이름뿐으로 환자에게 치료가 아닌 고통을, 그것도 고의로 고문을 통해 고통을 가하기 위한 실질적인 감방이었다고 한다. 말하자면 그곳은 한센병에 걸린 형사범들을 수용하기 위한 '나병 형무소'였다. 일본에서 유일하게

소설은 야마이의 분신이라 할 수 있는 나카하라의 안위를 근심하는 친구 요시키(由木)와 연인 가즈에(和江) 남매의 시선을 통해, "약자를 발판으로 절대적 지배자로 군림"(2:126쪽)하는 요양소 내의 폭압적인 권력의 민낯을 낱낱이 드러낸다. 순종적이지 않은 환자들을 정치범마냥 추방해 죽음으로 내모는 전시기 요양소의 실상은 동시대 제국 일본의 폭압적 체재의 축소판이라 할 수 있다. 그 외에도 소설 속 세탁소 인부들 중에서도 가장 약자라 할 수 있는 조선인 한센병자 센(錢)(2:123~124쪽)에 대한 차별과 학대는 한센병 요양소가 그 바깥 사회의 권력관계의 위계를 그대로 답습할 뿐만 아니라 강화하고 있음을 명확히 증명한다. 그렇기에 소설『오리온의 슬픔』의 "슬픔"은 결코 감상적이고 정서적인 슬픔과는 거리가 먼 동시대 일본의 리얼한 자화상이라고 할 수 있다.

이와 같이 1940년대 초중반 전시기를 배경으로 하는 한센병소설의 세계는 호조 다미오로 대표되는 30년대의 그것과는 달리, 매우 사실적으로 동시대의 콘텍스트를 작품에 녹여내고 있다. 호조 다미오의 소설이 요양소 격리의 현실과 한센병자로서의 자신을 수용하는 기로에서 고뇌하는 개인의 내면에 초점을 맞추었다면, 전전 40년대 소설은 단종, 요양소 내 권력관계, 전시기 강제노동 등 시국과 긴밀히 연동하며 한센병자의 삶을 더욱 옥죄는 요양소의 냉엄한 현실을 매우 사실적으로 그린다. 뿐만 아니라, 요양소 내의 다양한 인간군상 묘사 등 결코 특수 세계에 머물지 않는 요양소 공간의 보편성에 주목해 한센병소설의 지평을 확장한다. 이러한 성과는 이 시기를 다룬 소설 대부분이 검열이 극심했던 당시가 아니라 전후에 들어서야 발표됨으로써, 첨예한 전시기 요양

특별병실이 설치(1938)된 요양소가 바로 구사쓰의 구리오낙천원이었다.

소의 실상을 자타의 검열 없이 낱낱이 표현할 수 있었기에 가능했다고
봐야 할 것이다.

4. 연대와 투쟁-전후 한센병 관련법 개정 반대운동

일본의 패전 이후, 한센병자 및 한센병 요양소를 둘러싼 환경은 큰
변화를 맞이했지만 현실은 그리 녹록치만은 않았다. 격리·단종 등의
조항을 담은 한센병 관련법은 물론 우생한 관련법의 개정 과정은 순탄치
않았고, 그 결과 또한 결코 만족스럽지 못했다. 이번 절에서는, 전후
한센병자의 삶을 규정하는 사회적 기준이라 할 수 있는 '나병예방법(らい
予防法)'(1953) 개정 과정을 둘러싼 일련의 사회 동향을, 요양소 한센병자
의 연대 운동을 다룬 가이 하치로(甲斐八郎)의 『그날(その日)』(1988)을 중
심으로 고찰한다.

가이 하치로는 1918년 출생으로 초등학교 때 한센병을 발병해 요양소
에는 1937년에 수용되었다. 그가 수용된 곳은 미야지마 도시오, 모리
하루키와 같은 나가시마애생원[17]이다. 소설 『그날』은 1987년에 사망한

---

17 오카야마 현에 위치한 나가시마애생원은 오가와 마사코(小川正子)가 소설 『작은 섬의
봄(小島の春)』(1938)에서 한센병자의 낙원으로 묘사한 요양소이기도 하다. 물론 그곳
이 마냥 '낙원'일리 만무하다. 흥미로운 것은, 호조 다미오의 『생명의 초야』(1936)와
더불어 한센병에 대한 관심을 불러일으킨 대표적 문학작품으로 평가받는 이 소설이
정작 『ハンセン病文学全集』(皓星社, 2002)에서 누락되어 있다는 사실이다. 그 이유는
바로 그녀가 한센병자가 아니기 때문이다. 그녀는 의사로서 나가시마애생원에 근무했
으며 그 체험을 바탕으로 소설을 썼다. 따라서 『작은 섬의 봄』은 '한센병자 당사자가
한센병 요양소의 격리 체험을 바탕으로 창작한 문학'이라는 한센병문학의 기준에서
벗어나 있기에 한센병문학으로 인정될 수 없었던 것이다. 본 글은 그 기준을 따르고
있으므로 이 작품을 고찰대상으로 다루지 않았다. 다만, 보다 포괄적인 범주의 한센병

작가를 기려 이듬해 간행된 『그날 : 가이 하치로 작품집(その日:甲斐八郎 作品集)』(1988)에 수록되었다. 『그날』은 1931년 제정된 나예방법(癩予防 法)이 나병예방법(らい予防法)으로 개정되는 것을 둘러싸고 요양소 내에 서 본격화된 새로운 예방법에 대한 반대운동을 다루고 있다. 한센병자 에 대한 격리 정책이 본격화된 것은, 다름 아닌 전전의 우생사상에 기초 해 마련된 나예방법에 의해서였다. 전후 한센병자가 격리로부터 해방되 기를 원한 것은 당연했다. 하지만 1953년 개정된 나병예방법은 한센병 자의 열망을 담아내기는커녕 격리 정책을 온존한 채 되레 한센병자의 도주를 유죄로 처벌할 수 있는 도주죄 조항까지 삽입하였다. 전후 새로 이 제정된 이른바 '평화헌법'(정식 명칭은 日本国憲法)으로 국민의 기본적 인권이 보장되고 치료제 프로민의 도입에 의해 화학치료가 가능해진 상황에서 격리 정책이 존속되는 것은, 한센병자로서는 도저히 수용할 수 없는 문제였다. 심지어 새 법안은 한센병자에 대한 실질적 '평생 격리' 를 명시하는 내용마저 담고 있었다.[18] 프로민 치료에 의해 완치자(完治者) 와 무균자(無菌者)가 증가하는 상황에서 기존의 나예방법의 독소 조항을 없애기는커녕 되레 강화하는 내용을 담은 나병예방법은 한센병자로서 는 시대착오적 악법이었다.[19] 그것은 개정이 아니라 개악이었다.

문학 정의에서는 『작은 섬의 봄』 또한 충분히 포함될 수 있다고 본다. 오가와 마사코는 요양소에서 얻은 폐결핵으로 인해 1943년에 41세의 젊은 나이로 사망하였다.

18 나병예방법(らい予防法)의 핵심내용은 다음과 같다. 藤野豊, 『「いのち」の近代史』(かも がわ出版, 2001), 505쪽에 의하면, 한센병 환자와 그 가족에 대한 차별 금지, 환자를 진찰한 의사의 신고 의무화, 요양소장 허가로 환자의 외출 허용, 강제수용 명기, 징계규 정 명기, 퇴원 규정의 부재 등이 그 대강의 내용이다. '퇴원 규정의 부재'를 통해 한센 자에 대한 실질적 '평생 격리'를 확인하고, 징계규정을 명기함으로써 '도주' 등에 대한 처벌을 분명히 하고 있음을 알 수 있다.

19 加賀乙彦 외 編, 앞의 책 第1卷, 499-500쪽.

소설『그날』은 한센병자들이 연대해 나병예방법 반대운동을 펼치는 나가시마애생원의 뜨거운 '그날'을 마치 다큐멘터리를 방불케 하는 생생함으로 기록한다. 『그날』은 나병예방법이 개정 시행되기 직전의 1953년 7월 31일을 시간적 배경으로 요양소 내의 긴박한 반대운동 전개 양상을 소설보다는 기록물에 가까운 느낌으로 담아낸다.[20] 주요 등장인물은 평의회 의장 우키타(浮田), 위원장 기시마(木島), 본관 앞 농성 시위 책임자 나카야마(中山), 전전 요양소 본부에 협력했던 인물 나카바야시(中林) 등 다수이다. 인물들은 선악, 권력관계 등에 따른 전형적 면모를 드러내기보다는 대부분 중층적 캐릭터의 소유자로, 행동 결정을 앞두고 두려움으로 고민하다가 용기를 내기도 하는 등 매우 인간적이면서도 흔들리는 모습으로 묘사된다.

평의회 의장인 우키타는 처음 맞는 초유의 사태에 압도되어 제 역할을 제대로 수행하지 못하며, 위원장 기시마는 쉽게 눈물을 보이는 감성의 소유자로 예방법투쟁을 이끌어 온 것은 자신이라는 자부심을 가지면서도 정작은 대립각을 세워야 할 요양소 원장의 "절대적 지지자"(2:181쪽)이다. 한편 나카바야시는 요양소 본부 정책에 적극적으로 협력해 환자의 공공의 적으로 인식된 전직 위원장이지만, 공동투쟁에 임해서는 해상에 배를 띄워 운동을 선전하는 책임을 맡는 등 나름의 역할을 하는 복잡한 내면의 인물이다. 그나마 행동파로서 투쟁을 이끄는 농성 책임자 나카야마가 독자로선 감정이입이 가장 용이한 캐릭터지만 정작 소설에서의 비중은 그리 크지 않다. 그 외에도 오카다(岡田)는 원장 사직을

---

20 나병예방법 제정은 1953년 8월 1일, 공포 및 시행은 8월 15일이다. 소설『그날』은 법 제정 직전의 실로 긴박한 시점을 시간적 배경으로 하고 있는 것이다.

요구하는 등 가장 강경한 입장을 견지하는 인물로 "적색분자(赤)"(2:178쪽)
로 불리기도 하는 사회주의자다. 이렇게 등장인물의 역할 비중은 어느
한쪽으로 쏠리지 않고 소설의 시점인물 또한 고정되지 않는다. 이렇게
등장인물 다수의 관점이 정리되지 않은 채 뒤섞여 있어 소설이 다소
혼란스런 느낌으로 읽히는 것도 부정하기는 힘들다.

> 그것이 '…… 환자는 수갑을 채워서라도 연행하지 않으면 안 된다.……'
> '…… 환자가 결혼할 시에는 단종을 하지 않으면 안 된다.……' '…… 환자
> 는 강제수용되고 격리되어야 한다.……' 등등, 메이지 시대 이후 반세기
> 이전의 감옥법에 기초해 만들어진 현행법을 개악해 강화하려고 하는 의도
> 에 환자들이 반대해 들고 일어난 것이다. (2:172쪽)

한센병 환자들은 강제연행, 단종, 강제수용 및 격리로 대표되는 전전
의 폭압적 한센병 정책의 핵심내용이 폐지되기는커녕 존속·강화되는
조항을 담은 새 예방법을 도저히 수용할 수가 없다. 한센병자들이 연대
투쟁할 수밖에 없는 이유다. 문제는 한센병자 내부의 연대가 잘 이루어
지지 않고 운동 방향성이 쉽사리 합의되지 않는다는 점이다. 『그날』은
한센병 요양소 환자들의 공동투쟁 논의를 둘러싼 갑론을박과 요양소
내외부를 포괄한 데모 시위의 시도와 좌절의 며칠간을 다루고 있다.
구체 사건의 순차적 전개는 요양소 한센병자 평의회에서의 시위 방법
논의, 요양소 외부 진출 시위의 좌절, 요양소 내부 시위와 요양소 본부
및 경찰과의 대치 등의 순서로 이어진다.

> 병실 지대에서 흰 옷을 입은 환자가 창밖으로 내다보기도 하고, 환자복
> 을 입은 채 대열에 합류하는 이도 있었다. 여자 병실의 환자들 중에서도

"잘 하고 와요."라고 소리치는 이가 보였다. 마치 요양소 운동회라도 나가
는듯한 들썩거림이었다. 마침내 대열이 움직이기 시작했다. 시계는 일곱
시 전을 가리키고 있었다. 어느덧 대열은 오, 육백 명으로 불어나 있었다.
(2:186쪽)

　　요양소 밖으로 나가 현청 건물에서 자신들의 입장을 펼치려는 시위대
행렬은 요양소 환자들의 응원을 등에 업고 용기백배한다. 하지만 이내
요양소에 파견된 무장 경찰대가 막아섬으로써 뜻을 이루지 못하고, 차
선책으로 요양소 본부 앞에서 연좌 농성시위에 들어간다. 동시에 요양
소 작업장 전체의 총파업(ゼネスト)과 시위대 대표단의 단식투쟁(ハンス
ト)을 요양소 본부에 대한 압력수단으로 행사한다. 늘어나는 참가인원의
가세에 시위대는 힘을 내지만, 요양소 내에 설치된 원장 흉상의 목이
떨어져 나가는 예기치 않은 사건과 나카바야시의 음독 등 우여곡절을
겪게 된다. 결국 그들의 연대 노력에도 불구하고 시위는 가시적 성과를
얻지 못하고 나병예방법은 예정대로 "참의원을 통과해 성립"(2:203쪽)되
게 된다.

　　그러나 운동의 과정을 돌이켜 보면 모든 것이 실패로 마감된 것은
아니었다. 시위대의 또 다른 요구, 즉 예방법 개정 반대의 전보문을 요양
소 원장 명의로 후생성에 보내고자 한 주장은 수용되었다.[21] 물론 법안

21　藤野豊, 앞의 책, 2001, 515쪽에 의하면, 全患協(「全国ハンセン氏病療養所患者協議
　　会」의 약칭)이 다마전생원 원장 하야시 요시노부(林芳信)를 통해 1953년 8월 3일에
　　후생성 장관 앞으로 질의서를 제출한 것이 확인된다. 질의서 내용은 「나병예방법 시행
　　에 대한 이의에 대해서」 「나병 요양소의 실질적 향상을 위해 제반 시설에 대해서」였다.
　　그 결과 한센병 환자가 후생성 건물 내에서 후생성 간부와 직접회담을 가지는 큰 성과를
　　얻을 수 있었다. 정부가 처음으로 한센병자 운동조직의 실체를 공식적으로 인정했을
　　뿐만 아니라, 향후 정부와 한센병자 간의 직접회담을 통해 여러 사안을 논의할 수 있는

개정 중지의 성과를 얻지는 못했지만 그것만으로도 한센병 운동사에서 나름의 성과로 평가할 수 있다. 더욱이 주목해야 할 것은, 공동의 투쟁을 통해 한센병자 내부의 연대 가능성을 확인할 수 있었다는 사실이다.

> 그것이 신호마냥 현관 입구에서 쿵쾅쿵쾅 하는 소리가 들려왔다. 분관 직원이 긴장한 표정으로 늘어서 있던 의자를 정리하기 시작한 것이다. 최와 가와무라가 다투는 기세로 봐서 정말 원장 관사 앞까지 와서 연좌시위를 벌일지도 모른다고 생각한 것이다. 그리고는 허둥지둥 모습을 감추고 있었다. 그 등 뒤에서, 최가 아직 증오와 분노가 가라앉지 않은 말투로 "야, 분관 놈들아, 도망치는 거냐. …… 이 능구렁이 같은 원장. 때려죽여 주마……."
>
> 억압받은 민족의 본능적 분노와 반권력적 증오심이 그렇게 독기를 품고 있었다. (2:202쪽)

"최(崔)"라는 이름에서 알 수 있듯이, 그는 한센병 요양소에 수용된 조선인 한센병자다. 앞선 소설들에서 보았듯, 요양소 내부의 한센병자 간에도 다양한 위계가 존재한다. 한센병자라는 마이너리티 내부에도 위계와 서열이 엄존하며, 그 중 조선인 한센병자는 최하위 서열의 존재라고 할 수 있다. 자치회 간부, 보통의 일본인 한센병자 아래에 위치하는 최하위 계층의 약자인 것이다. 그런데 위의 인용 본문을 통해서는 일본인 한센병자 가와무라와 최가 시위방법에 대한 이견으로 다투며 옥신각신하면서도 연좌시위에 적극 참여하는 정황을 파악할 수 있다. 두 사람의 험악한 분위기에 되레 시위 상황을 감시하던 요양소 직원들

물꼬를 트게 된 중대한 의의를 지닌 요구가 실현된 것이다.

이 겁을 집어먹고 꽁무니를 빼는 장면을 통해 확인되는 것은, 다양한 균열을 내포한 한센병자 간의 연대가 성취한 소소하지만 의미 있는 소기의 성과다. 그렇게 함께 현실에 부딪히며 얻어낸 작은 성취들이 축적됨으로써, 장애와 억압에도 불구하고 꿋꿋이 '함께' 전진할 수 있는 연대 운동의 동력이 마련되는 것이다. 소설이 마지막 부분에 다소 뜬금없이 조선인 한센병자 "최"를 등장시켜 초점화한 이유가 여기에 있지 않을까 추론한다.

한센병 요양소의 조선인 한센병자라고 하는 이중의 마이너리티 존재와의 공동의 보조를 통해, 소설『그날』은 반목과 분열을 넘어 다양한 위계의 한센병자들이 연대할 수 있다는 희망의 메시지를 마련해 둔 것이다. 물론 희망이 실현되는 진정한 '그 날'은 결코 쉬 찾아오지 않았다. 한센병자들의 반대를 무릅쓰고 시행된 나병예방법이 완전 폐지된 것은 1996년이었고, 그간 법안은 단 한 번의 내용개정 없이 존속되었다. 한센병은 '불치'의 굴레로부터 벗어났지만, 한센병자에 대한 '격리'와 '단종'이라는 차별 정책의 근간은 오랫동안 불식되지 않았다.『그날』은 전후 민주주의 아래에서도 존속된 차별 정책에 대한 한센병자의 연대 투쟁을 생생히 포착함으로써, 운동의 좌절이라는 냉엄한 현실인식과 더불어 연대의 가능성이라는 성과를 함께 제시하고 있다. 이제 그들이 나아갈 길은, 전후의 냉전 시대에 부합하는 서늘하고도 기나긴 싸움이다. 그렇기에 비록 문학의 완성도에서 결함이 적지 않은 작품임에도 기록문학으로서의『그날』의 가치가 평가되어야 마땅하다고 보는 것이다.

5. 역사와 신체 – '인간'으로의 긴 여로

앞서 고찰한 것처럼, 전후가 되어도 한센병자의 봄은 좀체 찾아오지 않았다. 병의 불치가 극복되어 감에도 한센병자에 대한 격리 등 주요한 차별 정책은 나병예방법에 의거해 변함없이 엄존했다. 나병예방법이 그 이전의 나예방법과는 달리 환자의 요양소 외출을 제한적으로 허용하고 환자와 그 가족에 대한 차별금지 조항을 신설했다고 해도, 한센병자에 대한 강제수용과 평생격리를 명시한 법안 내용 자체가 여전히 차별을 표방하는 것이었다고 해도 과언이 아니었다. 더욱이 한센병자를 힘겹게 하는 것은, 사회 전반의 차별적 인식이 여전히 강고하고 좀처럼 바뀌지 않는다는 점이었다. 의학적으로 한센병이 치료 가능한 질병임은 물론이고 유전성 질병이 아닐뿐더러 전염력도 매우 약하다는 것이 증명되었음에도 불구하고, 한센병자를 꺼리는 현실의 장벽은 불변이었다. 시간의 경과에 따라 한센병자가 요양소 밖으로 나와 사회 구성원의 일원이 될 수 있는 기회가 점진적으로 허용되기는 했다. 하지만 진정한 현실의 장벽은 그때에서야 비로소 그들 앞에 굳게 드리어져 이상과 현실의 크나큰 간극을 절감하게 한다. 이번 절에서는 현대 한센병소설의 고찰을 통해, 제도와 현실의 강고한 장벽을 넘어 진정한 '인간'의 길을 찾아가는 한센병자의 희원과 고투를 살펴보고자 한다. 고찰 텍스트는 가자미 오사무(風見治)의 『부재의 거리(不在の街)』(1977)와 시마 히로시(島比呂志)의 『바닷모래(海の沙)』(1986)다. 특히 현대의 대표적 한센병소설가인 시마 히로시의 장편소설『바닷모래』 분석을 통해 근현대 한센병소설의 계보를 갈무리하고자 한다.

우선 가자미 오사무의『부재의 거리』를 간략히 살펴보자. 작가 가자

미 오사무는 1932년생으로 열 살 때 한센병을 발병해 자택 요양하다가
전후의 1952년이 되어서야 요양소에 수용되었다.[22] 『부재의 거리』는 문
학 동인잡지 『화산지대(火山地帶)』(1977.12)에 첫 발표되었다.[23] 소설은 어
릴 적 발병한 한센병으로 요양소에 수용되었다가 30년 만에 고향집을
찾은 가즈노(葛野)의 귀향 이야기이다. 가즈노에게 귀향은 꿈에서도 잊
은 적 없던 비원이었지만, 그의 귀향을 반겨주는 이는 아무도 없다. 친형
은 아예 그를 만나 주지도 않고, 재회할 수 있었던 유일한 가족인 노모
또한 그저 무심히 아들을 대할 뿐이다. 그토록 그리던 귀향의 실현으로
기대에 차 있던 가즈노의 내면은 처참히 무너진다. 다른 이도 아닌 친가
족의 외면과 냉대는 한센병자로서 겪어야만 했던 가장 큰 아픔이라고
할 수 있다. 그것이 설사 한센병자의 가족이라는 이유로 감수해야 했을
사회적 차별과 불이익 때문이라고 하더라도 말이다. 이렇듯 고향에 그
의 자리는 없으며, 그를 기억하려 하는 이 또한 없다. 그는 망각된 존재
다. 그 자신의 기억 또한 30년 전 어릴 시절, 한센병 발병 직전의 순간에
그대로 멈춰 서 있다. 현재의 고향에서 그의 존재는 완벽히 소거되어
오직 '부재'로서만 존재할 뿐이다. 고향은 더 이상 고향이 아니며 그곳에
그가 돌아올 자리는 없다. 죽어서 유골이 되어서야 비로소 가족과 재회
할 수 있었다는 전전 한센병자의 비극은 전후 현대에 들어와서도 여전히
진행형이었던 것이다. 소설 『부재의 거리』는 관련 제도의 개선이 이루어

---

22 가자미 오사무가 처음 입소한 요양소는 구마모토(熊本)현 소재 기구치혜풍원(菊池恵
楓園)이었다. 그 후 1962년에 가고시마(鹿児島)현의 호시즈카경애원(星塚敬愛園)으
로 옮겨 수용된다. 규슈를 중심으로 활동하며 南日本文学賞, 九州芸術祭文学賞 등
다수의 문학상을 수상한 대표적 현대 한센병소설 작가의 한 사람이다.

23 1977년의 첫 발표 후, 가자미 오사무의 개인작품집 『鼻の周辺』(海鳥社, 1996)에 수록
되었다.

진다 하더라도 한센병자에 대한 사회 전반의 차별적 인식 자체가 불식되지 않는다면 근본 문제의 해결이 요원함을 분명히 전하고 있다. 요양소로 다시 돌아가는 아들에게 어머니가 전하는 마지막 말은, 자신이 "죽더라도 고향에 오지 않아도 좋다"(2:315쪽)는 당부였다. 어머니가 남긴 실질적 유언 속에 내면화된 메시지는 실은 아들에 대한 배려가 아니라 한센병자에 대한 뿌리 깊은 소외임에 분명하다. 역설적으로 한센병자의 진정한 고향은 '요양소'일지도 모른다.

마지막으로 분석할 한센병소설은 시마 히로시의 『바닷모래』다. 대부분의 한센병소설이 중단편인데 반해 이 소설은 보기 드문 장편소설로, 현대 일본을 대표하는 한센병소설가인 시마의 대표작으로 평가된다. 1918년에 태어난 시마 히로시는 비교적 늦은 나이인 30세에 한센병이 발병해 1947년 요양소에 입소하였다.[24] 그 뒤 1999년에 사회 복귀할 때까지 그는 소설 창작활동 외에도 동인잡지 『화산지대』를 주재하고 한센병자의 권리를 주장하는 다수의 평론을 발표하는 등 적극적 사회활동을 전개하였다. 『바닷모래』는 1986년에 단행본의 형태로 첫 발표되었다.[25] 『한센병문학전집』의 소설 분야 편집자인 가가 오토히코의 말을 빌리자면, "호조 다미오에 의해 열린 한센병문학의 역사는 시마 히로시의 장편소설에 의해서 총괄된 감이 있다"[26]고 평할 정도로 시마의 소설은 높이 평가된다. 그 중에서도 특히 『바닷모래』에 대한 평가가 높다. 호조 다미

---

24 시마 히로시(1918-2003)가 1947년에 첫 입소한 요양소는 가가와(香川)현 소재 오시마청송원(大島靑松園)이었지만 1년 뒤인 1948년에 바로 가고시마의 호시즈카경애원(星塚敬愛園)으로 이송된다.

25 소설의 첫 발표가 단행본 형태로 출판된 것 자체가 한센병소설로서는 매우 드문 일이었다. 소설은 『海の沙』(明石書店, 1986)라는 제목 그대로의 단행본으로 발표되었다.

26 加賀乙彦 외 編, 앞의 책 第3卷 〈解說〉, 皓星社, 2002, 441쪽.

오의 『생명의 초야』로 시작된 『한센병문학전집』 '소설 편'의 마지막을 장식하는 작품이 다름 아닌 『바닷모래』인 것도 그 때문이다.

『바닷모래』가 획기적인 것은 요양소에서 만난 두 남자의 삶의 이야기를 담은 회고록 형태의 이 소설이 그 자체로 한센병자가 걸어 온 근현대의 역사적 수난사인 동시에 극복기이기 때문이다. 소설은 노년에 접어든 다무라(田村)의 1인칭 시점에서 오랜 친우 기즈카(木塚)와의 오랜 인연과 근현대 한센병자의 수난과 극복의 여정을 오버랩해 회고적으로 서술한다. 소설은 전3장 구성으로, 제1장 〈분노와 회한〉(憤恨), 제2장 〈한탄과 번뇌〉(懊惱), 제3장 〈바닷모래〉(海の沙)라는 부제가 각각 붙어 있다. 그 속에서 격리수용, 단종 수술, 불치, 차별과 같은 한센병자의 삶을 규정한 제 조건들의 실상과 변화 양상이 역사적 파노라마 되어 펼쳐진다. 한센병자의 개인사가 곧 근현대 한센병의 사회사임을 소설은 여실히 드러내 보여준다.

과거 회상의 계기는 기즈카의 죽음과 그의 유작이다. 세간에서는 기즈카가 광사, 즉 미쳐서 스스로 목숨을 끊었다는 소문이 돌고 이를 부정하는 아내 요시에(芳枝)는 남편의 죽음의 배경을 밝히고자 유작 원고 「전령협 선언(全靈協宣言)」을 다무라에게 건넨다. '전나협'('전국 나병환자 협의회'의 약칭)의 이름을 빗댄 '전령협'이라는 기괴한 조직을 표제로 한 기묘한 글 속에 죽음의 비밀이 감춰져 있다는 것이다. 소설은 비밀규명을 위한 자전적 회고라는 흥미로운 서술 형식을 통해 근현대 한센병자의 삶의 심부로 진입한다.

시점인물 다무라는 소설 속 현재 시점으로부터 30년 이상 과거인 1944년, 26세의 나이로 한센병 요양소에 격리수용되었다. 초등학교 교사로 재직하던 그는 근무 중에 경찰에 의해 강제 연행되어 요양소로 보내졌다.

이미 결혼한 아내는 이듬해 태어날 아들마저 임신한 상황이었지만 부부의 생이별은 그들의 의지와 무관한 것이었다. '강제연행'과 '격리수용'이 당연시되던 전전의 억압적 분위기를 상징하는 다무라의 한센병자로서의 고난의 인생의 시작이었다. 그의 아내는 친정의 이혼 권유를 뿌리치고 아들을 출산하고, 이후 부부는 요양소 안과 밖으로 평생 단절된 삶을 살아가게 되었다. 그런 의미에서 다무라는 한센병자를 구속한 억압조건 중에서 특히 '격리'로 인한 상처를 상징하는 인물이다.

기즈카와 다무라는 요양소 부설의 초등학생을 대상으로 한 교습소에서 원장과 교사로 만나 처음 인연을 맺었다. 기즈카는 함께 일하던 요시에와의 사이에 아이를 가지지만 요양소 한센병자의 출산은 당연히 허락되지 않았다. 결국 요시에는 낙태수술(搔爬手術, 3:352쪽)을 받고 기즈카는 단종 수술을 받은 후에야 비로소 요시에와 결혼할 수 있었다. 한센병자 남성의 불임수술이 요양소 내 결혼의 전제조건이었기 때문이다. 와제구토미(ワゼクトミー, vasectomie)로 불린 정관 절제를 통한 단종 수술은 한센병자 부부의 "혼례 의식"(3:355쪽)[27]이었다. 자신이 "외동아들"(3:352쪽)이기에 더욱 아이를 간절히 원했던 기즈카는 그 후 단종 수술에 대한 강한 반감을 가지게 된다. 전후에 기즈카가 격리보다도 단종이야말로 가장 우선적으로 철폐되어야 할 악법 조항이라는 주장을 펼치게 되는 배경에는 그 자신의 아픈 트라우마가 자리하고 있다. 그런 의미에서, 기즈카는 한센병자를 구속한 억압조건 중에서 특히 '단종'으로 인한 아픔을 상징하는 인물이다.

---

27 3:355의 3은 『ハンセン病文学全集』(皓星社, 2002)의 第3巻을 의미한다. 이하 동일하다.

요양소의 소장이 "황군 병사가 조국을 위해 생사를 걸고 싸우고 있는 이때에 한센병자 그대들의 책무는 조국정화(祖国浄化)라는 국시를 따라 한센병의 병독을 전파하지 않는 것"(3:352쪽)이라는 국수주의적 우생사상으로 무장해 단종 수술을 정당화하던 시기였다. 한센병자의 신체는 그들 자신의 것이 결코 아니었다. 더욱이 요양소 밖의 사회가 "이승(この世)"이라면 요양소 안은 "저승(あの世)"(3:355쪽)으로 인식되던 시대였다. 그들은 사회적으로 죽은 것이나 다름없는 소거되고 망각된 존재였던 것이다.

전후, 한센병자를 둘러싼 환경은 큰 전환점을 맞는다. 치료약 프로민의 개발과 보급으로 인해 한센병 치료의 길이 열린 것이다. 특히 기즈카는 아직 프로민의 효능이 덜 입증되고 시력 상실 등 부작용이 우려되던 상황에서도 자진해서 주사를 맞는 등 적극적으로 치료에 임한다. 그리고 그 효능을 확인하자 이제야 한센병자의 "인간복귀"(3:361쪽)의 길이 열렸다고 크게 고무된다. 여기서 "인간복귀"라는 희망적 언어에 내포된 의미는, 이제까지의 한센병자가 인간이 아니라 '비인간'이었다는 역설이라고 할 수 있다. 동시에 인간복귀는 한센병자의 '사회복귀'를 실현할 수 있는 전제이기도 하다. 기즈카가 당국에 대해 한센병자가 "격리의 의무를 실천하고 있는 이상, 필요예산을 요구하는 것은 당연한 권리"이며 따라서 당국은 한센병자에게 "의무적으로 프로민을 지급하라"(3:361쪽)고 주장하는 것 또한 인간복귀를 통해 사회복귀를 실현하기 위함이었다.

그런데 매우 흥미롭게도 기즈카의 주장은, 1951년부터 일본 전체의 한센병자들이 '전나협'이라는 대표단체를 중심으로 연대 투쟁하게 된 나병예방법 개정 반대 운동과 관련해 한센병자의 주류적 주장과는 다른 노선을 걷게 된다.

예를 들면 격리정책반대, 강제수용반대를 주장하지만, 이것이 전염병 환자로서의 사회적 책무를 포기하는 것임에도 불구하고 아무도 그 점에 대해서는 언급하지 않는다. 설령 전나협의 주장이 받아들여져서, 이제 격리수용을 하지 않을 테니 요양소에서 나가라고 한다면 어떻게 할 셈인가. 네, 안녕 하고 기쁜 마음으로 나갈 수 있는 사람이 과연 얼마나 있을까. (3:364-365쪽)

전나협을 포함한 대부분 한센병자의 주장이 격리수용 철폐에 우선적으로 모여졌던 데 반해, 기즈카의 주장은 격리는 수용하되 단종이야말로 먼저 철폐되어야 마땅하다는 것이었다. 사회보건 차원에서 '격리'는 이전처럼 유지하면서 그 대가로 요양소의 향상된 '생활복지'를 보장받자는 그의 주장은, 현 시점에서 격리가 해제된다고 해도 한센병자가 사회생활을 제대로 영위할 수 있는 현실적 기반이 없다는 인식에 기인하는 것이었다. 다시 말하면, 대안 없는 격리해제는 무의미할 뿐 아니라 무책임하다는 주장이었다. 문제는, 이러한 입장이 격리해제를 통한 한센병자의 자유권 보장을 기치로 내세운 전나협의 입장과 전면적으로 배치되는 양상을 띠었다는 점이다. 이로 인해 기즈카는 한센병자의 공공의 적이 되어 온갖 비난을 떠안게 된다.

찬반 여부를 떠나 기즈카의 입장은, 전후 한센병자 연대 투쟁의 큰 흐름에 감성적으로 동조하기 보다는 이성적 관점에서 현실을 직시한 주장이라는 점에서 주목할 만하다. 공동체의 큰 목소리를 앞에 두고 개인이 자신의 목소리를 내기란 예나 지금이나 실로 어려운 일임에 분명하다. 그래서 기즈카가 자신의 평론 「통일과 단결을 위하여」에서 밝힌 "진정한 민주주의란, 소수파의 의견 속에 담긴 진실을 놓치지 않는 것"(3:374)이라는 주장은 울림이 있다. 결국 연대 투쟁은 가시적 성과를 얻지 못하고 기즈카가 우려했던 '전나협'의 내부분열 또한 현실화된다. 하지만 이후 기즈카는 어떠한 평론이나 글도 쓰지 않고 절필하게 된다. 다무라와 기즈카의 행보가 갈리게 되는 것도 이때부터이다. 운동의 노선 문제로 기즈카와 갈등을 빚은 다무라는 교습소를 떠나 요양소 자치회 사무소에서 일하게 됨을 계기로 본격적으로 자치회 업무에 전념하기 시작한다. 이상과 같이, 제1장 〈분노와 회한〉에서는 전전에서 전후로 넘어오는 억압과 격동의 시기에 초점을 맞춰 1950년대 초반 한센병자 연대운동까지가 회고되고 있다.

이어지는 제2장 〈한탄과 번뇌〉와 제3장 〈바닷모래〉에서는, 앞선 제1장과는 달리 기즈카의 개인적 삶에 더욱 초점이 맞춰진다. 그 중 제2장에서는 1960-70년대를 배경으로 아들 입양을 통해 완전히 달라진 기즈카 부부의 일상의 행복과 그 아들의 갑작스런 죽음으로 인한 절망이 교차된다. 한센병자 어머니를 여의고 고아가 된 이치로(一郎)의 입양과 훌륭한 성장은 기즈카 부부의 자부심이었다. 하지만 인쇄회사 영업부에 취직해 성공적인 사회생활을 하며 비한센병자 여성과의 결혼마저 목전에 두고 있었던 이치로는 불의의 교통사고로 횡사하고 만다. 기즈카 부부의 통탄은 물론이려니와 요양소로부터 '사회복귀'에 성공한 모범 케이스로 손꼽혔던 이치로는 요양소 모든 한센병자의 보람이었기에 그 충격은 실로 컸다. 여기서 문제가 된 것은, 이치로에 대한 병원의 치료 거부였다. 비록 미미하지만 한센병 후유증의 흔적이 신체에 남아 있는 이치로의 입원과 수술을 모든 병원들이 거부했던 것이다. 세월이 그토록 흘렀음에도 한센병자에 대한 혐오와 차별은 여전히 강고히 남아 있었던 것이다. 이치로의 원통한 죽음, 비한센병자로 대학을 나온 인재임에도 한센병자 아버지를 두었다는 이유만으로 파혼당한

다무라의 아들 등의 예에서 확인되는 것처럼, 취업·결혼 등을 포함한 사회생활 전반에 한센병자의 이력은 도저히 벗어날 수 없는 멍에로 작용한다. 자치회 회장을 연임하며 한센병자의 삶의 개선을 위해 진력한 다무라였지만, 정작 사회는 전혀 변하지 않았다. "한센병자의 인생은 고난의 연속"(3:387쪽)이라는 슬픈 진리는 불변이었다.

더욱 놀라운 것은, 그 배경에 실은 논란 속에 1953년에 개정된 나병예방법의 존재가 있었다는 사실이다. 병원이 밝힌 치료거부의 이유는, 한센병자의 입원 사실을 다른 환자들이 알게 되면 "소란을 피우기도 하고"(3:407쪽) 문제가 된다는 것이었지만, 법률적 근거는 나병예방법에 명시된 한센병자 '평생격리' 조항이었던 것이다. 한센병자의 '사회복귀'가 점진적으로 이루어지고 있었음에도 불구하고 법 조항 자체는 존속되는 모순적인 상황이 결국 발목을 잡은 것이다. "나병예방법의 두려움"(3:408쪽)이 최악의 형태로 그 민낯을 드러낸 것이다. 아들을 잃고 절망에 빠진 기즈카는 그 자신이 50년대 운동에서 '격리'를 전략적으로 수용하자는 입장이었기에 더욱 통탄스러울 수밖에 없다. "아들을 죽인 범인은 국가"(3:398쪽)라는 기즈카의 절규는 때늦은 깨달음이 되고 말았다. 소설은 제2장을 통해 격리, 단종과 같은 가시적 억압보다도 훨씬 더 무서운 사회 일반의 뿌리 깊은 차별의 실상을 고발하고 있다.

제3장 〈바닷모래〉는 기즈카의 사상 전환과 비극적 최후를 통해 가시지 않는 한센병자의 고난의 현실을 환기시키며 맺는다. 다무라의 추천에 의해 일부 회원들의 반대에도 불구하고 기즈카는 '나병예방법연구회'에 참여하게 된다. 기즈카는 "나병예방법은 헌법에 위반하는 살인법"이며 "선진국에는 존재하지 않는 이런 법률이 존속되는 것은 일본의 수치이므로 하루라도 빨리 완전 폐기되어야 한다."(3:420쪽)는 입장 개진을

통해 자신의 인식이 명확히 전환되었음을 천명한다. 이어 그는 신문사에 아들의 억울한 죽음을 고발하는 투서를 보낸다. 기사화를 통해 "일본 한센병정책의 비인도성"(3:421쪽)을 사회 전체에 알리고자 한 것이다.

> 내가 신문을 통해 호소한 것은, 조금 거창하긴 하지만 한센병의 부조리에 대해 사회가 어떻게 반응하는가에 따라서 일본의 전후 민주주의가 어디까지 사람들의 피와 살이 되어 침투되어 있는지, 그것을 확인하고 싶어서였다네. (3:423쪽)

한센병의 부조리에 대한 사회 인식 파악을 통해 일본 전후 민주주의의 정착 여부를 가늠하겠다는 기즈카의 포부는 의미심장한 것이었지만, 그 기대는 세간의 철저한 무관심과 무반응으로 인해 무참히 무너지고 만다. 한편 다무라 등이 주축으로, 이미 유명무실화된 나머지 현실 상황과 괴리된 내용을 담고 있는 나병예방법의 완전 폐지를 후생성에 지속적으로 요청하지만, 돌아오는 답은 너무나도 안일하고 무책임한 것이었다. 채 만 명이 되지 않는 현재 생존한 노년의 한센병자들도 길게 잡아 30년만 지나면 대부분 사망할 것이므로, 굳이 엄청난 수고가 드는 법률 개정을 애써 추진할 필요가 없다는 것이 정부의 속내였던 것이다. 정부가 이와 같은 안일한 입장을 고수하고 사회 일반의 한센병자에 대한 인식 또한 미흡하기 짝이 없는 현실에서 이치로의 비극은 이미 예정되어 있었다고 해도 과언이 아닐 것이다. 낙담과 실의 끝에 건강마저 잃고 만 기즈카는 폭우가 쏟아지던 어느 밤, 납골당에 모셔둔 아들 이치로의 곁에서 주검으로 발견된다. 기즈카는 미쳐서 죽은 것이 아니라, 미치지 않고서는 살아갈 수 없는 세상이었기에 죽을 수밖에 없었던 것이다. 진정 미친 이는 누구인가?

바라건대, 나의 분노와 회한(悔恨)을 달아 보고 나의 한탄과 번뇌(懊惱)를 저울 위에 모두 놓을 수만 있다면, 바닷모래(海の沙)보다도 무거울 것이니라. 그러므로 나의 말이 경솔하였구나. (3:433쪽)[28]

소설의 마지막은 구약성서 욥기 6장의 2절과 3절로 맺어진다. 소설 각 장의 부제가 모두 욥기 6장에서 따 온 것임을 여기서 확인할 수 있다. 도저히 저울로 잴 수 없는 한없는 고통과 비탄은 기즈카로 상징되는 한센병자의 그것이다. 소설『바닷모래』는 어느 한센병자의 비극적 개인사를 통해 근현대 한센병이 거쳐 온 역사적 발자취를 조망함으로써 지금 현재를 돌아보게 하는 작품이다. 그것은 한센병자로서의 고난의 삶을 살아온 개인적 인생에 대한 연민인 동시에 시대를 관통하는 보편적 부조리에 대한 성찰이라고도 할 수 있다. 나병예방법이 완전 폐지된 것은 소설『바닷모래』의 발표로부터도 10년이 경과된 1996년의 일이었다. 그 시간은 바로 한센병자의 역사적 신체가 비로소 '인간'으로 인정받기까지의 기나긴 여정이었다.

6. 차별 없는 세상으로

이상에서 일본 한센병소설 연구에서 공백으로 남겨진 대표작가 호조

---

28 이 부분 욥기 6장 2-3절의 번역은 소설『바닷모래』의 본문을 직역한 것이기에 실제 한국어판 성경의 해당 부분과는 다소의 차이가 있다. 이 차이는 일본어판 성경과 한국어판 성경의 내용 차이와도 관련이 있을 터인데, 여기서 한국어판 성경의 해당 문장을 가져오면 다음과 같다. 「2. 나의 괴로움을 달아 보며 나의 파멸을 저울 위에 모두 놓을 수 있다면 3. 바다의 모래보다도 무거울 것이라 그러므로 나의 말이 경솔하였구나.」 (하용조 편, 『개역개정판 비전성경』, 두란노서원, 2004, 765쪽에서 인용)

다미오의 주변적 소설들과 그 이후의 다른 작가의 한센병소설 텍스트들을 통시적 관점에서 계보적으로 고찰하였다. 특히 '격리' '단종' '불치'라는 한센병자를 둘러싼 실존적 조건들이 전전에서 전후로, 근대에서 현대로 이어지는 시대의 흐름에 따라 어떻게 변화하는지, 그리고 그 양상은 한센병소설 속에 어떻게 투영되어 있는지를 중심으로 살펴보았다. 구체적으로는 1930년대에 발표된 초기 한센병소설의 화두인 격리 문제, 전전 1940년대를 다룬 소설에서 초점화된 전쟁기 요양소의 억압적 실태, 전후 1950년대 소설에서 문제시된 한센병 관련 법안 개정 문제, 이후 현대 한센병소설의 주제인 차별 없는 인간적 삶의 희구라는 네 항목으로 내용을 나눠 고찰하였다.

그 결과, 다음의 내용들을 확인할 수 있었다. 먼저, 1930년대 호조 다미오의 소설이 요양소 격리의 현실과 한센병자로서의 자신을 수용하는 기로에서 고뇌하는 개인의 내면에 초점을 맞추었다면, 전시기 40년대를 다룬 소설은 단종, 요양소 내 권력관계, 전시기 강제노동 등 시국과 긴밀히 연동하며 한센병자의 삶을 더욱 옥죄는 요양소의 냉엄한 현실을 매우 사실적으로 그리고 있다는 사실이다. 물론 이러한 현실고발적인 소설은 당국의 검열 등으로부터 자유로워진 전후가 되어서야 발표될 수 있었다. 이어 1950년대 소설은, 치료약이 개발되어 불치의 굴레로부터 해방되고 민주화된 시대임에도 여전히 격리, 단종 정책을 존속시킨 개정 한센병 관련 법안인 나병예방법(1953)에 대한 한센병자의 연대 투쟁을 생생히 기록하고 있다. 이후, 현대 한센병소설을 통해서는 좀처럼 불식되지 않는 사회 차별과 그것을 넘어 인간다운 삶을 영위하기 위한 한센병자의 희구와 분투를 확인할 수 있다.

그러한 의미에서, 한센병자의 근대는 '환자'가 아니라 '인간'으로 대우받기 위한 기나긴 여정이라고 할 수 있다. 무엇보다도 불치, 격리, 단종, 차별과 투쟁하며 극복해 온 한센병자의 역사적 신체가 그것을 웅변한다.

우생학, 한센병, 한일 한센병소설

1. 근대우생학과 한센병

근대를 전근대와 변별되게끔 한 핵심사상의 하나는 진화론이다. 적자생존을 원리로 자연과학과 인문과학의 경계를 초월한 그 혁명적 사상은 사회진화론으로 변주돼 근대 제국주의를 내부로부터 정당화한 모토였다. 진화론의 등장과 더불어 성립된 신학문으로 우생학과 유전학을 들 수 있다. 인류라는 종의 개선을 목적으로 악성 형질을 도태시키고 우성 형질을 보존하고자 했다는 점에서 두 학문은 진화론을 현실화한 근대의 첨병이라 부를 만하다. 우생학과 유전학은 분리불가능한 상호보완적 성격을 내재한다.

그 중 우생학은 근대국가와 특별히 긴밀한 관계이다. 국가 경쟁력 배가를 위해 국민 열성 인자 배제와 우성 인자 확장은 긴요한 과제였기 때문이다. 근대화를 달성키 위한 방법론으로 제국주의의 길을 선택한 일본에게 우생학의 도입은 선택이 아니라 필수였다. 제국화의 그늘에서 희생된 것은 열성으로 판정된 국민의 신체와 인권이었다. 한센병자, 신체장애자, 유전성 정신질환자, 만성중독자, 화류병환자 등은 소거와 배제 대상으로 지목된 대표적 존재였다. 특히 한센병자의 비극적 운명은 근대국가에 의해 소외된 신체 마이너리티의 불행을 표상한다. 그들은 1940년에 제정된 국민우생법에 근거해 당사자 자신의 의지와 무관하게 한센병 요양소에 격리 수용되었다.[1] 그 이전부터 시행돼 왔던 한센병자의 요양소 격리가 국민우생법의 이름으로 전면적으로 강제 집행된 것이다. 한센병이 실은 유전성 질병도 아니며 전염성도 매우 약한 질병임이 의학적으로 이미 입증되었던 시기였음에도 불구하고 한센병자들은 격리와 단종을 피할 수 없었다. 일본에서는 전국 13개소에 국립요양소가 조성되어 환자들이 수용되었다. 일본의 식민지였던 조선 또한 예외가 아니었다. 조선총독부에 의해 1916년 설립된 소록도 요양소는 조선 한센병자의 고난의 역사가 각인된 곳이다.

이번 장에서는 일본과 한국을 중심으로 근대 동아시아의 우생학과 한센병의 상관관계를 규명하고자 한다. 특히 한일의 우생정책과 한센병문학의 비교 분석을 중심으로 고찰한다. 한센병문학은 우생정책에 의해 사회로부터 소거된 존재인 한센병자의 내면의 절규가 생생히 기록된 근대의 대표적 신체 마이너리티 문학이라 할 수 있다. 한센병자가 마이너리티 신체로 규정돼 동아시아를 이동하며 부유할 수밖에 없었던 차별과 억압의 실상을 드러내고, 나아가 일본 한센병소설에 등장하는

---

1 이지형, 「일본 한센병소설의 계보와 변천-격리와 불치를 넘어서」, 『일본학보』 106집, 2016, 166쪽.

조선인 한센병자 캐릭터에 주목하고자 한다. 이를 통해 제국과 식민지의 권력관계가 한센병 요양소 내에서 답습되는지, 그리고 그것은 어떤 양상으로 재현되는지를 살필 것이다.

2. 일본의 우생정책과 조선의 우생잡지 『우생』

근대는 내셔널리즘의 시대다. 우생학은 제국과 식민지의 경계를 넘어 근대인의 신체와 정신을 억압한 근대 내셔널리즘의 과학적 전위였다. 한센병자는 근대우생학의 이름으로 억압된 대표적 피해자다. 동서양을 불문하고 고대로부터 지속된 한센병자에 대한 뿌리 깊은 차별과 가혹한 냉대는 근대 들어 더욱 강고해졌다. 이번 절에서는 근대 일본과 식민지 조선에서의 우생사상 파급과 우생정책 추이를 비교하고자 한다. 이를 바탕으로 조선 최초의 본격적 우생잡지 『우생』(1934-1936)을 고찰해 한일 우생학의 전개 및 확산 과정을 살펴본다.

우생학은 1883년 영국의 인류학자 프랜시스 골턴(Francis Galton, 1822-1911)에 의해 명명된 근대 신학문으로 특히 20세기 초엽부터 전 세계에 그 영향력을 확장한다. 우생학이라 하면 먼저 연상되는 국가는 20세기의 대표적 전체주의 국가인 독일과 이탈리아일 것이다. 하지만 정작 우생학의 본산이 영국이며 그 실질적 확산을 주도한 것이 미국이었다는 사실을 통해 우생학의 영향력이 실로 전 세계적이었음을 확인할 수 있다. 골턴은 1907년에 우생교육협회를 설립하였고, 그의 사후인 1912년에는 제1회 국제우생학회의가 런던에서 개최되었다.[2] 일본에서도 그 무렵을 시작으로 우생학 관련 기사가 번역 소개된다.

일본의 우생운동이 본격화된 것은 1920년대부터다. 1924년에 고토 류키치(後藤竜吉)가 일본우생학회를 설립해 기관지『유제닉스(ユーゼニックス)』를 발간하였다. 1925년에『우생학(優生学)』으로 개칭한 그 잡지는 1943년 4월에 폐간될 때까지 전시하의 종합잡지로서 20년간 월간 발행을 이어갔다. 이어 1926년에 일본우생운동협회를 설립한 이케다 시게노리(池田林儀)는 기관지『우생운동(優生運動)』(1926-1930)을 발간하였다.[3] 1930년에는 나가이 히소무(永井潛)를 중심으로 일본민족우생협회가 설립되었다. 일본민족우생협회는 일본 우생학자들이 총망라된 대규모 단체로서 그 기관지『민족위생(民族衛生)』은 현재도 간행되고 있다. '민족위생'이란 조어에는 우생학의 지향점이자 존재목적이 응축돼 있다. 그래서 우생학의 다른 이름은 '민족위생학'이었다.

일본의 우생정책은 우생사상의 파급과 보조를 맞춰 진행되었다. 1920년대부터 1930년대 초기까지 우생사상은 급속히 현실정치에 반영되어 정책화되었다. 우생정책 입안과 실현을 주도한 것은 후생성(厚生省) 예방국 우생과(優生課)였다. 우생과의 주도로 제1회 민족우생협회회의(1938.6)가 개최되고 민족위생연구회(1938.11)가 설립되었다.[4] 이미 상당히 파급된 우생사상을 중일전쟁(1937) 이후의 첨예한 시국 상황마저 반영한 우생정책으로 체계화하고자 정부가 적극적으로 개입한 것이다. 1940년에 공포된 국민우생법이 그러한 개입의 집대성이다. 국민우생법에 의해 국가가 개인의 생식 자율권을 극단적으로 침해하는 단종(斷種)이 공식적

2 제1회 국제우생학대회의 회장은 찰스 다윈의 아들인 레오나드 다윈이었고, 윈스턴 처칠이 명예 부회장이었다.
3 藤野豊, 『「いのち」の近代史』, かもがわ出版, 2001, 96-97쪽.
4 藤野豊, 『日本ファシズムと優生思想』, かもがわ出版, 1998, 280쪽.

국가정책으로 합법화되었다. 단종 수술, 즉 인위적 거세의 대상이 된 이들은 민족 형질을 저하시키는 이른바 열성·악성 인자의 소유자로 지목된 유전성 질환자였다. 정신병, 알코올의존증, 화류병, 한센병 등이 그 대표적 예다.

문제는 한센병과 같이 이미 의학적으로 유전성 질병이 아님이 입증된 경우에도 예외 없이 단종 집행의 대상이 되었다는 점이다. 한센병자를 단종 범주에 포함시킨 논리는 다름 아닌 공서양속(公序良俗)이었다.[5] '사회 질서와 선량한 풍속'이라는 공공성을 잣대로 국가가 국민의 인권을 유린했다. 구미 선진국에 비해 높은 한센병자 비율은 문명국 일본의 국격에 부적합하기에 국가가 적극적으로 개입해 우생학적 관점에서 관리하고자 한 것이다. 우선 마을에서 기피당해 거리를 배회하는 부랑인 한센병자들을 국가 지정의 요양소에 강제격리 수용해 사회로부터 그들을 차단한다. 이어 요양소 한센병자 중 결혼을 희망하는 경우는 남성의 거세수술을 결혼의 전제조건으로 의무화한다. 혹 한센병자가 임신할 경우에는 당사자 의사와 무관하게 강제 낙태한다. 이것이 한센병자에 대한 우생정책의 골간이었다. 모든 질환을 망라해 국민우생법에 의한 단종 수술의 총 건수는 1941-1947년을 통틀어 총 538건이었다.[6] 국민우생법은 전후 1948년에 우생보호법(優生保護法)으로 개정되었지만 강제 단종 수술을 포함한 핵심 내용은 여전히 온존되었다. 단종 수술을 포함한 반인권적 조항은 모체보호법(母体保護法)으로 개정된 1999년에 이르러서야 비로소 폐지되었다.

---

5 藤野豊, 1998, 284쪽.

6 http://ja.wikipedia.org/wiki/%E5%84%AA%E7%94%9F%E5%AD%A6(검색일 : 2017.
   5.1.)

그러면 근대 조선은 어떠했을까? 조선의 우생사상 수용은 역시 일본이라는 경로를 통해서 이루어졌다. 진화론, 사회진화론의 수용 시기는 일본과 대동소이한 19세기 후반이었지만, 우생학 수용은 1910년대 후반에 일본으로부터 민족개선학, 인종개선학이라는 명칭으로 수입된 것이 그 시초다. 1920년대 초반에 신문 등 조선의 대중매체에 '우생학'이라는 명칭이 등장하고, 1920년대 중반 이후 우생학 개념과 우생학적 인식이 유전학과 함께 점진적으로 일반 대중에게까지 파급되었다.[7] 1920년대에 확산된 조선의 우생사상 수용은 일본과 그다지 큰 시차는 없는 셈이다. 이러한 시기적 유사성은 1910년의 한일합병 이후 한일 간 사상 및 문물의 이동과 전파가 거의 동시 진행되었던 동시대 상황과 결코 무관하지 않을 것이다. 근대 조선을 대표하는 지식인의 일인이자 한국 최초의 본격적인 근대소설가로 일컬어지는 이광수의 다음의 글이 이를 방증한다.

> 민족개조란 곧 민족의 성격 즉 민족성의 개조니 민족이란 개조할 수 있을 것인가 하는 것이 우리가 본절에서 토론할 문제외다. 전에 인용한 르봉 박사는 민족적 성격과 부속적 성격의 이부(二部)가 있다 하여 부속적 성격은 가변적이나 근본적 성격은 거의 불가변적이니 오직 유전적 축적으로 지완(遲緩)한 변화가 있을 뿐이라 합니다.[8]

1922년에 발표된 이광수의 「민족개조론」의 일부다. 여기에는 아직 '우생'이라는 단어가 직접적으로 사용되고 있지는 않지만 "유전적 축적"

---

7 박성진, 「사회진화론의 전개과정에 대한 연구」, 『청계사학』, 1996, 185–186쪽; 신영전, 「식민지 조선에서 우생운동의 전개와 성격 : 1930년대 『우생(優生)』을 중심으로」, 『의사학』 제29호, 2006, 134쪽에서 재인용.

8 이광수, 「민족개조론」, 『개벽』, 1922.5.

이라는 표현에서 우생학적 인식이 이미 침투되어 있음을 추정할 수 있다. "민족적 성격"은 근본적 성격으로 거의 "불가변적"이지만 "유전적 축적"을 통한 "지완"한 점진적 개선은 기대할 수 있다는 위의 주장에서 진화론과 우생사상의 영향을 파악하는 것은 그리 어렵지 않다. 우생사상에 대한 경계나 주의와는 동떨어진 강한 긍정을 노정하고 있는 점도 주목할 만하다. 민족개조라는 목적의식과 열성 형질 소거와 우성 형질 온존을 통해 민족개조를 실현키 위한 우생학적 방법론이 명확히 접목되고 있는 것이다.

1933년에는 조선우생협회가 창립된다. 그 이듬해 발간된 그 기관지 『우생』은 조선 최초의 본격적인 우생학 관련 잡지이자 우생운동 잡지다. 먼저 주목하고 싶은 것은, 동시대 조선의 최고 지식인들이 그 정치적 이념의 편차나 이데올로기 향배와 무관하게 총망라되어 조선우생협회의 발기인으로 참여하고 있다는 사실이다. 우생학이 식민지 조선에서 근대화를 견인하는 긍정의 기호로서 적극적으로 수용되었음을 재확인할 수 있는 부분이다. 발기인의 면면을 보면 화려하기 그지없다. 회장을 맡은 윤치호를 비롯해 이사로 임명된 여운형, 김성수, 송진우, 김활란, 그리고 일반 발기인에 이광수, 조만식, 주요한, 정인보, 최린, 현상윤, 조병옥 등등 내로라하는 이름으로 빼곡하다. 식민지 조선, 즉 근대 한국의 대표적 계몽가, 정치가, 교육자, 언론인, 문학자, 법률가 등등이 거의 빠짐없이 명단에 이름을 올리고 있다. 우생사상이 1930년대 조선에서 차지하는 담론으로서의 위상과 실제적 영향력을 여실히 확인할 수 있는 리스트라고 해도 과언이 아닐 정도다.

조선우생협회 기관지 『우생』이 지니는 의미 또한 각별하다. 1934년 제1권이 발행되고 1936년의 제3권을 마지막으로 단명한 잡지임에도 불

구하고 1930년대 식민지 조선의 우생사상 인식과 우생운동의 실상을
구체적으로 가늠하는 것이 『우생』을 통해 가능하기 때문이다. 그런데
쟁쟁한 조선우생협회의 발기인 중에서 정작 잡지 『우생』을 실질적으로
주재하며 견인한 이는 따로 있었다. 그 인물은 조선우생협회의 총무이
사를 역임하며 『우생』의 편집인이자 발행인으로 활동한 이갑수(李甲秀)
였다. 그는 독일에서 베를린대학 의학부를 졸업한 후 일본으로 건너가
교토제국대학에서 의학박사를 취득한 엘리트 의학자였다. 당연히 그는
독일과 일본에서 우생운동이 실천되는 실상을 목도하고 그 의의를 그
누구보다도 자각한 인물이었다. 총 85명의 발기인 중에서 25명이 의과
대학을 졸업한 의학자였다. 조선우생협회와 기관지 『우생』의 활동이 계
몽성뿐만이 아니라 전문성도 겸비한 의학자를 중심으로 실질적으로 견
인되었음을 알 수 있는 대목이다.[9]

　『우생』의 발간 목적은 일반 민중을 대상으로 한 우생사상의 보급이었
다.[10] 잡지 기사 구성은 비교적 담백하다. 중심 기사는 대부분 조선우생
협회가 주최한 강연회 원고와 좌담회 기사로 꾸려졌다. 그 외 우생학
관련 국내외 동향을 다룬 잡록과 조선우생협회 관련 기사를 실었다.
기사 세부 주제는 단종, 산아제한, 혈액유전, 성교육 등 우생학 관련
내용을 망라하고 있다. 특히 단종에 대해 다루는 기사가 풍부하다. 「우
생학으로 본 산아제한」(제2권), 「나가이 교수의 단종에 대한 강연」(제2권),

9　신영전, 앞의 글, 135-142쪽. 총 발기인 85명 중 절반을 넘는 46명이 일본, 독일, 미국
　　등 외국유학 경험자이다. 국가별로는 일본 32명, 미국 10명, 독일 2명, 중국 2명, 영국
　　1명의 분포이다. 일본 유학의 압도적 비율을 통해 식민지 조선에 수용된 신지식, 신문
　　물이 상당 부분 일본을 경유해 수입되었음을 새삼 환기할 수 있다.

10　윤치호, 「권두사」, 『우생』 제1권, 1934, 9쪽.

「단종이란 무엇?」(제3권) 등이 그 예이다. 1930년대 조선 우생운동의
초점 또한 단종 문제였음이 여기서 확인된다.

흥미로운 것은 1930년대 이후 조선에서 단종 수술이 실제적으로 집행
되었음에도 불구하고 일본과 같은 국민우생법이 시행되지는 않았다는
점이다. 일본에서 공포된 국민우생법(1940)이 조선에서도 시행되려던
시점에 아시아태평양전쟁의 전황이 긴박해졌기 때문이다. 일본보다 삼
사 년 후에 시행하려던 계획은 일본의 패전으로 인해 현실화되지 못했
다.[11] 『우생』의 주재자였던 이갑수는 강제 단종을 중핵으로 하는 국민우
생법 시행을 위해 노력했으나 그 결실을 맺지 못했다. 해방 후 이갑수는
한국 정부의 초대 보건부 차관이 되어 의료, 보건 행정의 중책을 맡게
되었다. 그의 인터뷰 내용이 포함된 다음 기사는 충격적이다.

> 그는 지금도 차관 당시 우생법령을 제정하지 못한 것을 후회하고 있
> 다. "우리 민족이 '후진'이라는 오명을 벗고 우수한 민족이 되려면 우리
> 가 결혼 때부터 우생학적인 견지에서 해야 한다"는 것이다. (중략) 자신
> 이 차관 당시 보건부 예산의 6할 가량이 '나병환자수용소'를 위해서 소비
> 되었다는 점을 지적하고 이러한 현상은 오로지 우생정책으로만 해결책
> 이 될 것이라고 하면서 오늘날 나병환자가 날로 늘어가고 있음을 개탄해
> 마지않는다.[12]

이갑수는 우생사상을 철저히 내면화한 인물이었다. 우생법령 제정
을 통해 우생정책 집행을 더욱 철저히 했다면 한센병자 증가로 인한

---

11 「조선서도 실시 예정. 악질을 근절식힐 국민우생법」, 『每日申報』, 1941.6.8.
12 「의술은 두 분의 천생연분, 우생학 계몽에 중점노력-나병환자가 날로 늘어감을 개탄」,
『동아일보』, 1958.4.8.

보건 재정의 과다 지출을 예방할 수 있었다고 그는 회고 형식을 빌려 개탄하고 있다. 여기서 그가 특히 아쉬움을 토로하는 점이 한센병자에 대한 단종 수술의 불철저와 그로 인한 한센병자의 증가임을 추론할 수 있다. 스스로 조선 우생학의 전도사를 자처했던 그에게 민족개조를 위한 우생학은 지나간 과거의 사상이 아니었다. 열성 형질의 제거는 국가와 민족을 위해서라면 당연한 것이었다. 그의 염원이었던 국민우생법은 제정되지 못했지만 우생학적, 유전학적으로 정신장애나 신체질환이 있는 경우에 낙태수술을 허용하는 법조항이 1973년에 제정된 '모자보건법'에 반영되었다. 그 법안은 현재에도 존속되고 있다.[13]

이와 같은 이갑수의 경력 및 활동의 궤적은 식민지 조선의 우생운동뿐 아니라 해방 이후 근대 한국 사회·정치의 포스트 콜로니얼 지형도를 부감함에 있어서도 매우 시사적이다. 친일 지식인에서 해방 후 한국의 행정을 이끄는 인물로의 변신. 일제 강점기에 실현하지 못했던 국민우생법을 현대 한국에서 구현하고자 했던 보수 우파의 파워 엘리트로서 이갑수는 근대 한국과 일본의 경계선상에서 평생을 살아간 인물이라 할 수 있다. 우생사상이 제국과 식민지의 간극을 넘나들며 전전과 전후마저 관통해 현재에 미치고 있음을 이갑수의 삶이 증명하고 있다.

3. 한센병정책과 한일의 한센병문학

우생정책은 한센병정책과 긴밀히 맞물려 필연적으로 연동한다. 이번

---

13 신영전, 앞의 글, 152-153쪽.

절에서는 한일의 한센병정책을 개관한 다음 일본과 한국을 대표하는
한센병문학자 호조 다미오와 한하운 문학의 비교 고찰을 통해 한센병자
의 비극의 일단을 공유하고자 한다.

일본의 한센병정책은 우생정책의 대상이 된 여타 질환에 비해 일찍이
법률로 구체화되었다. 1907년에 공포된 법률 제11호 '나병 예방에 관한
건'이 그 시초였다. 한센병자 강제격리 수용정책의 법률적 근거가 이를
통해 마련되었고, 일본 최초의 한센병 요양소 5개소도 이때 설립되었다.
1931년에 공포된 '나예방법'은 더욱 강화된 강제격리정책 내용을 담고
있다. 법률 제11호가 소재지가 불분명한 채 유랑하는 한센병자만을 격리
대상으로 삼은 데 비해 나예방법은 한센병자 전체를 강제격리 대상으로
성문화하였다. 이어 전술한 바와 같이 '국민우생법'(1940)에 의해 단종
수술이 합법화되었다. 전후가 되어 치료약 프로민이 보급되면서 한센병
완치의 길이 열렸다. 하지만 한센병 관련 법안은 크게 개선되지 않았다.
1953년에 법안 개정이 이루어졌지만, 기존의 나예방법(癩予防法)이 '나
병예방법(らい予防法)'으로 명칭이 일부 바뀌었을 뿐 격리, 단종 등과 같
은 핵심 내용은 상당 부분 온존되었다. 강제 집행력 범위가 일부 완화되
었을 따름이다. 그 후 요양소 바깥 외출 허용, 격리 요양소 수용 지속의
자기선택권 부여 등 악법 요소가 점진적으로 개선되었지만 실제 한센병
법안이 완전 폐지된 것은 21세기를 목전에 둔 1996년이었다.[14] 놀랍게도
한센병자의 인권을 유린한 악법은 전후를 넘어 현대까지도 존치되어
왔던 것이다.

한국의 한센병정책은 1916년에 일본 총독부가 소록도에 한센병 요

---

14 加賀乙彦 외 編, 『ハンセン病文学全集』第1巻〈解説〉, 皓星社, 2002, 468-469쪽.

양소를 설립한 것으로부터 출발한다. 1907년 일본에서 한센병 관련 법안이 최초로 공포되고 한센병 요양소가 설립된 지 9년 후의 일이었다. 소록도 요양소 설립 재원은 일본 황실의 은사금, 그것도 다이쇼(大正) 천황비의 은사금으로 알려져 있다. 최초 수용 인원이 100여 명으로 매우 제한적이었기에 조선 팔도 각 지역에 인원을 할당해 선발했다고 한다. 일본과 하등 다를 바 없는 우생학적 차원의 국민위생을 위한 격리수용이었음에도 불구하고 소록도 요양소 수용은 일본 황실의 은사(恩賜) 정책으로 홍보되었다. 식민지 조선의 한센병자라는 이중의 타자성이 각인되는 순간이었다.

구체적인 한센병 관련 법안이 공포된 것은 1930년대에 들어서였다. 1932년에 조선나병예방협회가 설립되고 1935년에 '조선 나병 예방령'이 시행되었다. 일본의 나예방법이 1931년에 시행된 것을 감안하면, 몇 해의 시차를 두고 조선에서도 일본과 보조를 맞춰 한센병 관련 정책이 입법화되어 시행되었음을 알 수 있다. 이후 한센병자의 강제격리정책이 폐지된 것은 1963년이었다. 하지만 명확한 법적 근거 없이 1937년부터 집행되었던 단종 수술은 해방 후 일시적으로 중지되었지만, 1948년 이후 소록도 요양소 내 부부 환자에 대한 시술을 계기로 다시 부활하여 1990년까지 계속되었다고 한다. 20세기 말까지도 한센병자를 억압한 악법적 요소의 실효성과 새삼 확인되는 일본과의 유사성에 놀라움을 금하기가 어렵다.

한센병자가 직면하는 현실적 고난은 격리와 병의 불치(不治)였다. 치료약이 개발돼 일본에 보급되기 시작한 1950년대까지 한센병자의 삶은 극심한 고통 속에서 다가올 죽음을 그저 기다리는 것 외에 달리 선택지가 없었다. 그렇기에 한센병문학의 등장은 필연이었다고 할 수 있다.

공간적으로도 시간적으로도 구속된 한센병자가 생의 확장과 정신의 자유를 구가할 일말의 가능성을 매개할 수 있는 제한된 통로가 문학이었기 때문이다. 격리는 한센병자의 숙명이었기에 창작된 그들의 문학이 요양소 밖으로 발신되어 외부 사회에 수용된 경우 또한 제한적이었다. 일본과 한국을 대표하는 한센병문학 작가, 호조 다미오(北条民雄)와 한하운(韓河雲)은 그런 의미에서 매우 예외적인 특별한 경우라 해야 할 것이다. 그들의 작품을 통해 한센병자의 삶의 비극이 비로소 요양소 바깥으로 알려지게 되었고 '한센병문학'이라는 영역이 새로이 각인되게 되었다.

호조 다미오와 한하운, 양자 사이에는 기묘한 공통점이 있다. 호조 다미오(1914-1937)는 식민지 조선의 경성에서 태어난 후 일본 도쿠시마에서 성장해 생의 마지막을 도쿄 근교의 한센병 요양소 다마전생원(多摩全生園)에서 맞이했다. 한하운(1917-1975)은 조선 함경남도에서 태어나 일본 및 중국 유학을 통해 고교는 도쿄에서 대학은 베이징에서 다니고, 해방 후 월남해 인천에서 사망했다. 두 사람 모두 제국과 식민지의 경계를 넘나들며 동아시아 여기저기를 이동하는 삶을 살았다. 한센병에 구속된 그들의 신체는 동아시아를 부유하고 월경하고 횡단하였다. 일본인 호조 다미오는 식민지 조선에서 태어나 제국의 수도 도쿄에서 죽었고, 식민지 조선인 한하운은 제국 일본과 중국에서 청년기를 보내고 그 마지막은 고향 북한이 아닌 분단된 남한의 땅에서 맞이했다.

호조 다미오는 가와바타 야스나리(川端康成)가 발탁한 작가였다. 유력 문학지 『문학계(文学界)』의 편집자였던 가와바타의 주목이 없었다면 그의 작품은 세상에 소개되는 일 없이 그대로 묻혀버렸을 가능성이 컸다. 소설 창작 당시 이미 요양소에 격리 수용되어 있었던 무명의 한센병자의 소설에 관심을 가져줄 이는 거의 없을 것이기 때문이다. 가와바

타의 추천을 통해 소설『마키 노인(間木老人)』(1935)과『생명의 초야(いの
ちの初夜)』(1936)가 연이어『문학계』지상에 발표될 수 있었다. 특히 호
조의 대표작이자 일본 한센병문학의 기념비적 작품으로 평가되는『생
명의 초야』에 대한 반향은 대단했다.

작가 호조 자신의 요양소 수용 체험에 기초한 이 소설은 한센병 요양
소라는 이공간에 한센병자가 발을 내딛는 입소 첫날을 배경으로 극도로
엄습하는 불안과 공포를 존재론적으로 성찰한다. 훼손되다 못해 허물어
진 한센병자의 신체가 더 이상 타자가 아닌 자신의 것임을 부정할 수
없는 엄정한 현실.『생명의 초야』가 성취한 실존적 인식은 사회로부터
그간 차단되었던 '한센병 요양소'라는 타자의 공간을 세상 바깥으로 끌
어내었다. "오롯이 나병 그 자체가 되는 것이야말로 무엇보다도 중요"
(1:18쪽)하며 "우리들은 불사조입니다. 새로운 사상과 새로운 눈을 가질
때, 나병인으로서의 완전한 생활을 획득할 때, 우리는 다시 한 번 인간으
로 되살아나는 것입니다. 부활. 그렇습니다. 부활입니다."(1:26쪽)라고
토해내는 궁극의 자기응시와 자기긍정은 이계(異界)의 타자성을 숙명으
로 주체화하는 한센병문학의 선언적 독백이라 할 수 있다.

한하운은 한국에서 한센병문학 작가로 불릴 만한 거의 유일한 인물이
다. 일본에서 2002년 간행된 총 10권의『한센병문학전집』과 같은 본격
적인 한센병문학 관련 출판 실적이 전무하다시피 한 한국 문학계에서
한센병문학 작가를 자임하며 독자들에게 인지된 거의 유일한 문학가라
해야 할 것이다. 그래서 2010년에 간행된『한하운전집』은 비록 한 권에
불과함에도 그 의미는 실로 각별하다. 소설을 주로 창작했던 호조 다미오
와 달리 한하운의 주요 창작 영역은 시와 수필이었다. 식민지 조선의
함경남도에서 출생해 일본, 중국, 북한을 거쳐 1948년에 남한으로 월남

한 한하운의 첫 작품은 월남 이듬해에 간행된 시집 『한하운 시초』(정음사, 1949)였다. 자신을 "인간으로서 인간 학대를 받아 인간 대열에서 쫓겨난 나환자"로 자임하며 "나는 무엇보다도 인간이 되기를 바라며 그 투쟁은 인간에 대한 반항이다"[15]라고 외쳤던 그의 절규는 인간의 부활을 부르짖었던 호조 다미오 문학의 주제의식과 뚜렷이 맞닿아 있다. 한센병자로서의 통렬한 자각에서 오는 인간 회복의 갈망은 역설적으로 그들을 가로막는 세상의 차별과 냉대라는 엄중한 현실을 환기시키기에 그 문학을 접하는 독자는 필연적으로 처연한 감정에 휩싸이게 된다.

그러나 정작 긴요한 것은, 값싼 공감과 연민이 아니라 '그들'과 '우리' 사이에 가로놓여진 쉽사리 메워지지 않는 차별과 위화감의 존재를 진솔하게 인정하는 것일 것이다. 호조 다미오와 한하운의 문학 또한 도저히 수용할 수 없었던 한센병자라는 절망과 불화를 마침내 직시하고 온몸으로 껴안았기에 창작될 수 있었음에 분명하다. 과거 한센병자는 '문둥이'로 비하되며 사회로부터 비정상적 존재로 낙인찍힌 존재였지만, 한센병 문학은 역설적으로 그 낙인으로 인해 더욱 실존적 보편성을 내재한 문학으로 거듭날 수 있었다. 한센병자를 차별하고 격리한 근대국가의 반인간적 우생정책은 마이너리티로서의 한센병자의 자각과 자기수용을 결과적으로 견인해, 제국과 식민지의 경계를 월경하는 한센병문학을 통해 그 모순과 부조리를 역설적으로 고발당하고 있는 것이다. 이것이야말로 모순과 표리부동을 그 본질로 하는 근대에 대한 최량의 복수임에 분명하다.

---

15 한하운, 「시작 과정」, 『한하운전집』, 문학과지성사, 2011, 515쪽.

4. 일본 한센병소설 속 조선인 표상

한하운의 자서전 『고고한 생명-나의 슬픈 반생기』(인간사, 1957)에는 흥미로운 기술이 있다. 자신의 반생을 회고한 이 책에서 그는 "이제까지 의 반생에서 가장 즐거웠던 시기"[16]로 일본 도쿄에서 지낸 2년(1937-1938) 을 꼽는다. 이미 한센병이 발병했던 시기임에도 외관상으로는 두드러지 지 않았던 그 2년 간 한하운은 도쿄에서 고교를 다녔다. 자서전에 의하 면 그가 재학한 학교는 세이케이(成蹊) 고등학교였다고 한다. 1914년에 개교한 세이케이 고교는 일본 재계, 정치계의 유력 인물들을 다수 배출 한 명문교로 다름 아닌 현재의 일본 수상 아베 신조(安倍晋三)의 출신교이 기도 하다. 사립학교였기에 학비 또한 매우 비싸 일반인들이 쉬 다닐 수 있는 학교가 아니었다. 함경남도 함주 출신으로 도내에서 손꼽히는 부호 집안이었던 한하운의 가계를 가늠할 수 있는 일화다. 도쿄 생활이 그토록 즐거웠던 이유는 도쿄에 와서는 "문둥병은 정말로 완치된" 것으 로 믿고 "스스로 새로운 희망에 불타오르는 것을 느꼈기"[17] 때문이라고 그는 쓰고 있다.

하지만 그런 사정을 감안하더라도 식민지 조선의 한센병자 청년이 제국주의를 주도한 일본 유력인사의 산실로 평가되는 학교를 제국의 심장부에서 다녔다는 사실은 매우 낯설고 기묘한 풍경임에 틀림없다. 도쿄에서의 2년 이후 한하운의 병세가 심화되고 중국, 북한을 거쳐 남 한에 이르게 되는 격동의 삶의 궤적을 생각하면 더욱 그러하다. 한하운 에게 도쿄는 조국을 식민지화한 적국의 수도가 아니라 "프랑스영화"와

---

16 한하운, 「고고한 생명-나의 슬픈 반생기」, 『한하운전집』, 문학과지성사, 2011, 230쪽.
17 위의 글, 230쪽.

"명작번역소설"과 같은 서구의 선진 문물을 손쉽게 접할 수 있는 문화 도시이자 기회의 땅이었다.

그런데 도쿄에서 세이케이 고교를 다녔다는 그의 이력이 허위일 가능성이 크다는 주장이 최근 제기되었다. 뿐만 아니라 중국에서 베이징 농과대학을 졸업했다는 이력 또한 마찬가지로 허위일 가능성도 함께 제기되었다. 한하운의 일본, 중국 유학 이력은 오로지 자서전『고고한 생명-나의 슬픈 반생기』의 본인 기술을 근거로 하는데 그 신빙성이 의심받게 된 것이다. 연구자 요시카와 나기(吉川凪)와 최옥산(崔玉山)이 각각 일본의 세이케이 고교와 중국의 베이징 대학 소장자료 조사를 통해 한하운의 학적을 확인하였는데, 졸업은커녕 입학 및 재학의 명확한 기록조차 발견할 수 없었다고 한다. 특히 일본에서는 한하운의 본명(한태영)은 물론 그가 사용한 것으로 추정되는 몇 종류의 일본식 이름(通名)을 전부 일일이 확인해 보았지만 한하운과 세이케이 고교의 접점은 전무했다는 것이다.[18] 다만 학적이 확인되지 않았다고 해서 일본, 중국 체류 자체를 허위라고 단정지을 수는 없겠지만, 적어도 그가 자신의 학력을 부풀려 허위로 기술했을 개연성이 상당히 크다고 보는 편이 현재로서는 타당하다고 판단된다. 그 대신 명확히 확인되는 것은 한하운이 외국 특히 일본 생활을 매우 동경했고 탐닉했다는 사실이다.

이렇게 평소 일본 생활을 동경하는 등 상대적으로 희박했던 한하운의 민족의식은 흥미롭게도 의외의 지점에서 발아한다.

---

18 부평역사박물관 편,『다시 보는 한하운의 삶과 문학』(소명출판, 2017)에 수록된 요시카와 나기「한하운과 일본」의 228-232쪽, 최옥선,「베이징 농학원 시절과 중국의 한하운」의 210-214쪽에 한하운의 일본, 중국 유학 시절 학적 관련 내용이 상세히 언급돼 있다.

나는 인간을 질적으로 향상 시키는데 전 목표를 두고 인간의 악적 요소를 도태제거 하면서 민족을 우수하게 우생개선 하려는 사람이, 또 자기 나라 민족을 생신한 민족으로 개선 창조하는 지도자가 정말로 20세기의 지도자의 자격이 있다고 생각하였다. 또 이런 사람이 악으로만 타락하여 가는 인류를 구할 수 있는 자라고 생각하였다. (중략) 또 우리 땅에서 삼천만 동포가 멸시 당하던 일-같은 사람이면서 나라 없는 사람은 가치가 없다고 하는 슬픈 감정……. 지금 그 차위(差位)를 비유로 말하자면 성한 사람과 문둥이 사이의 엄청난 거리를 생각할 수가 있다. 여기서 나는 히틀러의 『마인 캄프』(나의 투쟁)를 애독하면서 민족주의를 신봉하고 아는 내 딴에는 좀 의지 있는 줏대를 세우면서 살아왔다. 『마인 캄프』 중의 민족을 개량하는 곳만 발췌하였다. 심취한 나머지 이리농림학교 시대에 일본 학생들과 싸우는 데는 제일 선봉이 되었다.[19]

위의 인용에서 엿보이는 것은 정서적 민족주의와 우생사상이 착종된 기묘한 인식이다. 한하운은 "민족개선"을 이끌 진정한 20세기 지도자가 갖추어야 할 자질로서 악성 요소를 "도태 제거"하고 민족을 "우생 개선"할 것을 꼽고 있다. 이는 의심의 여지없이 '인간의 질적 향상'을 목적으로 하는 우생학적 발상이다. 문제는 바로 그 우생사상으로 인해 한센병자인 자신의 존재가 사회로부터 부정당하고 격리·단종과 같은 반인간적 처우를 강요받고 있는 엄정한 현실에 대한 자각이 그에게 전무하다는 사실이다. 그 중에서도 국권을 상실한 조선인으로서의 비참함을 한센병자의 고통에 비견하고 있는 부분은 특히 주목을 요한다. 조선인으로서 받은 멸시, 즉 메울 수 없는 일본인과 조선인의 간극을 그는 "성한 사람과 문둥이 사이의 엄청난 거리"[20]로 치환하고 있다. 한하운의 민족주의

---

19 한하운, 앞의 글, 263-264쪽.

는 제국과 식민지의 우열을 나눈 우생사상에 토대해 신체의 식민지 상태
를 극복하기 위해서는 한센병이라는 "악적 요소"를 제거해야 한다는 신
체론적 인식에 맞닿아 있다.

이러한 인식은 민족주의의 가면을 쓰고 피식민자인 동시에 한센병
자인 자신을 타자화하는 이중의 자기소외임에 분명하다. 스스로 자신
의 신체를 '식민지적인 것'으로 표상함을 통해 식민지의 신체마저도 식
민 지배 대상으로 삼은 제국의 시선을 한하운은 내면화하고 있다. 놀랍
게도 그의 민족 개량의 주장은 제국과 식민지의 우열을 가르는 기준으
로 작동하였던 일제와 독일 나치의 우생학에 그 뿌리를 두고 있는 것이
다.[21] 이를 통해 한하운의 자서전에서 확인되는 조선인 한센병자의 자
기 인식이 우생학과 제국의 논리를 내면화한 철저한 자기소외임을 알
수 있다. 여기서 이와 같은 자기소외가 호조 다미오 문학의 궁극의 자
기응시와 명료히 대비된다는 점에 주의해야 한다. 한일의 대표적 한센
병문학 작가로서의 공통점에도 불구하고, 식민지 조선과 제국 일본 사
이의 메울 수 없는 간극은 한하운 문학의 자기소외와 호조 다미오 문학
의 자기응시라는 차이로 노정되는 것이다.

그렇다면 일본인의 시선에 포착된 조선인 한센병자의 모습은 어떠할
까? 그들은 어떻게 그려지고 있을까? 『한센병문학전집』에 수록된 한센
병소설 속 조선인 묘사를 통해 그 일단을 고찰해 보자. 우선 눈에 띄는
점은 한센병소설에 조선인 캐릭터가 등장하는 높은 빈도이다. 단편과
중편이 대부분인 한센병소설의 특성상 등장인물수가 일반적으로 그다

---

20 한하운, 앞의 글, 264쪽.

21 한순미, 「'서러움'의 정치적 무의식－역사적 신체로서 한하운의 자전(自伝)」, 『사회와
    역사』 제94집, 2012, 311쪽.

지 많지 않음에도 불구하고 조선인 캐릭터가 등장하는 소설이 빈번히
확인되는 것은 매우 흥미로운 지점이다.

① 대략 1년 정도 거기에 머물렀을까요. 옆방에 가네야마 야스오(金山安夫)라는 남자가 있었는데 이 남자는 재미있는 녀석이었지요. 트렁크 안에 흰줄이 들어간 고등학교 모자나 대학 모자, 깃 세운 교복, 사진, 대학졸업생 주소 명부 등과 같은 것을 가지고 있었어요. 인텔리 출신에게는 요양소 문관 놈들로부터 간호사까지 대하는 말투가 달라지니까.[22]　　　　　　　　　（모리 하루키, 「눈의 꽃은」）

② 옆방의 오야마 지요코가 마사코에게 말했다. 오야마(大山) 부부는 조선인이었지만 부지런했다. 사람 좋은 오야마는 큰 체격이어서 너른 밭을 소유하고 있었다.[23]　　　　　　（모리 하루키, 「약육강식」）

③ 센(錢)은 교활한 일본인에게 속아 징용령을 구실로 반도로부터 건너와 요코하마 부두의 항만 노동자로 부려졌다. 그러나 일하기를 즐기는 센은 봉급이라 부를 수 없으리만큼 값싼 수당을 받으면서도 열심히 계속 일하다가 그걸 좋게 본 여성과 결혼해 아들 하나를 얻었다. 센의 인생에서 가장 행복한 시기였다. 하지만 머지않아 과로가 화근이 되어 나병이 발병해 강제적으로 요양소에 수용되었다.[24]
　　　　　　　　　　（히카미 게이스케, 「오리온의 슬픔」）

④ 그 뒤에서 최(崔)가 아직 증오와 분노가 가라앉지 않은 말투로 "야, 분관 놈들아, 도망가는 거냐. …… 원장 능구렁이 놈을 패 죽여 버릴

22　森春樹, 「雪の花は」, 『ハンセン病文学全集』 第2巻, 皓星社, 2002, 77쪽. 초출은 『微笑まなかった男』(近代文芸社, 1983)에 수록되어 발표되었다.

23　森春樹, 「弱肉強食」, 『ハンセン病文学全集』 第2巻, 皓星社, 2002, 96쪽. 초출은 주 22)와 같다.

24　永上恵介, 「オリオンの悲しみ」, 『ハンセン病文学全集』 第2巻, 皓星社, 2002, 123쪽. 초출은 『新日本文学』(1955)에 발표되었다.

까……" 억압된 민족에게 본능적이라 할 분노와 권력에 대항하는 증오의 감정을 담아 그렇게 욕설을 퍼붓고 있었다.[25]

(가이 하치로, 「그날」)

위에 인용한 ①~④는 한센병소설에서 조선인 캐릭터가 등장하는 부분을 발췌한 것이다. 인용한 소설은 모두 전후에 개인작품집이나 문집의 형태로 발표되었지만, 그 소설 속 내용은 1953년에 개정된 새로운 나병예방법 반대운동을 다룬 소설④를 제외하고는 모두 전전을 그 시대적 배경으로 한다. 소설의 공간적 배경은 한센병 요양소 내부다.

소설①에는 이름(金山)으로 보아 조선인으로 추정되는 '가네야마 야스오'라는 인물이 대학교 교복 및 학생 모자를 휴대하는 술수를 써서 학력위조를 일삼는 사기꾼적인 면모가 그려진다. 학력위조를 하는 이유는 간단하다. 일반 사회와 마찬가지로, 아니 그 이상으로 위계가 엄존하는 요양소 사회에서 고학력 인텔리 출신은 상대적으로 덜 억압받을 뿐만 아니라 우대를 받기 때문이다. 문관, 간호사 등 요양소 직원의 말투마저 요양소 한센병자의 고학력 여하에 따라 달라지는 현실에서 가네야마 야스오는 조선인 한센병자라는 이중의 억압 환경을 극복하기 위한 필사의 자구책으로 고학력자인양 연기한다. 하지만 강조되는 것은 요란스레 "재미있는" 처세술을 구사하는 조선인 한센병자의 사기꾼적 면모다. 이에 비해 소설②는 조선인임이 명기되는 '오야마'의 "커다란 체격"과 더불어 조선인 부부의 "부지런함"과 "사람 좋음"이 강조된다. 노동 실적에 비례하는 만큼의 밭이 제공되는 내부 규정의 요양소에

25 甲斐八郎, 「その日」, 『ハンセン病文学全集』 第2巻, 皓星社, 2002, 203쪽. 초출은 『その日 : 甲斐八郎作品集』(甲斐八郎作品集刊行委員会, 1988)에 수록되었다.

서 조선인 부부가 "너른 밭"을 소유할 수 있는 이유는 큰 체격으로 인한 높은 노동량과 성실함 덕분이다.

소설③의 조선인 "센"의 인생역정은 파란만장하다. 징용으로 끌려오다시피 일본으로 건너와 한센병을 발병하게 된 그의 고난은 피식민지인의 지난한 삶을 상징한다. 요코하마 항구의 부두 하역부로 밑바닥 생활을 전전하던 그의 유일한 구원 또한 "일하기를 즐기는" 부지런함이었다. 그 덕분에 결혼해 가정을 꾸리고 아들마저 얻어 소소한 행복을 누리던 것도 잠시, 성실함의 반대급부라 할 "과로"로 말미암은 한센병 발병은 조선인 노동자의 "인생에서 가장 행복한 시기"를 앗아가 버렸다. 한센병 요양소에 강제 수용된 "센"은 바깥의 아내, 아들과 격리된 삶을 살아갈 수밖에 없게 된 것이다. 하지만 요양소 안에서도 바깥의 가족들을 더 걱정할 수밖에 없는 조선인 가장은 한 푼이라도 더 벌어 가족에게 송금하기 위해 쉴 틈이 없다. 요양소 내에서 가장 노동 강도가 높고 노동 환경은 열악하지만 수당은 높은 단체 세탁장 노동을 자원해 일본인 동료들의 핍박과 조소를 무릅쓰며 힘겹게 버티는 것도 오직 가족 때문이다. 그를 부르는 "센(錢)"이라는 호칭은 '돈(錢)'을 밝히는 조선인(鮮)'이라는 조소 섞인 차별의 시선을 '센'(錢, 鮮)이라는 동음이의어를 통해 응축하고 있다.

소설④의 조선인 한센병자 "최(崔)"는 개정 나병예방법을 반대하는 목소리를 내기 위해 요양소 밖으로 진출하고자 하는 한센병자 시위 대열에서도 유독 돋보이는 존재다. 그는 시위대를 막아서는 요양소 직원들에게 분노를 퍼붓고 한센병자의 주장을 대변하지 않는 요양소 원장을 신랄하게 조소한다. 흥미로운 것은 그의 이런 모습이 "억압된 민족에게 본능적이라 할 분노"로 동료 일본인 한센병자에게 파악되고 있다는 점이

다. 여기서는 명확히 피식민자로서 권력자에 대한 분노 및 증오가 한센
병자로서의 반권력적 자세와 연동되고 있다. 그런 점에서 소설③과 ④의
대비는 주목할 만하다. 소설③의 "센"의 경우는 조선인 특유의 부지런함
이 돈을 밝히는 부정적 요소로 각인돼 일본인 한센병자의 조소를 자아내
는 동인이 되고 있는 반면, 소설④의 "최"의 경우는 조선인의 억압된
분노가 한센병자의 반권력 시위를 앞장서 견인하는 긍정적 기제로 묘사
되고 있는 것이다. 무엇보다도 "센"과 "최"를 응시하는 동료 일본인 한센
병자의 시선에서 추출 가능한 조선인 인식의 대비가 흥미롭다.

이상과 같은 소설 ①~④의 조선인 한센병자 묘사를 정리하자면 다음
과 같다. 먼저 소설①에서는 처세에 능숙한 사기꾼적인 면모, 소설②에
서는 강인한 신체와 성실함, 소설③에서는 피식민자의 고난의 삶과 돈에
대한 집착, 소설④에서는 억압된 민족의 분노와 반항심을 확인할 수
있다. 처세의 능숙함, 강인한 신체, 부지런함, 금전적 집착, 반항심 등은
당시 일본인이 조선인을 인식하던 평균적 시선과 거의 궤를 같이 한다.
조선인 표상의 전형성을 상당 부분 한센병소설도 답습하고 있는 것이다.
물론 일본인 한센병자 주체가 포착하는 조선인 인식이 반드시 균질하지
는 않다. 때로는 조선인 피식민자라는 타자적 존재로 그려지는 한편,
같은 한센병자로서 동반자적 존재로 인식되기도 한다.

또한 조선인 한센병자 묘사에 내재된 양면가치적 속성의 투영을 놓칠
수 없다. 성실함과 교활함을 겸비한 캐릭터, 부지런하지만 금전에 집착
하는 가장, 격정과 반골정신의 공유 등등 한센병소설 속 조선인 묘사는
다채로운 동시에 양면가치적 속성을 내재하고 있다. 소설③의 "센"은
이러한 특징을 가장 두드러지게 드러내는 캐릭터라 할 수 있다. "센(錢)",
즉 '돈' '금전'을 의미하는 그의 호칭은 그래서 매우 상징적이다. '돈'은

현실성, 성실성, 탐욕, 집착, 가난 등과 같은 이율배반적인 다양한 속성을 함께 내포하는 지극히 현실적인 기재이기 때문이다. 따라서 "센"이라는 이름은 조선인의 기구한 숙명을 표상하는 작명이다. 타의로 일본에 건너와 어렵사리 얻은 가족과도 헤어져 살 수밖에 없는 처지에, 요양소에서도 오로지 그 가족을 위해 피땀 흘려 '돈'을 벌지 않으면 안 되었던 조선인 한센병자의 실존적 고난을 담아내기엔 그만한 이름이 달리 없다. 그렇기에 노동환경이 혹독한 세탁장의 열악한 환경 속에서도 일본인의 모멸을 견뎌가며 "센"은 참고 버텼다. 하지만 장비의 불충분한 공급으로 말미암아 물이 새는 장화를 착용할 수밖에 없었던 "센"의 발은 문드러져 결국엔 절단하기에 이른다. 이젠 그를 지탱해왔던 유일한 삶의 이유, 가족 부양의 의무감마저 실행에 옮길 수 없는 온전히 무력하고 비루한 신체가 된 것이다. 조선인에게는 더욱 가혹했던 한센병자의 비극을 그의 인생이 증명한다.

통계조사는 조선인 한센병자에게 더욱 가혹했던 요양소의 실상과 한센병소설에 조선인 캐릭터가 빈출하는 배경을 추론할 수 있는 중요한 단서를 제공한다. 그런 의미에서 1955년 3월에 조사된 한센병자 통계조사 결과는 충격적이다. 일본인 총인구 대비 한센병 요양소 일본인 환자의 비율이 0.011%인 반면에 재일조선인 총 등록인수 대비 요양소 조선인 환자의 비율은 0.11%로, 한센병 요양소 조선인 한센병자 비율이 일본인의 10배나 되는 것이다. 재일조선인 총 등록인수에 다소의 결락이 있을 수 있는 오차 가능성을 감안하더라도 현격한 차이임에 분명하다. 더욱 놀라운 것은 당시 한국의 총인구 대비 한센병자 비율이다. 추정 한센병자 비율이 무려 2.1%에 달한다.[26] 이 수치를 일본과 단순비교하면 총인구 대비 한국 한센병자 비율은 일본의 191배가 된다. 물론 한국의 경우에는 요양소 한센병자만이 아니라 요양소 밖 민간 환자도 포함하였기에 통계의 신뢰도는 다소 미흡할 수 있다. 또한 일본의 경우, 요양소 수용 한센병자만을 집계했기에 요양소 밖 일반 사회에 거주하는 한센병자가 제외되었음을 감안해야 한다. 하지만 조사 신뢰도를 둘러싼 모든 정황을 고려하더라도, 일본 내 일본인과 재일조선인 한센병자 비율의 커다란 차이, 한국과 일본의 한센병자 비율의 현격한 격차를 인정하지 않을 수 없다. 이토록 현격한 차이는 무엇에 기인하는 것일까?

야마다 데루지(山田照次)는 일본 한센병자 중 재일조선인 한센병자 비율이 현격히 높은 이유로 재일조선인이 처한 가혹한 환경을 든다. 일제강점기 일본에 건너온 조선인 노동자의 저임금, 징용·징병 등 강제연행자에 대한 가혹한 처우, 전후의 곤궁한 생활, 민족차별에 기인한 취업차별 등등이 그것이다.[27] 결과적으로 주거, 식생활, 위생 등 모든 환경에서 훨씬 더 열악한 삶을 영위할 수밖에 없었던 조선인이 일본인에 비해 한센병이라는 전염성 질병에 더욱 쉽게 노출돼 감염되었던 것이다. 해방 후 한국의 한센병자 비율이 일본에 비해 단연 높은 것도 같은 맥락에서 이해할 수 있다. 궁극의 신체 마이너리티, 한센병자에게 제국과 식민지의 간극은 도저히 메울 수 없는 것이었다. 한센병소설 속 재일조선인 "센"의 고달픈 삶은 조선인 한센병자에게 훨씬 가혹했던 현실의 장벽을 가감 없이 투영하고 있는 것이다.

---

26 文教大学史学科山田ゼミナール 編, 『活き抜いた証に—ハンセン病療養所多摩全生園朝鮮人·韓国人の記録』, 録蔭書房, 1989; 藤野豊, 『「いのち」の近代史』, 379–380쪽에서 재인용.

27 위의 책, 379쪽에서 재인용.

5. 동아시아를 이동하는 역사적 신체

근대국가 일본은 우생사상에 기초에 국민의 신체와 정신을 관리해 장악하려 했다. 그 실현을 위해 우생정책이 시행되었고 한센병정책 또한 그 일환으로 집행되었다. 대표적 한센병정책은 한센병자의 요양소 격리와 단종이다. 식민지 조선의 우생정책과 한센병정책은 다소의 시차를 두고 일본을 좇아가는 형태로 시행되었다. 그 와중에 식민지 조선의 지식인들이 우생사상을 민족개량의 방책으로 솔선해 수용한 것은 의미심장하다. 잡지 『우생』은 단명했지만 그 의의를 폄훼할 수 없는 이유가 여기에 있다.

한센병문학은 당사자가 아니면 도저히 쓸 수 없는 한센병자의 고통과 불굴의 생의 기록이다. 호조 다미오와 한하운은 일본과 한국을 대표하는 한센병문학자다. 그들의 신체는 제국과 식민지의 경계를 넘어 동아시아를 부유하지만, 호조 다미오 문학의 궁극의 자기응시와 한하운 문학의 자기소외는 대비된다. 그 차이야말로 제국 일본과 식민지 조선의 메울 수 없는 간극이라 할 수 있다. 그 간극의 일단을 일본 한센병소설에 묘사된 이중의 마이너리티, 조선인 한센병자의 실상을 통해 확인할 수 있다. 그 속에서 조선인 등장인물은 다양하면서도 전형성을 띠는 양면가치적 성격의 캐릭터로 조형된다. 피식민자로서 조선인의 가혹한 삶의 현실이 조선인 한센병자의 고난을 통해 표상된다. 이렇게 해협을 넘은 우생학과 한센병문학의 내실은 뒤틀어진 근대의 본질을 한센병자의 신체에 담아 여실히 폭로하고 있는 것이다.

제2부

동성애 신체성과 우생사상 그리고 전후

4장

동성애문학의 금기와 미망을 넘어[*]

1. 터부의 실제

동성애가 화두일 때 빠질 수 없는 일본의 소설가라면 역시 미시마 유키오(三島由紀夫)를 첫 손가락에 꼽을 수 있다. 그 문학의 동성애적 성격과 더불어 작가 자신의 동성애 성향 여부가 끊임없는 논란의 대상이기 때문이다. 노벨문학상 후보에 오른 세계적 인지도, 자위대 건물 점거에 이은 충격적 할복자살, 사상의 극우 성향, 소설의 현란한 문체와 유미주의 등의 화려한 배경도 미시마가 논의의 중심에 있기 마련인 이유다. 더불어 이는 그가 항상 논의의 중심이면서도, 어떤 면에서는 단 한 번도 '제대로' 논의되지 못한 이유이기도 하다. 다시 말하면 그는

[*] 이 글은 권숙인 외 편, 『젠더와 일본 사회』(한울아카데미, 2016)에 이미 수록된 바 있으나, 본 저서의 구성 체제상의 필요성으로 인해 내용 일부를 수정해 재수록한 글임을 밝혀 둔다.

직시하기 곤란한 과잉의 문제적 작가인 것이다. 그리고 문제성은 그 화두가 '동성애'일 때 정점에 이른다.

> 필자는 연구나 교육 영역에서 단지 동성애 문제를 다뤘다는 사실만을 이유로 아내 있는 유부남인지 여부를 확인하는 질문을 받은 경험이 있다. 이러한 일이 실제 발생하므로 동성애 연구자들은 자신에게 불이익이 초래될 가능성을 배제하기 위해 일일이 자신은 동성애 당사자가 아니라는 첨언을 글에 덧붙이는 일이 빈번하다. 하지만 아무리 자신이 동성애자가 아니라고 해도 그러한 첨언의 태도는 동성애혐오를 부추기는 행위이기에 피해야 마땅한 것이다. 필자는 본 논문을 작성함에 있어 동성애당사자임을 주장하지도 않지만, 또한 '당사자는 아니지만'이라는 첨언을 덧붙이고 싶지도 않다.[1]

작가 미시마 유키오 당사자도 아니라 연구자 아토가미 시로(跡上史郞)가 미시마의 소설 『가면의 고백(仮面の告白)』(1949)을 고찰한 논문에서 주석의 형태로 남길 수밖에 없었던 지극히 이례적인 언급이 문제성의 실체를 환기시킨다. 동성애를 주제로 연구하는 일개 연구자의 성 정체성에 대한 확인과 자기검열이 암묵적으로나마 요구되어지는 실상. 일련의 의구심 어린 시선으로부터 자유로워지기 위해서는 학술논문에 전혀 걸맞지 않는 개인적 내용을 "첨언을 덧붙이고 싶지도 않다"는 식으로라도 첨언하지 않으면 안 되는 현실. 그 현실의 이면에 위치하는 것은 동성애에 대한 사회 일반의 뿌리 깊은 혐오와 동성애자 차별이다. 바로 이것이 동성애 문제를 둘러싼 터부의 실제이다.

---

1 跡上史郞, 「最初の同性愛文学 –『仮面の告白』における近代の刻印」, 『文芸研究』150 輯, 70쪽의 주(11).

당연히 일본이 자랑하는 작가 미시마 유키오는 이러한 혐오와 차별
로부터 지켜져야 한다는 '보호'의 역학이 일본문학을 포함한 관련 학계
에서 때론 암암리에, 때론 노골적으로 작동하고 있다. 그렇기에 아토
가미 시로는 『가면의 고백』(1948) 이전까지 "일본문학 세계에서 남색
및 동성애에 관한 속설의 유포는 있어도 문학의 형태로 동성애 아이덴
티티가 형성된 예는 없었다"[2]며 『가면의 고백』을 통해 비로소 동성애문
학의 근대가 열렸다고 어렵사리 주장함에 있어서 더더욱 자신의 성 정
체성이 동성애와 무관함을 위에서와 같이 천명하지 않을 수 없었던 것
이다. 분명 내키지 않음에도 실행하지 않을 수 없는 현실이야말로 동성
애가 현실과 연구 양면에서 여전한 터부이자 낙인임을 역설적으로 증
명한다. 이는 일본 남성 동성애문학에 대한 본 글의 논의가 현재적 터
부의 실제를 확인함과 더불어 출발할 수밖에 없는 이유이기도 하다.
'터부'와 '보호'라는 이율배반적인 두 가지 양상이 바로 동성애문학 연
구를 둘러싼 현실적 억압의 실체이다.

이번 장에서는 이러한 동성애, 동성애문학 그리고 동성애문학 연구에
대한 '관심 어린' 시선을 다분히 의식하되 또한 동시에 가능한 한 그것과
거리를 두면서 논의를 진행할 것이다. 더불어 본 고찰에서의 동성애문
학이란 '동성애소설'을 의미하며, 필연적으로 페미니즘문학의 문제와
결부될 수밖에 없는 여성 동성애문학은 논의의 편의상 배제한 채 남성
동성애문학을 중심으로 고찰함을 밝혀둔다.

---

2 앞의 글, 70쪽.

2. 남성 동성애문학의 불확실한 경계

동성애 및 동성애문학을 둘러싼 뿌리 깊은 편견과는 달리 그것을 논하고자 할 때 맞부딪히는 실제적 곤란함은 기실 다른 곳에 있다. 정작 그것의 실체와 경계가 매우 애매모호하다는 사실이다. 동성애 그 자체의 정의도 결코 자명하지 않지만 더욱 문제인 것은 본 논의의 핵심인 동성애문학이다. 즉, 과연 무엇을 '동성애문학'으로 정의할 수 있을 것인가의 문제이다. '동성애문학'은 동성애자 작가가 쓴 문학인가? 동성애자가 작품 내에 등장하는 문학인가? 아니면 동성애적 요소가 작품에 삽입된 문학인가? 혹은 동성애와 일견 무관해 보이는 작품이라도 독자가 작품에서 어떤 암시를 찾아낸다면 이것을 동성애문학이라 부를 수 있는가? 이처럼 '동성애문학'이라는 카테고리는 그 자체로 불확실성을 내포한다. 구로이와 유이치(黒岩裕市)가 "남성과 여성의 동성애문학을 일괄해 함께 논하는 것은 불가능하다."[3]고 단언한 것도 바로 동성애문학이라는 카테고리 자체의 불확실성과 모호성 때문이었다. 본 논의는 이 불확실성을 전제하기에, 본 글에서의 '동성애문학'은 '동성애적 문학'이라는 포괄적이고 유연한 범주에서 정의해 사용하고자 한다.

같은 맥락에서 일본 남성 동성애문학의 영역 또한 불분명하며 그 경계는 자명하지 않다. 그 존재감 또한 일본문학 전체에서 그리 큰 비중이라 하기는 어렵다. 하지만 이는 동성애 혹은 동성애문학에 지워진 편견과 주변성의 영향이 적지 않다. 나아가 시좌를 섹슈얼 마이너리티 문학 전반, 이른바 일본 LGBT문학으로 확대한다면 남성 동성애문학은 그

---

3 黒岩裕市, 「ホモセクシュアル文学」, 『昭和文学研究』 58, 2009, 78쪽.

중에서는 가장 중심적인 위치에 있음에 분명하다. 물론 레즈비언(Lesbian), 게이(Gay), 양성애자(Bisexual), 트랜스젠더(Transgender)를 포괄하는 범주로서의 LGBT, 즉 섹슈얼 마이너리티 혹은 성소수자 각각의 내실도 결코 균질하지만은 않다. 심지어 비대칭인 경우도 있다. 그럼에도 주류 사회로부터의 차별과 억압이라는 측면에서 그들은 동류이며 LGBT문학 또한 그 연장선상에 있다. 남성 동성애문학은 상대적으로 더 풍부한 양적 규모와 억압받는 존재로서의 대표성에 있어 LGBT문학 내에서 중심적 위치를 점한다. 이는 섹슈얼리티로서의 남성 중심성이 섹슈얼 마이너리티와 그 문학의 자기장 속에서도 여전히 유효한가라는 관점에서 본다면 분명 미묘한 문제이기도 하다. 하지만 섹슈얼 마이너리티 문학을 논구하는 창구로서 남성 동성애문학이 여성 동성애문학을 포함한 다른 문학에 비해 더 효율적이며 적합함은 부정하기 어렵다. 특히 그 대상이 일본 남성 동성애문학이라면 더욱 그러하다.

그 축적이 비록 미미한 편이지만 일본 남성 동성애문학 선행 연구를 개관하면, 동성애문학의 주변성과 남성 동성애문학의 대표성이 함께 확인된다. 먼저 주목해야 할 것은 구로이와 유이치와 아토가미 시로의 연구이다. 구로이와는 「호모섹슈얼문학(ホモセクシュアル文学)」(2009)에서 기존 동성애문학 연구를 개관하며 '동성애문학' 자체의 정의 및 범주를 근본적으로 문제시한다. 더불어 오에 겐자부로(大江健三郎), 에도가와 란포(江戸川乱歩) 등의 소설을 남성동성애 표상의 관점에서 논하고 있다.[4] 아토가

---

4 *黒岩裕市, 「「男色」と「変態性欲」の間 :『悪魔の弟子』と『孤島の鬼』における男性同性愛の表象」,『一橋論叢』134(3), 2005.
  *黒岩裕市, 「大江健三郎『喝采』の男性同性愛表象」,『フェリス女学院大学文学部紀要』47, 2012.

미는 「최초의 동성애문학-『가면의 고백』에서의 근대의 각인(最初の同性
愛文学 -『仮面の告白』における近代の刻印)」(2000)에서 일본 남성 동성애문
학을 논함에 있어 피해갈 수 없는 대상인 문제적 작가, 미시마 유키오의
소설에 대해 논한다. 그는 미시마와 그의 소설『가면의 고백』(1948)을 통
해 비로소 일본 동성애문학의 진정한 근대가 시작되었다고 주장한다.
이는 소설 속 동성애 주체를 애써 '모른 체'하며 작품의 주제나 구조에만
초점을 맞추면서 실제가 아니라 상징 레벨에서의 동성애적 묘사 운운하
며 그 해석의 가능성을 축소·차단하기에 급급했던 기존 연구의 방향과는
확연히 변별되는 입장이다. 이처럼 그간 일본문학 내의 동성애적 요소는
의식적이든 무의식적이든 부차적인 것으로 치부된 측면이 컸다. 특히
작가 자신의 동성애 지향과 맞물려 논란이 되는 경우, 그리고 그 작가가
이른바 메이저 작가일수록 작품의 동성애 요소에 착목하는 것은 암묵적
으로 회피되는 경향이 없지 않았다. 그런 의미에서 아토가미의 논문은
미시마 자신의 커밍아웃 소설 여부로도 논란이 되었던『가면의 고백』의
동성애 아이덴티티를 우회하지 않고 적시했다는 점에서 그 의의가 크다.

그 외에 요시카와 도요코(吉川豊子)는 「호모섹슈얼문학 개관(ホモセク
シュアル文学管見)」(1992)에서 메이지, 다이쇼 시대의 '스쿨 보이 동성애'
소설의 계보와 나쓰메 소세키(夏目漱石)『마음(こゝろ)』, 미시마 유키오
『금색(禁色)』의 동성애성을 논하며 남성 동성애문학의 경계를 측정한
다.[5] 또한 자연주의 문학과 섹슈얼리티를 동성애 관점에서 논했던 90년
대 후루카와 마코토(古川誠)의 일련의 성과들도 주목할 만하다.[6] 나쓰메

5 吉川豊子, 「ホモセクシュアル文学管見」, 『日本文学』, 日本文学協会, 1992, 95-97쪽.
6 *古川誠, 「セクシュアリティの変容 : 近代日本の同性愛をめぐる3つのコード」, 『日米
　女性ジャーナル』17, 城西大学, 1994.

소세키의 『마음』(1914)을 "동성애소설의 걸작"이라 단언했던 고모리 요
이치(小森陽一) 의 「『마음』에 있어서의 동성애와 이성애-「죄」와 「죄악」
을 둘러싸고(『こゝろ』における同性愛と異性愛-「罪」と「罪悪」をめぐって)」(1994)
의 신선한 충격도 빼놓을 수 없다.[7]

문학의 외연에서 동성애를 논한 작업으로는 가자마 고(風間孝)와 후시
미 노리아키(伏見憲明)를 놓칠 수 없다. 가자마는 정치, 역사의 관점에서
동성애 및 동성애자 문제를 소환하고 있고[8], 후시미는 문학과 현실을
넘나들며 남성 동성애의 계보를 목록화한다.[9]

하지만 이러한 일련의 결과물에도 불구하고 선행 연구의 성과들은 산
발적이고 단편적인 수준에 머물러 있다. 더욱 문제적인 것은, 남성 동성
애문학을 포함한 일본 LGBT문학 연구의 기저에 '억압'의 역학이 크게
작동하고 있다는 부정할 수 없는 현실이다. 억압은 LGBT 및 LGBT문학
을 향한 학계 내외부로부터 의식·무의식적 금기와 외면, 그리고 그것을

---

* 古川誠, 「江戸川乱歩のひそかなる情熱-同性愛研究家としての乱歩(江戸川乱歩の魅
力-生誕100年〈特集〉)-(乱歩の軌跡)」, 『国文学解釈と鑑賞』 59(12), 至文堂, 1994.
* 古川誠, 「自然主義と同性愛-明治末性欲の時代(特集·近代日本とセクシュアリティ)」, 『創
文』 380, 創文社, 1996.9.
* 古川誠, 「近代日本の同性愛認識の変遷-男色文化から「変態性欲」への転落まで(特集
多様なセクシュアリティ)」, 『季刊女子教育問題』 70, 労働教育センター, 1997.

7 * 小森陽一, 「『こゝろ』における同性愛と異性愛-「罪」と「罪悪」をめぐって」, 小森陽一·
中村三春·宮川健郎編 『総力討論 漱石の『こゝろ』』, 翰林書房, 1994.

8 * 風間孝, 「エイズのゲイ化と同性愛者たちの政治化(総特集 レズビアン/ゲイ·スタディー
ズ)-(理論とアクティヴィズム)」, 『現代思想』 25(6), 青土社, 1997.
* 風間孝, 「解釈の政治学-同性愛者の歴史と証言(特集=教科書問題-歴史をどうとら
えるか)」, 『現代思想』 25(10), 青土社, 1997.

9 * 伏見憲明, 『性のミステリー-越境する心とからだ』, 講談社, 1997.
* 柿沼英子×西野浩司×伏見憲明, 「三島由紀夫からゲイ文学へ」, 『クィア·ジャパン』 2, 2000.
ポット出版, 2004.

내면화한 연구자 자신의 자기검열 등이 함께 맞물려 현실화된다. 아토가미의 말을 빌리자면, 연구자들은 "알지 못하는 것이 아니"라 "알려고 하지 않는다."[10] 이것은 "인식의 문제" 이전의 문제이다. 이로 인해 야기된 연구의 결핍은 국가·계급·인종·민족·젠더 등 뿌리 깊은 경계와 장벽을 월경하며 횡단적으로 사고하는 현재의 문학·문화연구 풍토의 개방성을 감안할 때 상대적으로 더욱 도드라져 보인다. 중심과 주변 관계의 전복, 혼종성 등 현실의 문제의식을 투영한 문화이론이 연구 작업에 적극적으로 도입·전유되는 이 시점에서도 남성 동성애문학을 포함한 LGBT문학은 철저히 주변적 위치에 내몰려 있다. 이것은 근대 이전의 '남색(男色)'적 문화를 포함해 근현대문학을 통해서 더욱 미미하지 않은 존재감을 발하는 남성 동성애문학의 수맥을 감안할 때도 분명 문제적이고 예외적이다.

그러면, 넓은 의미에서 남성 동성애문학으로 분류할 수 있는 일본소설에는 어떠한 것들이 있는가? 앞에서 밝혔듯이 그 영역은 불확실하며 경계는 모호하기에 명확한 분류가 곤란함을 전제로 제시하자면, 아래와 같은 소설들이 일본 남성 동성애문학의 예시가 될 수 있을 것이다.[11]

> * 하마오 시로(浜尾四郎), 『악마의 제자(悪魔の弟子)』(1929)
> - 미번역
> - 내연녀를 살해한 혐의로 수감된 주인공 시마우라가 과거 동성애 관계에 있었던 담당 검사에게 편지를 보내 고백 형태로 자신의 결백을 주장하는 내용의 소설. 아내를 살해하는 완전범죄를 꾀했으나 뜻하

---

10 跡上史郎, 앞의 글, 70쪽.
11 이 목록은 '남성 동성애'를 키워드로 선행 논문에서 거론된 작가 및 작품들을 가능한 망라하고, 웹사이트 http://kenko321.web.fc2.com/gay/list-gay.html(검색일 : 2013. 10.12.)에서 참고한 내용을 토대로 작성되었다.

지 않게 내연녀가 죽게 되었다는 결말의 미스터리 소설.

* **에도가와 란포(江戸川乱歩), 『외딴섬 악마(孤島の鬼)』(1929-30)**
- 번역.【김문운 역, 『외딴섬 악마』(동서문화사, 2004)】
- 25세 청년 미노우라는 약혼자 하쓰요의 의문의 죽음을 파헤치기 위해 자신을 흠모하는 동성애자 선배 모로토와 함께 모로토의 고향인 외딴섬으로 향한다. 그곳에서 그가 목도한 것은 아이를 감금해 인공적인 신체 기형자를 만드는 지옥 같은 세계였다. 그로테스크한 분위기 속에 동성애, 우생학 등의 요소가 두루 망라된 미스터리 추리소설.

* **호리 다쓰오(堀辰雄), 『불타는 뺨(燃ゆる頬)』(1932)**
- 번역.【eBook 형태로 번역, 『장밋빛 뺨』(아지사이, 2015)】
- 결핵으로 요양원생활을 하는 20대의 주인공이 고교 시절 기숙사생활을 함께 하며 우정을 넘어 동성애적 정서를 나눴던 동급생 친구와의 추억을 회상하는 단편소설.

* **가와바타 야스나리(川端康成), 『소년(少年)』(1948~49), 『가을비(しぐれ)』(1949)**
- 두 작품 모두 미번역
- 『소년』: 가와바타의 자전적 소설. 중학생 시절 기숙사 방을 함께 쓴 동급생 기요노와의 정신적 연애를 당시 일기를 바탕으로 쓴 소설.
- 『가을비』: 주인공 유키히라가 친구 스야마와의 이별 이후 우정과 동성애 감정 사이를 넘나들었던 과거를 추억하는 내용의 소설

* **미시마 유키오(三島由紀夫), 『가면의 고백(仮面の告白)』(1949), 『금색(禁色)』(1951)**
- 『가면의 고백』 번역.【양윤옥 역, 『가면의 고백』(동방미디어, 1996)】
　　　　　　　　　　　　　【양윤옥 역, 『가면의 고백』(문학동네, 2009)】

- 『금색』 미번역.
- 『가면의 고백』: 작품을 통한 작가 자신의 커밍아웃 여부로 화제를 모은 대표적 남성 동성애 소설. 성장하며 자신의 동성애 정체성을 자각하게 된 주인공이 전쟁 시기를 거치며 친구 여동생 소노코와의 혼담을 거절한 다음 자신의 길을 걷게 된다는 내용의 고백체 소설
- 『금색』: 전후의 도쿄를 배경으로 저명한 노작가 슌스케가 미청년 유이치를 통해 자신에게 상처를 준 세 명의 여자에게 복수를 꾀하다가 정작 자신이 유이치에게 매혹된 나머지 자살로 생을 마감한다는 내용의 장편소설. 설정 및 묘사가 압도적.

* **후쿠나가 다케히코(福永武彦), 『풀꽃(草の花)』(1956)**
- 미번역
- 결핵 요양원에서 만난 시오미라는 남자가 유서처럼 남긴 두 권의 노트를 통해 고백되는 비밀. 후배 후지키에 대한 동성애적 사랑과 좌절, 후지키의 여동생 지에코와의 이성애적 사랑과 좌절을 담은 슬픈 청춘의 기록.

* **오에 겐자부로(大江健三郎), 『갈채(喝采)』(1958)**
- 번역. 【조정민 외 역, 『전후 일본 단편소설선』(소명출판, 2019)에 수록】
- 도쿄대 재학생으로 추정되는 주인공 나쓰오는 프랑스 대사관에 근무하는 40세 프랑스 남성과 동성애 관계이다. 그는 굴욕적 관계를 청산하기 위해 외국인 상대의 창부 야스코와 이성애적 일탈을 꾀하지만 결국 좌절하고 다시 프랑스인 파트너의 집으로 돌아오게 된다는 내용의 소설.

* **나카가미 겐지(中上健次), 『찬가(讚歌)』(1990)**
- 미번역

- 양성애자인 남창을 주인공으로 한 소설

* 미즈가미 쓰토무(水上勉), 『남색(男色)』(1969)
- 미번역
- 작가가 게이 바에서 만난 마사미라는 미모의 게이 보이와의 교류를
  통해 자신이 소년 시절 동승 생활을 했던 교토의 절에서 겪었던 강
  요된 남색의 경험을 회상하는 소설.

* 가가 오토히코(加賀乙彦), 『돌아오지 않는 여름(帰らざる夏)』(1973)
- 미번역
- 14세의 쇼지가 아시아태평양 전쟁이 한창이던 시기, 육군소년학교
  에 입교해 경험한 선배로부터의 성추행과 미소년 동급생과의 동성
  애적 관계를 그린 소설.

* 모리 마리(森茉莉), 『연인들의 숲(恋人たちの森)』(1975), 『고엽의
  침상(枯葉の寝床)』(1975)
- 두 작품 모두 미번역
- 『연인들의 숲』 : 소년을 사랑하는 남자와 소년, 그들을 질투하면서
  도 소년을 어머니 마냥 안아주는 소녀, 그리고 연인을 미소년의 품
  으로부터 되돌리려 하는 여성의 파멸적인 사랑의 이야기. 사랑하
  는 소년을 빼앗기기 전 남자가 소년을 죽이고 자신도 자살한다는
  충격적인 결말의 소설.
- 『고엽의 침상』 : 기란은 프랑스인 아버지와 일본인 어머니 사이에서
  태어난 38세의 프랑스문학과 교수이자 이른바 '침대소설' 작가. 기
  란과 10대 후반의 미소년 레오 사이의 동성애를 순수한 관능적 세
  계로 승화시킨 탐미적 소설.

* 히루마 히사오(比留間久夫), 『예스, 예스, 예스(YES·YES·YES)』 (1989), 『해피 버스데이(ハッピー·バースデイ)』(1990)
- 두 작품 모두 미번역
- 『예스, 예스, 예스』: 주인공은 자기파멸을 지향하듯 게이 전용 호스 트클럽에서 남자에게 몸을 파는 10대의 청년. 하지만 정작 그는 남 성을 사랑하는 동성애자가 아니라 여성을 욕망하는 이성애자다. 남자들 간의 성 행위 묘사는 넘치지만 정작 감정의 교류는 찾기 어 렵다는 점이 소설의 특징.
- 『해피 버스데이』: 여자에 흥미도 없고 여자 같은 남자도 싫어하는 게이 주인공과 여성으로 다시 태어나갈 원해 남성성을 점차 없애가 는 한 남자 간의 연애를 그린 소설.

* 하시모토 오사무(橋本治), 『사랑의 돛단배(愛の帆掛舟)』(1989), 『제 비 오는 날(つばめの来る日)』(1999)
- 두 작품 모두 미번역
- 『사랑의 돛단배』: 비일상적인 설정의 사랑을 묘사한 4편의 단편소설 집. 그 중 1편인 「사랑의 백만불(愛の百万弗)」이 동성애 소설. 여장 을 한 주인공 게이 보이는 손님으로 만난 재벌가 도련님에게 옛 애인 의 느낌을 받고 둘은 플라토닉한 동거생활을 시작한다. 하지만 매사 우물쭈물하는 성격의 파트너에 답답함을 느낀 나머지 게이 보이가 점차 일반적인 기혼 남성의 남성성을 발휘하게 된다는 내용의, 의외 로 상쾌한 분위기의 소설.
- 『제비 오는 날』: 다양한 남자들의 이야기를 엮은 9편의 단편소설집. 그 중 「전갱이튀김(あじフライ)」에서 동성애를 자각하는 청년의 고독을, 「한산습득(寒山拾得)」에서 중년 요리사의 동성애 성애를 그 리고 있다.

* 하나무라 만게쓰(花村万月), 『블루스(ブルース)』(1992)
- 미번역
- 요코하마, 남지나해 등을 배경으로 기타리스트 무라카미, 독특한
  성격의 여가수 아야, 동성애자인 야쿠자 도쿠야마가 펼치는 애잔,
  농밀하고 폭력적인 사랑의 이야기.

* 요시다 슈이치(吉田修一), 『최후의 아들(最後の息子)』(1997)
- 번역. 【오유리 역, 『최후의 아들』(북스토리, 2007)】
- 중학교 시절 알게 된 게이 친구를 따라 도쿄로 상경한 주인공이 번
  화한 도시에서 자신을 받아 준 또 다른 게이와 동거하는 과정에서
  겪는 정체성 혼란과 성소수자의 애환을 그린 소설.

* 후지노 지야(藤野千夜), 『여름의 약속(夏の約束)』(1999)
- 미번역
- 게이 커플인 회사원 마루오와 편집자 히카루, 히카루와 오랜 친구인
  뜨지 못한 여소설가 기쿠에, 남자에서 여자로 성전환한 트랜스젠더
  미용사 다마요가 엮어내는 소소한 일상을 따뜻한 시선으로 묘사한
  소설로 제122회 아쿠타가와 문학상(2000) 수상 작품.

* 이시카와 다이가(石川大我), 『내 그대는 어디에 있나?(ボクの彼氏は
  どこにいる?)』(2002)
- 미번역
- 현재 입헌민주당 소속 정치인인 작가 자신의 자전적 소설이자 커밍아
  웃 소설. 작가는 사민당 당수 경선 출마(2013), 도쿄 도요시마(豊島)
  구 구의원 역임(2015), 다른 지방자치단체 의원들과 〈LGBT자치체
  의원연맹〉 설립(2017) 등의 활동을 통해 성소수자 문제를 현실 정책
  에 반영하고자 매진.

위 목록은 일본 근현대문학 중 20세기 이후 소설을 대상으로 가능한 유연한 범주에서 비교적 '순문학'에 가깝다고 평해지는 텍스트를 중심으로 선정한 것이다.[12] 그 속에는 동성애 소설과 동성애적 소설, 동성애 성향의 작가의 소설과 그렇지 않은 작가의 소설, 순문학적 소설과 통속문학적 소설 등이 혼재되어 있다. 다만 소설 내용에서 '동성애 관계'가 정신의 교류 및 신체적 교섭 묘사 등을 통해 실제적으로 드러나는 텍스트에 한해 선정하였음을 명확히 밝힌다. 따라서 스토리 라인에서는 드러나 있지 않으나 해석 및 분석을 통해 상징 레벨에서의 '동성애적 관계'가 추론될 여지가 있는 텍스트 등은 모두 배제하였다. 나쓰메 소세키의 『마음』 등이 제외된 것은 그 때문이다. 물론 이렇게 좁힌다 해도 리스트의 엄정성을 명확히 담보하기는 어렵다.

그렇지만 동성애문학의 명확한 영역 획정이 근원적으로 지난함을 피할 수 없다면, 이러한 불확실성이야말로 역설적으로 일본 남성 동성애문학의 가능성이라 볼 수도 있을 것이다. 위 목록에서도 보듯이, 불확실성은 한편으로 확장성과 월경성(越境性)이라는 이면을 지니고 있기 때문이다. 그 뿐 아니라 어떻게든 연구의 장으로 끌어들여 논의를 시작하는

---

12 물론 '순문학'이라는 카테고리 또한 지극히 불명료한 것이지만, 이른바 '통속문학', '대중문학'까지 그 영역을 확장할 경우에는 그 대상의 방대함과 모호함으로 인해 선별 작업이 한층 곤란해질 것이 분명하기에 고육지책으로 '순문학'이라는 애매한 경계를 설정해 금욕적으로 선별하였다. 다만 위 목록의 텍스트 중 이 기준에서 다소 예외적인 작가가 있다. 바로 모리 마리(森茉莉)와 이시카와 다이가(石川大我)이다. 모리 오가이의 딸이기도 한 모리 마리의 소설은 이른바 '야오이 소설'로 불리는 BL(Boy's Love)문학 장르의 효시로 평가되기도 하지만 여기에서는 목록에 포함시켰다. 또한 이시카와 다이가『내 그대는 어디에 있나?(ボクの彼氏はどこにいる?)』는 남성동성애자인 작가 자신의 자전적 커밍아웃(coming-out) 소설로서 이른바 현대 일본 '게이소설'의 대표격으로 일컬어진다. 순문학보다는 통속문학적 성격이 더 짙지만, 그 상징성을 감안해 목록에 함께 포함시켰다.

것이야말로, 이러한 연구의 경우 특히 중요하다고 할 수 있다. 다음 절에
서는 위 목록 중 1920~50년대에 발표된 20세기 초중반의 소설 검토를
통해 일본 남성 동성애문학의 세계 그 안으로 들어가 보자.

3. 커밍아웃과 은폐 사이, 혹은 동성애와 이성애 사이

현대 사회 및 경제의 분화·고도화에 따라 소수자들의 양상이 점차
다중화되고 있다. 그 숫자도 점차 증가 추세다. 이에 성(젠더), 인종,
계층, 연령, 장애 등의 다양한 기준에서 사회적 약자인 소수자들의 권리
와 자존을 확보하려는 운동과 소통이 점차 가시화되는 추세의 요즘이다.
이 중 섹슈얼 마이너리티, 즉 성소수자는 조금 특별한 위치를 점한다.
다른 마이너리티와는 달리 그들의 존재는 잠재적이다. 흔히 '커밍아웃
(coming-out)'이라 불리는 성 정체성의 자기 고백 없이는 그들의 존재는
여전히 은폐된 채 드러나지 않기 때문이다. 은폐의 이유, 그것은 잠재된
차별로부터 자신을 보호하기 위해서이다. 은폐된 비밀을 고백할 것인가
아니면 그대로 은폐할 것인가의 여부는 온전히 당사자의 주체적 선택에
맡겨진다. 비밀이 고백을 통해 더 이상 비밀이 아니게 된 순간, 그들은
비로소 소수자의 일원이 된다. 이 '잠재성' 혹은 '잠재적 소수자성'이야
말로 성소수자가 다른 마이너리티와 구별되는 큰 특징이다. 커밍아웃에
는 당연히 주류 사회의 가혹한 차별과 멸시를 감내할 만한 각오와 용기
가 요구된다. 그렇기에 커밍아웃은 "동성애자의 게이 아이덴티티 확립
을 목표로 동성애상을 〈수치〉에서 〈긍지〉로 전환해 차별을 철폐하고
동성애자의 존재를 항상 공공연한 비밀로 몰아넣어 무시해 왔던 이성애

체제에 대한 문제제기를 실행"[13]하는 의지적 행동이다.

　문학은 전통적으로 LGBT가 커밍아웃하는 그나마 가장 제도적인 통로였다. 이른바 고백소설을 통해서였으며 그 주체는 주로 남성 동성애자였다. 하지만 그 고백의 대가는 참혹했다. 천재적 작가로 한창 이름 떨치던 오스카 와일드(Oscar Wilde)는 1895년 동성애 혐의로 정죄되어 2년간의 옥살이 끝에 비참하게 이국의 땅에서 죽어갔다. 그는 실제 커밍아웃하지 않았지만 『도리안 그레이의 초상』(1891)을 포함한 그의 작품들은 커밍아웃 텍스트로서 읽혔다.[14] 자신의 의지와 무관하게 그는 커밍아웃의 선구자가 되었다. 동시에 마땅히 은폐해야 할 은밀한 비밀이 탄로되었을 때 동성애자가 감당해야 할 고초와 비참한 말로를 상징하는 본보기가 되어 버렸다.

　일본문학도 예외일 수 없다. 커밍아웃은 작가로서의 기득권과 사회 구성원으로서의 삶을 포함한 존재의 모든 것을 포기할 각오가 아니라면 감히 넘을 수 없는 사선(死線)이었다. 최근 활동하는 극소수의 이른바 '게이소설' 작가를 제외하고는 일본근현대문학 작가 중 공식적으로 자신의 '남다른' 성 정체성을 커밍아웃한 이는, 알려진 바로는 없다. 그렇기에 더욱 주목된 것이 바로 그들이 쓴 작품이었다. 작가는 허구라는 안전창이 있는 소설 창작을 통해 그들의 은밀한 비밀을 고백하고, 독자는 작품에 투영된 동성애 요소를 읽어내 작가의 동성애자 여부를 가늠하는 것이다. 예를 들면, 미시마 유키오와 그의 소설 『가면의 고백』이 그러하다.

13　大橋洋一,「解説」, Oscar Wilde 외 著, 大橋洋一 監訳, 『ゲイ短編小説集』, 平凡社, 1999, 356쪽.
14　플로랑스 타마뉴, 이상빈 옮김, 『동성애의 역사』, 이마고, 2007, 94쪽.

나는 뭔가에 얻어맞은 기분이었다. **그**인 줄만 알았는데 **그녀**인 것이
다. 이 아름다운 기사가 남자가 아니라 여자라니, 도무지 말이 되지 않았
다. (지금도 내게는 여자의 남장에 대한 뿌리 깊은, 설명하기 어려운 혐
오증이 있다) 그것은 특히 **그**의 죽음에 대해 내가 품었던 달콤한 환상에
대한 잔혹한 복수, 인생에서 내가 만난 최초의 '현실이 떠안긴 복수'와도
같았다.[15] (굵은 글자체는 작가 미시마 자신에 의함)

주인공인 소년 '나'는 어릴 적 본 그림책 속의 잔 다르크가 '그'가 아니
고 '그녀'임을 알게 되자 큰 충격에 빠진다. 당연히 남자라 믿어 의심치
않고 동경했던 '그'가 실은 여자였던 것이다. '나'가 자신의 성 정체성에
눈뜨는 계기가 되는 중요한 장면이다. 여기서 '나'는 여자의 남장에 대한
혐오도 언급하고 있는데 정작 그런 자신은 어릴 적 클레오파트라로 꾸미
며 여장 놀이를 즐겨한 장본인이었다. 여기서는 "남성의 여장은 아름답
고, 여성의 남장은 혐오스럽다"라는 식의 동성애 내부의 여성 소외 구도
도 엿볼 수 있다. 『가면의 고백』 속 주인공 '나'는 성장과 더불어 이처럼
자신의 동성애 아이덴티티에 점차 눈뜬다. 소설 속에서 '나'는 커밍아웃
하지 않지만 『가면의 고백』은 작가 미시마 자신의 커밍아웃 텍스트로
평가되기도 하는데,[16] 본 필자의 입장 또한 그러하다. 이와 같이 동성애
작가는 커밍아웃과 은폐의 경계에서 끊임없이 갈등하며, 작품은 그들의
숨겨진 진실을 투사하는 거울의 역할을 한다.
경계선에서의 갈등은 비단 작가에 한하지 않는다. 작가의 분신으로
읽히는 작품 속 등장인물들 또한 좀체 넘기 어려운 그 선상에서 주저하

---

15 미시마 유키오, 양윤옥 옮김, 『가면의 고백』, 문학동네, 2010, 21쪽.
16 이지형, 「일본LGBT(문학) 엿보기-그 불가능한 가능성」, 『일본비평』 8, 서울대학교 일
    본연구소, 2012, 207-208쪽 참조.

고 고뇌한다. 미시마 유키오의 다른 소설 『금색(禁色)』(1951)에서는 절대미를 상징하는 미청년 유이치(悠一)가 성 정체성의 고뇌 끝에 여행지에서 우연히 처음 만난 노년의 유명 소설가 슌스케(俊輔)에게 '커밍아웃'한다. 정작 결혼을 앞둔 자신의 약혼자에게는 비밀을 숨긴 채 유이치는 비밀의 보안과 경제적 지원을 전제로 슌스케의 지시에 따른다는 계약을 맺게 되고, 슌스케는 유이치를 통해 자신을 배신한 여성들에 대한 복수를 도모한다. 그런데 소설의 결말은 실로 뜻밖이다. 복수의 도구로만 여겼던 유이치에게 매혹됨으로써 동성애에 눈뜨게 된 슌스케는 고뇌 끝에 자살로 생을 마감한다. 노작가의 쓸쓸한 최후와 더불어 그의 새로운 비밀도 영원히 '은폐'되고 만다.

오에 겐자부로(大江健三郞) 소설 『갈채(喝采)』(1958)의 주인공, 대학생 나쓰오(夏男)는 40대를 바라보는 연상의 프랑스인 동성 연인과의 특별한 관계가 주변에 알려질까 두려워하며 은폐에 급급한다. 후쿠나가 다케히코(福永武彦)의 『풀꽃(草の花)』(1956)에서 후배 후지키(藤木)를 향하는 선배 시오미(汐見)의 흠모는 우정과 동성애 사이에서 맴돌다 결국 커밍아웃다운 고백을 하지 못한 채 후지키의 죽음이라는 비극으로 끝맺게 된다.

> 비밀, 그러나 그건 누구든 알고 있는 것일지도 모른다. 그럼에도 나는 그것을 소중히 간직하고 싶었다. 후지키에게 향한 이 비밀스런 마음을. 누구에게도 간섭받지 않고 몰래 간직하고 싶었다.[17]
>
> (후쿠나가 다케히코, 『풀꽃』)

이처럼 흠모, 욕망 등을 포함한 동성애적 관계는 당사자에게 있어

---

17 福永武彦, 『草の花』, 新潮社, 2013, 73쪽.

'비밀'이다. 그렇기에 필연적으로 '은폐'의 대상이 된다. 『갈채』의 주인
공처럼 비밀의 누설을 두려워해서든 『풀꽃』의 주인공처럼 비밀을 독점
하고픈 욕망에서이든, 은폐의 대상이라는 점에서는 매 한가지이다.

> 그 눈은 시뻘겋게 충혈되어 있었다. 그리고 입 주변에는 하염없이 소녀
> 와 같은 가냘픈 미소를 띠우고 있었다. 나는 불현듯 방금 막 접한 한 마리
> 꿀벌과 이름 모를 흰 꽃을 떠올렸다. 그의 뜨거운 호흡이 내 뺨에 전해져
> 왔다. (중략) 어느새 우오즈미는 교묘히 새 가면을 쓰고 있었다.[18]
>
> (호리 다쓰오, 『불타는 뺨』)

> 유이치는 견문이 넓어짐에 따라 이 사회의 뜻밖의 광대함에 놀랐다.
> 이 사회는 낮 시간에는 정체를 은폐하는 위장을 하고 멈춰 서 있었다.
> 우정, 동지애, 박애, 사제 간의 정, 공동경영, 조수, 매니저, 서생, 상사와
> 부하, 형제, 사촌형제, 삼촌과 조카, 비서, 수행원, 운전수 등등. (중략)
> 남성 세계의 온갖 위장을 한 채 머물러 있었다.[19]
>
> (미시마 유키오, 『금색』)

그렇기에 동성애 주체들은 그 비밀을 은폐하기 위해 '가면'을 쓰거나
'위장'을 한다. 호리 다쓰오의 『불타는 뺨』에서 고교 선배 우오즈미는
갓 17세가 된 '나'와의 둘만의 시간이 되면 가면을 벗고 미소를 띤 "소녀"
의 모습이 된다. 선후배를 아우르는 기숙사 생활에서 가면은 비밀 은폐
를 위한 필수품이다. 미시마 유키오의 『금색』에서 유이치는 점차 낮의
세계와는 다른 밤의 세계의 실체를 알아가게 된다. 수많은 남성들이

---

18 堀辰雄, 『燃ゆる頬·聖家族』, 新潮社, 1987, 4-5쪽.
19 三島由紀夫, 『禁色』, 新潮社, 2013, 157쪽.

다양한 사회적 관념과 사회적 관계로 위장한 채 자신의 정체를 '은폐'하며 살아가는, 자신의 동지적 존재임을 목도하고 그는 놀란다. 우정, 동지애, 사제 관계, 비서 등등은 그러한 위장의 면면들이다. 이와 같이 그들의 비밀은 가면과 위장을 통해 은폐되며 때로는 무의식의 심연 속에 무자각의 형태로 가라앉아 있다. 비밀을 그 누군가에게는 '고백'하고 싶은 욕망과 사회적 편견을 내면화한 자기검열과 자기보호로서의 '은폐' 의식은 서로 길항한다. 동성애 주체의 실존은 이렇게 커밍아웃과 은폐 사이에서 항상 기로에 서 있다.

한편 남성 동성애문학에서 동성애적 정체성은 태생적인 것만은 아니다. 『금색』의 노작가 슌스케에게 볼 수 있듯이 그것은 후천적으로 촉발되고 견인되기도 한다. 심지어 『풀꽃』의 주인공 시오미는 후배 후지키를 흠모하다가 후지키의 사후에는 그의 여동생 지에코(千枝子)와 연인 관계가 된다. 여전히 후지키의 잔영이 시오미의 무의식을 지배하지만, 그에게 동성애와 이성애는 결코 넘나들 수 없는 장벽이 아니다.

이처럼 동성애의 동기와 그 경계는 반드시 명확하지 않다. 자연히 소설 속에서 이성애와 동성애, 양자의 관계 또한 정상/비정상, 건전/퇴폐의 이항 대립적 통상 관념으로 수렴되지 않는 경계의 모호함을 드러낸다.

> 그리고 모로토와 나 사이는 단순히 친구라는 말로는 표현할 수 없는 종류의 것이었다. 모로토는 나에게 이상한 연애감정을 갖고 있었고, 나는 그 마음을 깊이 이해하지는 못했으나 기분상으로는 알고 있었다. 그리고 그의 그런 감정이 보통 때처럼 싫지가 않았다. 그와 같이 있으면 그나 나나 어느 한 쪽이 이성이라도 된 듯 달콤한 기분을 느꼈다. 어쩌면 그 기분이 우리의 탐정 일을 더 유쾌하게 했는지도 모른다.[20]
>
> (에도가와 란포, 『외딴섬 악마』)

"내가 정신과 의사에게 물어봤는데, 자네 같은 경우는 유전성인지 아
닌지 아직 판단할 수 없다고 하더군. 그렇게 두려워할 필요는 없다네."
(중략) 이 공포로부터 유이치는 자신을 해방시키고 싶다. 이를 위해서는
우선 아내를 해방시켜야 한다. 임신과 출산은 얽매이게 하는 것이다. 해
방을 단념하는 것이다.[21]   (미시마 유키오, 『금색』)

에도가와 란포의 『외딴섬 악마』에서 주인공 미노우라(箕浦)는 친구
모로토(諸戸)의 동성애적 호감에 자각적일 뿐만 아니라 혐오감마저 드러
내면서도, 때론 "단순히 친구라는 말로는 표현할 수 없는" 서로 "이성이
라도 된 듯 달콤한 기분", 즉 동성애 감정을 스스로 느끼기도 한다. 여기
서도 동성애와 이성애 심리의 경계는 불명확하며 양자는 뒤엉켜 있다.
미시마 유키오 『금색』의 동성애 주체 유이치는 동성애자이면서도
이를 아내에게 비밀로 숨긴 채 결혼한다. 그의 '마음'은 동성애자이지
만 '몸'은 동성애와 이성애를 넘나든다. 그는 가정의 안과 밖에서, 하루
중 낮과 밤에서 그 정체를 달리 하는 양성애자다. 위 인용문에서, 아내
의 임신 사실을 알게 된 유이치는 큰 '공포'에 사로잡힌다. 동성애인
자신에게 아이가 태어나는 것 이상으로 그가 두려워하는 것은 자신의
동성애적 정체성이 자식에게 유전되지는 않을까 하는 우려이다. 그가
내심 진지하게 낙태를 고심한 이유이다. 그는 자신의 동성애적 성향이
선천성인지 후천성인지에 대한 확신이 없기에 더욱 불안하다. 동성애
정체성이라는 자신의 '비밀'과 더불어 이로부터 필연적으로 야기될 처
절한 고뇌마저 자식에게 대물림되는 것을 그는 두려워하는 것이다. 물

---

20 江戸川乱歩, 『孤島の鬼』, 角川書店, 2013, 136쪽.
21 三島由紀夫, 앞의 책, 230쪽.

론 위 인용문에서 슌스케가 유이치를 위로하는 것처럼 동성애는 유전성이 아니다. 기실 이 부분에 함의된 또 다른 의미는 동성애와 이성애가 구별되는 명확한 분절점, 즉 공동체의 재생산 여부이다. 이성애적 관계와는 달리 동성애적 관계에서 출산은 기본적으로 불가능하다. 여기서 뜻하지 않게 아내를 임신시켜 버린 동성애자 유이치의 낙태 욕망은 동성애 관계에 수반될 수밖에 없는 공동체 재생산 불가능성을 암시적으로 드러낸다고도 볼 수 있다.

문제는 임신 가능 여부라는 이성애와 동성애 구현 사이의 명확한 차이에도 불구하고 양자의 심리적 경계가 반드시 명확하지는 않다는 사실이다. 더욱이 현실에서 동성애 주체들은 마지못해 동성애와 이성애를 넘나드는 경계적 존재로 살아갈 수밖에 없는 경우가 허다하다. 동성애와 이성애 사이의 불확실한 심리선과 경계를 살아갈 수밖에 없는 동성애자의 실존적 삶이라는 현실은 그들이 커밍아웃과 은폐 사이에서 끊임없이 고뇌할 수밖에 없는 결정적 이유이다. 이와 같이 일본 남성 동성애문학은 현실에서는 여전히 잠재적으로 존재하는 경우가 많은 동성애 주체의 경계성을 여실히 표상하고 있다. 이는 다시 말하면 동성애 주체가 현실적 장벽과 그들의 동성애 아이덴티티 사이에서 표류하고 있음을 의미한다. 동성애문학 텍스트는 동성애 주체를 둘러싼 척박한 현실과 동성애 아이덴티티가 연계되는 교차점인 동시에 표류하는 동성애 주체가 잠시 쉬어갈 수 있는, 그리고 때론 그대로 머물게 되는 정박항이기도 하다.

4. 다르면서 다르지 않은

동성애를 인식하는 사회의 평균적 시선은 '혐오'의 감정으로 수렴되기 십상이다. 하지만 흔히 그러하듯 혐오감의 이면에는 강한 호기심이 존재하는 것도 사실이다. 그만큼 동성애는 '정상인'을 자처하는 이들에게 있어 '타자'의 영역인 동시에 '비밀'의 세계인 것이다. 이번 절에서는 동성애를 바라보는 외부의 시선과 동성애 아이덴티티를 자각하는 내부의 정서가 교차하는 지점을 살펴보고자 한다. 비동성애자는 어떤 시선을 동성애자에게 던짐으로써 사회의 평균적 인식을 표상하고, 동성애자는 외부의 따가운 시선 속에서 어떻게 자신의 특별한 성 정체성을 수용해 동성애 아이덴티티를 구축하는가? 그들은 과연 특별한 존재인가?

『금색』의 다음 장면은 동성애를 향하는 시선을 사고함에 있어 매우 시사적이다.

> 남자끼리의 입맞춤을 보고 만 미망인은 구역질이 나서 고개를 돌렸다. 『교양이 있다면 저런 흉내 따위 낼 수 있을 턱이 없어.』「변태성욕」이라는 말의 우스꽝스러움과 뭐라 할 수 없을 만큼 우스꽝스러운 이 「교양」이라는 말이 떠오르자 미나미 미망인은 오랫동안 잠들어 있던 긍지가 눈을 떴다.[22]　　　　　　　　　　　　　　　　　　　　(『금색』)

누군가의 밀고로 아들 유이치를 찾아 동성애자 카페를 방문한 미나미 미망인은 충격에 빠진다. "남자끼리의 입맞춤" 장면이 좌석 여기저

22　三島由紀夫, 앞의 책, 570쪽.

기에서 목도되는 카페는 그녀의 상상 밖 세계이다. 그녀는 "구역질"과 함께 그 장면을 외면한다. '교양' 있음을 자처하는 여성, 그것도 미망인에게 남성 동성애의 현장은 충격 그 이상이다. 구역질은 그녀의 내부로부터 솟구치는 '혐오감'을 상징한다. 그녀에게 동성애는 '변태성욕'이자 '비교양'이다. 매우 흥미로운 것은, 동성애에 대한 혐오의 감정이 오랜 기간 억눌려 왔던 그녀의 '긍지'를 일깨우는 동인으로 작용한다는 점이다. 한마디로 그녀의 '긍지'는 정상인을 자부하는 긍지이다. 또한 여성으로서 남성에게 억압되어 온, 그리고 미망인의 일거수일투족을 주시하는 사회의 시선을 의식하며 자기 단속을 감내해 온 세월의 굴레로부터 일시적이나마 해방된 감정을 맛본 데서 비롯된 긍지이다. 그녀의 '긍지'는 동성애자에 대한 그녀의 '혐오감'과 교환 가치이다. 그녀에게 있어 남성 동성애자는 그녀의 아래에 위치한 하위 존재이다. 그들에 대한 강한 혐오감을 바탕으로 그녀는 오랫동안 "잠들어 있던" 자존감을 회복한다. 하지만 정작 미망인은 자신의 아들 유이치가 그녀가 그토록 혐오해 마지않는 동성애자임을 전혀 알지 못한다.

흥미롭게도, 정상인 여성은 위에서처럼 남성 동성애를 혐오하고 있지만, 남성 동성애의 전통적 근거의 하나는 반대로 '여성 혐오'였다.

> 나는 10살이 지나서부터 끊임없이 어머니로부터 괴로움을 당했어. (중략) 어떤 간지러운 불쾌감으로 눈을 뜨면 어느 사이엔가 어머니는 내 잠자리에서 같이 자고 있었어. (중략) 내가 가정을 떠나고 싶다고 생각한 제일 큰 이유는 바로 그것이었어. 나는 여자라는 것의 더러움을 너무나 많이 보았어. 그래서 어머니와 모든 여성을 더럽게 느끼고 증오하게 된 거야. 너도 알고 있는 나의 도착적인 애정은 이런 데서 오지 않았는가 싶어.[23]
>
> (『외딴섬 악마』)

에도가와 란포의 소설 『외딴섬 악마』(1929-1930) 속 동성애자 모로토
는 세상의 모든 여성들을 증오한다. 그가 여성을 증오하게 된 동인은
어릴 적 겪은 어머니로부터의 성 학대이다. 자애를 통해 희생·헌신하
는 모성의 존재로 기억되어야 할 어머니가 아들에게는 트라우마 그 자
체이다. 여성 중의 여성이라 할 수 있는 어머니로 인한 깊은 상처로
인해 모로토는 여성을 불쾌감, 불결함 즉, '혐오'의 대상으로 인식하고
증오하게 된다. 스스로 "도착적인 애정"이라 칭하는 그의 동성애 성향
의 기저에는 유소년기의 트라우마로부터 야기된 뿌리 깊은 여성 혐오
가 자리 잡고 있다. 그런 관점에서 모로토의 동성애 아이덴티티는 선천
성 요인 못지않게 후천적 경험의 산물이라고 할 수 있다.

> "쳇, 여자 따위" 지나가는 여학생 무리에 미노루는 침을 뱉었다. 그리
> 고 피상적인 성적 이야기를 매도라도 하듯 내뱉었다. "…… 여자 따위가
> 뭐야. 가랑이 사이에 불결한 주머니를 차고 있을 뿐이잖아. 주머니에 쌓
> 이는 것은 먼지뿐이야." 아내가 있다는 사실을 미노루에게 물론 숨기고
> 있는 유이치는 미소 지으며 여성을 매도하는 그의 말을 듣고 있었다.[24]
>
> (『금색』)

소설 『금색』에서 유이치의 동성애 애인 미노루는 아직 10대 소년에
불과하다. 길을 지나가는 동년배 여학생 무리를 보고 그는 느닷없이
신랄히 매도한다. 유이치는 조용히 "미소 지으며" 침묵을 가장해 그의
말에 수긍한다. 여기서 미노루와 유이치, 두 남성 동성애자가 여성을

---

23 江戸川乱歩, 앞의 책, 192쪽.
24 三島由紀夫, 앞의 책, 543쪽.

대하는 시선은 '불결'이란 단어로 집약된다. 특별한 이유도 근거도 없다. 다만 여성에 대한 매도를 통해 남성 동성애 관계의 연대감을 확인하고자 하는 의지만이 명확할 뿐이다. 그들의 동성애 성향이 특별한 후천적 경험에 토대한 것이 아닐 경우에도 남성 동성애자는 위에서처럼 타자로서의 여성에 대한 혐오감을 공유함으로써 그들 관계의 정당성을 확인하고 연대의 견고함을 다지고자 노력한다.

혐오의 감정은 이처럼 남성 동성애자로부터 여성을 향하기도 한다. '여성 혐오'는 남성 동성애의 근거인 동시에 남성 동성애자가 '긍지'를 품는 바탕이 된다.[25] 여성과 남성 동성애자 간의 혐오는 이렇게 쌍방향적으로 작동한다. 사회적 마이너리티라는 측면에서 실은 동류인 여성과 남성 동성애자는 서로의 혐오와 긍지를 이렇게 맞바꾼다. 여기서 벌어지는 양상의 본질은 바로 주변적 존재 혹은 '주변성' 간의 교환이자 거래이다. 동시에 이러한 등식은 남성 중심 사회가 유지되기 위해 필수적인 두 가지 형태의 억압, 즉 '동성애 혐오'와 '여성 혐오'를 그대로 증명하는 것이기도 하다. 남성들의 가부장적 동맹은 이 두 형태의 억압을 통해 조절된다.[26] 남성 동성애문학 텍스트는 이렇게 근대국가의 남성 중심 구조의 논리를 철저히 내면화하고 있는 것이다.

한편 여성을 혐오하고 그렇기에 남녀 간의 이성애 관계 또한 혐오할 수밖에 없는 남성 동성애자들은 그 대신 남성의 정신과 신체에 집착한다.

---

25 여기서 서양 고대 그리스 철학자들을 위시해 역사상 남성 동성애와 이성애에 대해 차별적으로 인식해 왔던 문화적 계보를 떠올리는 것도 당연한 수순이다. 남성 동성애는 청결, 순수, 미, 교양 등의 긍정성을, 이성애는 불결, 불순, 추, 저속 등의 부정성을 각각 의미했다. 이때 남성 동성애는 여성 배제의 선민의식의 발로 그 자체였다. 플라톤의 저작 『향연』 등에서 그 자취를 확인할 수 있다.

26 조셉 브리스토우, 이연정·공선희 옮김, 『섹슈얼리티』, 한나래, 2000, 275쪽.

그렇습니다. 제가 생각하는 것도 그런 것입니다. 아름다운 정신(魂)이 있고, 그 정신을 인식하는 방법이 있지요. 글쎄 당사자는 자신이 아름다운 정신의 소유자라고 생각도 못하고 있으니까요. 저는 후지키(藤木)의 그런 겸허한 부분을 정말 좋아합니다. 후지키의 정신을 이해하는 것은 저뿐입니다. 저는 인간 내부의 그런 아름다운 것, 순수한 것을 한번 발견한 이상, 저 자신의 정신, 이 불결한 정신을 아름답게 하고 또 타인을 아름다운 눈으로 볼 수 있게 되리라 생각합니다.[27]   (『풀꽃』)

후쿠나가 다케히코 소설 『풀꽃』의 주인공 시오미는 고교 후배 후지키에게 동성애적 호감을 갖고 있다. 하지만 후지키는 선후배의 관계를 넘어선 동성애적 심정의 교류에는 미온적이다. 시오미는 후지키를 "아름다운 정신의 소유자"라 칭한다. 후지키의 아름답고 순수한 정신은 시오미 자신의 '불결'한 정신과 대비된다고 그는 말한다. 여기서 시오미의 불결이 앞서의 여성 혐오 및 이성애 혐오를 상징하는 키워드 불결과 동일한 연장선상에 있음을 발견하는 것은 어려운 일이 아니다. 불결한 시오미는 아름답고 순수한 존재, 즉 순결한 후지키에게 다가가 동성애 관계를 형성했을 때 비로소 이성애적 불결을 정화하고 동성애적 순수의 세계에 편입될 수 있다는 것이다. 주목해야 할 것은, 동성애 주체 시오미가 "후지키의 정신을 이해하는 것은 저뿐입니다."라는 확신에 차 있다는 점이다. 심지어 당사자 후지키조차도 자각하지 못한 순수와 미를 이해할 수 있는 이는 자신뿐이라고 믿어 의심치 않는다. 동성애 감정에 사로잡힌 시오미는 동성애 상대에 대한 이해에 있어서만큼은 유일자로서의 독보적 위치에 있다고 자신한다. 이는 분명히 결벽적 확신이다.

---

27 福永武彦, 앞의 책, 105쪽.

"자네의 눈썹은 이 얼마나 늠름하고 상쾌한 눈썹인가. 나에게 자네의
눈썹은 무언가 …… 뭐랄까, 젊디젊은 청결한 결심과 같은 것을 나타내고
있다네. (중략) 거울을 들여다보게. 자네가 타인에게 발견한 아름다움은
전부 자네의 오해와 무지에서 비롯된 것이라네. 자네가 타인에게 발견했
다고 믿는 아름다움은 이미 자네 자신에게 구비되어 있기에 발견의 여지
는 아무 곳에도 없다네." (중략) "자네에겐 이름 따윈 필요 없네." 백작은
단정적으로 말했다. "이름을 지닌 아름다움 따윈 별 대단할 게 없는 것이
라네. 유이치 라든가 타로, 지로와 같은 이름에 기대어 겨우 환기될 뿐인
환영 따위에 속아 넘어갈 내가 아니라네. 자네가 인생에서 담당할 역할에
는 이름이 필요 없어. 왜냐고? 바로 자네는 전형이기 때문이야."[28]

(『금색』)

결벽적인 확신은 『금색』에서도 예외가 아니다. 유이치에게 매혹된
나머지 그를 유혹하고자 하는 가부라기(鏑木) 백작은 유이치 스스로도
무지해 오해하고 있다는 궁극의 '아름다움'의 가치를 당사자 앞에서 역
설한다. 그에게 "늠름하고 상쾌한 눈썹"으로 대표되는 유이치의 신체
는 '이름' 따위로 규정될 수 없는 "청결한 결심"이자 '전형'이다. 전형(典
型), 즉 기준이자 본보기라는 것이다. 그 자신이 미의 기준이기에 이름
따윈 불필요한 유이치에게 부여될 수 있는 유일한 이름이 있다면 그것
은 바로 아름다움이나 청결 그 자체일 것이다. 하지만 그것조차도 미
(美), 청결 혹은 순수로 이름 붙여지는 순간 그 완전무결한 대상의 본질
은 되레 변질, 퇴색되고 희석되어지고 만다는 것이 가부라기 백작이
말하고픈 주장의 요체로 보인다.

남성 동성애 주체는 동성애 상대의 진정한 아름다움을 간파할 수 있

28 三島由紀夫, 앞의 책, 264-265쪽.

는 유일자(唯一者)이다. 그에게 있어 동성애적 정신과 신체는 여성 및 이성애(異性愛)의 '불결함'에 대치되는 '순수'와 '청결'로 표상된다. 그는 여성 혐오 및 이성애 혐오 대신에 동성애적 찬미와 결벽에 가까운 확신으로 충만하게 된다. 동시에 절대미에 대한 남성 동성애 주체의 결벽적인 헌사는 동성애적 욕망의 궁극의 양태를 보여주는 것이기도 하다.

그렇기에 결벽과 궁극을 추구하는 동성애 주체는 필연적으로 '전율(戰慄)'을 경험하게 된다. 그것은 미지의 새로운 세계로 진입하는 것에서 비롯되는 피할 수 없는 통과의례의 과정이다.

> "나를 경멸하지 말아 줘, 넌 내가 비열하다고 생각하겠지. 나는 별종이야. 모든 의미에서 별종이야. 그렇지만 왜 그런지 설명할 수가 없어. 나는 가끔 혼자 무서워서 떨곤 해."[29] (『외딴섬 악마』)

> 슌스케를 맞이하려 자리에서 일어서는 유이치의 모습을 창 앞에서 마주한 순간, 노예술가는 거의 전율했다. 그의 마음이 지금 분명히 이 미청년을 사랑하고 있다고 느꼈기 때문이다.[30] (『금색』)

동성애 주체는 이질적인 두 가지 전율을 동시에 절감한다. 하나는 '두려움'의 전율이며, 다른 하나는 '환희'의 전율이다. 『외딴섬 악마』에서 동성애자 모로토는 스스로를 별종이라 부르며 두려움에 전율하는 자신의 속내를 고백한다. 그가 두려운 것은 동성애를 바라보는 사회 일반의 시선, 즉 경멸을 동성애 주체인 자신조차 내면화하고 있기 때문이다. 그는 자신이 보기에도 별종일 뿐만 아니라 왜 별종이 되었는지에

---

29 江戸川乱歩, 앞의 책, 28쪽.
30 三島由紀夫, 앞의 책, 228쪽.

대한 명확한 답 또한 갖고 있지 못하다. 이것이 별종으로서 사회의 경멸을 감수해야 할 입장의 동성애 주체가 두려움에 전율할 수밖에 없는 이유이다.

허나 두려움에 떨면서도 동성애 주체가 주저앉지 않는 것은 미지의 세계와 마주하는 순간 맞이하게 될 또 다른 전율을 예감하기 때문이다. 『금색』의 노작가 슌스케는 어느 순간 자신이 유이치를 사랑하고 있음을 자각하게 된다. 인생의 온갖 풍파와 굴곡을 겪으며 희로애락이라는 희로애락은 모두 맛본 그는 삶에 대한 새로운 기대 한 점 없이 여성혐오와 인간불신에 사로잡힌 존재였다. 남은 인생과 일상의 모든 것이 예측 가능한 노작가에게 놀라움, 두근거림, 기대와 같은 단어는 전혀 접점을 찾을 수 없는 영역이었다. 오로지 권태와 무료함만이 남겨진 시간을 채우고 있을 뿐이었다. 그런 그에게 유이치의 존재는 부정할 수 없는 사랑이라는 충일감을 불러일으킨다. 삶의 종연을 얼마 남기지 않은 그가 '전율'할 수밖에 없는 이유가 바로 여기에 있다. 박제화되어 이제는 자신과 무연(無緣)의 세계라 믿어 의심치 않았던 감정을 삶의 끝자락에서 새로이 대면하게 된 것이다. 이는 분명 '두려움'과는 다른 기원에서 연유한 전율이다. 노작가 슌스케에게 그것은 '환희'라는 이름의 전율이었다.

두려움의 전율은 동성애 주체의 외부와 대치하며, 환희의 전율은 동성애 주체의 내부를 파고든다. 두려움과 환희, 둘은 한편으로 대비되지만 한편으론 마냥 서로 이질적인 것으로 치부될 수 없는 양가적 감정이기도 하다. 둘의 기저에는 새롭고 낯선 것과 조우할 때 파생되는 '경이로움', '놀라움', '위화감' 등의 감정이 공통적으로 존재하기 때문이다. 일본 남성 동성애소설에서 '전율'을 의미하는 일련의 단어들(예:お

ののく, 慄える)을 흔히 발견할 수 있는 것은 이와 밀접히 관련되어 있다. 동성애 주체는 다르면서 마냥 다르지 않은 두 가지 전율을 온몸으로 껴안는다.

그러므로 그들은 필연적으로 '고독'한 존재이다. 남성 동성애문학의 세계를 상징하는 키워드를 굳이 하나만 들자면 필시 '고독'을 첫손에 꼽을 것이다. 동성애 주체는 소수자로서 사회의 주변인으로서 고독을 감내하기도 하지만, 그 이상으로 고독을 사랑한다. 고독으로 인한 아픔과 기쁨은 하나이다. 고독은 그들의 동반자이며 존재 이유이다. 고독은 궁극으로 치달을 때 필시 '죽음'과 맞닿게 된다. 때론 남성 동성애 주체는 스스로 죽음을 기꺼이 선택하기도 한다. 『금색』의 노작가 슌스케는 손자뻘인 유이치를 사랑하고 만 데서 비롯된 고독의 끝자락에서 죽음을 택하고, 폐결핵으로 요양소 생활을 하던 『풀꽃』의 시오미는 성공을 담보할 수 없는 폐 적출 수술을 감행함으로써 자신의 의지로 최후를 맞이한다.

나는 말일세, 진정한 고독은 그 어떤 것으로부터도 상처받지 않는 극한의 무엇, 어떤 괴로운 사랑에도 견딜 수 있는 것이라고 생각하네. 그건 굳건한 정신의, 적극적인 상태라고 생각한다네. (중략) 누군가로부터 사랑받는다는 건 양지의 미지근한 물에 잠겨있는 것 같은 것이기에 거기엔 어떤 고독도 없지. 하지만 누군가를 힘껏 사랑한다는 것은 자신의 고독을 거는 일일세. 설사 상처받을 우려가 있다 해도 그렇게 하는 것이 진정한 삶의 자세가 아니겠나.[31] (『풀꽃』)

예술가는 만능이 아니며 표현 또한 만능은 아니다. 표현은 언제나 양

---

31 福永武彦, 앞의 책, 102–103쪽.

자택일을 강요당한다. 표현인가, 행위인가? (중략) 그러나 진정 중요한 문제는 표현과 행위의 동시성이 가능한가라는 점이다. 그것에 대해 인간은 한가지만은 알고 있다. 그것은 죽음이다. 죽음은 행위이지만 이만큼 일회적이며 궁극적인 행위는 없다. (중략) 죽음은 사실에 지나지 않는다. 행위의 죽음은 자살이라고 바꿔 불러야 할 것이다. 인간은 자신의 의지로 태어날 수는 없지만, 자신의 의지로 죽을 수는 있다. 이것이 모든 자살 철학의 근본명제이다. 그러나 죽음에 있어, 자살이라는 행위와 생의 온전한 표현의 동시성이 가능함은 의심의 여지가 없다.[32]　　(『금색』)

　모름지기 사랑이란 고독한 법이다. 누군가를 사랑하는 마음과 그 누군가로부터 사랑받는 마음은 영원히 같아질 수 없기 때문이다. 그런 의미에서 고독은 '사랑받는 것'이 아니라 누군가를 '사랑하는 것'에서 비롯된다. 어긋남은 필시 상처를 수반한다. 어긋남으로 인한 고독과 상처는 동성애뿐 아니라 사랑 일반에도 예외가 아닌 자연 법칙이다. 물론 동성애적 사랑은 사회로부터의 소외로 인해 더욱 고독하기에 더 많은 상처와 함께 하기 마련이다. 『풀꽃』에서 후배 후지키로부터 응답받지 못하는 시오미의 외사랑은 그렇기에 실로 괴로운 사랑이다. 자신의 사랑하는 마음만이 아니라 동성애적 호감이라는 사랑의 본질마저 외면당한 까닭이다. 시오미의 사랑은 이중의 외사랑이다. 하지만 "그 어떤 것으로부터도 상처받지 않는 극한의 무엇", 즉 '진정한 고독'의 경지에 다다르는 것은 그 상처와 장애를 넘어설 때 비로소 실현된다. 죽음을 감수한 시오미의 수술 선택은 상처를 넘어서 진정한 고독에 이르기 위한 의지적 실천이다. 그는 자신의 모든 고독을 걸고 진정한 고독에 다다르

32　三島由紀夫, 앞의 책, 681쪽.

려 하는 것이다. 그는 자신을 던져 후지키를 "힘껏 사랑하고", 후지키를 향하는 자신의 삶을 오롯이 "힘껏 사랑하고" 있는 것이다.

그리고 이때 고독은 곧 죽음이자 예술이다. 『금색』의 슌스케는 유이치를 사랑하고 만 고뇌의 끝에서 그의 사랑과 예술을 함께 사유한다. '죽음' 혹은 죽음에 가장 가까운 것으로서의 '진정한 고독'을 통해서만 이 '예술'은 표현과 행위의 동시성을 구현함으로써 완성될 수 있다. 이는 예술과 죽음을 동일시하는 명백한 '사의 찬미'이다. 하지만 예술과 사랑 혹은 예술과 죽음 모두 동성애 주체의 의지적 선택이라는 점이 여기서 실로 중요하다. 시오미와 슌스케는 자살이라는 의지적 행위를 통해 동성애 주체의 삶을 온전히 체현한다. 그리고 그럼으로써 고독과 사랑은 마침내 조우하고, 죽음과 예술은 비로소 하나가 된다.

굳이 자살이 아니더라도 남성 동성애문학은 동성애 주체의 육체적 사망이나 사회적 사망으로 귀결되는 경우가 많다. 『외딴섬 악마』의 모로토는 원인 모를 병에 걸린 후 사랑하는 이의 편지를 끌어안고 그의 이름을 절규하다가 요절한다. 『불타는 뺨』의 동성애 선배 우오즈미는 사랑하는 후배가 다른 동급생과 친밀해진 것을 알게 되자 학교를 자퇴하고 사라진다. 하마오 시로(浜尾四郎)의 소설 『악마의 제자(悪魔の弟子)』(1929) 속 동성애자 시마우라(島浦)는 아내를 살해했다는 누명을 쓴 채 투옥된 상태다. 또한 오에 겐자부로 소설 『갈채(喝采)』(1958) 속 대학생 나쓰오(夏男)는 40세 프랑스 남성과의 동성애 관계가 주변에 알려져 굴욕을 경험한다. 그는 이성애적 일탈을 욕망하지만 그것이 불가함을 확인하고 좌절한 채 결국 프랑스인 연인의 품으로 회귀한다. '갈채'는 동성애 주체가 자기 자신에게 보내는 조소와 자기비하의 표현이다.

이와 같이 일본 남성 동성애문학 속 동성애 주체는 다양한 국면에서 다양한 양상의 힘겨움에 직면한다. 그 힘겨움으로 인해 그들은 고뇌하기도 하지만 동시에 그것을 매개로 자신의 동성애 주체성을 다져 나가기도 한다. 동성애자의 현실을 담은 동성애문학이든, 동성애를 상징 레벨에서 묘사한 동성애문학이든, 양자 모두에서 동성애를 둘러싼 구조의 본질은 양의적이다. 그들은 사회적 혐오 등 감수해야 할 수난 속에서 되레 선민(選民)된 자로서의 긍지를 키워가며, 결벽적인 감수성으로 두려움과 환희의 전율을 대면한다. 그들의 삶은 고독하며 그렇기에 죽음과 무척 가깝지만 결코 그것은 끝이 아니다. 그 끝은 동성애 아이덴티티가 텍스트화된 동성애문학을 둘러싼 자장으로 이어져 새로운 시작으로 거듭난다. 그리고 동성애문학 텍스트가 걸을 여정은 동성애 주체의 그것과 매우 유사하다. 역설적으로 일본 남성 동성애문학이 작지만 오롯한 하나의 의미를 획득한 지점은 바로 여기이다. 동성애문학과 '우리'의 거리는 실은 그다지 멀지만은 않으며 '우리'는 동성애 주체 '그들'과 다르지만 또한 결코 다르지 않다.

5. 미망(迷妄) 그 너머

새삼스러운 이야기지만 지금까지의 논의가 일본 남성 동성애문학 전체를 대변할 수 있는 것은 당연히 아니다. 동성애 및 동성애자의 현실을 얼마만큼 담아내고 있는지는 더더욱 미지수이다. 그저 1920-50년대 일본 근현대소설을 중심으로 남성 동성애문학의 세계의 일단을 조망해 보았을 따름이다. 그렇다고 이 시기의 남성 동성애소설이 몇 개의 동류항으로 묶을 수 있는 균질한 양상으로 표상된다고 단언하기도 조심스럽다. 개인의 존재의 수, 관계의 경우의 수 만큼이나 다양하고 개별적인 양상이 풍부히 존재하기 때문이다. '정상'이나 '보편'의 규범으로부터 비록 벗어나더라도 자신의 소중한 실존을 지향해 가는 동성애 주체이기에 그 각각의 관계의 내실은 더욱 개별적이고 독립적이라 보는 것이 타당할 것이다. 하지만 동성애 주체의 개별성이 동성애를 바라보는 우리 사회의 여전한 엄숙주의의 이유가 되어서는 안 되겠다. 그들과 우리는 한편으로 다르지만, 그 관계의 본질에 있어 결코 다르지만은 않다.

마지막으로, 본 글의 주요 논의 대상이 된 1920~1950년대가 바로 일본의 근대 전쟁이 본격화되는 시기 그리고 패전 이후의 이른바 전후 시대를 아우르고 있음에 유념할 필요가 있다. 근대 일본의 전전(戰前)과 전후(戰後)가 여기서 망라되고 있기 때문이다. 전후 발표된 남성 동성애문학에는 뭔가 이질적이면서도 일관된 공통의 색조가 있다. 바로 전후의 음울함, 무력감, 데카당스의 분위기이다. 전전의 기억은 전후의 퇴영적 분위기 속에서 여전히 현재를 지배한다. 이렇게 전후 남성 동성애문학은 전전과 전후 사이의 연속성과 단절성을 양의적으로 표상하는 텍스트이기도 하다. 따라서 동성애문학을 대상으로 전전 및 전후 일본의 '성과 정치' 문제를 논하지 못한 것은 본 글의 아쉬움이자 향후 과제이다. 미흡함이 크지만, 본 글의 논의가 '동성애문학'이라는 소외 영역을 그 어느 곳에도 귀속되지 않는 미망(迷妄)의 단계로부터 보편적 사유의 장으로 견인하는 데 작은 매개 역할을 할 수 있었으면 하는 소박한 바람을 지닐 따름이다.

5장

성과학잡지 『인간탐구』 동성애 기사 고찰

1. 성과학잡지로 보는 전후 일본

아시아태평양전쟁의 패전으로 일본은 이른바 '전후' 시대를 맞이한
다. 이로써 메이지유신 이후 줄곧 외부로의 확장 지향 일로였던 일본의
근대는 패전의 대가로 비로소 멈춰서 스스로를 돌아볼 수 있게 된다.
이는 바꿔 말하면, 그간 팽배했던 국수적 내셔널리즘의 그늘에서 숨죽
여 왔던 체재 내부의 억압된 욕망들이 밖으로 분출될 수 있는 환경이
조성되었음을 의미하기도 한다. 다시금 환기된 것은 근대가 근대일 수
있는 이념적 근거로서의 자유와 평등이었다. 전전의 국책을 민주주의가
대체하고, 제국주의는 식민지의 독립을 통해 해체되었다. 더불어 복원
된 것은 '근대국가'라는 무소불위의 공동체이자 체재에 가려져 왔던 '개
인'의 존재였다. 더 이상 근대국가에 수렴되는 존재, 즉 '국민'이라는
허명을 통해서가 아니라, 개인성 혹은 개성의 이름으로도 온전히 그

존재 의미를 인정받을 수 있는 개체로서의 '개인'이 주목받게 된 것이다. 하지만 동시에 전후는 GHQ통치라는 외부자의 개입을 용인할 수밖에 없는 시대이기도 하였다. 그렇기에 전후 일본의 개인들은 심리적 해방과 폐색감이 공존하는 기묘한 멘탈리티로써 가능성과 불확실성을 함께 구유하는 이율배반적 시대를 스스로 체현하게 된다.

성(性)에 대한 관심과 주목은 이러한 전후의 양면성과 데카당스 분위기 속에서 자연스러운 것이었다. '성'은 그 자체로 자유와 해방감을 만끽할 수 있는 대상이었을 뿐만 아니라 전후 일본인의 존재적 불안을 실존적으로 위무하는 통로였다. 전후의 성에 대한 큰 관심은 성풍속·성과학·성문화 등 당시 유통된 다양한 성 관련용어를 통해서도 증명된다. 그리고 전후 출판자유화를 배경으로 잇달아 간행된 성 관련 잡지의 풍요로움과 다채로움 속에서 전후의 이율배반적 시대성은 역설적으로 확증된다. 『기담클럽(奇譚クラブ)』(1947-1975), 『인간탐구(人間探求)』(1950-1953), 『아마토리아(あまとりあ)』(1951-1955), 『풍속과학(風俗科学)』(1953-1955) 등은 전후 간행된 대표적 성 관련 잡지이다.[1] 그런 의미에서 패전 직후 1945-

---

1 이 시기의 성 관련 잡지는 속칭 '카스토리잡지(カストリ雑誌)'로 분류되기도 한다. '카스토리잡지'는 창간 후 대략 3호 내외 정도까지를 간행하다 금방 폐간되어버리는 이 시기 명멸한 대중통속잡지를 통틀어 세간에서 불렸던 호칭이다. 카스토리잡지의 '카스토리(カストリ)'는 원래 당시 밀주된 질 나쁜 조악한 소주를 부르는 말 '카스토리소주(カストリ酒)'에서 따왔다. 저질의 알코올로 만들어진 카스토리소주는 3홉(合) 정도 마시면 눈이 '찌부러질(つぶれる)' 정도였다고 하는데 카스토리잡지도 3호 정도 출판 후 폐간하는 경우가 많아 같은 이름을 따오게 되었으며, 그래서 카스토리잡지를 '3号雑誌'로 부르기도 한다. 싼 가격에 저질의 용지를 사용하고 40-50쪽의 짧은 분량으로 오락통속 내용을 다루는 잡지라는 이미지가 강하다. 더러 『인간탐구』가 카스토리잡지로 분류되기도 하는 이유는 그 통속성에 있다고 할 수 있다. 다만 『인간탐구』는 평균 150쪽 전후의 분량으로 36호까지 발행한 점에서 일반 카스토리잡지와는 구별된다. 더불어 시기적으로 카스토리잡지 붐의 시대는 1946-49년이기에 『인간탐구』는 말기의 카스토리잡지 계열이라고 볼 수 있다. (石川弘義, 『大衆文化事典』, 弘文堂, 1991, 147-148쪽 참고)

1955년의 시기만큼 일본 역사상 '성'에 대한 관심이 크고 진지하게 고조되었던 시대는 없었다고 해도 지나치지 않다.

그 중『인간탐구(人間探求)』는 특히 주목할 만하다. 기담, 풍속, 애정(아마토리아)[2] 등 잡지명에서부터 '성'을 부각시킨 다른 잡지들과는 달리 『인간탐구』는 일견 '성'과는 무관한 듯한 추상적이며 무난한 이름을 표방하고 있기에 더욱 이채롭다. 소설가이자 성풍속연구가인 다카하시 데쓰(高橋鉄)[3]가 주간을 담당한『인간탐구』는 '문화인의 성과학지'를 슬로건으로 내건 월간 잡지였다. 1950년 5월에 창간되어 1953년 8월에 폐간되기까지 증간호와 별책을 포함해 전 36권이 간행된『인간탐구』[4]는

---

2 'あまとりあ(아마토리아)'는 라틴어 amatoria에서 따온 것이며, 열애·애정·호색 등의 의미를 담고 있다.

3 다카하시 데쓰(1907-1971)는 활동 초기, 사회주의에 경도된 소설가였다. 이후 프로이트에 심취하게 되고, 전후 들어 본격적으로 성과학 연구에 착수한다. 1950년 일본생활심리학회를 설립하고, 같은 해 발족시킨 第一出版社를 통해『인간탐구』를 발행한다. 흥미로운 것은,『인간탐구』에 이어 이듬해 1951년부터 간행된 성풍속 잡지『あまとりあ』(あまとりあ社 간행)의 주재자 또한 다카하시 데쓰라는 사실이다. '문화인의 성과학지'를 표방한『인간탐구』와 닮은 슬로건 '문화인의 성풍속지'를『あまとりあ』는 표방하였으며, 잡지 필진 또한『인간탐구』와 겹치는 이들이 다수였다. 다카하시가 전후 성 관련 미디어를 견인한 중심인물임을 확인할 수 있는 대목이다. 이는 '성을 일본문화 속에서 취재한 다카하시 데쓰의 명잡지'라는『あまとりあ』에 대한 높은 평가(木本至,『雑誌で読む戦後史』, 新潮選書, 1985)에서도 확인된다.

4 『인간탐구』에 대한 서지 정보는 잡지 자체는 물론 관련 출판자료 및 인터넷정보를 종합해 보아도 명확한 확인이 결코 간단치 않다.『인간탐구』잡지 전체를 직접 조사해보면 될 터이지만 워낙에 잡지를 구하기 어렵고 출간된 잡지 일체를 소장한 도서관 등도 전무하다시피하기에 이 또한 지난하다. 하여 입수한『인간탐구』와 출판물 및 인터넷 정보를 포괄적으로 검토하여 다음과 같이 잡지 간행경과를 잠정적으로나마 정리해 보았다. 우선『인간탐구』가 첫 발행된 1950년 5월부터 편집 갈등으로 발행 중단하게 된 1952년까지를 1기, 복간된 1953년 5월부터 8월의 폐간까지를 2기로 임의로 구분한다. 그러면 1기는 증간호 3권을 포함해 총 32호까지의 잡지와 별책 2권이 간행되었음을 확인할 수 있다. 다만 29호는 원래부터 미발행으로 결호되었기에 결국 1기 간행된 잡지는 별책을 포함해 총 33권이 된다. 이어 2기는 5월호, 6·7월호 합본, 8월호의 3권이 발행되었

"인간을 모든 방면에서 해명하는 것"[5]을 목적으로 명시하며 '성'이 '인간'
이라는 존재를 이해함에 있어 필요불가결한 요소임을 주장한다. 그렇기
에 『인간탐구』에는 성과 관련된 가능한 모든 내용들이 다양한 영역과
시좌에서 망라되어 있다. 사회, 풍속, 과학, 의학, 경제, 심리, 교육,
종교, 식생활 등 인간 생활의 모든 영역을 통해 '성'이 집중적으로 조명
되고 있는 것이다. 이를 통해 '성'을 바탕으로 한 '인간 이해'를 도모하는
것이 잡지 본연의 스탠스라 할 수 있다. 이렇게 『인간탐구』는 흡사 '성
백과문화사전' 혹은 '총서적 성 문화지'로 불릴 만한 내용으로 구성된다.
학문적이고 과학적 지식에 기초한 객관적 기사와 대중의 성에 대한 호기

다. 그러므로 이상의 내용을 정리하면, 잡지 『인간탐구』는 전체 36권이 간행된 것이
최종적으로 확인된다. 증간호 3권과 별책 2권의 내용은 다음과 같다. 증간호는 11호
『性と犯罪特集』(1951.5), 16호『日本性人物史』(1951.9), 19호『性の悩み解決号』(1951.
12)이며, 별책 2권은『秘版艶本の研究』(1952.5)과『秘版艶本の研究 第二輯』(1952.9)
이다. 특히 이 2권의 별책은 일본근대출판물사의 발매금지본 또는 지하본(地下本) 연구
에서 빼놓을 수 없는 귀중한 자료로 알려져 있다.

5 「復刊の言葉」, 『人間探求』, 1953.5.

심을 자극하는 상업적 기사가 함께 두루 편성된 것은 『인간탐구』의 중요
한 특징 중의 하나다.

　선행연구를 검토하면 전후 성 관련 잡지 전반에 대한 선행연구가 미
흡한 가운데, 그 중에서도 『인간탐구』에 관한 기존의 고찰은 전무에
가깝다는 것이 확인된다.[6] 다만 잡지의 주재자 다카하시 데쓰를 고찰한
연구논문이 최근 잇달아 발표되고 있음이 주목된다. 왜 이토록 연구의
결핍이 도드라진 것일까. 그 이유를 추정하자면, 전후 일련의 성과학·
성풍속 잡지를 그저 패전 직후의 데카당스 분위기에서 파생된 일회성적
일탈 양상의 표출로 파악하기 때문일 수도 있을 것이다. 혹은, 여전히
강고히 잠재된 '성'에 대한 의식적·무의식적 금기나 편견의 영향 때문일
수도 있을 것이다. 하지만 전전 상대적으로 억압되고 소외된 존재들의
목소리를 '성'이라는 매개를 통해 두루 담아낸 것은 『인간탐구』가 필히
주목되어야만 하는 중요한 이유이다. 특히 '동성애' 문제에 대한 관심은
『인간탐구』 기사 편성의 중요 부분으로서 혁신적 의의를 지닌다.

　이번 장은 잡지 『인간탐구』 고찰을 통해 전후기 '성'에 대한 욕망의
문화적 표출 양상의 실례를 확인하고 그 의미를 파악하는 것을 목적으
로 한다. 특히 동성애 관련 기사에 주목한다. 그 작업을 통해 전후의
성과학잡지 『인간탐구』가 더욱 주목되어야 하는 이유도 명확히 드러낼
수 있을 것이다.

6　잡지 『인간탐구』에 대한 독립적 선행연구는 발견되지 않지만 『인간탐구』의 주재자인
　다카하시 데쓰에 대한 논문은 2편 확인된다. 酒井晃, 「戦後日本社会における高橋鉄の
　セクシュアリティとナショナリズム」(『文学研究論叢』 36, 2012)와 桜庭太一, 「小説集『世
　界神秘郷』と高橋鉄の作家活動について」(『専修国文』 92, 2013) 등이 그 예이다.

2. 잡지『인간탐구』편집 방향의 경계성

『인간탐구』는 다카하시 데쓰(이하, '다카하시'로 약칭)를 주재자로 제일
출판사에서 발행(1950.5~1953.8)된 월간 성과학잡지이다. 편집인은 다카
하시의 친우이기도 한 오쿠다 도미오(奧田十三生)[7]였지만 역시 잡지의
주간인 동시에 주요 필진의 일익을 담당하며『인간탐구』를 견인한 것은
다름 아닌 다카하시였다. 그만큼 잡지『인간탐구』를 논함에 있어 다카하
시는 불가결한 존재이다.

그럼, 다카하시 데쓰는 어떤 인물인가? 다카하시에 대하여『성의 엽
기모던-일본 변태연구 단상(性の猟奇モダン-日本変態研究往来)』의 저자
아키타 마사미(秋田昌美)는 "성애의 백과전서파(性愛の百科全書派)"[8]로 평
가한 바 있다. 또한 전후 최대의 성관리학자(セクソロジスト)[9] 혹은 일본
섹스 카운슬러의 개척자[10]라는 호칭 또한 다카하시에게 붙여진 평가의
면면이다. 이와 같이 다카하시에 대한 평가는 '성 연구 전문가'라는 범주
로 수렴된다. 하지만 그는 결코 성에 대한 말초적 관심을 좇는 성애주의
자는 아니었다. "다카하시 씨는 예술적이고 학문적인 것을 매우 의식해,
객관적 사실 그 자체가 아무리 흥미로워도 그것에 학문적 의미를 인정할
수 없다면 무의미하다고 생각하는 사람이었다"[11]와 같은 인물평은 다카

---

7 『인간탐구』를 먼저 기획한 이는 오쿠다였지만 실질적 주재자는 다카하시였다. 다만,
  다카하시가 편집권을 둘러싼 갈등으로 잡지에서 손을 뗀 후, 4개월간 공백기를 거쳐
  복간된 1953년 5월부터 8월의 폐간까지는 오쿠다를 중심으로 잡지가 꾸려졌다.
8 秋田昌美, 『性の猟奇モダン-日本変態研究往来』, 青弓社, 1994, 65쪽.
9 鈴木敏文, 『性の伝道者 高橋鉄』, 河出書房新社, 1993, 29쪽.
10 斎藤夜居, 『セクソロジスト 高橋鉄』, 青弓社, 1996, 17쪽.
11 http://ja.nawa.wikia.com/wiki/%E9%AB%98%E6%A9%8B_%E9%90%B5(검색일 :

하시의 면모는 물론이려니와 그가 전후 본격적으로 착수해 일생 전념한
'성 연구'에 부과한 의미를 엿볼 수 있는 단서다.

이런 다카하시를 세간에 각인시킨 것은『인간탐구』창간 1년 전인
1949년에 간행된 단행본『아르스 아마토리아(アルス·アマトリア)』[12]였다.
그 이전에는 호기심의 차원을 넘어 심도 깊게 천착된 바가 드물었던
성과 섹스에 대해 '연애 기술'이라는 이름의 이 책은 다양한 관점에서
본격적으로 해부하고 있다. 섹스를 육체적·기술적 차원에서 접근할 뿐
만 아니라 정신적·심리적 차원에서 해명하고 고찰하는『아르스 아마토
리아』는 성 연구자로서의 다카하시의 명성을 확립한 베스트셀러였다.
동시에 전전부터 이어져 온 성에 대한 뿌리 깊은 터부를 분쇄한 명저이
기도 하였다. 이러한 성과를 바탕으로 다카하시는『인간탐구』의 실질적
주재자의 위치에 오를 수 있었던 것으로 보인다.

그런 의미에서『인간탐구』가 창간호부터 대대적으로 표방한 '문화인
의 성과학지(文化人の性科学誌)'라는 슬로건에 담겨진 의미는 간단치 않
다.『인간탐구』가 다루는 실질적 내용인 '성'을 앞뒤에서 껴안고 있는
키워드는 바로 '과학'과 '문화'이다. 여기서 과학과 문화 두 단어가 모두
전근대성과 차별화되는 근대성을 대표하는 개념임에 우선 주목할 필요
가 있다. 구체적으로는 '성풍속'이나 '성문화'가 아니라 '성과학'이라는
단어를 선택한 점에서, 결코『인간탐구』가 성에 대한 말초적, 일차적

2014.12.27)

12 '性交体位六十二型の分析'라는 부제가 붙어 있다. 전 세계의 성 관련 저술(性典)에 의거
   한 성교 체위의 연구 등의 내용이 포함되어 있다. 원래『아르스 아마토리아』는 고대
   로마 시인 오비디우스(Ovidius)가 성애를 주제로 쓴 일련의 3권의 시집의 제목이다.
   '연애 기술' 혹은 '성애 기술'로 번역 되며 '연애(성애) 교육'의 의미로도 번역 가능하다.

관심에 기초하는 잡지가 아니라는 명확한 의지의 천명을 읽을 수 있다. 왜냐하면 '과학'에 내포된 합리, 논리, 정합성, 규칙성, 예측가능성 등의 의미는 근대성을 상징하는 개념인 '이성'의 전제조건으로서, 그 반대 의미의 영역에 위치하는 '본능' 혹은 '감성'과 대치되고 변별되기 때문이다. 나아가 그것도 모자라 '문화인'이라는 독서주체를 명기한 수식어를 덧붙임으로써 잡지가 한낱 풍속잡지로 인식되는 것을 경계하는 이중의 방어막을 준비하였음을 알 수 있다. 즉, 『인간탐구』는 저속 천박한 성풍속 잡지로 인식되는 것을 극도로 경계하고 있는 것이다.

> 며칠 전 열린 차타레 사건 재판의 두 번째 공판은 '성' 문제에 대한 현대인의 인식이라는 점에서 심각한 문제를 제기하고 있다. 후쿠다 쓰네아리(福田恆存) 특별변호인은 미야케 증인에 대한 반대심문에서 "에로잡지 인간탐구"라는 발언을 했고 담당 검사는 이에 대해 "반드시 그렇다고는 볼 수 없다"고 발언하였다. 진정 기괴한 느낌이다. 후쿠다 씨는 과연 『인간탐구』를 읽고 나서 책임 있는 발언을 한 것인가? 그렇지 않다면 후쿠다 씨는 차타레 사건 변호인의 자격이 없다고 단언하고 싶다. 적어도 『인간탐구』는 로렌스가 성의 해방에 하나의 큰 불씨를 지핀 것과 같이 봉건적인 성도덕 타파를 위한 진지한 노력을 기울이고 있기 때문이다. 우리들은 앞으로도 위축되는 일 없이, 다만 저속함으로 타락하는 것을 스스로 경계하면서 전진할 것이다.[13]

『인간탐구』의 지향성은 일명 '차타레 사건(チャタレー事件)'[14]으로 알려진 전후의 유명한 재판에 대해 언급한 13호(1951년 6월) 「후기」를 통해서

---

13 「後記」, 『人間探究』 13, 1951.6.
14 '차타레 사건(チャタレー事件)'은 1951년부터 1957까지 진행되었다.

도 명확히 드러난다. D.H.로렌스의 소설 『차타레 부인의 사랑』 번역을
둘러싼 외설 논쟁으로 GHQ 체재하의 일본을 떠들썩하게 했던 이 재판
에서 뜻밖에도 사건과 직접적 관련이 없는 『인간탐구』가 거론되고 있다.
외설 소설을 번역했다는 이유로 기소된 이토 세이(伊藤整) 등을 특별 변
호하는 입장에 있던 평론가 후쿠다 쓰네아리(福田恒存)가 느닷없이 『인
간탐구』를 '에로잡지'라 거론하며 걸고넘어진 것이다. 이는 필시 에로잡
지의 대표격 존재로 『인간탐구』를 예로 들어 『차타레 부인의 사랑』과
비교함을 통해 전자의 통속성과는 차별적인 후자의 예술성을 주장하고
자 함이 후쿠다의 의도로 읽힌다.

　여기서 주목하고 싶은 것은 그것에 대한 『인간탐구』 측의 반응이다.
위 「후기」를 통해 『인간탐구』 측은 로렌스와 자신의 관계가 대별되기
는커녕 오히려 "성의 해방"과 "봉건적인 성도덕 타파"를 지향하는 동지
적 관계라고 반박하고 있기에 실로 흥미롭다. 이어서 "저속함으로 타
락하는 것을 스스로 경계"할 것을 새삼 다짐하고 있는 것이다. 즉 '성'
을 논하되 결코 '저속'하지 않는 잡지야말로 『인간탐구』가 지향하는 방
향성임을 여기서 확인할 수 있다.

　결국 잡지의 슬로건과 후기 등에서 명확해지는 것은, 잡지 그 자체
뿐만 아니라 상정하는 독자층 또한 매우 교양적, 계몽적임을 표방하고
자 하는 『인간탐구』 측의 의지다. 이와 같이 『인간탐구』는 잡지를 바라
보는 외부, 즉 사회 일반의 시선을 크게 의식하고 있다. 이를 『인간탐
구』 창간 이듬해에 다름 아닌 다카하시 데쓰에 의해 창간된 또 다른
성 관련 잡지 『아마토리아』의 슬로건 '문화인의 성풍속지'와 비교하면
흥미롭다. 『아마토리아』는 '문화인'을 포기하지는 않았을지언정 잡지
의 내용적 본질이 '성풍속'임을 감추기는커녕 오히려 전면에 내세우고

있기 때문이다.

한편 『인간탐구』의 이와 같은 스탠스는 주재자 다카하시와 달리 편집
자 오쿠다 도미오가 근대 일본의 유력 종합잡지 『개조(改造)』의 편집에도
관여한 인물이라는 점과도 무관하지 않아 보인다. 평론 등 시사 기사를
중심으로 다루는 『개조』 계열의 인물과 전후 '성'과 '에로' 문제를 일관하
게 추구한 다카하시 사이에는 일정 정도의 메울 수 없는 간극이 존재했
을 터이다. 실제 1952년을 마지막으로 다카하시가 『인간탐구』에서 손을
떼게 된 배경이었던 편집 갈등의 본질도 여기에 있다. 즉 '성'과 '에로티
시즘'을 여전히 전면에 내세우려 하는 다카하시와 '성'이 중점적으로
부각되는 것을 부담스러워 한 오쿠다 도미오의 갈등이 불화의 씨앗이었
다. 1953년 들어 4개월의 공백 이후 5월에 『인간탐구』는 복간되었다.
하지만 1기에 간행된 총32호(별책 2권은 별도)가 1호부터 32호까지 순차적
으로 간행 호수를 매겼던 것과 달리 2기의 경우 5월호, 6·7월호, 8월호
등의 방식으로 호수를 달리 산정하였다.

이러한 예를 통해서도 1기 『인간탐구』와 2기 『인간탐구』 편집의 차
별성은 확인된다. 내용적으로도 '에로'를 간판화한 1기와는 달리 2기에
서는 '그로테스크' 성향 기사 비중을 늘려 '에로'보다 '그로'를 부각시키
려 한 점이 눈에 띈다. 표면적으로는 양자의 차별성을 표방하기 보다는
「복간의 말(復刊の言葉)」[15] 등의 기사를 통해 연속성을 강조한 2기 『인간

---

15 『인간탐구』 복간호(1953.5)에 실린 「복간의 말(復刊の言葉)」 내용은 다음과 같다.
「원래부터 본지는 인간을 모든 방면에서 해명하는 것을 목적으로 한다. 적어도 우리들
인간의 심리와 행동은 인간을 벗어나서는 존재할 수 없다. 신의 수족이 되는 인간의
품(내부)으로부터 나온 것을, 그것이 무엇이든, 외면할 순 없다. 있다고 한다면 그것은
위선이며, 인간을 멸시하는 것이다. 인간의 행위-선악미추를 불문하고-그것은 우리
들이 행한 행위이며, 그 근본은 마찬가지로 우리들 품속에(내부에) 있다. 그 행위를

탐구』였지만 실제 다카하시가 떠난 이후 잡지에서 '에로' 색채가 상당히 탈색된 것이다. 또한 1기 잡지가 제일출판사(第一出版社)에서 나온 반면 2기 잡지가 탐구사(探究社)에서 간행된 사실도 양자 사이의 간극을 방증한다. 한편 다카하시 입장에서 보면, 1951년부터 보다 '성'을 전면에 표방한 잡지『아마토리아』주간도 겸하고 있었던 만큼 그가 돌아갈 곳은 이미 마련되어 있었다고 해야 할 것이다.

이렇게 보면『인간탐구』는 실로 기묘한 잡지이다. 성과 에로를 표방하는 구심력과 문화와 교양을 자임하는 원심력 사이에서 길항하는 전후 잡지. 이 경계성 혹은 기묘한 균형 감각이야말로 잡지『인간탐구』의 특징이자 전후 공간 특유의 유연성이기도 하다. 더욱이 회원제 특수 잡지의 이미지와는 달리『인간탐구』는 일반 대중을 대상으로 하는 공공 잡지(公刊誌)였다. 하여『인간탐구』는 GHQ 체재 아래서의 검열이라는 동시대의 제도적 억압으로부터도 당연히 자유로울 수 없었다. 창간호부터 당국의 적발을 받았을 뿐만 아니라『인간연구』26호(1952년 6월)는 발매금지 처분을 받기도 했다. 이렇게『인간탐구』는 전후의 해방감과 폐색감을 양의적으로 표상하는 문제적 미디어였다.

분석고찰하고 우리들 인간의 본연의 존재방식에 대한 인식을 탐구하는 것, 그것은 또한 우리들의 행복에의 길이기도 하다.
인간, 이 미지의 존재
HOMO, IGMOTUM, ANIMAL
이것이야말로 본지에 부여된 과제일 것이다.(K)」

3. 잡지의 내용 구성과 체재

그러면『인간탐구』의 구성과 체재는 어떠한가? 전술한 바와 같이『인간탐구』에는 성과 관련된 거의 모든 내용이 망라되어 있다. 내용 구성의 카테고리는 사회, 과학, 풍속, 의학, 교육, 문학, 영화 등의 다양한 영역을 포괄하고 있는데, 보다 세부적으로는 전쟁, 범죄, 첩보, 관상, 성도덕, 체위, 음식 등 시사적 내용과 은밀한 소재가 함께 뒤섞여 있다. 그야말로 '성 백과사전'인 것이다.

그 내용의 특징을 구체적으로 살펴보면, 첫째로 '전쟁'과 '성'을 관련시킨 기사가 두드러진다는 점을 꼽을 수 있다. 이는 아직 전쟁의 여운이 가시지 않은 전쟁 직후라는 특수 상황의 직접적 반영으로 보인다. 관련 기사의 예를 들면「전쟁과 성욕」·「전쟁과 매음」·「전쟁과 강간」·「변태성 여자병사의 생태」 등이다.[16] 흥미로운 것은, 일본의 전쟁이 아니라 거의 서양의 전쟁이 다루어지고 있다는 점이다. 특히 빈번히 거론되는 것은 제1차 세계대전이다. 여기에는 자료의 객관성과 관련자료 수집의 용이함이라는 현실적 이유도 분명 작용했을 터이다. 하지만 더 본질적 이유로는 스스로가 전쟁의 당사자였던 제2차 세계대전을 포함한 과거 일본의 전쟁을 직시하기에는 여의치 않았다는 점을 들 수 있을 것이다. 그런 점에서 제1차 세계대전은 그 전쟁 주체도 시간적 거리도 객관적 자료로 다루기에 매우 편의적인 적절한 전쟁이었던 셈이다.

둘째로는 성의학, 성과학 관련 기사의 비중이 크다는 점이다. '성과학지'를 표방하며 성에 대한 진지한 접근을 천명한『인간탐구』로서 당연한

---

16 「戦争と性欲」(3호, 1950.8), 「変体性女兵士の生態」(20호, 1951.12), 「戦争と売淫」(23호, 1952.3), 「戦争と強姦」(26호, 1952.6).

구성이라 할 수 있다. 「성과학의 선구자 해블록 엘리스」[17]와 같은 기사가 그 대표격이다. 그 밖에도 성의학 관점에서 인간 신체를 집중적으로 탐구하는 내용의 기사가 풍부하다. 여성 신체에 대한 의학적 고찰, 체위의 과학적 규명 같은 기사들이 그러하다. 구체적으로 「산부인과 의사가 본 여성의 입과 성기」「성교체위 연구」「외음부의 인상학」「포경절개 체험기」「동성애자의 신체적 특징」[18] 과 같은 기사들이 이 범주에 속한다. 서구 성의학 및 성과학 정보가 소개되며 남녀별 성적 신체성의 특징과 성적 교섭에 대한 진지한 고찰이 돋보인다.

셋째로는 동성애 관련 내용의 기사가 매우 다양하고 풍부하게 게재되어 있다는 점을 들 수 있다. 남녀 동성애는 물론 남색(男色), 여장 남자(女形) 등 동성애적 요소의 대상을 모두 망라해 다양한 각도에서 접근하는 기사가 꾸려져 있다. 그 중 특기할 만한 것은, 일본 남색 연구의 1인자로 평가받는 이와타 준이치(岩田準一)[19]의 유명한 글 「일본남색론(本朝男色考)」이 『인간탐구』 지상을 통해 재연재되고 있다는 점이다. 덧붙여 이와타의 원문 못지않게 유명한 에도가와 란포(江戸川乱歩)의 서문 「「일본남색론」에 대하여(「本朝男色考」について)」가 처음 발표된 것도 바로 『인간탐구』이다. 1930년부터 이듬해에 걸쳐 발표된 「일본남색론」은 첫 발표 당시에는 큰 주목을 받지 못했기에 단행본 출판은 성사되지 못했다.

---

17 「性科学の先駆者 ハヴロック・エリス-人と作品」 (8호, 1951.1)

18 「婦人科医の見たる女性の口と性器」(3호, 1950.8), 「性交態位研究」(18호, 1951.11), 「外陰部の人相学」(24호, 1952.4), 「包茎切開始末記」(25호, 1952.5), 「同性愛者の身体的特徴」(28호, 1952.8)

19 이와타 준이치(1900-1945)는 일본의 화가이자 풍속연구가. 「일본남색론(本朝男色考)」의 첫발표는 『犯罪科学』을 통해서였다. 동성애가 중요 요소인 란포의 소설 『외딴섬 악마(孤島の鬼)』(1930) 속 중심인물의 모델인 동시에 작상의 모티브를 제공한 것도 이와타였다.

친우이기도 한 란포의 재조명을 통해 이와타가 평생의 과업으로 매진한 '일본남색문헌 연구'가 빛을 보게 되었다는 점에서도 「일본남색론」의 『일본연구』 재연재는 중요한 의미를 지닌다. 그 외의 다양한 동성애 관련기사의 세부 내용은 5절에서 상세히 다루고자 한다.

넷째는 잡지 창간 초기부터 독자와의 직접적 소통을 위한 기획기사를 일관되게 꾸리고 있다는 점이다. 〈상담과 회답(相談と回答)〉이라는 기획 아래 독자와의 소통 내용을 반영한 기사가 매번 조금씩 소재를 달리해 게재된다. 예를 들면 「이상성애자의 분석−페티시스트, 동성애자, 마조히스트」·「청년 고뇌의 밑바닥, 성기와 성욕」·「성애진료실」·「심각한 성의 고민−세 가지 양태」[20] 등의 세부 기사가 〈상담과 회답〉이라는 기획을 통해 구성된다. 이러한 기획은 불특정다수의 독자를 염두에 두기 보다는 비교적 소수의 마니아급 독자를 의식할 수밖에 없는 잡지 성격상 중요한 의미를 가진다고 하겠다. 그 외에 〈질문과 응답(質問と応答)〉란을 설치해 기사를 꾸리기도 하는데, 이는 독자 상담을 토대로 살을 붙여 별도의 기사로 구성하는 〈상담과 회답〉란과는 달리 독자의 질문에 단순하게 충실히 응답하는 형식의 기사이다.

마지막 다섯째 특징으로는, 대중의 성적 호기심에 부응하고 욕망에 영합하는 '성' 관련의 선정적·자극적 기사 또한 적지 않다는 사실이다. 어쨌든 잡지는 팔려야 존속 가능하다. 대중 잡지의 본질이 상업주의임은 부정될 수 없다. 아무리 저속성을 경계한 『인간탐구』라 할지라도 그 기본은 상업성에 있다. 그렇기에 『인간탐구』 내용목차에서 그러한

---

20 「『異常性愛』者の分析」(3호, 1950.8), 「青年苦の底の性器·性慾」(6호, 1950.11), 「性愛診療室」(23호, 1952.3), 「深刻な性の悩み三態」(24호, 1952.4).

요소를 찾기란 어렵지 않다. 먼저 눈에 띄는 것은 사진 및 그림 자료의 적극적 활용이다. 신체성을 통해 '성'을 초점화하는 전략이다. 가슴 등 신체 특정부위가 강조된 누드 사진을 심심찮게 볼 수 있다. 단 결코 외설적인 느낌을 자아내진 않는 암묵의 선을 지키는 수위에서 시각 자료는 활용된다. 되레 예술적 수준의 자료 또한 적지 않다. 또한 유곽, 남창 등 성문화 콘텐츠에 대한 탐방 및 탐문 기사도 이러한 전략의 산물이다. 여장 배우, 동성애자의 실상을 취재하는 인터뷰 기사도 사실적시라는 기사 본연의 임무를 충족시키는 한편으로 독자 대중의 관음증적 호기심에도 의식적으로 영합하고 있다. 분명한 것은 이 또한 '성'을 초점화하는 대중잡지의 당연한 숙명이라는 점이다.

이어서 『인간탐구』의 집필진을 살펴보자. 잡지는 핵심 필진을 중심으로 해당 분야의 전문가가 관련 기사를 담당해 집필하는 체재이다. 필진의 핵심으로는 역시 잡지 주간 다카하시 데쓰와 더불어 또 한 사람 이토 세이우(伊藤晴雨)[21]를 꼽을 수 있다. 이토는 화가로서 잡지의 삽화를 담당하는 동시에 풍속고증가로서 다양한 기사를 작성하고 있다. 소설가 다케노 도스케(武野藤介), 나카노 마사나오(中野正直), 오카모토 가오루(岡本薫) 등도 중심 필진의 면면이다. 여기서 주목하고 싶은 것은 그 외의 필진 중에 눈에 띄는 오야 소이치(大宅壯一)와 요시다 세이이치(吉田精一)의 존재다. 오야 소이치는 두말할 나위 없이 근대 일본을 대표하는 저널리스트의 한 사람이다. 요시다 세이이치는 일본문학연구자로서 저명한 대표적 근대문학 연구가이다. 일본 자연주의문학과 낭만주의문학 연구

---

21 이토 세이우(1882-1961) : 화가로 유명하며 특히 삽화에 일가견이 있는 것으로 알려져 있다.

의 1세대 권위자가 바로 요시다이다. 이러한 전문적 필진의 면모는 '문화인의 성과학지'를 표방한 『인간탐구』의 자임이 결코 허명이 아니었음을 증명하는 또 하나의 예라고 할 수 있다. 바꿔 말하면 요시다 세이이치, 오야 소이치와 같은 지식인 계층에게도 『인간탐구』가 대중의 기호 및 욕망에만 말초적으로 부합하는 단순 흥미 위주의 '성풍속지'로만 인식된 것은 아니었음을 방증하는 근거라고도 할 수 있겠다. 당연히 그들이 쓴 기사는 선정성과는 거리가 있었으며[22] 이러한 요소들이 바로 잡지 『인간탐구』의 다양성인 동시에 저력이라고 평가할 수 있을 것이다.

4. 성에 대한 전방위적 조명

잡지 『인간탐구』는 "인간의 모든 것을 탐구"함을 천명했지만 그래도 단연 두드러진 영역은 역시 인간의 '성'이었다. 그것을 '성과학'이라 부르든 '성풍속' 혹은 '성문화'라 부르든 관계없이 『인간탐구』가 탐구하는 대상은 일관되게 '성'이었다. 잡지에서 집중적으로 조명된 '성'의 구체적인 내용과 그 관점에 대해 살펴보자.

우선 창간호(1950.5)를 살펴보자. 주요 기사로는 「그라비아 인류성생활 오만년사·나체의 미를 어떻게 보는가?」·「마르크스, 레닌의 성생활」·「성행위에서의 표정 연구(성감도의 감별법)」·「토론회-사회문제로서의 성」[23] 등을 들 수 있다. 이렇게 보면 '성'이라는 소재를 신체미, 역사적

---

22 吉田精一의 기사로는 「平安時代の性風俗」(13호, 1951.6), 「和泉式部」(16호, 1951.9), 「下町情調」(27호, 1952.7)가 있다. 大宅壯一는 「風紀取締の問題点」(22호, 1952.2)을 썼다.

23 「グラビア 人類性生活五万年史·裸体美をどう見る?」, 「マルクス=レニンの性生活」(高

인물의 사생활, 성과학, 사회문제 등의 다양한 시좌에서 포착하고 있음을 알 수 있다.

　이어서 22호(1952.2)를 보면, 앞 절에서 소개한 오야 소이치의 「풍기 단속의 문제점」 외에 「소년기의 성유희와 범죄」라는 제목의 좌담회 기사, 「성의 해방과 교육」[24]과 같은 사회문제와 교육 차원에서 성문제를 사고하는 일련의 기사가 확인된다. 다분히 시사적·사회적 관점에서의 기사들이다. 이러한 성향은 24호(1952.4)의 「나는 아이에게 어떤 성교육을 할 것인가」[25]와 같은 기사로 이어진다. 하지만 동시에 22호 『인간탐구』의 첫머리는 사진가 나카무라 릿코(中村立行)의 특별걸작 누드 사진작품이 장식하며, 기사 중에서도 여성 신체를 시각적으로 강조하는 「유방을 좇아 10만년」[26]과 같은 내용이 이른바 그라비아 사진자료와 더불어 게재되어 있다. 사회적 차원에서의 성에 대한 진지한 고찰과 시각적 신체로서의 성에 대한 주목이 함께 같은 지상에서 이루어지고 있는 것이다.

　이렇게 『인간탐구』의 성 탐구는 실로 전방위적이다. 전형적인 계몽적, 사회적 내용에서 지극히 자극적, 선정적 내용까지, 동일 잡지 내에서 함께 논의될 수 있을까라는 의문이 들 만큼의 이질적 성격의 기사가 오로지 '성'이라는 공통항을 매개로 한데 묶여져 있다.

　『인간탐구』 26호(1952.6)의 기사 편성은 그 사정권이 더욱 다채롭다. 잡지 첫머리를 「숨겨진 진품박물관」[27]이라는 제목의 성적 호기심을 자극

橋鉄),「性行為における表情の研究(性感度の鑑別法)」(高橋鉄),「討論会 社会問題としての性」(神近市子·羽仁説子·高橋鉄)

24 「座談会 少年期の性遊戯と犯罪」,「性の解放と教育」(霜田静志)

25 「私は子供にどんな性教育をするか」

26 「乳房をたづねて十万年」

27 「秘められた珍品博物館」

하는 사진자료로 시작해 그 다음을 잇는 것은 비교적 점잖은 필치로
성을 묘사한 수필들이다. 숨고르기 차원의 일종의 프롤로그인 셈이다.
이어서 본격적인 기사다. 다카하시 데쓰의 「남근 증오에 대한 분석」이라
는 다분히 프로이트를 의식한 정신분석학적 글이 이어지고, 그 다음
편집부 기획 기사로 「도쿄의 비밀정보」[28]라는 제목으로 동시대 GHQ
체재하의 밤문화 풍속도를 에피소드 중심으로 심층 취재한 소위 '점령하
의 이면사(占領下の裏面史)'가 공개된다. 그 뒤를 잇는 기사는 앞서 전술
한 「전쟁과 강간」과 이와다 준이치 「일본남색론」이다. 「전쟁과 강간」은
문화사적 탐구 기사이며, 「일본남색론」은 일본고전 텍스트를 통해 동성
애를 고찰한 학문적 논고이다. 매우 흥미로운 것은, 이와 같은 기사의
면면 사이로 지극히 자극적인 제목을 단 다음의 기사가 버젓이 자리잡고
있다는 점이다. 「남편은 수컷 말」[29]이라는 표제에 '인수교혼사(人獸交婚
史)'라는 부제가 붙은 이 기사는 다름 아닌 수간(獸姦)을 다루고 있다.
사람과 동물의 성교를 의미하는 수간은 인류학적, 정신분석학적 고찰의
대상이기도 하지만, 그 이전에 매우 자극적으로 독자의 주목을 이끌어
내는 소재임에 분명하다. 『인간탐구』는 이와 같이 '성'을 접점으로 한
다양한 스펙트럼의 소재를 동일한 공간에 전방위적으로 쏟아내고 있다.
가치평가를 유예한 채 오로지 성에 대한 인간의 모든 것을 취재 대상으
로 삼는 것이 『인간탐구』이다.

그 중에서도 기사의 화제성 측면에서 손꼽히는 내용은 바로 '동성애'
이다. 윤리적 규범과 문화적 금기의 차원에서 동성애야말로 가장 공론

---

28 「トーキョー秘密情報」. 기사 세부 꼭지를 보면 「金髪女性との一夜」, 「占領下の外国人の
　性的犯罪」 등과 같이 시사적 내용과 흥미 본위의 에피소드가 혼재돼 있다.
29 「旦那はオス馬(人獸交婚史)」

화되기 지난한 소재였기 때문이다. 성 자체가 보다 자유로운 담론의
대상이 된 것도 다양한 장벽의 극복을 통해서 비로소 가능해졌지만 그
경우에도 성은 곧 이성애(異性愛)를 전제했다. 동성애는 그 자체로 일탈
이자 패륜이었다. 그런 의미에서『인간탐구』의 동성애 관련 기사는 인
간이라는 "미지의 존재"의 모든 것을 규명하고자 한다는 잡지의 본질
에 가장 부합하는 내용이라 해도 과언이 아니었다.

5. 동성애적 요소의 포용 혹은 소비

동성애를 키워드로『인간탐구』를 살피면 우선 관련 기사의 양적 풍부
함에 놀라게 된다.『인간탐구』전 36권 중 수집 확보가 가능했던 16권의
잡지를 대상으로 조사한 결과, 그 중 12권에서 포괄적 범주에서의 '동성
애' 관련 기사가 산견되며 총 기사 수는 25편에 달했다. 어떻게 이렇게
많은 동성애 관련 기사가 지면을 점할 수 있었던 것일까?

> 본사에 대한 상담이나 문의에 비추어 볼 때 동성애 문제에 관심을 가지
> 는 독자가 의외로 많다는 것을 알게 되어 이 문제를 실증적으로 검토하기
> 위해 좌담회를 열었다. 공개하길 꺼려하는 부분이 있기 때문에 충분하다
> 곤 할 수 없지만 무한한 문제점을 안고 있는 주제라고 생각한다. 다음에는
> 여성동성애 문제에 대해서도 고찰해 보고 싶다는 생각이다.[30]

위 후기를 통해 동성애 관련기사가 풍부해진 이유의 일단을 추론할

---

30 「後記」, 『人間探求』 8号(1951.1)

수 있다. 핵심은 역시 "동성애 문제에 관심을 가지는 독자가 의외로 많
다는 것"을 『인간탐구』 측이 파악하게 되었다는 점이다. 발간 초기부터
독자들과의 소통 원활화를 위해 '성문제'에 대한 질의응답란을 설치해
운영한 구체내용을 〈상담과 회답〉이라는 기획 기사로 발신한 결과, 그
반향이 예상 이상으로 컸던 것이다.[31] 긍정적 호응은 다시 질의나 상담
건수의 증대로 이어진다. 당연히 잡지 측에서도 동시대인들의 성에 대
한 현실적 고민의 실태를 효과적으로 파악해 보다 전문적 내용의 기사
를 준비할 수 있게 된다. 그러면 잡지에 신뢰를 갖게 된 독자들과의
소통이 더욱 긴밀해지는 선순환구조가 되는 것이다. 이 과정에서 특히
호응이 두드러졌던 것이 '동성애 문제'였다. 『인간탐구』 측이 동성애라
는 주제에 대해 자각한 "무한한 문제점"은 곧 '무한한 가능성'의 동의어
이기도 했다. 이와 같이 『인간탐구』는 동성애라는 소재의 적극적 활용
을 통해 얻는 것이 크다고 판단했던 것으로 보인다. 사회적 금기를 깨
는 위험성 이상으로 잡지에 대한 관심과 화제성을 증폭시키는 효과적
촉매제로 인식했음에 분명하다.

그러면 동성애 관련 기사의 실체를 개관해 보자. 기사는 '동성애'라

---

31 『인간탐구』 8호(1951.1)는 잡지 후미에 「性と性格についての質疑 · 相談規約」을 공지하
고 있다. 그 내용은 5가지 항목으로 구성되어 있는데 요약해 보면 다음과 같다. 첫째,
독자의 진지한 질문에 대해서 종래의 잡지와 같은 형식적 응답이 아니라 진심으로 고찰
해 솔직히 지도할 것. 둘째, 질의자의 사적인 비밀은 절대 엄수할 것이니 이름을 기입해
줄 것. 셋째, 전문적 내용은 각 분야의 권위 있는 전문가에 의뢰해 신뢰할 수 있는
회답을 드릴 것. 넷째, 질의 시 상담 및 질의 내용을 가능한 면밀히 기술해 줄 것. 다섯째,
상담료는 무료이지만 감사의 마음을 전하고 싶다면 잡지 정기구독자가 되어 주실 것.
이상에서 보듯 그 내용이 매우 세부적이며 구체적이다. 단순히 홍보용, 과시용의 공지가
아니었을 뿐만 아니라 잡지 내용을 꾸릴 기사 소재 확보를 위해서 적극적으로 독자와의
소통을 꾀하고 있음을 확인할 수 있다.

는 단어가 제목에 명시되지 않은 경우에도 '남색(男色)' '호모(ホモ)' '여
장 남자(女形)' 등의 단어가 제목에 들어간 경우를 포함해 기사 내용까
지도 함께 고려해 선별하였다. 아래의 〈표 1〉의 동성애 관련 기사 목록
을 살펴보면 『인간탐구』에는 실로 다양한 스펙트럼의 동성애 기사가
망라되어 게재되었음을 알 수 있다. 「천재와 동성애」・「다빈치의 동성
애」 등의 인문적 향취를 풍기는 기사와 더불어 비화(秘話, 14호), 비기(秘
技, 17호) 등의 단어에 드러나듯 흥미 본위의 자극적 기사가 공존한다.
동성애는 관음증 섞인 '찬미(3호)'의 대상인 동시에 '참회(25호)'의 대상
이기도 하다. 천재(17호)와 변태(20호) 혹은 천국(8호)과 지옥(8호)은 동
성애자라는 동일한 대상을 바라보는 균열된 시선이다.

〈표 1〉 『인간탐구』 게재 동성애 관련 기사 목록

『人間探究』 호수(발행년월)	〈동성애〉 관련 기사
3호(1950.8)	「女性同性愛賛美論」
	「相談と回答 『異常性愛』者の分析」
8호(1951.1)	「匿名座談会 天国か地獄か 男子同性愛者の集い」
	「相談と回答 未婚青年期の昏迷 −同性愛者に迷う」
	「男娼と変態性の江戸小堀」
13호(1951.6)	「男色考」
14호(1951.7)	「女形秘話」
17호(1951.10)	「天才と同性愛」
	「凄惨なる愛憎 −ムーン冴子・吾妻京子の場合−」
	「対談 同性愛の秘技を探る」
	「続々『異常性愛者』の嘆き」
20호(1951.12)	「変態性女兵士の生態」

24호(1952. 4)	「同性愛は治療できるか？ −フランスにおける真摯な研究−」
25호(1952. 5)	「男色懺悔 −ホモの誇る「トゥルー・ラヴ」−」
	「紫の鬼 −同性愛者 村山槐多の生涯−」
26호(1952. 6)	岩田準一、「本朝男色考」
	江戸川乱歩、「「本朝男色考」について」
27호(1952. 7)	岩田準一、「本朝男色考(二)
28호(1952. 8)	岩田準一、「本朝男色考(三)」
	「ダビンチの同性愛」
	「同性愛者の身体的特徴」
	「同性愛少年の殺人と手記」
	「ある女形の告白」
	「男色社交場」
1953년 5월호	「小説「禁色」のモデル −男色社会のヴェールを開く−」

여기서 명확히 확인되는 것은 동성애 문제를 취급하는 『인간탐구』의 관점이 결코 단일하지 않다는 사실이다. 동성애에 대해 치료(24호)가 필요하며 그 자체로 사회적 문제가 되는 이상성애(17호)로 보는 관점이 존재하는 한편으로 동성애와 관련된 동서고금의 인물 에피소드 등을 통해 그것을 고찰하려고 하는 이해의 자세 또한 엿보인다. 또한 기사 「소설 『금색』의 모델−남색사회의 베일을 벗긴다」를 통해서는 당시에 크게 화제였던 미시마 유키오(三島由紀夫)의 동성애 소설 『금색(禁色)』 (1951-1952)의 무대가 된 카페 및 등장인물 모델 등을 도시 문화론적으로 고찰하고 있다. 기획기사 〈상담과 회답〉 그리고 〈좌담회〉 등의 형식을 통해 실제 동성애자의 목소리를 청취하며 그들과 고민을 나누는 기사도 확인된다.

동시에 주목하고 싶은 것은, 남성동성애 기사 비중이 여성동성애 기사에 비해 단연 높다는 사실이다. 이는 동성애 기사 이외의 '성' 관련 기사에서는 반대로 남성보다 여성의 성과 신체가 압도적으로 주목되었던 사실과 뚜렷이 대비된다. 하지만 그것은 결코 여성의 주체적 입장이 존중되었음을 의미하지 않는다. 되레 남성 주체의 욕망과 시선이 좇는 여성의 성과 신체가, 철저히 그 욕망에 부합한 결과로써 기사를 통해 해부되고 있다고 보아야 할 것이다. 다시 말하면 여성의 성과 신체는 『인간탐구』에서 여성을 더욱 소비하고 소외시키는 계기로 작용하는 측면이 크다.

『인간탐구』의 동성애 관련 기사도 이와 유사한 맥락에 있다. 동성애 문제에 대한 다양한 관심에도 불구하고 결국 그것이 수렴되는 지점은 흥미 본위의 기사이다. 동성애 문제에 대한 이해를 꾀하는 일련의 노력에도 불구하고 동성애자라는 마이너리티를 소외하고 차별한 뿌리 깊은 사회 구조에 대한 문제의식 및 천착은 부재하다. 동성애자는 여전히 타자일 뿐이며, 『인간탐구』의 진정한 주체는 바로 남성 이성애자임이 새삼 여기서 확인된다고 할 수 있다.

하지만 『인간탐구』의 동성애 조명이 오롯이 비난 혹은 폄훼의 대상이 될 이유는 없다. 동성애 문제를 포용하는 한편으로 철저히 그것을 소비하는 것, 실은 그것이야말로 위선이나 모순이 아니라 성과학을 표방한 상업잡지 『인간탐구』의 본령이기 때문이다. 금기시되던 동성애라는 소재를 제도권의 출판물, 그것도 문화와 과학을 자임한 잡지에서 거론하고 문제시한 것에 대한 평가는 다분히 긍정적이어야 마땅하다. 『인간탐구』가 노정한 애매함과 경계성이 전후라는 시대의 유연성 그리고 가능성과 긴밀히 상통하는 요소이기에 더욱 그러하다.

6. 잡지의 한계와 가능성

이상에서 전후 일본 성과학잡지『인간탐구』를 전체적으로 살펴보았다. "문화인의 성과학잡지"를 표방한『인간탐구』는 인간의 성에 대한 모든 것을 의학, 과학, 심리, 사회, 풍속, 역사 등의 다양한 영역에서 고찰하고 있다. 이른바 '성 백과문화사전'이라 부를 만한『인간탐구』는 일본 전후의 대표적인 성 관련 잡지였다. 하지만 대중의 성적 호기심과 말초적 욕망에 부합하는 저속한 성풍속 잡지는 결코 아니었다. 성을 탐구하면서도 저속함을 경계하고 문화를 지향하는 경계성 혹은 균형감각을 잡지는 유지하고 있었다.

잡지 내용 구성의 특징으로는 전후의 시대성을 반영한 전쟁과 성의 연관 기사, 성의학·성과학 관점의 기사, 동성애 문제 취재 기사의 비중이 매우 크다는 점을 들 수 있다. 그 외에 독자와의 적극적 소통을 통해 성문제 고민을 상담하는 기획기사의 운영, 대중의 욕망에 영리하게 부응하는 성 관련 선정적 기사의 적절한 게재 등도 주요한 특징이다.

특히『인간탐구』의 동성애 문제에 대한 큰 관심은 주목할 가치가 있다. 관련 기사가 풍부할 뿐만 아니라 다양한 관점에서 문제를 탐구하고 있다. 애당초 큰 관심이 없었다가 동성애 기사에 대한 독자들의 큰 호응과 관련 상담의 증가를 확인한 후 잡지 차원에서 전략적으로 동성애 문제를 적극적으로 다루고자 한 점도 흥미롭다. 하지만『인간탐구』가 동성애자라는 차별받는 마이너리티를 깊이 이해하는 관점을 견지했다고 보기는 어렵다. 오히려 동성애 기사를 부각시킴으로써 대중의 호기심에 영합하려 한 흔적 또한 발견된다. 하지만 그럼에도 불구하고 금기시되던 동성애 문제를 다양하게 조명한『인간탐구』의 성과는 충분히 평가받아야 한다. 마이너리티의 목소리를 '성'이라는 매개를 통해 담아 낸『인간탐구』의 성과는 분명 전후라는 시대의 유연성과 가능성을 표상할 뿐만 아니라 억압되고 소외된 마이너리티들이 수면 위로 가시화될 수 있는 통로를 매우 제한적이나마 마련하고 있기 때문이다.

제3부

여성 신체성과 전유된 모성주의

6장

시마자키 도손 『신생』에 투영된 모성주의 우생사상의 전유

1. 근대 여성과 남성 작가

여성은 근대의 대표적 마이너리티다. 자유·평등의 이념을 근대 초기의 현실에서 구현하기 위해 가장 시급했던 당위적 과제가 신분해방과 남녀평등이었음은 부정할 수 없다. 참정권을 포함한 여성 권리 획득이 마이너리티 평등권 보장의 상징처럼 여겨지는 것은 여성이야말로 대표적 마이너리티임을 방증한다. 양성평등 문제는 현재에도 사회 제 방면에서 유효한 현실적 의제이며, 이는 여성이 남녀 성별 권력관계 구도에서 여전히 주변적 위치를 점하는 마이너리티 존재로 살아가고 있음을 의미한다. 그만큼 성차별의 뿌리는 사회 전반에 깊이 드리워져 있다.

근대 일본에서 여성이 자신의 목소리를 내기 시작한 것은 1910년대부터다. 히라쓰카 라이초(平塚らいてう)가 주재한 여성운동잡지 『청탑(靑鞜)』

이 그 모태이다. "태초 여성은 태양이었다."[1]고 천명한 창간호 선언은
『청탑』의 출범과 지향성을 상징하는 너무나도 유명한 슬로건이다. '여
성 자립'으로 대표되는 『청탑』의 주장은 동시대 남성중심 사회에 충격을
던졌고, 『청탑』 동인들은 '새로운 여성(新しい女)'이라 불리며 주목받았
다. 동시대 여성운동을 견인한 또 하나의 사건은 '모성보호논쟁(母性保護
論争)'이다. 히라쓰카 라이초와 요사노 아키코(与謝野晶子)가 중심이 되어
1918-19년의 2년에 걸쳐 펼쳐진 이 논쟁은 여성의 진정한 자립을 위한
방법론을 둘러싸고 '모권(母権)'과 '여권(女権)' 중 어느 것을 취할 것인가
에 대한 뜨거운 논박이었다. 여성운동권 내부뿐만이 아니라 일본 사회
전반이 이 논쟁에 주목한 것도 논쟁 결과에 따라 향후 여성운동의 향배
가 가늠될 수 있었기 때문이었다.

　그 중 히라쓰카 라이초의 '모권' 주장은 여성의 어머니로서의 역할을
강조하며 '모성보호(母性保護)'를 국가에 요구하는 주장이다. 모성을 보
호해야 하는 근거는 어머니들이 양육해야 할 대상인 아동이 국가의 미
래를 짊어질 자원이기 때문이다. 여기에는 당연히 여성은 아이를 출산
하는 존재라는 고정관념이 전제돼 있을 뿐만 아니라 여성이 건강해야
건강한 아이들을 출산할 수 있다는 우생사상이 반영돼 있다. 모성보호
는 여성 그 자체보다는 아동에 초점이 맞춰진 주장인 셈이다. 나아가
여성 신체의 도구화를 자인하는 것으로도 해석되는 모성보호 주장의
배경에 스웨덴의 여류 사상가 엘렌 케이(Ellen Key, 1849-1926)가 위치하
고 있음에 주목할 필요가 있다. 20세기를 '아동의 세기'로 규정했던 케
이의 사상은 모성과 우생학적 진화론을 결부시킨 사상이었다.

1　平塚らいてう, 「原始女性は太陽であつた」, 『青鞜』創刊号, 青鞜社, 1911.9.

이와 같은 1910년대 일본 여성운동의 조류는 동시대 일본 사회에 큰 영향을 미쳤다. 남성 지식인 또한 그 영향으로부터 예외가 아니었다. 특히 소설가 시마자키 도손(島崎藤村)에게 동시대 여성운동의 주장과 그 향배는 매우 민감한 영역이었다. 그 자신이 질녀와의 근친상간으로 큰 곤욕을 치루고 3년간 프랑스에 도피하는 등 여성문제를 당면과제로 껴안고 있었기 때문이다. 장편소설 『신생(新生)』(1918–1919)은 그런 의미에서 문제적 텍스트이다. 이 소설을 통해 도손은 질녀와의 부적절한 관계를 스스로 고백해 일본 사회에 파란을 일으키고, 이후 그의 삶과 문학은 물론 그 주변인들의 인생 또한 크게 엇갈리게 되기 때문이다. 더욱 중요한 점은, 소설 『신생』에 동시대 여성운동의 핵심 주장들이 짙게 논리적으로 수용되고 전유돼 있다는 사실이다.

이번 장에서는 시마자키 도손 장편소설 『신생』이라는 통로를 매개로 1910년대 여성운동과의 교섭 양상을 고찰한다. 특히 모성보호논쟁에 주목한다. 모성보호논쟁은 여성이 자기 신체 및 정신의 주인임을 사상적으로 뿐만 아니라 여권 신장의 전략적 도구로도 천명한 최초의 사건이라는 점에서 의미 깊다. 모성보호논쟁의 중요한 한 축인 '모성보호' 주장이 여성 신체를 도구화한 우생사상에 어떻게 영향 받고 있는지, 나아가 『신생』은 이를 어떻게 소설 속에 전유하고 있는지 그 구체 양상을 분석할 것이다. 이를 통해 여권 신장과 자립을 꿈꾸었던 여성운동의 궤도가 굴절되고 마는 실상을 현실과 소설 『신생』 속 여성들의 신체 소외 양상을 통해 확인하고자 한다. 이는 곧 근대 초기 남성 지식인이 격변하는 근대 사회의 콘텍스트를 삶과 문학 속에서 자기중심적으로 전유하는 실태에 대한 확인이기도 하다.

2. 『신생』을 통해 본 도손과 여성

남성작가 시마자키 도손(이하, '도손'으로 약칭)의 삶과 문학에서 '여성'을 배제하는 것은 불가능에 필적한다. 도손의 문학과 불가분의 관계에 있는 그의 삶에서 여성의 존재가 매우 중요한 위치를 점하고 있기 때문이다.[2] 그녀들은 도손의 삶과 사랑에 있어 주역일 뿐 아니라 도손 문학에 있어서도 작품의 모티브와 직결되는 주요 등장인물의 모델들이다. 그러한 까닭에 도손 여성관에 대한 연구는 도손의 실생활과의 관련성에 착목하여 논해지는 경우가 주류였다. 선행연구를 개괄하면 주요논점은 도손의 여성관이 초기의 '여성불신' '여성무시'의 부정적 관점에서 중기 이후의 '여성이해' '여성동정'의 긍정적 관점으로 변화한다는 것이었다. 그리고 그 변화의 전환점에 중기의 대표작 『신생』이 위치한다는 것이다.

도손의 여성불신 경향을 논할 때 반드시 언급되는 것은 다음의 문장이다.[3]

> 과도한 허영심-이것을 달리 말하면 자기도취가 너무 강해 자제심을 잃기 쉬운 여성의 약점입니다. 이런 종류의 성격상의 결함이 있어 그로 인해 잘못된 길을 가는 것이 보통의 여성들에게 우선 일어나기 쉬운 일이라고 생각합니다.[4]

---

2 예를 들면, 그 여성들은 첫 사랑의 사토 스케코(佐藤輔子), 내심으로 흠모한 다치바나 이토에(橘糸重), 첫 번째 부인 시마자키 후유코(島崎冬子), '신생사건'의 히로인 시마자키 고마코(島崎こま子) 그리고 두 번째 부인이자 마지막 반려인 시마자키 시즈코(島崎静子) 등이다.

3 본 글에 인용된 시마자키 도손의 글은 『藤村全集』(筑摩書房, 1966-71)에 의거하였다. 또한 작품 및 잡지명 뒤에 기입된 연도는 작품의 경우 단행본 발행 연도, 잡지의 경우 잡지가 발행된 시기를 의미하며, 인용문 뒤의 숫자는 작품의 장과 절을 나타낸다.

소설『파계(破戒)』의 대성공으로 「첫사랑(初恋)」의 시인에서 소설가로
의 변신에 보기 좋게 성공한 1906년, 여성의 타락에 대해 묻는 한 기자의
질문에 도손이 답한 내용이다. 이 글에서 도손은 여성 타락의 원인으로
성격 결함, 처지, 애증의 마음, 경쟁심, 과도한 성욕, 인생에 대한 절망
등 6가지 항목을 들고 있다. 그 중에서도 '성격 결함' 항목에서는 여성의
약점으로 "무지, 나태, 바람기, 과도한 허영심"이라는 좀 더 구체적인
지적을 하고 있다. 도손의 여성 불신 및 무시 경향을 명확히 파악할
수 있는 대목이다. 그 외에도 다른 글 「여자와 수양(女子と修養)」에서는
여성이 결혼하면 "무사상 상태"에 빠지기 쉬우며 과거의 "즐거움을 회상
하며 현재에 불만을 가진다"고 비판하고 있다.[5]

그러면 도손은 왜 이러한 여성불신 및 여성무시의 여성관을 가지게
된 것일까? 첫째로 지적할 수 있는 것은 시대적 한계이다. 여성에 대한
이해 수준이 그 이전에 비해 상대적으로 높아진 근대라 할지라도 여성에
대한 인식은 여전히 남성중심주의에 입각한 것이었다. 다만 달라진 것
은 여성에 대한 일방적인 '남성우월론'적 사고에서 탈피하여 남성과 여
성 사이에는 여러 측면에서 명백한 차이가 존재한다는 '남녀성차론(男女
性差論)'적 사고가 사회적 주류를 점하게 된 것이었다. 남성은 논리력,
종합력 등 상대적으로 지성이 우수하므로 정치, 법률 분야 등의 사회적
활동에 적합하고, 여성은 직관력 및 감성이 뛰어난 데 반해 정서적 기복
은 큰 편이므로 문학, 예술 분야 또는 가사활동이 적성에 맞는다는 당시
의 지배적인 언설도 이러한 남녀성차론에 기초한 사회통념이었다. 즉

4 島崎藤村, 「『女は如何なるハズミにて堕落するか』への回答」, 『新古文林』, 1906.10.
5 島崎藤村, 「女子と修養」, 『女子文壇』, 1907.7.

일견 좀 더 합리적인 듯 보이는 설명으로 남녀 차이를 규정하고 있을
뿐 남녀 간에는 여전히 넘을 수 없는 높은 벽이 엄존하고 있었던 것이다.
도손의 여성관도 이러한 동시대의 사회적 통념으로부터 자유롭지 않다.
도손의 여성 비판이 주로 허영심, 애증, 경쟁심, 절망, 나태, 바람기
등 감성·정서적 측면에 집중되는 것이 그 단적인 예다. 나아가 여성을
교화(敎化)의 대상으로서 내려다보는 도손의 계몽주의적 자세에서도 시
대의 한계는 여실히 감지된다.

　또 하나의 이유는 도손의 실생활 및 전기적 사실과 밀접한 연관이
있는 개인적 요인이다. 여성을 불신하는 도손의 여성관 형성에 크게
영향을 미친 것으로 거론되는 세 명의 여성이 있다. 도손의 어머니 시마
자키 누이(島崎ぬい), 첫사랑의 여성 사토 스케코(佐藤輔子), 첫 부인 시마
자키 후유코(島崎冬子)가 그 세 사람이다. 우선 어머니는 도손의 셋째
형 도모야(友弥)를 불륜으로 가졌다고 일컬어진다.[6] 그러한 의미에서 그
녀는 도손이 여성을 불신하게 된 최초의 계기를 제공한 여성이다. 도손
문학이 '어머니 부재'의 부성(父性)적 문학으로 일컬어지게 된 동인이다.
사토 스케코는 도손의 메이지 여학교(明治女学校) 제자이자 그의 첫사랑
이다. 사제 관계에다 스케코에게 정혼자가 있던 탓에 맺어질 수 없었던
그들의 사랑은 결혼한 스케코가 첫아이를 출산하던 중에 요절함으로써
도손의 가슴에 지울 수 없는 상처를 남긴 채 비극으로 마감된다. 첫사랑
인 그녀가 역설적으로 여성 불신의 계기를 제공하게 된 데는 이러한
배경이 있었다. 두 사람의 관계는 도손 소설 『봄』(春, 1908), 『버찌 익을

6　西丸四方, 『島崎藤村の秘密』, 高陽堂, 1966. 저자인 西丸四方는 정신병리학자이며
　 도손의 형인 히데오(秀雄)의 외손자이기도 하다.

무렵』(桜の実の熟する時, 1919) 등에 결정적 모티브를 제공한다. 마지막으로 도손의 첫 아내 후유코에 대해서는 소설 『집』(家, 1911)에 상세하다. 주인공 산기치(三吉)는 아내가 결혼 전 애인과 여전히 편지를 주고받고 있음을 우연히 알게 되어 깊은 고뇌에 빠지는데, 산기치와 그의 아내의 모델이 다름 아닌 도손과 아내 후유코다. 여기서 바람기, 과도한 성욕 등이 도손의 부정적 여성 인식의 한 축을 구성하는 데는 자신의 어머니 및 아내의 존재가 깊이 관련되어 있음을 추론할 수 있다.

그러면 도손은 선행연구의 지적대로 장편소설 『신생』을 계기로 이후 이러한 부정적인 여성관으로부터 탈피하게 되는가? 그리고 혹여 그렇다고 한다면 그것은 구체적으로 어떠한 변화인가? 『신생』은 시마자키 도손의 작품 계보에서 매우 중요한 지위를 점하는 소설이다. 하지만 이 소설이 널리 알려진 보다 큰 이유는 소설이 이른바 '신생사건'으로 불리는 도손 자신과 질녀 시마자키 고마코의 근친상간 관계를 그 내용에 담고 있기 때문이다. '신생사건'이란 좁게는 도손과 고마코의 특별한 관계를 의미한다. 그러나 보다 정확한 정의는 도손과 고마코의 근친상간 관계와 그 비밀을 도손 자신이 자기고백적 소설 『신생』을 통해 세상에 공표한 것, 그리고 그로 인해 야기된 도손 집안 내부의 친족 간 갈등 그리고 사회적 반향 등을 종합적으로 일컫는 말이다. '신생사건'이란 명명도 이러한 배경에서 유래되었다.

야마나카 사와코(山中佐和子)는 "냉담한 경멸과 증오의 극히 부정적인 태도"[7]를 취하던 도손의 여성관이 『신생』 이후에 불신에서 동정으로

---

7 山中佐和子, 「「処女地」の母胎」, 島崎藤村研究会 編, 『藤村研究「風雪」(5)』, 教育出版センター, 1973.9.

바뀌었다고 주장한다. 과연 그러한가?

여성이 설령 많은 자식을 둔 어머니라 할지라도 모든 시간을 자식들에게 쏟는 것은 결코 바람직하지 않다. 어떠한 경우에도 어머니는 자식의 깊은 동정자이며 친절한 이야기상대, 현명한 인도자이여야 함은 물론이지만 어느 정도는 독립자치의 마음 또한 가졌으면 한다.

(『신생』 2-38)[8]

도손의 질녀 고마코가 모델인 『신생』의 여주인공 세쓰코(節子)는 도손 자신을 모델로 하는 숙부 기시모토(岸本)의 교육을 통해 위와 같은 "독립 자치의 마음"을 지닌 여성으로 변모한다. 그런데 여성의 내면적 '자립'을 일깨우는 이러한 내용은 1922년에 발표된 도손의 글 「지금 시대의 여성 지위」의 다음 부분과 일치한다.

과연 여성다움이란 어머니다움의 동의어일지도 모른다. 하지만 그렇게 말하는 이 시인도 여성은 단지 어머니이기만 하면 된다, 아이를 기르기만 하면 된다고 주장하지는 않았을 것이다.[9]

즉 여성은 자식을 가진 '어머니' 이전에 한 사람의 개인으로서의 자기존재를 자각하고 스스로에게 충실해야 한다는 것이다. 이러한 내용은 여성은 "나태한 습관을 버리고 남편을 돕고 스스로를 격려하며 자식을 이끌어"[10]야 한다고 말하며 주부·어머니로서의 역할에 충실한 여성

---

8 인용문 뒤의 숫자는 작품의 장과 절을 표시한다.
9 島崎藤村, 「今の時代に於ける婦人の地位」, 『早稲田文学』, 1922.3.
10 島崎藤村, 「女子と修養」.

을 바람직한 여성상으로 제시했던 도손의 그 이전의 입장과는 분명한 차이가 있다. 주목할 점은, 이러한 도손의 여성관이 『신생』 이후가 아니라 『신생』 속에서 이미 제시되고 있다는 사실이다. 나아가 그의 새로운 여성관은 여성에 대한 불신에서 동정으로 전환된다고 하는 심경의 레벨을 넘어 자립적인 여성이라는 구체적인 여성상까지 제시하고 있다는 점을 간과해서는 안 된다. 도손의 변화된 여성관이 『신생』 속에서 발견된다고 한다면, 그것은 곧 『신생』을 집필하는 시점에 도손의 여성관은 이미 변화 완료된 상태에 있었음을 의미한다. 바꿔 말하면 도손의 여성관은 분명 바뀌었으되 그 시점은 『신생』 이후가 아니라 그 이전이라는 것이다.

그러면 도손의 여성 인식은 진정 바뀐 것일까? 그렇다면 그 배경에 있는 것은 무엇일까? 다음 절에서는 소설이 발표된 동시대 사회문화적 콘텍스트가 도손 소설과 실생활에 어떻게 개입하고 있는지, 그 구체 양상과 그 의미의 해석을 통해 의문을 해소하고자 한다.

3. 모성보호논쟁과 텍스트의 전유된 논리

근대 일본 여성운동이 최초의 본격적 여성운동잡지 『청탑』에 의해 견인된 것은 주지의 사실이다. 『청탑』의 중심적 주장은 여성의 자각에 의한 '여권'의 제창이었다. 결혼보다도 여성의 '자립'이 우선시되고 자유연애에 의한 진정한 사랑에 기초하지 않은 결혼은 무의미하다고 간주되었다. 당연히 여성에게는 반드시 자식을 출산하여 '어머니'가 될 의무 또한 강제되어서는 안 된다는 것이 『청탑』의 주장이자 잡지의 주재자 히라쓰카 라이초의 주장이었다.[11] 그러한 의미에서 『청탑』의 주장은 그 이전까지 여성에게 부과되던 현모양처주의 언설과는 분명히 구별되는 것이었다.

그런데 이러한 『청탑』의 운동노선은 라이초의 실생활 변화에 호응해 초기의 주장과는 다른 쪽으로 기울게 된다. 1914년부터 화가인 연하 남 오쿠무라 히로시(奧村博)와 동거생활을 시작해 아이를 출산한 이후의 그녀의 주장은 이전의 주장과는 전혀 상이한 것이었다. 라이초의 주장 은 여성 자립을 강조하던 '여권' 주장에서 국가의 모성 보호 및 지원을 촉구하는 '모권'·'모성주의' 주장으로 선회했다. 그녀의 이러한 변신에 결혼 및 출산을 통한 그녀 자신의 모성 체험이 크게 작용하였음은 물론 이다. 동시에 사상적으로는 스웨덴의 여류사상가이자 여성운동 선구자 인 엘렌 케이의 영향이 컸다.[12]

---

11 라이초는 여성운동의 선언적 글로서 유명한 「世の婦人たちに」(『青鞜』 3(4), 1913.4)에 서 「한 남자의 부인이 되고 한 아이의 어머니가 되는 것만이 여성의 천직인가?」라고 결혼과 육아가 여성의 천직으로서 당연시되는 사회풍조에 강한 의문을 제기하고 있다. 「独立するについて両親に」(『青鞜』 4(2), 1914.2)에서도 이러한 인식은 확인된다. 그런 데 결혼 및 출산에 부정적이던 이러한 라이초의 인식이 그녀 자신의 출산 경험을 통해 〈모성〉 주장으로 경도되는 징후를 보이기 시작하는 글은 「「個人」としての生活と「性」 としての生活との間の闘争について(野枝さんに)」(『青鞜』 5(8), 1915.9)부터이다.

12 Ellen Karolina Sofia Key(1849~1926) : 스웨덴의 여류사상가, 여성해방론자. 『아동 의 세기』(1900), 『연애와 결혼』(1903-06) 등의 유명한 저서를 통하여 여성해방운동의 이론적 리더 역할을 하였다. 다이쇼 시대 일본의 여성운동이 새로운 국면을 맞이하는 데는 케이의 영향이 매우 컸다. 시마자키 도손은 『처녀지』를 통해 케이의 저서 『소수와 다수』의 번역을 기획했을 뿐만 아니라 그의 글 여러 곳에서도 케이에 대해 언급하고 있다. 도손은 케이의 사상에 공감하면서도 그의 글 「愛」(『新小説』 6, 1923)에서는 "그다 지도 사랑과 결혼을 역설하고 아동의 세기를 역설한 엘렌 케이가 그녀 자신은 가정도 가지지 않고 자식을 두지도 않은 것은 이 얼마나 대단한 인생의 아이러니인가"라고 쓰고 있기도 하다. 한편 케이의 사상은 '우생학'과 밀접히 관련되어 지나친 '모성'의 강조와 우등/열등한 '아동'의 구분 등에 초점을 맞춤으로써 나치즘에서의 유대인 학살

한편 '모권' 주장과 대치하며 여성운동의 또 다른 슬로건으로 제창된
것이 경제적 자립을 통한 '여권' 확립의 주장이었다. 여성의 진정한 자
립을 위해서는 '경제적 자립'이 필요불가결하며, 이를 위해서는 여성들
이 가정에만 안주하지 말고 사회에 진출하여 직접 직업을 가져야 한다
는 것이 주장의 핵심이었다. 대표적 주창자는 요사노 아키코였다. 주
의할 점은, 그렇다고 해서 라이초를 중심으로 한 모권 주장이 여성의
경제적 자립을 완전히 간과한 것은 아니었다는 사실이다. 오히려 여성
의 자립을 위해서는 경제적 자립이 필요하다는 기본인식에 있어서는
라이초나 아키코나 같은 입장이었다. 문제는 여성의 경제적 자립을 실
현할 구체적 수단 혹은 방법론이 무엇이냐의 차이였다.

히라쓰카 라이초와 요사노 아키코의 입장 차이가 확연히 드러나게
된 것은 모성보호논쟁을 통해서였다. 모성모호논쟁은 『청탑』 폐간(1916)
이후 동시대 여성운동의 향방을 결정짓는 분수령이 된 중요한 논쟁이었
다. 1918년에서 이듬해 19년까지 2년에 걸쳐 히라쓰카 라이초와 요사노
아키코 간에 중심적으로 진행된 이 논쟁의 핵심은 여성운동의 우선순위
를 '모성'의 강조에 두느냐, 아니면 여성의 '자립'에 두느냐는 것이었
다.[13] 라이초는 여성의 출산과 육아는 나라를 짊어질 인재를 키워내는
국가적 사업이므로 국가는 여성에 대해 경제적 지원을 시행해야 한다고

및 인체실험 등 20세기 초, 중반을 풍미했던 전체주의의 이론적 토대로서 악용되기도
했다는 측면에서 그 폐해가 강하게 지적되기도 한다.

13 라이초와 아키코 이외에도 모성보호논쟁에는 사회주의 여성운동가인 야마가와 기쿠
에(山川菊栄)와 야마다 와카(山田わか)가 가세하였다. 그 중에서도 야마가와 기쿠에는
모성보호논쟁의 본질이 "육아와 직업의 양립문제"에 있다고 주장했는데, 그녀의 이러
한 지적은 '육아의 일의 양립'이라는 현대의 주요한 여성문제가 1910-20년대 다이쇼
중기의 시점에 이미 논의의 초점에 위치하고 있었음을 의미한다.

주장했다. 이에 반해 아키코는 그것을 "의뢰주의(依賴主義)"라고 비판하며 여성에게 무엇보다 시급한 것은 사회진출을 통한 경제적 자립이라고 반박하였다.

'모성'이냐 '자립'이냐 또는 '모권'이냐 '여권'이냐의 문제로 정리될 수 있는 이 논쟁의 승자는 결과적으로 히라쓰카 라이초였다. 여성에 대한 국가의 경제적 지원은 실제 미미했지만 이후의 여성운동 및 사회 전반에서 화두로 자리매김한 것은 모성이기 때문이다. 그리고 무엇보다 중요한 점은 모권·모성주의 주장에서 모권은 거세된 채 모성만이 선별적으로 사회 전반에 수용되어 기존의 현모양처주의를 대신하는 모성주의 이데올로기의 형태로 변용됨으로써, 1920년대 이후 쇼와(昭和) 시대의 일본의 국수주의적 내셔널리즘 고양에 이용당하게 된다는 사실이다. 이와 같이 라이초와 아키코의 주장은 1910년대 후반의 시점에서 각각 모권과 여권의 주장을 의미하였다. 양자의 주장이 여성의 권리신장이라는 동일한 목표를 지향했음에도 불구하고, 전자는 '모성'의 강조를 후자는 '여성 자립'을 최우선시하며 동시 진행적으로 전개되었다.

공교롭게도 소설 『신생』이 『도쿄아사히신문(東京朝日新聞)』 지상을 통해 연재 발표된 시기는 모성보호논쟁 진행시기와 거의 겹친다. 지다 히로유키(千田洋幸)는 『신생』과 동시대의 여성론, 모성론, 연애론 등과의 관련성을 지적하며, 『신생』은 여성만이 가능한 "낳기(産む)"라는 행위를 "쓰기(書く)"라는 행위를 통해 남성이 상징 레벨에서 대리 체험한 "〈출산〉의 이야기(〈産む〉ことの物語)"이며, 이러한 관점에서 "남/녀를 둘러싼 동시대 이데올로기와 불가분의 관련"[14]을 가진다고 주장하였다. 이러한

---

14 千田洋幸, 「性/〈書く〉ことの政治学-『新生』における男性性の戦略」, 『日本近代文学』

견해는 매우 시사적이다.

숙부의 프랑스 체류로 인한 3년간의 공백을 사이로 숙부와 질녀가 만남과 헤어짐을 반복하는 이 불가사의한 소설은 물론 도손 자신의 체험적 소설이다. 그런데 이 불가사의한 소설에서도 가장 불가사의한 대목은 바로 소설의 대단원에서 전개되는 숙부와 질녀의 두 번째 이별의 논리다. 친족 간에 맺어질 수 없는 현실의 벽과 소설 발표를 통한 비밀 고백으로 인해 더 이상 관계를 지속할 수 없게 된 숙부와 질녀는 각각 다음과 같은 논리로 스스로와 서로를 납득시키며 헤어진다.

> 먼저 말씀드리고 싶은 것은 부모 자식 간에 대해서입니다. 부모의 명령에 따르지 않는 자식은 인간도 아니라고 말씀하셨지만 그것이야말로 친권의 과도한 해석이 아닐런지요. (중략) 생명감 있는 진정한 복종이야말로 항상 제가 염원하는 것입니다. (중략) 자신의 잘못에 대해 후회도 않고 개선하지도 않고 잘못을 두 번씩이나 반복하는 것은 금수와 다를 바 없다고 말씀하셨지요. 진정 시시각각으로 변해 가는 저의 내면의 변화를 살펴 주시지 않고 단지 외관만으로 판단하신다면 혹여 저를 세상의 음탕한 여인보다도 못하다고 여기실 수도 있으시겠지요. 매사에 철저함을 염원하고 진실을 사모하는 제 마음이 저의 잘못으로 인해 얼마나 고통스러웠는지 모릅니다. (『신생』 2-109)

위 인용은 질녀 세쓰코가 그의 아버지에게 보낸 편지의 일부분이다. 여기에서 세쓰코는 부모에 대한 절대적 복종을 자녀에게 요구하는 것은 "친권의 과대한 해석"이며 자신은 그러한 맹목적 복종이 아니라 "생

---

51. 1994.10, 140쪽.

명감 있는 진정한 복종"을 추구한다고 밝히고 있다. 더불어 그녀는 숙부 기시모토와 자신의 새로운 관계를 "외관"이 아닌 "내부의 변화"에 주목해 판단해 달라는 심경을 토로한다. 즉 숙부의 프랑스행 전에 맺어졌던 첫 번째 관계가 심정의 교류 없이 육체적 본능에 의해 촉발되었던 것에 반해, 두 번째 맺어짐은 "진실을 사모하는 마음"을 통한 "내면의 변화"에 견인되었다는 것이다. 바꿔 말하면, 세쓰코는 "독립자치의 마음"(2-38)을 가지고 "내면의 변화"를 통해 이제부터 정신적 자립의 길을 가겠노라고 그녀의 부친에게 선언하고 있는 것이다.

> 아무래도 내가 키우는 것 외에 방도가 없다. 가능한 한 자연스런 방법으로 의지할 곳 없는 그 아이들을 데리고 와서 아이들의 성장을 기다리는 것 외에 달리 방도가 없다. (중략) 그래서 그는 한 가지 방도를 떠올렸다. 그것은 센타와 시게루 등 아이들과 함께 하숙집으로 이사하겠다는 생각이었다. 그는 파리에서 경험한 삼년의 하숙생활이 어떻게든 이 계획에 도움이 될 것이라는 기대를 품었다. (『신생』 2-80)

이에 대해 숙부는 "아무래도 내가 키우는 것 외에 방도가 없다"(2-80)며 친족들에게 맡겨 놓았던 네 명의 자식들을 모두 데려와 아이들의 어머니를 대신해 자신이 아버지로서 아이들의 양육에 전념하겠다고 위와 같이 결심한다. 그야말로 '모성대행'을 통한 '부성' 실현의 각오인 셈이다. 여기서 질녀의 '자립'과 숙부의 '모성대행'이라는 소설의 모티브가 동시대 여성운동의 '여권'과 '모성'의 주장을 적절히 구분해 각각의 입장의 논리적 배경, 즉 이별의 논리로 차용하고 있음을 확인할 수 있다. 모성보호논쟁의 여권과 모성, 두 주장이 남성 작가 시마자키 도손에 의해 소설 속에서 명확히 전유되고 있는 것이다.

더불어 여기서 한 가지 더 짚어야 될 것은, 모성보호논쟁뿐만 아니라 일본 여성운동 전반에 큰 영향을 미친 엘렌 케이의 사상이다. 엘렌 케이의 사상은 기본적으로 우생학에 기초한다. 서로 진심으로 사랑하는 남녀가 결혼해야 더 튼튼하고 더 지능이 높은 우성의 아이가 태어난다는 엘렌 케이의 주장은 우생학의 기본 테제인 우성 인자 보존, 열성 인자 배제와 그대로 부합한다. 바꿔 말하면, 케이의 사상은 모성과 우생학적 진화론을 접목시킨 사상이었다. 20세기를 '아동의 세기'로 규정했던 스웨덴의 여류 사상가 엘렌 케이는 진화론에 자극받아 세상을 움직이는 것은 신이 아니라 과학이며 교육이나 법률도 과학이라는 토대 위에 세워진다고 주장했다. 진화론과 연동하는 유전학, 우생학을 토대로 적자생존에 적합한 경쟁력 있는 유전자끼리 짝을 이루어야만 좋은 아이를 출산할 수 있고, 양질의 유전자를 계승한 아이만이 생존의 권리를 갖는다는 것이다. 이러한 아이들을 통해서 세상은 진보적으로 발전할 것이라는 것이 케이의 사상이다.

그래서 그녀는 인습에 따른 결혼이 아닌 완전 자유연애로 맺어진 이상적인 남녀의 결합만이 좋은 아이가 태어나는 길이라고 주장했던 것이다. 그 주장에 대한 비판 또한 만만찮았지만 20세기 전후의 구미 선진국은 이미 우생사상이 전파되어 케이의 주장을 수용할 지적 풍토가 형성되어 있었다. '아동의 세기'란 극단적으로 말하면 어린이를 과학의 대상으로 삼는 것이다. 이렇게 어린이는 과학적으로 해명 가능한 대상, 과학의 힘으로 조작 가능한 존재로 변하게 되었다. 여성의 역할 또한 건강하고 우수한 아이를 출산, 양육하기 위해 더욱 강조된다. 문제는 여성 존재의 의미가 독립적으로 인정받는 것이 아니라는 점이다. 오직 아이를 출산, 양육하는 매개체로서만 그 존재 의의가 인정받는 것에 라이초 '모성' 주장의 한계가 있다.

물론 라이초는 여성과 아동의 분리 불가능성이라는 우생학적 규범을 여성 권리 신장의 방법론으로 전복적으로 선취했지만, 그것은 결국 여성도 아동과 마찬가지로 우생사상을 앞세운 근대 내셔널리즘의 전적인 관리 통제 대상이 되는 것을 의미하는 것이기도 했다. 시마자키 도손이라는 남성 주체가 모성보호논쟁의 '여권' 주장과 '모성' 주장을 각각 세쓰코의 '자립'과 자신의 '모성대행'이라는 이별의 논리로 전유해 실생활의 질곡으로부터 탈출하고자 하는 소설『신생』이 바로 그 증거이다. 남성 주체의 신생, 즉 새로운 출발의 이면에서 희생되는 것은 여전히 약자인 여성과 어린아이다. 태어나자마자 버려진 세쓰코와 기시모토 사이의 '이름 모를' 아이를 상기하면 남성과 여성, 남성과 아동 사이의 편향된 권력 비대칭성을 쉽게 확인할 수 있다.

문제는 이와 같은 남성 중심적 전유가 소설뿐만 아니라 현실공간에서도 동일하게 반복되었다는 사실이다. 실제 사건과 인물을 모태로 한 소설『신생』은 필연적으로 현실공간과 연동한다. 자립을 꿈꾸었던 세쓰코의 미래는 결코 자립적이지 못했다. 현실의 시마자키 고마코가 그러했듯이 세쓰코 또한 일본으로부터 마치 추방되듯 타이완의 큰아버지 댁에 맡겨지게 된다. 반면 숙부인 남성 작가 도손은 고백소설『신생』의 회심의 성공으로 긴 문학적 슬럼프에서 벗어남과 동시에 질녀와의 부적절한 관계라는 현실의 굴레로부터도 탈출하게 된다. 현실의 고마코도 소설 속의 세쓰코도 이제 일본 내에서는 살아갈 수 없는 신세로 전락한 반면, 도손의 경우에는 친족 관계의 꼬인 실타래도 신생사건으로 인한 의절을 통해 역설적으로 완전히 해소되었다. 이와 같이 여성 소외를 통한 남성 권력의 회복이야말로『신생』의 내적 논리인 동시에 도손 여성관 변화의 본질이었던 것이다.

4. 소외되는 여성 신체와 식민지

『신생』의 여주인공 세쓰코가 신생사건의 여파로 일본으로부터 추방 당하다시피 떠나게 된 곳은 타이완이다. 그런데 놀랍게도 세쓰코의 실제 모델인 시마자키 고마코의 출생지는 조선의 경성, 즉 지금의 서울이다. 게다가 고마코(こま子)라고 하는 그녀의 이름은 고려(高麗)를 뜻하는 말 'こま'에서 따서 그녀의 아버지가 명명한 유래를 갖고 있다.[15] 세쓰코가 추방되고 고마코가 태어난 곳인 타이완과 조선, 이 양자 사이에는 명확한 동질성이 있다. 바로 두 곳이 모두 근대국가 일본의 식민지라는 점이다. 고노 겐스케(紅野謙介)는 이러한 동질성을 환기시키며, 일본에 대해 조선, 타이완이라는 동아시아 근대의 제국/식민지의 불균형적 권력관계가 그대로 기시모토와 세쓰코(또는 도손과 고마코)라는 남/여의 불평등 구도와 부합되는 텍스트가 『신생』임을 지적한 바 있다.[16] 식민지

---

15 고마코의 아버지이자 도손의 둘째 형인 시마자키 히로스케(島崎広助)는 1891년 조선으로 건너갔으며, 고마코는 그 2년 뒤인 1893년 경성에서 태어났다. 히로스케는 1894년의 동학혁명을 계기로 발발한 청일전쟁의 와중에 일본군을 지원하는 역할을 담당했다고 한다 (伊東一夫 編, 『島崎藤村事典 新訂版』, 明治書院, 1982, 189쪽과 194쪽을 참조). 그러한 의미에서 보면 〈제국/식민지〉=〈일본/조선〉의 구도에 나름의 역할을 한 히로스케의 딸 고마코가 〈식민지〉 타이완으로 추방된 운명이란, 〈일본〉이라는 중심으로부터 소외된 타자로서의 〈식민지〉가 〈남성〉으로부터 억압당하고 조국 〈일본〉으로부터도 추방된 〈여성〉 고마코를 영접하게 된다는 점에서 의미심장하다.

16 紅野謙介, 「『新生』における戦争－島崎藤村の「創作」と国民国家」, 『日本文学』 44(11), 1995.11, 9–10쪽.

조선에서 태어난 일본 여성이 식민지 타이완으로 추방되기까지의 일련의 경위를 담은 소설『신생』에서 여성과 식민지는 남성과 제국으로부터 소외된 타자로서 존재한다. 중심으로부터 배제된 타자라는 공통항을 매개로 여성과 식민지는 오버랩된다.

그런데 여성이 상징적으로 식민지와 오버랩될 때 우리가 진정 주목해야만 하는 대상은, 상징 레벨이 아닌 실재에 있어서 양자의 타자성을 한 몸에 지니는 존재, 즉 이중의 타자로 불려 마땅한 식민지의 여성들일 것이다. 그러한 점에서『신생』이라는 텍스트가 고마코의 비극적 운명을 통해 환기시키는 것은 그 자체로 근대의 제모순을 체현하는 존재, 식민지의 고마코들이다. 과연 그녀들의 실상은 어떠했는가? 고마코가『신생』을 통해 세쓰코로서 문학화되던 그 무렵, 그녀가 태어난 곳 조선의 여성들은 어떠한 사회 상황에 직면해 있었으며 또한 문학 속에서 어떻게 그려지고 있었는가?

일본의 여성운동이『청탑』(1911~1916)으로부터 본격화되었다면 조선의 여성운동은 일본과는 10년 정도 시차를 두고 1920년을 전후해 서서히 제 목소리를 내기 시작했다. 일본에 히라쓰카 라이초가 있었다면 조선에는 나혜석, 김일엽 등이 있었다. 한국 최초의 여류 서양화가 나혜석은 1918년 한국 최초의 근대적 여성소설이라 일컬어지는『경희』를 발표하여 여성의 자각을 갈파하였으며, 김일엽은 1920년부터 발행된 여성잡지『신여자』를 통하여 여권론을 주장하기 시작한다. 그녀들에게는 한 가지 두드러진 공통점이 있었다. 그것은 그녀들이 일본유학을 경험한 엘리트 여성들이라는 점이다. 상대적으로 고등교육을 받은 소수의 여성들이 운동을 견인하는 것은 조선과 일본을 막론하고 초기의 여성운동에서 공히 발견되는 현상이다. 다만 일본에서는 그녀들을 '새로운

여성(新しい女)'이라고 불렀으며 한국에서는 '신여성'이라고 불렀다. 하지만 조선의 여성들에게는 일본의 그녀들과 결정적으로 대별되는 상황이 엄존했다. 그것은 바로 그녀들의 조국이 식민지라는 억압 상황에 놓여 있다는 사실이었다. 바꿔 말하면 식민지 조선의 자각한 여성들 앞에 놓인 딜레마는 그녀들이 여권주장이라는 페미니즘과 자주독립이라는 민족주의 양자 중 어느 한쪽도 포기할 수 없다는 것이었다. 문제는 양자의 가치가 서로 상충되고 충돌될 때 발생했다. 그럴 경우 이중의 타자인 식민지 여성의 자아는 페미니즘과 민족주의의 틈새에서 분열될 수밖에 없는 운명에 있었다.

이러한 신여성의 모습은 동시대의 문학 작품 속에 투영되고 있다. 예를 들면 비슷한 시기(1922-1925)에 동아일보에 순차적으로 연재된 나도향의 『환희』, 염상섭의 『너희는 무엇을 어덧느냐』, 이광수의 『재생』[17] 등에 등장하는 여성의 인물조형을 보면 동시대의 조선의 신여성이 어떻게 남성 지식인에게 비춰졌는지를 용이하게 확인할 수 있다. 염상섭의 『너희는 무엇을 어덧느냐』와 이광수의 『재생』에는 타락한 신여성이, 나도향의 『환희』에는 수동적이고 비극적인 신여성이 등장한다. 그 후 염상섭이 장편소설 『사랑과 죄』(동아일보, 1927.8-1928.5)에서 1920년대 신여성의 다양한 행로를 묘사해 사회적 자아를 구비한 그녀들의 가능성을 보여주고 있기는 하지만, 전반적으로 1920년대 조선의 신여성들이 동시대 남성 작가의 소설에서 의지박약의 인물, 타락 여성 등으로 부정적으로 형상화되고 있는 것은 분명해 보인다.

---

17 나도향의 『환희』(1922.11-1923.3), 염상섭의 『너희는 무엇을 어덧느냐』, 이광수의 『재생』(1924.11-1925.9)은 순차적으로 동아일보에 연재되었다.

이러한 부정적 조형의 가장 큰 이유는 무엇보다도 신여성들이 주장하는 연애관과 결혼관이 성에 대한 기존의 지배와 피지배의 도식을 부정하며 완전한 평등을 주장하는 등 그녀들의 발걸음이 사회의 점진적 변화와는 상당한 속도의 차이를 노정하고 있었기 때문이다. 김일엽은 『신여자』의 「창간사」(제1호, 1920.3)에서 "사회를 개조"하려면 궁극적으로 "가정의 주인 될 여자를 해방하여야" 한다고 주장하고, 한걸음 더 나아가 "우리 신여자의 요구와 주장"(『신여자』 제2호, 1920.4)에서는 여자들이 기존의 노예근성을 버리고 "새 여자로 개조"되어야 한다고 주장하였다. 그 외에도 그녀들의 주장은 현모양처의 부정, 모성신화의 거부, 시험결혼론, 정조관념의 해체 등 오늘날에도 여전히 유효한 여성해방론과 일맥상통하는 것이었다.[18]

한편 한국근대문학의 걸작으로 평가받는 염상섭의 리얼리즘 소설 『만세전』(1924)의 주인공 이인화는 등장 여성들과의 관계 속에서 하나의 전형적 시선으로 일관한다. 이인화가 여자와 맺는 관계의 특성은 "여자를 시각쾌락과 유희의 대상으로 제한"[19]하는 것이다.

> 영리한 계집애요 동정할 만한, 카페의 웨이트리스로는 아까운 계집애다라고 생각은 하였어도 그 이상으로 어떻게 해 보겠다는 정열을 느끼는 것은 아니었다. 같은 값이면 정자를 찾아가서 술을 먹는 것이요, 만나면 귀여워해 줄 뿐이다. 원래가 이지적·타산적으로 생긴 나는 일시 손을 대었다가 옴칠 수도 없고 내칠 수도 없게 되는 때는 그 머릿살 아픈 것을

---

18 이러한 주장에서 『청탑』 발간 당시의 히라쓰카 라이초의 선언적 글 「元始女性は太陽であった」「世の婦人たちに」 등과의 유사성을 발견하는 것은 그다지 어렵지 않다.

19 박정애, 「근대적 주체의 시선에 포착된 타자들 – 염상섭, 『만세전』의 경우」, 『여성문학연구』 6, 2001, 69쪽.

어떻게 조처를 하나? 하는 생각이 앞을 서는 동시에, 무슨 민족적 감정의
구덩이가 사이에 가로놓인 것은 아니라도 이왕 외국 계집애를 얻어 가지
고 아깝게 스러져 가려는 청춘을 향락하려면 자기에게 맞는 타입을 구하
겠다는 몽롱한 생각도 없지 않아서 그러하였다.[20]

동경 유학생으로서 조국의 식민지적 현실에 대해서는 반성적 사유
를 하는 각성한 지식인의 면모를 유감없이 보이는 이인화도 유독 여성
에게만은 "관계에 대한 책임성을 거세한 시선"[21]과 책임회피적인 행동
으로 일관한다. 이러한 이인화의 시선과 행동은 단골카페의 여급인 일
본 신여성 정자(静子)뿐만이 아니라 순종적인 아내와 또 다른 여성 을라
에게도 동일하게 적용된다. 즉 그의 시선은 근대의 주체를 자임하는
남성 개인주의자의 시선이다. 주목해야 할 것은, 식민지적 상황과 여
성에 대한 이러한 차별적 시선이 식민지 조선의 여성 앞에 놓인 민족주
의와 페미니즘의 충돌이라는 딜레마를 여성의 외부, 즉 남성으로부터
역으로 확인할 수 있는 알기 쉬운 일례라는 점이다.

동시에 이인화에게 발견되는 여성에 대한 남성지식인의 자기중심성
은 『신생』의 기시모토에게도 여실히 확인되는 부분이다. 다만 양자의
차이는, 시마자키 도손이 동시대 일본의 여성운동의 여권과 모권 또는
자립과 모성이라는 두 가지 쟁점 코드를 적절히 구분하여 소설 속의
논리적 근거로 전유하고 있는 데 반해, 염상섭의 경우는 식민지와 여성
문제가 차별적으로 사유되고 있다는 점에 있다. 이러한 차이는 물론
1910-20년대 일본과 조선의 여성운동 발전단계의 차이, 도손과 염상

---

20 염상섭, 『만세전』, 『논술한국문학』 5, 삼성당, 2000, 32쪽.
21 박정애, 앞의 글, 67쪽.

섭이라는 개인적 환경의 차이에서 기인하는 부분도 있을 것이다. 하지만 여기서 가장 중요한 것은, 도손의 경우에는 식민지가, 염상섭의 경우에는 여성이 각각의 텍스트의 인식 레벨에서 결락된 채 무시되고 있다는 사실이다. 당연히 이러한 상황은 식민지와 여성이라는 양자의 존재가 일본과 조선 각각의 인식 레벨의 우선순위에서 하위 수준에 머물고 있음을 의미한다.

바꿔 말하면, 제국 일본에서는 식민지가, 식민지 조선에서는 여성이 더 큰 타자로 내면화된 것이다. 『신생』이 의미심장한 이유는 바로 이 양자의 타자가 매개될 수 있는 가능성을 그 속에 담고 있기 때문이다. 물론 그 가능성은 남성 주체에 의해 전유된 모성주의의 희생양으로 식민지로 추방될 수밖에 없었던 한 여성을 자양분으로 한다. 정작 자신은 모성보호는커녕 어머니로서 자식을 대면할 최소한의 기회마저 박탈당해버린 여성 말이다.

5. 고백과 추방

이상에서 1910년대 모성보호논쟁에 투영된 우생사상이 소설 『신생』의 논리로 전유된 양상을 확인하였다. 자립과 모성이라는 논쟁의 핵심 키워드를 소설과 현실의 이별 논리로 전유한 남성 주체에 의해 소외되는 존재는 다름 아닌 여성과 아동이었다. 모성보호논쟁을 포함한 일본 여성운동 전반에 깊은 영향을 미친 엘렌 케이 사상의 근간인 우생사상이 남성 주체에 의해 전유되어 재현 반복된 텍스트가 『신생』이다.

시마자키 도손의 여성 인식을 개인의 여성관이라는 차원에서 바라

볼 수 없는 연유가 여기에 있다. 여성불신 혹은 무시에서 여성동정 혹은 이해로의 변모라는 식의 평면적 차원의 접근이 비생산적이며 부당한 것은 도손 자신이 여성을 둘러싼 동시대 콘텍스트를 실생활과 작품 모두에서 매우 전략적으로 그리고 선택적으로 전유하고 있기 때문이다. 그렇기에 아쿠타가와 류노스케(芥川竜之介)가 도손의 『신생』 발표를 일러 말했던 그 유명한 "노회한 위선자"(老獪な偽善者)[22]라는 비판에도 일면 동의하게 된다.

　도손 자신은 조선을 방문한 적도 크게 언급한 일도 없다. 하지만 소설 『신생』이 일견 전혀 무관해 보이는 식민지 조선과 연관될 수 있는 것은 타자로서의 여성과 식민지가 상징적으로 오버랩되기 때문만은 아니다. "국가·정치권력에 대하여 자아·내면의 성실함을 대치시키는 발상법은, 「내면」이야말로 정치이며 전제권력이라는 사실을 간과하고 있다"[23]고 가라타니 고진(柄谷行人)이 말했듯이, 고백을 통한 남성 회복 소설 『신생』이야말로 실은 가장 정치적인 소설일 수 있는 것이다. 그리고 보면 도손의 대표작 『파계』 결말부의 주인공 우시마쓰(丑松)의 뜬금없는 텍사스행도 『신생』 세쓰코의 타이완행도 기실 모두 고백의 결과물이다. 하지만 근대국가 일본에서 텍사스와 타이완이 내포하는 의미의 간극만큼, 남성 우시마쓰와 여성 세쓰코 각각의 '추방'이 함의하는 의미의 간극을 발견하는 것은 결코 어려운 일이 아니다. 항상 소외되는 것은 여성의 몸이다.

22　芥川竜之介, 「或阿保の一生」, 『改造』, 1927.10.
23　柄谷行人, 「告白という制度」, 『日本近代文学の起源』, 講談社, 1988, 126쪽.

7장

현실과 문학을 넘나드는 동화의 모성 전략

1. 동화 작가 시마자카 도손

　시인, 소설가로 널리 알려진 시마자키 도손이 생애 네 권의 동화집을 출판했을 만큼 동화 창작에도 매진했던 사실은 잘 알려져 있지 않다. 동화 창작은 대부분 그가 1913년부터 프랑스를 3년간 다녀온 이후의 시기에 집중되었다. 『어린아이에게(幼きものに)』(1917), 『고향(ふるさと)』(1920) 등이 그러하다. 물론 도손 작품 중에서 동화가 차지하는 비중이 시나 소설에 비해 낮다는 사실은 부인할 수 없다. 그럼에도 불구하고 동화는 그의 작품군에서 특별한 위치를 점유하고 있다. 왜냐하면 최초의 장편소설 『파계』(1906)에서 만년에 쓰인 역사소설 『동트기 전(夜明け前)』(1935)에 이르기까지 그의 문학은 '부성(父性)의 문학'으로 규정되는데, 동화야말로 이와 같은 성격을 가장 잘 구현한다고 여겨지기 때문이다. 도손 동화에는 아이에게 말을 걸며 '이야기하는' 아버지가 도입부에

내레이터로 등장한다. 도손 자신도 "아이에게 들려주는 이야기"[1]라고
자신의 동화에 대해 규정한 바 있다.

　그런데 도손 동화에 관한 평가에는 부정적인 의견이 다수다. 그 내
용은 크게 두 가지다. 첫째는 도손 동화의 스토리 결여를 지적하는 의
견으로 대부분의 연구자가 일치하는 부분이다. 동화 내용에 이렇다 할
줄거리가 없고 내레이터인 아버지의 체험담이나 어렸을 적 추억담으로
일관한다는 것이다. 둘째는 미요시 유키오(三好行雄)의 "도손 동화의 비
동화성(藤村童話の非童話性)"[2]이라는 평가가 상징하듯 도손의 동화는 아
이들을 대상으로 한 작품이 아니라는 의견이다. 원래라면 아이들을 대
상으로 해야 할 동화가 "단순한 어른의 향수나 동심 찬미"[3]에 머무르고
있다는 지적이다. 이러한 부정적 평가는 일면 타당하다. 다만 한 가지
주목하고 싶은 것은, 선행연구의 평가는 대부분 도손 동화의 내용을
문제시할 뿐 동화의 형식에 대해서는 간과하고 있다는 점이다.

　이번 장에서는 도손 동화의 내용이 아니라 형식에 초점을 맞춰 선행
연구의 기존 평가를 재고하고자 한다. 이때의 형식이란, 아버지가 아
이에게 '말을 걸고' 이야기를 '들려주는' 동화의 표현 형식을 말한다.
선행 논문은 이와 같은 표현형식을 도손 동화가 '부성의 문학'으로 불
리는 근거 중 하나로 열거하고 있을 뿐이지만 문제는 그렇게 간단치
않아 보인다. 도손이 일본을 떠나 있던 3년간의 공백기 동안 일본에서

1　島崎藤村,『をさなものがたり』서문. 단『藤村童話叢書』第3편으로 1941년 5월에 간행
　된 개정판 서문에서 인용했다.
2　三好幸雄,「「力餅」について」,『藤村全集』月報12, 筑摩書房, 1967.8, 3쪽.
3　関口安義,「日本児童文学の成立－思想史・社会史の観点から」, 日本児童文学会 編,『児
　童文学の思想史・社会史』, 東京書籍, 1997, 173쪽.

전개된 문화적 콘텍스트의 변동과 도손의 실생활을 연관해 고려하면, 도손 동화의 특이한 형식은 그렇게 간단히 치부될 문제가 아니다.

본 장은 앞 6장의 연장선상에서 도손 동화의 표현형식이 동시대 문화적 콘텍스트와의 긴밀한 연관성 속에서 파생된 것이라는 가설을 전제한다. 그중에서도 특히 여성과 아동에 대한 관심의 고조가 '모성'을 둘러싼 언설을 대량생산하기에 이른 동시대 콘텍스트를 중시하고자 한다. 이 가설을 검증함으로써 도손 동화에 투영된 동시대 콘텍스트의 자취를 '모성보호논쟁'으로 대표되는 여성운동 및 우생사상과의 관련을 통해 확인한다. 이를 통해 '부성의 문학'의 대표격으로 불리어 온 도손의 동화가 실은 그 이면에서 여성을 둘러싼 동시대 정황과 긴밀히 연동할 수밖에 없었던 실상을 드러낼 것이다. 주요 분석 작품은 도손 귀국 후 발표된 첫 번째, 두 번째 동화집『어린아이에게』와『고향』이다.

2. 여권에서 모성으로

시마자키 도손이 프랑스로 간 것은 질녀 고마코(こま子)와의 근친상간에서 비롯된 이른바 '신생사건'으로부터 도피하기 위해서였다. 도손이 프랑스행 배에 오른 것은 1913년 4월, 귀국한 것은 1916년 7월이었다. 그 기간은 만 3년을 넘는다. 그 3년간 일본에서 진행된 사회, 문화적 콘텍스트의 변동은 도손 동화와 깊이 연관되어 있다.

도손이 일본을 떠나 있던 기간, 일본에서는 여성을 둘러싼 문화적 콘텍스트에 커다란 움직임이 있었다. 『청탑(靑鞜)』의 주재자 히라쓰카 라이초(平塚らいてう)의 사상적 변모는 여성에 관한 문화적 콘텍스트의 변화를 상징적으로 대변한다. 라이초는 1913년 4월에 평론 「세상 여성 들에게(世の婦人達に)」(『청탑』)를, 그리고 3년의 시간이 지난 1916년 5월 에 평론 「모성 주장에 대해 요사노 아키코 씨에게 보낸다(母性の主張につ いて与謝野晶子氏に与う)」(『文章世界』)를 발표한다. 흥미롭게도 두 글의 발 표 시기는 도손이 프랑스로 떠났다 돌아오는 기간과 거의 겹친다. 이 시간적 일치는 주목할 만하다.

　라이초의 두 글 사이의 낙차는 명징하다. 첫 번째 평론은 여성에게 가장 중요한 것은 진정한 자립이라고 주장한 『청탑』의 선언적 글이다. 결혼도, 출산도 여성의 진정한 자립보다 우선할 수 없다는 것이 이 글에 서 드러난 라이초의 생각이다. 이에 반해 두 번째 평론은 도를 넘은 모성의 강조를 "의뢰주의"라고 비판한 요사노 아키코의 주장[4]에 대해 '모성이야말로 남성에 대한 여성의 우월성을 상징하는 것'이라고 반박한 평론이다.[5] 요사노 아키코와 히라쓰카 라이초 사이에서 진행되다가 나 중에는 야마다 와카(山田わか), 야마카와 기쿠에이(山川菊栄)마저 가세한 모성보호논쟁을 촉발시킨 것이 이 평론이다. 두 글 사이의 간극은 현격 하다. 라이초는 초기의 여권주의에서 모권주의 혹은 모성주의로 입장을

4 　与謝野晶子, 「母性偏重を排す」, 『太陽』 22(2), 1916.2.

5 　일본에서 '모성'이라는 말이 사용되기 시작한 것은 1916년부터라는 의견이 선행연구에 서는 지배적이다. 즉, 요사노 아키코의 「모성 편중을 배제한다(母性偏重を排す)」에서 '모성'이라는 말이 처음으로 사용된 것은 아닐까 여겨지는 것이다. 이 문장이 최초라고 단정할 수는 없지만 적어도 보급된 계기가 되었다는 점은 분명하다. 이런 의미에서 모성 보호논쟁이 '모성'이라는 말과 개념의 유포, 정착의 선구적 역할을 하였다고 할 수 있다. '모성'이라는 말의 성립에 대한 고찰을 위해서는 加納実紀代, 「母性の誕生と天皇制」 (原ひろ子 編, 『母性から次世代育成力へ―産み育てる社会のために』, 新曜社, 1991), 石 崎昇子, 「母性保護・優生思想をめぐって」(『婦女新聞』を読む会 編, 『『婦女新聞』と女 性の近代』, 不二出版, 1997), 松田秀子, 「「母性」をめぐる言説」(新・フェミニズム批評 の会 編, 『『青鞜』を読む』, 学芸書林, 1997) 등을 참조하면 좋다.

대전환한 것이다.

　이것은 라이초에게 그 전에는 결코 자명하지 않았던 어떤 인식이 자
명한 것으로 그녀 안에 자리 잡게 되었음을 의미한다. '여성은 어머니
가 되어야 하는 존재'라는 인식이 그것이다. "여성은 어머니가 됨으로
써 개인적 존재의 영역을 벗어나 사회적이고 국가적인 존재가 된다"[6]며
"어머니가 되는 것"을 자명한 것으로 설정한 라이초에게는 "부인이고
어머니인 것만이 여성에게 주어진 천직(天職)의 모든 것일까?"[7]라며 "어
머니가 되는 것"에 대해 끊임없이 의문을 제기했던 이전의 모습은 이미
자취도 없다. 라이초의 사상적 변모는 도손이 일본을 떠날 때부터 한창
이던 여성해방운동의 여권론적 주장이 3년의 시간적 간격을 두고 모성
을 강조하는 모권론적 주장으로 옮겨간 세태를 상징적으로 보여준다.[8]
도손 귀국 후 모성을 둘러싼 논의는 더욱 가속화되어 이른바 모성보호
논쟁(1918-1919년)으로 발전하게 된다. 주목할 것은 사회의 전반적 분위
기가 모권론 쪽으로 점차 기울기 시작한 점이다. 히라쓰카 라이초와
그녀의 언설에 대한 세간의 반응이 반전된 것은 이와 같은 여론의 추이
를 명확히 증명한다.

　여성 관련 기사를 주로 다룬 1910년대 미디어『부녀신문(婦女新聞)』
을 보면 동시대의 여론과 그 동향을 여실히 확인할 수 있다.[9]

6　平塚らいてう,「母性保護の主張は依頼主義か〈与謝野、嘉悦二氏へ〉」,『婦人公論』3(5),
　　1918.5.

7　平塚らいてう,「世の婦人達に」,『青鞜』3(4), 1913.4.

8　도손이 프랑스에서 귀국한 1916년에 발표된 모성, 모권 관련 언설 중에서 요사노 아키
　　코와 히라쓰카 라이초의 글 이외에는 다음과 같은 기사가 있다. 山田嘉吉,「「母性保護
　　同盟」について」(『女王』8, 1916.8),「職業婦人の保護」(『読売新聞』, 1916.9.24.)

9　『婦女新聞』은 1900년에 당시 청년 교사였던 후쿠시마 시로(福島四郎)에 의해 창간되

① 다만 히라쓰카 아키코(平塚明子)의 의견만은 반드시 기사에 넣고 싶
다고 했지만, 편집자가 상당히 애썼음에도 불구하고 히라쓰카는 아
직 연구 중이라는 이유로 취재에 응하지 않았다고 한다. 신여성이라
는 말이 자신의 별명처럼 소문이 나는 등 여성문제의 거점으로 여겨
지는 당사자가 연구 중이라는 핑계를 대고 도망치며 자신이 주장하
는 바를 말할 용기도 없는 지금, 어떻게 왈가왈부할 여성(婦人) 문제
가 있을 수 있겠는가?[10]

② 우리들은 모권 옹호 운동이 오늘날 일본에 지극히 필요하다고 생각
한다. 그렇다면 모권 옹호의 방법은 어떠한가? 이것에 대해 우리들
은 지금 경솔하게 발언하지 않겠다. (중략) 우리들은 남자에게 여권
확장을 주장하는 것이라기보다도 사회 국가에 대해 모권 옹호를 주
장하는 것이며, 이것이 오늘날 더 긴급한 문제가 아닐까 생각한다.[11]

③ 그리하여 이와 같은 점에 대해 히라쓰카 라이초 여사가 요사노 아키
코 부인에게 보낸 『부인공론(婦人公論)』 지상의 글은 그야말로 우리
들이 이야기하고자 하는 바를 설파한 것으로 거기에 더 덧붙일 내용
이 하나도 없다. (중략) 우리들은 예전부터 우리 여성들을 향해 경제
적 독립의 필요성을 역설하였고 동시에 국가를 향해 모성옹호가 필
요한 이유를 주장해 왔다.[12]

어 1942년까지 약 43년간에 걸쳐 간행된 주간 신문이다. 창간호에는 창간의 목적이
"여자의 지위, 체격을 향상시키고 현모양처를 육성함으로써 어지러워진 가정을 치유하
고 퇴폐해진 사회의 풍속을 바르게 한다"고 서술되어 있다. 구체적인 목표로는 여성
교육 방침의 확립, 선량한 가정의 창조, 여성의 지위 향상, 가사 경제 지식 보급, 부인
단체의 교류 및 발전 등을 들고 있다. 주로 중산층 계급 여성을 독자층으로 하여 그녀들
의 계발을 위해 간행된 것이 『婦女新聞』이다. 『婦女新聞』에 대해서는 『婦女新聞』을読
む会 編, 『『婦女新聞』と女性の近代』(不二出版, 1997)를 참조하면 좋다.

10 社説 「男子間の婦人問題」, 『婦女新聞』, 1923.6.27.

11 社説 「母権を擁護せよ」, 『婦女新聞』, 1927.4.20.

12 社説 「母性保護と経済的独立-与謝野婦人対平塚女史の論戦」, 『婦女新聞』, 1928.8.9.

인용①②③은 모두 『부녀신문』 사설에서 발췌한 것으로, ①은 1913년 6월 27일자, ②는 1917년 4월 20일자, ③은 1918년 8월 9일자 기사이다. 그 내용을 보면, 우선 인용①은 종합잡지 『태양(太陽)』의 「요즘 여성문제(近時之婦人問題)」 특집호(1923.6) 취재 의뢰를 거절한 히라쓰카 라이초(히라쓰카 아키코는 본명)에 대한 비판이다. "신여성이라는 말이 자신의 별명처럼 소문이 나는 등 여성문제의 거점으로 여겨지는 당사자"라는 기술에서 알 수 있듯이, 그 내용은 단순히 라이초 개인에 대한 비판에 그치지 않고 당시 라이초를 중심으로 한 이른바 '신여성(新しい女)'이 중심이 된 여권(女權)론적 여성운동 그 자체에 대한 비판에까지 미치고 있다.[13] 즉 라이초에 대한 신랄한 비판과 여권론적 여성운동을 향한 부정적인 시선이 겹쳐짐으로써 여성운동 비판의 근거가 되고 있는 것이다.

인용②를 보면 여권 확장을 주장하는 여권론적 운동노선에 대해 여전히 부정적인 『부녀신문』의 시선을 읽을 수 있다. 그 여권론적 노선에 대한 대안으로서 『부녀신문』이 제시하고 있는 것이 '모권 옹호'를 주장하는 모권(母權)론적 부인운동이었다. 물론 이 주장은 1916년부터 히라쓰카 라이초와 요사노 아키코 간에 촉발되어 그 무렵부터 서서히 논쟁화의 징후를 보이던 모성보호논쟁의 내용을 반영하고 있음은 두말할 나위도 없다. 다만 이 시점에는 『부녀신문』 측이 "우리들은 지금 경솔하게 발언하지 않겠다"고 선을 긋고, 모성 옹호의 방법에 대해서는 라이초와 아키코 양자 어느 쪽의 주장에도 동조하지 않은 채 아직 구체적 입장 표명을 보류하고 있는 점에 주의할 필요가 있다.

---

13 히라쓰카 라이초를 포함한 『청탑』파에 대한 비판은 『婦女新聞』(1923.6.6.) 사설이 "일반 여성계에서도 배척당하는 몇몇 여성이 전 여성계의 사상을 대표하는 것으로 간주하는 것은 너무 조급하다고 하지 않을 수 없다"고 주장한 부분에서도 확인할 수 있다.

그러나 인용③을 보면 『부녀신문』의 입장은 이미 분명하다. ③에서는 모성보호논쟁에 관한 『부녀신문』의 사론(社論)은 1918년 8월 『부인공론』에 게재한 히라쓰카 라이초의 평론 「모성보호 문제에 대해-다시 요사노 아키코 씨에게 보낸다」에 모두 대변되어 있다며 라이초의 입장에 전면 동조하고 있다. 게다가 "거기에 덧붙일 내용은 하나도 없다"고까지 단언한다. 이와 같은 논조 변화로 볼 때 초기의 반대 혹은 비판에서 벗어나 라이초 주장을 열렬히 지지하는 쪽으로 선회한 『부녀신문』의 입장 전환을 확인할 수 있다.

히라쓰카 라이초의 주장에 대한 『부녀신문』 측의 시선은 ①의 격렬한 비판에서 ③의 전면적 동조로 반전한 것이다. 그 이유는 ②를 통해 확인할 수 있듯이, 여권론에서 모권론으로 라이초의 주장이 변함에 따라 여권론이 아닌 모권론을 주장하는 『부녀신문』과의 사이에서 양자가 접점을 찾았기 때문이다. 그 배경에는 모성보호를 호소하는 모성론의 대두와 이에 대한 여론의 동조가 있었다. 이것을 여성운동 노선 특히 히라쓰카 라이초에 초점을 맞추어 정리하면, 라이초의 주장이 여권론에서 모권론으로 변함에 따라 전통적인 현모양처주의를 견지하며 여성운동 그 자체에 비판적이었던 보수적 여론이 그녀에 대한 평가를 바꿈과 동시에 여성운동의 주장을 일부분 수용하게 된 것이라고 볼 수 있다.

그런데 이와 같은 당시 여성운동의 방향성을 현재의 페미니즘 관점에서 재고하면 문제는 보다 복잡하다. 왜냐하면 남녀의 성차를 강조하고 모성을 여성해방과 사회개조의 전략으로 쓰고자 했던 모권론적 페미니즘은 그 의도와는 반대로 국가주의와의 결탁이라는 새로운 함정에 빠질 위험성을 내재하고 있었기 때문이다. 모권론적 페미니즘은 남녀의 역할 공간을 각각 집의 '밖'과 '안'으로 분할함으로써 성별 분업 체제를 추진하

는 전통적인 현모양처주의는 물론 모성과 아동을 '보호'라는 명목으로
사회적 노동력 재생산 도구로서 착취하는 국가주의와 부합할 위험성을
내포하고 있다.[14] 이데올로기적 측면을 다소 탈색시켜 생각해 보더라도
동시대 여성운동에서 모권론 및 모성주의 대두가 지니는 의미는 여전히
문제적이다. 예를 들면 모성보호논쟁이 본격화되는 1918년에 스즈키
미에키치(鈴木三重吉)에 의해 동화잡지『붉은 새(赤い鳥)』가 창간되어 동
화 붐이 일어난 것은 결코 우연이라 할 수 없다.

라이초 주장에 대한『부녀신문』의 입장이 비난에서 동조로 반전된
것은 모성·모권이 동시대 일본에서 키워드로 정착해 시민권을 획득하
는 과정을 여실히 보여주는 사건이라 할 수 있다. 시마자키 도손이 프랑
스에서 귀국한 때는 바로 그 시기였다. 질녀와의 근친상간이라는 치명
적 문제로 외국행을 선택할 수밖에 없었던 도손이 여성을 둘러싼 문화적
콘텍스트의 변동에 민감하게 반응했으리라는 것은 추측키 어렵지 않다.
청년시절 메이지여학교(明治女学校)에서 교편을 잡으며『여학잡지(女学
雑誌)』에 관여했던 도손의 경력, 귀국 후 여성잡지를 중심으로 도손의
여성 관련 발언이 점차 증가했다는 것 등의 주변 정황 역시 이와 같은
추론을 뒷받침한다.

게다가 도손은『부녀신문』에도 프랑스행 전후로 다섯 번이나 글을
싣고 있다.[15] 특히 귀국한 이듬해『부녀신문』에 게재된 담화 속에서 도손

---

14 이케다 요시코(池田祥子)는 모성보호와 아동보호 주장 안에 여성의 권리 신장과 격리
   정책(여성은 가정, 아동은 학교)이라는 상반된 두개의 의미가 병합되어 있다는 점으로
   미루어 보더라도 근대의 여성과 아동들은 '지위의 전진과 후퇴'가 동시에 이루어졌다고
   주장한다. 池田祥子,『「女」「母」それぞれの神話-子産み·子育て·家族の場から』(明石書店,
   1920), 120쪽.
15 『婦女新聞』에 게재된 도손의 글 다섯 편을 長渕姍枝,「全集未収資料を中心に-藤村

은 "일본과 비교해 보더라도 프랑스 젊은 여성의 풍속은 지극히 검소합니
다. 특히 여학생 시절에는 일본처럼 눈에 띄는 곳에 빨간 것을 매달지
않습니다."[16]와 같이 일본 여성의 풍습을 프랑스 여성과 직접 비교하고
있다. 당연히 도손은 『부녀신문』과 같은 여성 미디어에 지속적인 관심을
가지고 있었을 터이다. 여성에게 계몽의 메시지를 발신하는 도손이기에
동시대 여성을 둘러싼 상황 변화에 자각적이었을 것은 분명하다.

무엇보다도 도손으로 하여금 모성이 강조되는 동시대 콘텍스트에
깊숙이 관여케 한 것은 귀국한 도손과 그의 집안에 쏟아진 세간의 큰
관심이었다.

> ① 어머니, 즉 도손 부인은 구스오(楠男) 군이 여덟 살, 게이지(鷄二)
> 군이 여섯 살 때 돌아가셔서 아이들은 아버지 손에서 컸다. 도손에
> 게 당시 감상을 물으면 "그저 꿈... 같습니다."라고 쓸쓸한 웃음을
> 띠며 귀여운 아이들의 얼굴을 새삼스레 찬찬히 들여다보았다.[17]
> ② 몇 번인가 내 머리 속을 스쳤던 사모님의 기억이 다시 떠올랐다.
> 이럴 때는 도손 선생도 마찬가지가 아닐까 생각하니 눈시울이 뜨거

記念館蔵自筆原稿, 及び「婦女新聞」」(島崎藤村学会 編, 『島崎藤村研究』 22, 1994.9)
에 의거해 열거하면 다음과 같다.
① 「蟹のなげき」(『婦女新聞』 262호, 1905.5.15.)
② 「島崎藤村氏曰く」(『婦女新聞』 913호, 1917.11.16.)
③ 「茶人の三つの言葉」(『婦女新聞』 1286호, 1925.2.1.)
④ 「美を積むこと」(『婦女新聞』 1289호, 1925.2.22.)
⑤ 「二三の思い出 島崎藤村氏談」(『婦女新聞』 1549호, 1930.2.16.)
이중에서 ①은 도손의 시집 『落梅集』(春陽堂, 1901)에 수록된 시이다. ③④는 에세이,
②⑤는 담화이다. 특히 ②⑤는 전집에도 수록되지 않은 자료이다.
16 「島崎藤村氏曰く」, 『婦女新聞』 913호, 1917.11.16.
17 「藤村三年振で愛児に……」, 『東京日日新聞』, 1916.7.8.

워졌다. "예, 아이들도 많이 컸어요."[18]

　프랑스 체류를 경험한 사람이 극히 소수였을 당시에 유명 작가 도손의 귀국은 신문, 잡지 등 미디어를 통해 대서특필되었다. 기사 내용은 크게 두 종류였다. 도손의 체험에 의거한 유럽 현지 사정 소개, 그리고 도손과 자녀들의 재회를 다룬 내용이다. 그 중 후자는 위의 인용을 통해 알 수 있듯이, 아내를 여의고 부자(父子) 가정이 된 도손가의 '어머니 부재'에 주로 초점이 맞추어졌다. 이는 인용① 기사의 부제목이 '죽은 부인을 그리워하며, 사랑하는 아이들을 찬찬히 들여다보았다'라고 붙여진 것을 통해서도 알 수 있다. 또한 기사에는 모두 도손과 그의 자녀들이 함께 찍힌 가족사진이 덧붙여져 있다. 어머니의 모습이 보이지 않는 가족사진은 기사 내용 이상으로 도손가의 '어머니 부재' 상황을 각인시키는 데 효과적이다.[19] 이처럼 미디어는 감동과 측은함이라는 정서적 측면을 부각시켜 아버지 도손과 자녀들의 상봉 장면을 독자들에게 발신한 것이다.

　이처럼 미디어에 의해 초점화되는 도손가의 어머니 부재 상황이 모성, 모권을 중요시하는 문화적 콘텍스트와 어우러질 때, 모성의 결핍은 한층 증폭되어 도손에게 실감되었을 것이다. 홀아비로서 엄마 없는 네 명의 자식들을 양육해야만 하는 것이 그가 직면한 엄정한 현실이었다.

18　中村星湖, 「島崎藤村氏を訪ふ」, 『早稲田文学』 129, 1916.5.

19　1918년 새해 첫날 『読売新聞』(1918.1.1.)은 「말을 탄 시마자키 도손 씨와 아들(鞍上の島崎藤村氏と愛息)」이라는 제목이 붙여진 가족사진을 관련기사도 없이 싣고 있다. 도손 집안이 어머니 부재의 父子가정으로서 세간에 얼마나 크게 각인돼 있는지, 또 미디어는 어머니 부재 상황이라는 정보를 대중에게 얼마나 적극적으로 발신하는지를 확인할 수 있는 자료이다.

따라서 도손은 어머니의 부재로 인한 모성의 결핍 상황을 어떻게든 최소화하는 선택을 할 수밖에 없었을 터이다. 그 매개가 동화였던 것이다.

3. 아버지가 모성을 대행하는 방법

모성 언설의 기본 전제는 어머니 역할의 중요성, 즉 대체 불가능성이다. 프랑스에서 귀국한 도손은 어미 없는 네 명의 아이들을 양육해야만 하는 자신의 처지를 한층 절감하지 않을 수 없었을 것이다. 이때 모성 공백을 봉인하고 아버지와 자녀 간의 유대감을 보다 긴밀하게 해 줄 매개가 동화였다.

> 내가 귀국 후 일찌감치 쓴 동화집 제목은 「어린아이에게」로 글자 그대로 여행이야기를 모은 것이다. (중략) 그것을 세상에 공표한 때는 마침 스즈키 미에키치 군이 잡지 「붉은 새」 창간을 계획하던 때였다. 어떤 기운이 움직이는 것은 신비해서 1919년에 내가 「고향」을 쓸 무렵에는 새로운 아동문학이 여기저기서 개척되고 있었다. 그러다가 1923년에 「어릴 적 추억담」을 낼 무렵이 되자 이전에는 동화에 발을 디딘 적도 없던 작가들까지도 동화를 쓰게 되었다.[20]

도손이 동화 창작에 대해 술회한 내용이다. 최초의 동화집 『어린아이에게』는 자녀들에게 들려주는 아버지 도손의 여행이야기였다. 주목

---

20 島崎藤村, 「「玉あられ」の後に」, 『定本板 藤村文庫』 第8篇 『春待つ宿』, 新潮社, 1938. 이 글은 『春待つ宿』에 수록된 동화집 「싸라기눈(玉あられ)」에 처음 실렸다. 『藤村全集9』, 筑摩書房, 1967, 617쪽에서 인용.

할 만한 것은, 아동잡지 『붉은 새(赤い鳥)』 창간에 의해 촉발된 동화 붐이라는 문단 동향과는 분명히 선을 긋는 형태로 자신의 동화 창작에 대해 술회하는 도손의 태도다. 문단의 동화 붐과 자신의 동화 창작을 별개로 위치 짓는 정도를 넘어 오히려 자신의 동화 창작이 일본 문단의 동화 붐보다 선행한다는 은밀한 자부심을 엿볼 수 있는 대목이다.[21] 여기서 도손이 자신의 동화 창작은 문단 동화 붐과 같은 외부 상황에 영향을 받은 것이 아니라 동화를 쓰고자 하는 자신의 내발적 욕구에 의해 견인되었다고 밝히고 있음은 명료하다. 그 내발적 욕구란 자기 아이들에게 읽히기 위한 동화를 직접 창작하고 싶다는 의지다. 창작 단계부터 도손이 상정한 독자가 자신의 아이들이었다.

> ① 아버지는 자신의 아이들을 떠올릴 때마다 뭔가 외국에서 보고 들은 이야기를 써서 그것을 다로(太郎)와 지로(次郎)에게 보내고 싶어 했습니다. 이것이 원래 이 작은 책 『어린아이에게』를 만들 생각을 한 이유입니다.[22]
> ②『어린아이에게』와 마찬가지로 이번 책도 다로와 지로에게 들려줄 생각으로 썼습니다. 그것이 바로 『고향』입니다.[23]

---

21 스즈키 미에키치(鈴木三重吉)가 동화집 「어린아이에게」에 대해 다음처럼 말하고 있는 것을 보면 자신의 동화에 대한 도손의 감회가 결코 근거 없는 자기도취만은 아닌 것으로 보인다.
　「(전략) 시마자키 도손 씨가 서양에서의 견문을 말하는 예술적인 읽을거리 「어린아이에게」를 출판한 것 등이 기운을 만들어 1918년에 동화 동요 잡지 『빨간 새』가 창간되었다. 이것을 통해 지금 대표작가 대부분이 아동의 세계에 관심을 가지게 돼 마침내 오늘날의 성과를 보기에 이른 것이다.」(『少年文学集』序文, 『現代日本文学全集』 33, 改造社, 1928.)
22 島崎藤村, 「幼きものに」 서문, 『藤村全集8』, 筑摩書房, 1967, 448쪽에서 인용.
23 島崎藤村, 「ふるさと」 서문, 『藤村全集9』, 筑摩書房, 1967, 273쪽에서 인용.

인용 부분은 동화집 『어린아이에게』와 『고향』의 머리말이다. 여기서 주목해야 할 것은 인용②의 "들려줄 생각"이라는 부분이다. 동화라는 것이, 아이가 그저 '읽기' 위한 것이 아니라 누군가가 아이에게 '들려주기' 혹은 '읽어주기' 위한 것이라는 창작의 목적성이 명시되어 있는 것이다. 그 목적의 실현을 위해 전제되어야 할 것은, 동화를 들려주는 쪽과 듣는 쪽 양측의 존재이다. 즉 아버지 도손과 그의 자녀들이다. 각각의 동화집에 수록된 첫 번째 동화 서두를 보면, 이와 같은 표현 형식의 특징을 명확히 확인할 수 있다. 먼저 동화집 『어린아이에게』의 경우, "타로도 오너라. 지로도 오너라. 자, 아버지가 너희들 곁으로 돌아왔단다. (중략) 프랑스에서 들은 이야기를 해줄게"로 시작하며, 동화집 『고향』은 "모두들 나오너라. 이야기 들려줄게"로 시작한다. 여기에는 독자이자 청중인 아이에게 미지의 서양의 이야기를 '들려주는' 도손 동화의 표현 형식이 명시적으로 드러나 있다.

도손 동화는 명석하고 쉬운 문장 그리고 단순한 줄거리를 가지고 있다는 점에서 프랑스 동화 작가 아나톨 프랑스(Anatole France)의 동화집 『소년과 소녀』의 영향을 받았다고 일컬어진다.[24] 그러나 『소년과 소녀』는 도손 동화처럼 아이에게 이야기를 '들려주는' 아버지의 존재가 드러나지 않는다. 동시대 다른 동화작가와 비교해 보면 어떨까? 오가와 미메이(小川未明), 스즈키 미에키치 동화를 보자. 도손 동화에 비해 비교적

---

24 도손은 「동화에 대해서(童話について)」(『早稻田文學』, 1921.6.)에서 아나톨 프랑스의 『소년과 소녀』에 관해 "솔직한 표현"을 한 "줄거리도 아무 것도 없는 소년의 읽을거리"라고 언급하고 있다. 또한 『소년과 소녀』를 일본어로 옮긴 (『少年少女』, 岩波書店, 1937) 미요시 다쓰지(三好達治)는 번역본 후기에서 "초등학생도 알 수 있는 쉬운 문장"이라든지 "이야기 줄거리도 보시다시피 극히 단순하고 알기 쉬운 것"이라고 표현 특징에 대해 말하고 있다.

풍부한 스토리성이 인정되는 이들의 동화 속에 주로 등장하는 인물은 어머니이다. 그러나 이 경우 어머니는 스토리 속에 등장할 뿐 내레이터의 지위를 가지고 있지 않다. 하물며 아버지는 거의 등장하지 않는 존재이다. 그런 의미에서 아버지가 부각되는 도손 동화는 이색적이다.

도손 동화집이 간행된 1910년대 후반은 모성보호논쟁이 격렬히 전개되어 모성의 주체인 '어머니'와 모성의 대상인 '아이'가 그 이전보다 더 밀착된 존재로 인식되기 시작하던 시기이다. 또한 1918년 『붉은 새』 창간에 의해 견인된 동화 붐은 모자의 관계성을 한층 더 긴밀하게 연결시키는 역할을 했다. 『붉은 새』 통신란을 통해 이를 확인할 수 있다. 『붉은 새』 간행 이후 유행하게 된 어머니의 동화 구연을 통해 가정 내 교사로서의 어머니와 피교육자로서의 자녀의 관계는 더욱 긴밀한 양상으로 재구축된다.

> ① 저는 아이에게 이야기해줄 동화 참고서 때문에 곤란했었는데 사람들이 「붉은 새」를 추천해주어서 이런 좋은 잡지를 왜 좀 더 빨리 알아차리지 못했을까 후회했습니다. (大阪府東成區, 安藤富子)[25]
> ② 우리들은 아이에게 이야기를 들려줄 시간이 몹시 적지만 그래도 점심시간 일부를 할애해 「붉은 새」를 읽어 줍니다. 아이들이 가장 반기는 것은 동화입니다. (神野小學校, 副島才子)[26]

위 인용은 『붉은 새』 통신란에 투고된 독자 수기이다. 인용①에서는 아이들의 어머니로 보이는 여성이, ②에서는 학교 선생님인 여성이 각

---

25 「通信」, 『赤い鳥』 2(6), 1919.6.
26 「通信」, 『赤い鳥』 1(6), 1918.12.

각 『붉은 새』의 동화가 아이들에게 구연하기에 적합한 훌륭한 동화라는 의견을 피력하고 있다. 집안에서는 어머니가, 집밖에서는 교사가 각각 아이들을 교육하는 중심 역할을 수행하고 있음을 확인할 수 있다.

이상에서 확인되듯, 동시대 관점에서 집안에서 동화를 아이들에게 '들려주는' 이른바 구연·구술은 어머니의 몫이지 아버지의 역할이 결코 아니었다. 그런데 도손 동화 속 아버지는 직접 아이에게 말을 걸고 동화나 자신의 체험담을 들려준다. 즉, 도손 동화는 아버지가 아이에게 들려주는 이야기가 그대로 동화가 되었다는 점에서 중층의 동화 구조를 하고 있다. 그 속에서 아버지는 동시대 문화 콘텍스트 속에서 어머니가 마땅히 수행해야 할 역할을 대행한다. 그 배경에는 모성 부재라는 현실과 이를 메우고자 도손의 의지가 있다. 동화 창작은 그 여백을 채우기 위한 실천인 셈이다.

다로야, 지로야. 너희들이 학교 선생님으로부터 여러 이야기를 배우는 것처럼, 프랑스 아이들도 선생님께 배운단다. 자, 아버지가 프랑스에서 들은 이야기를 해 줄게. '일한 보람'이라고 하는 이야기를 하나 해줄게. 그레고아르(グレゴアール)라는 아저씨가 의자에 앉아 있었어. 자기 집 정원에 있는 커다란 배나무 그늘에 말이야. 배가 맛있게 익어 갈 무렵이었어. 아저씨네 아이들은 맛있어 하면서 먹었어.

이 배나무가 어째서 여기에 있는지를 너희들에게 말해 주려고 해. 지금부터 50년 전에 이 정원은 공터였단다. 아버지도 가난했어. 그저 이 두 팔로 버는 것 외에 방법이 없었어. 어느 날 내가 옆집 사람에게 나의 가난함을 호소했더니 그 사람이 말했어. "당신은 편안히 살고 싶으신가요? 그렇다면 당신에게 좋은 걸 알려주지요. 당신 발밑을 보세요. 찾는 법만 안다면 흙 속에 돈이 있습니다."[27]   (「일한 보람(働いた報い)」)

『어린아이에게』에 실린 위 동화의 내레이터는 틀림없이 아버지이
다. 그러나 이 아버지와 아이들 사이에는 전형적 가부장제 사회였던
당시의 평균적 부자 관계 속에서 흔히 엿볼 수 있는 거리감이 가시화되
지 않는다. 거리감이 느껴지지 않는 친밀감으로 인해 아버지보다는 상
대적으로 어머니와 아이의 관계를 더 연상하게 된다. 게다가 때때로
동화 속 등장인물 "아저씨"나 "그 사람" 등의 위치에서 아이들에게 이
야기를 들려주는 아버지의 모습은 동화 구연을 하는 친밀한 어머니 이
미지에 더 가깝다. 동화 내용은 내레이터인 아버지 자신의 이야기이지
만, 동화 형식은 아이에게 동화를 들려주는 어머니의 위치를 아버지가
대신하는 방법을 취하고 있다. 아버지는 어머니 역할을 대행함으로써
가정 내 교사의 역할을 겸하고 있는 것이다. 이런 점에서 도손 동화는,
그 내용은 부성의 문학이지만 그 형식은 오히려 모성의 문학에 더 가깝
다고 할 수 있다. 도손의 동화는 동시대의 콘텍스트와 긴밀히 교섭하면
서 이와 같은 특수한 성격을 획득한 것이다.

그런데 다음과 같은 반론도 가능할 수 있다. 일례로 아버지의 모성
대행이라는 도손 동화의 특징은 어머니 부재라는 작자의 집안 사정에
기인한 것일 뿐, 거기에 굳이 동시대 문화적 콘텍스트를 개입해서 논할
만한 개연성이 과연 있을까 하는 의문이다. 그러나 도손이 프랑스로
가기 전에 발표된 동화집 『안경(眼鏡)』(1913)에서는 보이지 않았던 내레
이터로서의 아버지가 왜 귀국 후인 1917년의 동화집 『어린아이에게』부
터 돌연 등장했는지를 상기해 본다면, 그 차이를 통해 어느 정도 의구심
이 해소될 수 있을 것이다. 도손이 일본을 떠나있던 3년간에 일어난

---

27 島崎藤村, 「働いた報い」, 『藤村全集8』, 筑摩書房, 1967, 480~481쪽.

문화적 좌표축의 이동, 즉 여성과 아이에 대한 관심의 고조 및 두 존재를 연결 짓는 개념으로서의 모성 강조 등이 귀국한 도손과 그의 작품에 반영되었다고 보는 편이 타당할 것이기 때문이다. 도손 집안의 어머니 부재 상황은 프랑스로 떠나기 전인 1913년 시점에도 동일했음을 감안하면 더욱 그러하다.

4. 모성 배제와 모성 대행의 모순적 공존

도손이 쓴 최초의 동화집은 프랑스에 가기 전에 발표된『안경』(1913.4) 이다.[28] 이 책은『애자총서(愛子叢書)』라는 특이한 이름으로 간행된 기획물의 제1편이다. 여기서는 의인화된 안경이 내레이터로 등장해 "주인"이라 불리는 안경 소유주의 여행을 이야기하는 형식을 취하고 있다. 흥미로운 것은 최초의 동화집인 이 작품이 도손 동화 중에서 가장 스토리성이 풍부하다고 평가되는 점이다. 앞서 살펴본 바와 같이, 귀국 후 창작된 도손 동화에서는 스토리성이 거의 자취를 감추었다. 그 대신 아버지가 동화 속 내레이터로 직접 등장해 아이들에게 자신의 여행체험담이나 어릴 적 옛날이야기를 들려준다. 당연히 동화다운 판타지성은 약화될 수밖에 없다.

그런데 아버지가 이야기를 들려주는 형식을 취하면서도 동화집『어

---

28 『안경』은 도손이 쓴 최초의 동화이지만 자발적이라기보다는 출판사의 기획에 응한 수동적 발의에 의한 것이었다. 이에 비해『어린아이에게』창작은 자발적 의지에 의한 것이었다. 그래서 도손 동화의 진정한 출발은 동화집『어린아이에게』부터라는 견해가 다수이다.

린아이에게』와『고향』 사이에는 차이가 존재한다.

> ① 어머니는 또 아주 어렸을 때 남부라는 비장에서 온 하녀에게 그 토
> 끼 노래를 배웠어요.[29]   (「토끼의 노래(兎の歌)」)
> "아버지는 그 밤을 먹었어. 자, 나에게도 줘요. 나에게도 줘요."
> 다로는 농담처럼 말을 했어.[30]   (「군밤(燒栗)」)
> ② 그곳이 아버지가 태어난 마을입니다.[31] (「이쓰키 숲(五木の林)」)
> 아버지가 태어난 곳은 그만큼 깊은 산속이었습니다.[32]
>   (「깊은 산 속에 타오르는 불길(奧山に燃る火)」)

우선『어린아이에게』는 인용①에 보이듯이 '~요(~とさ)' '~어(~たっ
け)'와 같은 특징적인 구어적 문말(文末) 조사를 빈번히 사용하고 있다.
이런 식으로 이야기를 전하는 아버지와 듣는 아이들 간의 친밀감을 배가
시키고 구연의 느낌을 강화한다. 모든 동화에 반드시 일관되는 양상은
아니지만 문말 조사 '~요' '~어' 사용은 동화집『어린아이에게』의 두드
러진 특징이다. 그에 반해 인용②의『고향』에서는 이와 같은 문말 조사
가 자취를 감춘다. 그 대신 읽는 독자에게 보다 평탄한 느낌을 주는
'~입니다(~です)'체가 빈출한다. 아버지가 아이에게 이야기를 '들려주
는' 표현 형식 그 자체가 바뀐 것은 아니다. 그럼에도『어린아이에게』에
빈출했던 표현, 동화를 친근감 있게 들려줄 때 쓰는 '~요' '~어' 체의
사용은『고향』에서 발견되지 않는다. 이렇게 동화 구연의 실감을 배가시

---

29 島崎藤村,「兎の歌」,『藤村全集8』, 筑摩書房, 1967, 492쪽.
30 島崎藤村,「燒栗」,『藤村全集8』, 筑摩書房, 1967, 491쪽.
31 島崎藤村,「五木の林」,『藤村全集9』, 筑摩書房, 1967, 276쪽.
32 島崎藤村,「奧山に燃る火」,『藤村全集9』, 筑摩書房, 1967, 280쪽.

키는 특징적인 문말 조사 사용 유무는 동화집『어린아이에게』와『고향』을 변별하는 척도라고 할 수 있다. 이러한 표현 형식의 변화는 무엇을 의미하는 것일까?

이 의문에 답하기 전에 잠시 우회하면, 두 동화집의 표현 내용을 '어머니'라는 키워드로 살펴보았을 때 흥미로운 점 하나가 발견된다.『어린아이에게』와『고향』은 동화의 표현내용, 즉 이야기 소재가 다르다. 전자는 도손의 여행 체험에 토대를 둔 논픽션적인 이야기와 여행지에서 수집한 서구 동화 등 픽션적 이야기가 뒤섞여 있는 그야말로 여행 선물과 같은 동화집이다. 이에 비해 후자는 도손 자신의 유년기 체험담과 고향 이야기가 동화의 주된 내용이다.[33] 그런데 소재 차이 이상으로 두 동화집을 변별하는 것은 내용에서 어머니가 점하는 위치이다.『어린아이에게』는 죽은 도손 집안의 어머니로 여겨지는 인물을 포함해 어머니의 존재가 동화 안에 비교적 자주 얼굴을 내민다. 특히「갈매기(鴎)」「국화꽃 나라(菊の花の国)」「토끼의 노래(兎の歌)」등에 등장하는 어머니는 죽은 도손 집안의 어머니임을 금방 알아챌 수 있을 정도다.「갈매기」에서 어머니의 집, 홋카이도 할아버지 이야기,「국화꽃 나라」에는 어머니 성묘 이야기, 그리고「토끼 노래」에는 어머니가 생전에 자주 불렀던 노래 이야기라는 형태를 통해 도손가의 어머니와 직결되어 있다.[34]

---

33 가메이 쇼이치로(亀井勝一郎)는『島崎藤村論』(新潮社, 1953)에서 동화집『어린아이에게』는 "어린이 취향의 프랑스 기행",『고향』은 "어린이 취향의 고향 이야기"라고 말하고, 둘을 합쳐서 "이향(異郷)과 고향의 로맨티시즘"의 산물로 정의하며 그 성격을 동일 선상에서 규정한다.

34 그 중에서도「토끼의 노래」는 내레이터인 아버지가 아이에게 "타로도 지로도 어머니를 기억하고 있어요?"라고 말을 걸며 죽은 엄마에 대해 아이들과 서로 이야기하는 형식을 취하고 있다. 게다가 죽은 어머니뿐만 아니라 아이들의 누나에 해당하는 죽은 세 명의 딸들에 대해서도 언급하고 있다는 점에서 도손 집안 사정을 가장 현저하게 그 내용에

그렇지만 『고향』의 동화에는 어떤 어머니도 일절 등장하지 않는다. 첫 동화인 「참새의 집(雀のおやど)」에서만 생명을 상징하는 어미 참새라는 의인화된 형태로 단 한 번 등장할 뿐이다. 도손의 어릴 적 이야기가 동화의 주요 소재가 되고 있는 이상, 도손의 부인이자 아이들의 어머니가 등장하지 않는 것은 어찌 보면 당연하다. 하지만 도손 자신의 어머니마저도 매우 드물게 등장할 뿐이다. 게다가 아버지의 '어머니'로서 표현되고 있는 것이 아니라 아이들의 '할머니'로서 표현되는 점에 주의할 필요가 있다. 즉 『고향』에서 '어머니'라는 존재는 『어린아이에게』와는 달리 언어적 레벨에서마저도 거의 소거되어 있는 것이다.

그러면 이제 두 동화집의 표현형식과 표현내용 문제를 종합적으로 살펴보자. 이야기를 들려주는 표현형식에 보다 충실할 때, 바꿔 말하면 아이들에게 동화를 구술하는 어머니 역할에 보다 충실할 때, 동화의 내용에 있어서도 어머니의 존재는 보다 전경화된다. 『어린아이에게』가 그 예이다. 아버지가 어머니 역할을 대행한다는 사실을 동화를 듣는 아이들에게 따로 알려주는 것은 아니다. 현재 눈앞에 있는 아버지가 이야기를 들려주는 행위에 투영되어 있을 뿐이다. 그렇다면 어머니란 어떠한 존재인가를 알려주기 위해서는 동화 속에 어머니를 형상화하고 그것을 아이에게 들려주는 것이 긴요하다. 도손 동화가 오로지 모성 결핍을 보완할 목적에서 창작되었다면 어머니의 존재를 드러내는 것은 필연적이었을 것이다. 그런데 그 어머니가 작품내용에서 어느 순간 자취를 감춘다는 것은 어떤 의미일까. 모성대행이라는 형식의 강도가 옅어졌음을 의미하는 것은 아닐까. 『고향』이 여기에 해당된다. 두 동화

반영하고 있는 동화라고 할 수 있다.

집 간행 사이에 1917년 4월과 1920년 11월이라는 약 3년 이상의 시차
도 있다는 점을 고려해야 한다. 바로 그 3년 사이에 일본 근대 여성운
동의 분수령이었던 모성보호논쟁(1918-1919년)이 위치한다. 도손 동화
를 이와 관련해 다음과 같이 정리할 수 있을 것이다.

모성보호논쟁을 계기로 모성 개념이 확산되어 어머니의 역할과 중
요성이 날로 강조되어 가던 동시대에 도손가는 모성 부재의 상황에 놓
여 있었다. 그렇기에 도손 동화는 초기에는 그 공백을 메우기 위한 모
성대행의 방법을 취했지만, 그 이후에는 되레 모성배제의 방법으로 점
차 옮겨가지 않을 수 없었던 것이다. 왜냐하면 아버지에 의한 어머니
역할 대행은 결국엔 대행에 불과할 뿐이며, 이러한 시도를 통해 오히려
어머니 부재로 인한 모성 결핍이 더욱 도드라지게 되는 결과를 초래하
기 십상이기 때문이다. 어머니의 공백이라는 엄정한 현실을 굳이 환기
시키지 않고 현실을 있는 그대로 수용하는 것이 아내를 여읜 부자(父子)
가정의 아버지로서 취할 수 있었던 마지막 선택지였던 것이다. 그것은
어머니의 존재 특히 친모의 중요성이 강조되어 가는 시대 흐름 속에서
아내를 여읜 아버지로서 취할 수밖에 없었던 매우 의도적인 시대역행
의 방법이었다고도 할 수 있다.

이 시기를 기점으로 1921년 이후 활발해지는 오가와 미메이의 동화
나 기타하라 하쿠슈(北原白秋)의 동요로 대표되는 이른바 '동심주의' 문
학의 맹위를 상기하면 더욱 그러하다. 동심과 더불어 모성 또한 한층
강조되기 시작한 문학사적 추이를 고려하면,[35] 도손 동화의 모성 배제

---

35 가와하라 가즈에(川原和枝)는 『子供観の近代』(中央公論社, 1998), 169-171쪽에서 동
    심주의의 특징으로 동심예찬과 모성예찬의 두 가지를 들면서, 그 중에서도 '모성예찬'은
    현실의 여성을 부정하고 도외시한다는 한다는 점에서 '모성무시'와 표리일체라고 주장

화 과정은 참으로 이색적이다. 그것은 자신의 실생활에 기초해 시대의 문화적 콘텍스트를 적극적으로 개입시킨 도손만의 독특한 방법이라고 할 수 있다. 동시에 이러한 모성배제 방법은 죽은 어머니의 자리를 아버지가 완전히 대신할 수 없다는 자인(自認)이기도 하다. 그럼에도 불구하고 다소 옅어졌다고는 해도 아버지가 아이에게 이야기를 들려주는 동화의 표현 형식 그 자체가『고향』이후의 동화에서도 계속된 점을 감안하면, 도손 동화는 모성대행과 모성배제의 방법이 표현 형식과 표현 내용을 통해 양가적인 공존의 구조를 형성하고 있다고 결론지을 수 있을 것이다.

5. 동화로 본 남성 작가의 간극

아리시마 다케오(有島武郎)에게『어린아이에게(小さき者へ)』라는 단편 작품이 있다. 1918년 1월『新潮』에 게재된 이 작품은 동화가 아니다.[36] 그렇지만 어머니를 여읜 아이들에게 아버지가 이야기를 하는 작품의 표현 형식은 도손 동화와 지극히 유사하다.[37] 하지만 양자 사이에는 결정

한다.

36 야마다 아키오(山田昭夫)는『日本児童文学大系9』(ほるぷ出版, 1977)의「有島武郎解説」에서 아리사마의 동화와「어린아이에게」의 관계성에 대해 언급하고 있다. 우선 야마다는 많은 동화 작가의 창작 모티브는 자신의 아이들에게 좋은 동화를 읽히고 싶다는 마음에서 비롯되며 아리시마 또한 예외가 아니라고 말한다.(예를 들면 스즈키 미에키치, 오가와 미메이, 시마자키 도손 등이 이 케이스에 해당한다). 그 점을 이유로 야마다는 도손이「어린아이에게」를 쓴 1918년경의 아리시마에게는 아직 동화 창작의 의도가 없었음에도 불구하고 이후 아리시마의 동화 창작의 내적 요인을 찾아보면 아마「어린아이에게」까지 거슬러 올라갈 것이라는 견해를 피력하고 있다.

적인 차이가 있다. 아리시마의 『어린아이에게』는 죽은 어머니에 대해 빈번히 언급하고 이를 통해 어머니의 죽음이라는 냉혹한 현실을 아이들과 함께 극복하고자 하는 내용인 반면, 도손 동화의 경우 어머니라는 존재에 대해서는 거의 언급이 부재하다. 그 내용으로 보자면 도손 동화는 완벽한 '어머니 부재'의 문학이다.

이러한 도손 동화의 특징은 아버지가 어머니를 대신해서 아이에게 이야기를 들려준다는 모성대행의 표현형식을 통해서도 확인된다. 따라서 도손 동화는 모성의 위치를 빌린 부성의 문학으로 규정하는 편이 타당할 것이다. 그럼에도 내용의 고백(아버지의 자전적 이야기)과 형식의 고백성(아버지가 아이에게 자신의 이야기를 들려주는 표현형식)을 구별하는 것은 여전히 중요한 문제이다. 그것이 없이는 고백문학인 동시에 부성의 문학으로 평가되는 일괄적 정형화로부터 벗어나 시마자키 도손 동화의 새로운 해석의 가능성을 모색하는 것이 거의 불가능하기 때문이다.

---

37 위에서 언급된 山田昭夫의 해설 중에서 도손과 아리시마 동화의 상관관계에 대해 서술하는 부분을 아래에 일부 인용하고자 한다.
「조금 갑작스럽지만 나는 아리시마가 경의를 표하는 동화는 시마자키 도손의 두 저서 『어린아이에게』(1917.4), 『고향』(1920.12)이 아닐까 생각한다. 왜냐하면 신생사건이나 집안 재산 문제만 빼면 두 사람의 가정 상황에는 공통점이 있으며, 도손의 『幼きものに』와 아리시마의 『小さきものに』간에는 발상의 유사성이 분명히 발견되기 때문이다. 게다가 도손은 아리시마가 경애한 유일한 동시대 작가(有島武郎, 「내가 좋아하는 작가(私の好きな作家)」, 『中央文学』, 1920.11.)였다.」

제4부

기형적 신체성과 그로테스크문학

8장

기형적 신체성에 투사된 우생사상의 전복적 확장

1. 에도가와 란포와 『외딴섬 악마』

일본 추리미스터리 문학의 선구자로 평가되는 에도가와 란포(江戶川
乱步)의 대표작으로 꼽히는 작품은 주로 중단편 소설이다. 란포의 장편
소설은 중단편에 비해 상대적으로 덜 주목돼 왔는데 그 중 최고의 평가
를 받는 작품의 하나가 『외딴섬 악마(孤島の鬼)』(1929-1930)다. "에도가와
란포의 다수 장편 중에서도 『외딴섬 악마』가 최고 걸작으로 여러 사람의
평가가 일치하는 것은 두 말할 나위가 없다"는 신보 히로히사(新保博久)
의 평은 그 대표적 예이다.[1] 정작 란포 자신이 "문예상업주의의 시발점
(売文主義の皮切り)"[2]이라고 평가절하하고 구성의 완결성이 다소 미흡하

---

1 新保博久, 「不可思議な双生児的二長編」, 『江戶川乱步全集 第4巻 孤島の鬼』解説,
   光文社文庫, 2003, 639쪽.

2 江戶川乱步, 『江戶川乱步全集13 探偵小説四十年(上)』, 1970, 講談社, 199쪽.

다는 등의 일각의 회의적 평가도 있지만, 이 소설이 대체로 높은 평가를 받고 있음은 부정할 수 없다.[3] "엽기취미, 그로테스크, 에로, 동성애 …… 란포적인 것이라 할 때 최대공약수로 이미지되는 것들을 모두 도입한 것 같은"[4] 작품이라는 평에서 확인되듯, 『외딴섬 악마』는 란포 문학세계의 정수가 망라된 작품으로 간주되고 있다.

『외딴섬 악마』는 잡지 『아사히(朝日)』에 1929년 1월부터 이듬해 1930년 2월까지 연재되었다. 1929년은 란포의 대표 단편 『애벌레(芋虫)』(1월)가 발표되었던 해이기도 하다. 두 소설의 공통점은 결손 신체, 기형 신체 등의 요소가 작품에 과도하게 등장한다는 점이다. 『외딴섬 악마』에는 꼽추, 샴쌍둥이 등이, 『애벌레』에는 사지가 절단된 상이군인이 중심인물로 등장한다. 이 시기에 란포가 "인간 신체의 결손에 과잉된 몰입"[5]을 하고 있었다는 주장이 그래서 설득력 있다.

그러고 보면 란포 소설의 최대공약수로 칭해지는 엽기취미, 그로테스크, 에로, 동성애 등을 관통하는 공통항 또한 '신체성'이다. 바꿔 말하면 그 요소들은 란포 작품 속에서 인간 신체성을 매개로 표출된다. 우생사상이 소설 『외딴섬 악마』에 그 자취를 유형, 무형의 형태로 드러낼 수밖에 없다고 추론하는 이유가 여기에 있다. 일반적으로 엽기취미와 그로테스크 혹은 사디즘·마조히즘과 같은 색채로 각인되어진 란포

3 河出書房新社編集部 編, 『文芸別冊 江戸川乱歩』(河出書房新社, 2003), 141쪽에서, 누쿠이 도쿠로(貫井徳郎)는 『외딴섬 악마』에 대해 "란포 장편소설 중에서는 최고로 평가받음에도 불구하고 구성 완성도가 좋은지 나쁜지 잘 판단되지 않는 점이 확실히 란포답다"고 평하고 있다.
4 河出書房新社編集部 編, 앞의 책, 138쪽에서 문예평론가 스에쿠니 요시미(末国善己)가 『외딴섬 악마』에 대해 평한 글의 일부를 발췌.
5 田口律男, 「『孤島の鬼』論-〈人間にはいろいろなかたちがあるのだ〉」, 『国文学解釈と鑑賞』 59(12), 1994.12, 109쪽.

작품의 어디에 근대 내셔널리즘의 과학적 첨병, 우생학이 개입될 여지가 있을까. 본장에서는 란포 문학에 투영된 우생사상의 흔적과 그 양상을 소설『외딴섬 악마』를 중심으로 살펴보고자 한다. 특히 소설 속 등장인물의 기형적(畸形的) 신체라는 마이너 신체성에 주목할 것이다.

2. 추리극의 외피를 한 그로테스크 세계와 마이너 신체성

소설『외딴섬 악마』의 외피는 전형적인 추리미스터리 소설이다. 결혼을 약속한 연인을 살해당한 한 남자가 추리를 통해 범인을 추적한 끝에 검거하고 사건을 해결한다는 것이 이야기의 골격이다. 사건 발생, 추론을 통한 사건풀이, 사건 해결과 범인 검거라는 추리소설의 기본 요소를 두루 갖추고 있는 소설이다. 한편 소설 세계는 매우 낭만적이기도 하다. 연인이 살해당해 크게 낙담한 남성 주인공에게 동성애자인 선배가 사랑을 구애한다. 주인공은 그 사랑을 거절하고 우여곡절 끝에 새로운 이성 연인과 만난다. 새 연인은 알고 봤더니 죽은 연인의 여동생이다. 주인공의 새로운 사랑에 절망한 동성애자 선배는 슬픔 속에서 숨을 거둔다. 결혼을 앞둔 연인의 죽음이라는 낭만성의 파괴가 사랑의 연쇄·증폭 작용을 불러일으켜 더욱 심화된 메타 로맨틱 세계를 구축하는 계기로 작용한다. 이와 같이 기본적인 추리미스터리 소설의 골격 위에 범람하는 낭만성은 이 소설의 두드러진 특징의 하나다.

이처럼 소설에서 정작 부각되는 것은 사건의 논리적 해결이 아니라 작품 세계의 기묘한 분위기이다. 살인사건의 미스터리를 추리해 가던 주인공 미노우라(箕浦)가 맞닥뜨린 것은 육지에서 멀리 떨어진 고립된 외딴섬에서 서커스단에 공급할 기형적 신체의 인간을 인공적으로 창조하는 악마와 같은 범인의 존재이다. 미노우라를 도와 사건 해결에 동행하는 이는 그를 사모하는 동성애자 선배 모로토(諸戶)이다. 그들이 외딴섬에서 발견하는 것은 범인이 우생학적 발상과 의학적 지식을 동원해 만들어낸 엽기적인 샴쌍둥이 남매다. 이렇게 기형적 신체, 동성애, 서커스 등의 다양한 그로테스크 요소로 뒤섞인 소설이 『외딴섬 악마』라고 할 수 있다.

특히 주목하고 싶은 것은 소설 초반부터 등장하는 다양한 마이너 신체성의 소유자들이다. 밀실 공간에 머물던 연인 하쓰요(初代)를 살해한 것은 이른바 '정상인'이 아니었다. 범인은 정상적 신체로는 진입할 수 없는 협소한 마루 밑바닥을 통해 오가는 것이 가능한 이, 즉 난쟁이 혹은 꼽추였다. 또한 미노우라를 흠모하는 선배 모로토는 남성동성애자다. 이렇게 『외딴섬 악마』는 도입부부터 난쟁이, 동성애자 같은 마이너 신체성이 작품세계의 중요한 모티브로 작용한다. 마이너 신체성 요소는 사건 전개와 더불어 더욱 빈번히 그리고 노골적으로 등장한다. 미노우라가 사건 해결의 단서를 찾아 방문한 이와야 섬에서 조우하는 것은 히데짱, 기쓰짱이라고 불리는 샴쌍둥이 남매다. 샴쌍둥이는 생물학적으로는 동성 쌍둥이만 가능하다는 것이 정설이다. 그렇기에 남녀 샴쌍둥이라는 설정은 그 자체로 이미 엽기적이다. 외딴섬에서 만나게 되는 것은 그것만이 아니다. 난쟁이, 꼽추, 온몸이 털로 덮인 인간 등 흡사 '괴물'과 같은 온갖 기형 신체 인간과 조우하게 된다. 이와 같은 마이너 신체성 캐릭터의 등장은 소설의 그로테스크 분위기를 고양시켜 독자의 흥미를 증폭시키는 역할을 한다.

그러고 보면 소설은 그 첫머리부터 신체성에 대한 독백으로 시작한다.

나는 아직 나이 서른도 채 안 됐는데 짙은 머리칼이 한 가닥도 남아
있지 않은 백발이다. 이런 이상한 젊은이가 또 어디 있겠는가? 일찍이
백발의 재상이 있었다는데, 그에 못지않게 훌륭한 하얀 솜털 모자가 내
머리 위에 얹혀 있는 것이다. 나의 내력을 모르는 사람은 나를 보면 우선
내 흰머리에 호기심 어린 시선을 보낸다. 경우 없는 사람은 인사를 나누자
마자 내 백발에 대한 궁금증부터 풀려고 든다. 남녀를 막론하고 모두가
이런 질문으로 나를 괴롭히는데, 또 하나 내 아내와 아주 다정하게 지내는
여자들이 조용히 내게 하는 질문이 있다. 그것은 내 아내의 오른쪽 허벅지
위쪽에 있는 무시무시하게 커다란 흉터에 관한 질문이다. 큰 수술자국처
럼 보이는 그 끔찍한 흉터는, 불규칙한 원형으로 붉은색을 띠고 있다.[6]

(11쪽)

서른도 되지 않은 젊은 나이에 검은 머리칼이 하나도 남아 있지 않
은 "백발"은 주인공 미노우라가 자임하는 자신의 대표적 신체성이다.
그에 비해 아내를 상징하는 신체성은 허벅지 위쪽의 "끔찍한 흉터"이
다. 주변 사람들의 "궁금증"과 "호기심"을 자아내는 이러한 비일상적
신체성은 무엇을 의미하는가.

무릇 검은 머리가 백발이 되게 하려면 이처럼 유례없는 커다란 공포나
큰 고통을 수반해야 하는 법이다. 서른도 안 된 젊은 나의 백발도 사람들이
쉽게 믿기 어려운 무서운 일을 겪었다는 증거가 아니겠는가. 내 아내의
흉터도 마찬가지이다. 그 흉터를 외과 의사에게 보이면, 그는 분명 어떻게
해서 그런 흉이 졌는지 판단하기 어려울 것이다. (중략) 그것은 흡사 그곳
에 붙어 있는 또 하나의 다리를 잘라낼 때 생긴 듯한 이상야릇한 상처

6 소설 『외딴섬 악마』의 본문 인용은 『孤島の鬼 江戸川亂步全集』 第4巻(光文社文庫,
   2003)에 의거하였다. 괄호 안 숫자는 인용 쪽수이다.

자국이었다. 이것 또한 전무후무한 이변이 아니고서는 생겨나기 어려운
것이다. (12쪽)

백발은 과거에 "유례없는 커다란 공포"나 "큰 고통"이 주인공을 힘겹
게 했음을, 커다란 흉터는 "전무후무한 이변"이 아내를 엄습했음을 의미
하는 기표이다. 그 경험은 "인간세상 바깥(人外境)"에서나 있을 법한 "기
괴한 일(奇怪事)"이다. 등장인물의 결코 평범하지 않은 가시화된 신체성
은 곧 그들이 겪어온 사건들의 비범성, 비일상성을 드러낸다. "사람들이
쉽게 믿기 어려운 무서운 일"이라는 사건의 비범성이 강조될수록 독자들
은 기괴하고 괴이한 사건의 실체에 대한 궁금증이 증폭될 수밖에 없다.

> 내 이야기는 허구 날조가 아닌 몸소 겪은 체험담이니까 한결 쓰기 쉽
> 겠지 하고 만만하게 생각했는데, 웬걸 막상 쓰기 시작해 보니 그리 쉬운
> 일이 아니었다. 우선 예상과 달리 실제로 있었던 일이기 때문에 오히려
> 더 힘이 들었다. (중략) 심지어는 한 인물과 나 사이에 빚어진 동성 연애
> 사건도 창피함을 무릅쓰고 털어놓아야 할 것 같다. (중략) 내가 말하려는
> 이 괴이한 이야기는 두 사람의 변사 사건을 단순히 그 발단으로 삼을 뿐
> 이고, 본 줄거리는 더욱더 놀라운 소름끼치는 대규모의 악행, 일찍이 아
> 무도 상상해 보지 못한 죄과에 관한 나의 체험담이다. (13-14쪽)

이렇게 독자의 호기심을 한껏 고양시킨 후 "괴이한 이야기" 외에 심
지어 "창피함"을 무릅쓴 은밀한 이야기도 준비되어 있음을 슬쩍 털어
놓는다. 그것은 "동성 연애사건", 즉 동성애라는 또 다른 비일상적 소
재이자 마이너 신체성 요소다. 결국 연인과 탐정, 두 사람의 연이은 변
사 사건은 소설의 도입 장치일 뿐 이야기의 본줄기는 "소름끼치는 악

행”이자 “아무도 상상해 보지 못한 죄과”에 대한 체험담이라는 것이다. 각각 밀실살인, 공중개방장소 살인(해수욕장 살인) 등 두 변사 사건이 추리소설 특유의 지적 호기심을 자극하는 요소를 나름 충족했음에도 불구하고 그것은 곁가지일 뿐이다. 그만큼 지금부터 본격적으로 펼쳐질 소설의 본론이 압도적임을 『외딴섬 악마』의 머리말(はしがき)은 강변한다. 살인사건과 범인 찾기라는 추리극 형식은 소설의 외피일 뿐이다. “백발”과 “끔찍한 흉터”라는 마이너 신체성을 주인공에게 초래한 과거의 소름끼치는 체험담이야말로 소설의 정수임을 내레이터는 강조한다. 이는 작품 전반부는 본격 추리미스터리 소설을 지향하다가 후반부에서 엽기적 괴기소설로 전환할 것임을 미리 예고하는 선언적 기술인 셈이다. 나아가 소설의 진정한 주역은 작품 전체를 감싸는 그로테스크한 분위기 그 자체임을 천명하는 텍스트의 자기정의라고 할 수 있다. 그러한 의미에서 『외딴섬 악마』의 세계는 “몽롱한 리얼리티”[7]의 세계다. 존재의 실존을 드러내는 가장 명징한 증거인 ‘신체’가 되레 존재를 소외시키는 계기로 작동하는 세계. 진실 규명을 위해 현실계(육지)와 이계(외딴섬)를 넘나들 수밖에 없는 세계. 따라서 범람하는 ‘몽롱함’ ‘어슴푸레함’으로 표상되는 그로테스크 세계 이면의 본질, 즉 리얼리티를 드러내는 것이야말로 긴요한 과제인 것이다.

7 栗本薫, 「因縁のようなもの-江戸川乱歩と私」, 『江戸川乱歩全集3 パノラマ島奇談』解説, 講談社, 1978, 306쪽.

3. 범람하는 기형적 신체와 뒤틀려진 우생학적 욕망

그러면 소설 『외딴섬 악마』에 등장하는 기형 신체의 구체상은 어떠한가? 구리모토 가오루(栗本薰)가 "불구자 제조공장"[8]이라고 명명한 외딴섬의 실체는 압도적이다.

> 나는 모로토가에 불구자들이 있다는 말은 들어서 알고는 있었지만 모두 열리지 않는 방에 갇혀 있어서 아직 한 번도 본 일이 없었다. 아마 모로토는 지금 그 열리지 않는 방을 열고, 한때나마 이 생물들에게 자유를 부여한 모양이었다. (중략) 얼굴 반쪽에 먹을 칠한 것처럼 털이 난, 속칭 웅녀(熊娘)라는 불구자(片端者)도 있었다. 다리 관절이 반대로 구부러진 개구리 같은 아이도 있었다. 열 살쯤 되어 보이는 귀여운 얼굴이었는데, 그런 부자유한 다리로 활발히 폴짝폴짝 뛰어다니고 있었다. 난쟁이도 셋 있었다. 아이의 몸뚱이에 어른 머리가 붙어 있는 것처럼 보이는 점은 보통 난쟁이와 같은데, 흔히 구경거리로 보는 난쟁이와는 달리 매우 약하고 해파리처럼 손발에 힘이 없어, 걷기도 힘이 드는 모양이었다. 그 중 하나는 서지도 못하고 가엾게도 세 살 아이처럼 다다미 위를 기어 다니고 있었다. 세 사람 모두 약한 몸으로 커다란 머리를 힘겹게 받치고 있는 것이 고작이었다. 어둑어둑한 긴 복도에 두 몸이 하나로 붙은 샴쌍둥이를 비롯해 불구자들이 우글우글 모여 있는 것을 보니, 뭐라 말할 수 없는 괴이한 기분이 들었다. 어찌 보면 차라리 우스꽝스럽기도 했는데 그래서 오히려 더 오싹한 느낌이 들었다. (255-256쪽)

미노우라가 외딴섬 이와야에서 발견한 것은 일본 전국 각지에서 유

---

8 栗本薰, 앞의 글, 306쪽.

괴되어 토굴에 감금돼 있던 "불구자"의 무리다. 그들은 모두 불구자, 즉 기형 신체 인간이다. 하지만 "생물"이나 "구경거리"라는 명칭에서 알 수 있듯이 그들은 인간이되 인간 이하의 취급을 받아온 존재들이다. 그들의 신체는 가히 엽기적이다. 얼굴 절반이 털로 뒤덮인 "웅녀", 구부러진 다리 관절로 폴짝폴짝 뛰어다니는 "개구리" 같은 아이, 아이의 몸뚱이에 어른 머리가 붙어 있는 "난쟁이", 두 몸이 하나로 붙은 "샴쌍둥이" 등 정상성에서 훌쩍 벗어나 있는 그들의 신체는 타자의 몸뚱어리 그 자체다. "불구자" 혹은 "병신"으로 속칭되는 그들의 기형적, 엽기적 몸은 괴이하고 "오싹"한 기분을 자아나게 하는 혐오의 대상인 동시에 "구경거리"로 주목받는 매혹의 대상이기도 하다. 혐오와 매혹, 비정상 신체의 양가성은 그들이 영문도 모른 채 외딴섬에 감금돼 살아왔던 이유이기도 하다.

> "난 태어날 때부터 상자 속에 들어 있었어. 움직일 수도, 어떻게 할 수도 없었어. 상자 구멍으로 목만 내밀고 밥을 먹었어. 그리고 상자에 담긴 채 배를 타고 오사카에 왔지. 그리고 상자 속에서 나왔어. 그때 난 생 처음으로 널찍한 곳으로 나오는 바람에 무서워서 이렇게 오그라들었지." 어느 날 난쟁이는 이렇게 말하고, 짧은 손발을 갓난아기처럼 싹 오그려 보였다. (186-187쪽)

그들은 단순히 유괴 감금된 것이 아니었다. 그들은 불구자로 만들어지기 위해 인위적으로 사육되어 왔던 것이다. 위 인용문의 "난쟁이"는 태어난 직후부터 "상자"에 갇힌 채 성장을 인위적으로 억제당해 왔기에 난쟁이라는 기형 신체를 얻게 되었다. 즉 그들은 기형인간을 만들 목적으로 사육·제조된 '상품'인 셈이다. 소설『외딴섬 악마』의 특이점

으로 가장 주목하고 싶은 부분이다. 이 텍스트가 "진정 범죄적인 이유
는 이러한 신체의 이화·변형-〈불구자제조의 음모〉가 인위적, 조직적
으로 기획되고, 게다가 상품화되었다는 점"[9]이라고 평한 다구치 리쓰
오(田口律男)의 주장은 그래서 매우 적확하다. 불구자로 사육된다는 것
은 곧 인간 신체의 상품화이다. 기형인간을 서커스단 등에 비싸게 팔아
넘겨 금전적 이익을 취하는 것이야말로 기형 신체를 후천적, 인위적으
로 조장하는 목적이다. 불구자 제조라는 인간 신체 상품화를 통해 상업
자본주의와 우생학이 은밀히 결탁하고 있는 것이다. 이와 같은 불구자
제조 공장의 그로테스크함은 "미스터리 역사에서 달리 비할 곳이 없을
정도"[10]로 압도적 광경이라 할 만하다. 근대적 인권이나 휴머니티의 자
취는 그 어디서도 찾아볼 수 없다.

통상적으로 기형(奇形, 畸形)은 정상(正常) 혹은 정형(正形)에 대비되는
개념이다. 과학자들과 철학자들은 역사적으로 '별나고 괴기한 대상'을
기술하기 위해 '기형'이란 말을 사용해 왔다. 이때 기형과 더불어 사용된
단어가 '괴물'이다. 기형과 괴물은 병칭되며 "일반적으로 설명할 수 없는
존재에 대해 우리가 지니는 환상이나 완벽함에 대한 왜곡된 개념"[11]으로
사용되어 왔다. 그렇기에 『외딴섬 악마』에 범람하는 기형 신체에 투영된
이미지는 '괴물'적인 것이기도 하다. 소설 속에서 이와 같은 괴물성을
가장 극적으로 보여주는 기형적 신체가 바로 샴쌍둥이다.[12]

---

9 田口律男, 앞의 글, 111쪽.

10 栗本薫, 앞의 글, 306쪽.

11 마크 S. 블럼버그, 김아림 옮김, 『자연의 농담-기형과 괴물의 역사적 고찰』, 알마,
   2012, 9쪽.

12 샴쌍둥이가 기형 신체를 가진 변종 인간 중에서도 가장 괴물적 존재로 인식되었음은
   19세기 미국의 괴물쇼(freak show)에 등장하는 동양인 변종 인간 중에서 최초로 '공연'

생각해 보면, 저도 훨씬 어렸을 때부터 어쩐지 이상하다고 생각하기는 했습니다. 저에게는 두 개의 다른 모양의 얼굴이 있어, 한쪽은 예쁘고 한쪽은 밉답니다. 그런데 예쁜 쪽은 저의 생각대로 말을 하고 움직이는데, 미운 쪽은 제가 조금도 생각지 않은 것을 느닷없이 지껄이곤 한답니다. (중략) 생각대로 되지 않는 것은, 얼굴뿐만이 아니라 두 손과 두 발도 그렇습니다(제게는 네 개의 손과 네 개의 발이 있습니다). 내 생각대로 되는 것은 오른쪽의 두 개의 손발뿐이고, 왼쪽 것들은 저에게 반항만 하고 있습니다. (153-154쪽)

외딴섬에서 보내져온 비밀편지의 일부다. "인간세상 바깥"이라 할 수 있는 이계(異界)에서 편지를 보내온 이는 히데짱이라는 샴쌍둥이의 일원이다. 그녀는 성장하면서 비로소 자신이 얼굴도 둘, 손발도 각각 네 개인 샴쌍둥이라는 사실을 어슴푸레 자각하게 되었음을 밝힌다. 그리고 몸은 유착되어 있으되 마음은 "반항"하는 쌍둥이 간의 불화에 대해 토로하고 있다.

히데짱과 기쓰짱은 몸이 하나입니다. 마음은 둘입니다. 잘라 떼어 버리면 따로따로 인간으로 될 수 있을 정도입니다. 저는 차츰 여러 가지 것을 알게 되자 지금까지와 같이 양쪽 몸 모두가 자기 자신이라고 생각하는

에 나선 존재가 바로 샴쌍둥이라는 사실을 통해서도 확인할 수 있다. 최성희, 「동양에서 온 기인(奇人)들 : 19세기 미국의 괴물쇼(freak show)에 등장한 동양인의 이미지 연구」, 『미국사연구』 14호, 한국미국사학회, 2001, 40쪽의 아래 내용을 참고하길 요망. (「미국의 공연문화에 처음으로 등장한 동양인은 배우도, 음악가도, 무용가도 아닌 "인간 변종(human freak)"으로 분류되던 사람들이었다. 1829년 샴 쌍둥이의 전국 순회 "공연"을 필두로 이국적이고 해괴한 동양인들은 19세기 내내 박물관, 서커스, 박람회, 놀이공원 등의 공공장소에 전시되어 수많은 미국인들의 관찰과 놀라움, 그리고 경이의 대상이 된다.」)

일이 적어졌습니다. 히데짱과 기쓰짱은 실은 따로따로의 인간인데 엉덩이
가 붙어 있을 뿐이라고 생각하게 되었습니다. (중략) 기쓰짱은 얼굴이
밉고 손도 발도 힘이 세고 울퉁불퉁했습니다. 피부가 검었습니다. 히데짱
은 피부가 희고, 손이나 발이 부드럽고, 두 개의 둥근 젖이 볼록해지고,
그리고…… . 기쓰짱이 남자이고 히데짱이 여자라는 사실은 훨씬 전부터
스케하치 씨에게서 들어 알고 있었습니다만, 분명한 것은 1년쯤 전부터
알게 되었습니다. (중략) 두 사람이 엉켜 붙은 병신이니까. (162-164쪽)

히데짱은 이제 명확히 자신이 "따로따로의 인간"임에도 몸이 "붙어
있을 뿐"인 샴쌍둥이의 신체를 이루고 있음을 깨닫게 된다. 서커스단
또는 곡예단의 기형인간들은 혐오의 대상인 동시에 최고의 인기스타였
다. 난쟁이, 거인, 곱사등이, 앉은뱅이, 온몸이 털로 덮인 인간 등 기형
신체는 상업주의 관점에서는 최고의 상품이자 볼거리였다. 그 중에서
도 특히 대중의 인기를 모은 비정상 신체는 샴쌍둥이였다. 두 사람의
몸이 한데 붙어 '유착쌍체'가 된 그들의 몸은 기형 정도의 과잉성에서
타의 추종을 불허하는 신체라고 해도 과언이 아니다.

문제는『외딴섬 악마』속 샴쌍둥이가 남녀 이성 샴쌍둥이라는 점이
다. 생물학적으로 샴쌍둥이는 동성 쌍둥이만 존재하고 이성 쌍둥이는
존재하지 않는다는 것이 학계의 정설임에도 불구하고, 히데짱과 기쓰
짱은 피부색, 완력, 성징 등에서 남녀의 뚜렷한 신체성 차이를 드러내
는 남녀유착 쌍생아다. 당연히 현실에서는 불가능하다고 알려진 남녀
이성 샴쌍둥이가 어떻게 존재할 수 있을까라는 의문이 들 수밖에 없다.
그(그녀)들은 현실에서 부재한 존재라는 점에서 궁극의 기형 신체이자
이화(異化)된 신체의 전형이라 칭할 만하다.

그런데 남녀 샴쌍둥이 탄생이 가능했던 동인은 역설적으로 그것이

현실에서는 실현 불가능하다는 궁극의 희소성 때문이었다. 생물학적으로 존재할 수 없는 남녀 샴쌍둥이를 구현할 수만 있다면 그 상업적 가치는 무한대일 터이기 때문이다. 살인사건의 주범이자 모로토의 양부인 '외딴섬 악마' 조고로의 음험한 욕망에 히데짱과 기쓰짱이라는 이름의 여자, 남자 어린이가 희생양이 된 것이다. 이때 인공적으로 남녀 샴쌍둥이를 창조하는 데 동원된 방법이 바로 의학·화학과 같은 근대 과학이다. 일견 종의 개량과 우성 형질의 보존이라는 우생학의 본령이 여기서는 완전히 역전된 것으로 보인다. 기형 신체라면 일반적으론 당연히 억제해야 하는 열성 인자이기 때문이다. 하지만 인간의 일그러진 욕망과 상상력에 부합함으로써 탁월한 상품성을 지니게 된 그로테스크 신체는 억제의 대상이 아니라 오히려 발명과 생산의 대상이다. 그렇기에 종의 개선이라는 우생학적 욕망은 실은 여기서 역전된 것이 아니라 극단적으로 재현되고 있다고 해석해야 할 것이다. 서양의 프랑켄슈타인, 『지킬 박사와 하이드』의 하이드 씨 등과 함께 거론될 만한 애잔한 근대의 우생학적 괴물은 마이너 신체에 개입된 배금주의라는 근대적 욕망으로 인해 이렇게 과잉의 신체로 창조되게 된 것이다.

그러한 의미에서 소설 『외딴섬 악마』는 남녀 샴쌍둥이라는 궁극의 변형·이화 신체를 도입함으로써 동시대의 고착·안정된 제도 시스템에 균열을 초래했다고 볼 수 있다. 이러한 시도는 1920년대 동시대의 대표적 문화적 콘텍스트의 하나인 아방가르드 예술의 지향성과도 긴밀히 연결돼 있을 개연성이 크다.[13] 더욱이 그 균열내기 전략이 우생사상이라는 근대 내셔널리즘의 첨병을 전복적으로 전유하고 있다는 점에서

---

13 田口律男, 앞의 글, 110쪽.

특히 의미심장하다.

4. 내던져진 존재에 의해 전복되는 우생학적 세계관

소설『외딴섬 악마』의 악마는 악의적으로 기형인간을 제조한 조고로임에 분명하다. 허나 정작 가장 흥미로운 캐릭터는 조고로의 양아들임에도 불구하고 양부를 파멸에 빠뜨리는 모로토다. 주목해야 할 점은 모로토 또한 동성애자, 즉 정상성에서 일탈된 존재라는 사실이다. 동성애자 모로토 캐릭터는 정상성에서 벗어난 기형적 신체와 정신의 체현자로서, 꼽추·샴쌍둥이 등과 마찬가지로 텍스트의 엽기성, 그로테스크 분위기를 고양시키는 기능을 한다. 그렇기에 그의 직업이 의학자, 의학 연구자임은 시사하는 바가 크다. 그는 선천적 꼽추인 양부 조고로의 뒤틀려진 우생학적 욕망을 과학적으로 뒷받침하는 존재로서 인공적 기형인간을 제조하는 데 공조한 공범이기도 했기 때문이다.

조고로는 아이를 머리만 나오는 상자에 넣어 성장을 멈추게 하여 난쟁이를 만들었어. 얼굴 가죽을 벗기고 다른 가죽을 덧씌워 털이 수북한 곰처녀를 만들었어. 손가락을 잘라 세 손가락 병신을 만들었어. 그리고 완성된 것을 서커스 흥행사에게 팔았어. 요전에 세 사내가 상자를 배에 싣고 떠난 것도 인조 불구자 수출 때문이었어. 그들은 항구가 아닌 거친 바닷가에 배를 정박하고 산 너머 도시로 나가 악인들과 거래를 하는 거야. 그런 짓을 시작할 즈음에 내가 도쿄의 학교로 보내 달라고 말을 꺼냈던 거야. 아버지는 '외과 의사가 된다면'이라는 조건을 내걸고 나의 요청을 허락했어. 그리고 내가 아무것도 눈치 채지 못한 것을 기회로 불구자

치료를 연구하라고 듣기 좋게 말했는데, 사실은 불구자 제조를 연구하게
한 거야. 머리가 둘 달린 개구리, 꼬리가 코 위에 달린 쥐 따위를 만들면
아버지는 크게 칭찬하며 편지로 격려하곤 했지. (301-302쪽)

불구자 치료를 위한 의학 연구가 불구자 제조 목적으로 전도되는 세
계야말로 『외딴섬 악마』의 실체이다. "머리가 둘 달린 개구리", "꼬리가
코 위에 달린 쥐"와 같은 비현실적인 엽기 기형 신체를 인간에게도 구현
하고자 한 것이 악마 조고로의 음험한 계략이었다. '열성 인자 제거'라는
우생학의 원래 목적을 '열성 인자 제조'로 전유해 현실화한 『외딴섬
악마』의 세계는 우생사상의 전복적 확장이라 부를 만하다. 근대 우생사
상에 의해 소외·혐오 양상이 더욱 심화될 수밖에 없었던 신체 마이너리
티, 조고로가 자신을 짓눌렀던 우생학을 되레 전유해 세상을 전복하고
자 한 일그러진 욕망의 곁을 마지못해 지킬 수밖에 없었던 이가 바로
모로토다. 그는 정상과 비정상 사이, 정형과 기형 사이에 걸쳐 있는 경계
적 존재다. 다시 말하면, 그는 근대적 이성과 탈근대적 광기 사이에 위치
하는 인물이다. 의학전공자로서 근대 과학의 체현자이지만 동시에 아버
지의 일그러진 욕망을 대리하고 자신의 동성애적 지향에서도 자유로울
수 없는 중간적 존재이다. 그런 점에서 모로토가 이와야섬의 지하 미로
에서 미노우라와 길을 잃고 헤매다 돌연 동성애적 욕망을 미노우라에게
광기적으로 표출하는 장면은 주목해야 한다. 사랑하는 미노우라의 곤경
을 해소해 주기 위해 한때는 친부라 믿었던 조고로마저 부정해야만 하는
아픔마저 감수했던 그였다. 하지만, 외부 세계와 차단된 지하 미로라는
은밀한 공간에서 그간 애써 억눌러왔던 동성애적 욕망은 분출된다.

"아아, 난 그것이 기뻐. 자네와 나 두 사람을 이 별세계에 가두어 준 신에게 감사드려. 난 애당초 살아남을 수 있으리라고는 조금도 생각하지 않았어. 아버지의 속죄를 하지 않으면 안 된다는 책임감 때문에 여러 가지 노력을 했을 뿐이야. 악마의 자식으로 더 이상 창피한 일을 당하기보다 자네와 서로 끌어안고 죽어가는 편이 훨씬 기뻐. 미노우라, 지상 세계의 관습을 잊고 지상의 수치를 버리고 이제는 나의 청을 들어 줘. 나의 사랑을 받아 줘." 모로토는 다시 광란 상태가 되었다. (306쪽)

이렇게 "지상 세계"와 "별세계"의 경계에 위치하는 모로토의 말로는 비참하고 애잔하다. 사건 해결 후 모로토는 "고향에 돌아간 지 한 달도 못되어 병이 나서 저 세상의 객"(330쪽)이 되고 만다. "그의 상경을 기다려 자신의 외과병원 원장이 되어 달라고 할 셈"(330쪽)이었던 미노우라의 계획 따위 그에겐 무의미하다. 미노우라의 결혼으로 사랑을 잃은 그는 더 이상 존재의 이유를 찾을 수 없었기 때문이다. 그런 의미에서 모로토는 합리성을 기치로 한 근대의 시대정신과는 괴리된 부적응 존재라고 할 수 있다. 사랑에 목숨을 거는 순정 따위는 상승 지향의 근대와 정면으로 불화하는 가치일 뿐이다.

그런데 역설적으로 이러한 탈근대적 캐릭터야말로 독자들이 주인공도 아닌 모로토에게 감정이입해 애잔함을 느끼게 되는 결정적 이유다. 동시에 그가 소설 『외딴섬 악마』의 진정한 주인공으로 칭해져야 하는 근거이기도 하다. 소설 초반부터 끝까지 그 내면을 쉬 헤아릴 수 없는 인물이자 캐릭터가 고착되지 않은 유일한 인물이 모로토다. 소설 초반부에는 살인사건의 용의자로서 의심받고, 중반부에는 사건해결의 조력자로서 신뢰받고, 후반부에서는 동성애적 욕망을 표출하는 기괴한 존재로서 혐오되다가, 결국에는 순애보의 체현자로서 연민된다. 이렇게 모로토에 대한 작품 내 내레이터의 시선과 독자의 감정은 의심·신뢰·혐오·연민의 순서를 밟아 전개되는 이질적인 것의 착종 양상을 보인다. 작품 내에서 유일하게 평면적이지 않은 복합적·중층적 캐릭터가 모로토인 것이다. 이성과 광기를 동시에 체현하는 존재, 과학의 긍정성과 부정성을 함께 증명하는 존재, 근대 합리성과 동떨어진 순수성에 집착하는 존재, 정상성과 비정상성을 넘나드는 존재, 신체와 정신의 괴리에 고뇌하는 존재가 바로 그이다.

따라서 모로토는 양가적이고 이율배반적인 근대성의 본질을 체현·폭로하는 인물이다. 근대성의 전지전능함에 균열을 내는 존재이다. 정작 주인공이 아닌 그에게 독자들이 애잔함을 느끼고 인간성의 흔적을 발견하는 것도 그 때문이다. 가장 복합적이면서도 가장 인간적인 존재가 그다. 모로토는 존재의 불확실성·혼종성을 체현함으로써 근대의 모순을 증명하고, 작가 에도가와 란포는 모로토를 통해 가장 근대적인 다면적 캐릭터를 구축하는 데 성공하고 있는 것이다. 모로토 캐릭터야말로 소설『외딴섬 악마』의 진정한 성취이다. 그렇기에 소설 마지막이 주인공 미노우라가 아닌 주변적 인물에 불과한 모로토의 최후를 묘사하는 다음의 구절로 마감되는 것은 우연이 아니라 필연이다.

> 모로토의 아버지로부터 날아온 부고에는 다음과 같은 대목이 있었다.
> "미치오는 마지막 숨을 거둘 때까지 아비의 이름도 어미의 이름도 부르지 않고, 당신의 편지를 끌어안은 채 미노우라 당신 이름만 계속 불렀답니다." (330쪽)

여기서 확인되는 것은, 동성애자로서의 집착에 가까운 비정상성과 지고지순한 사랑을 생의 마지막까지 관철하는 인간성이 뒤섞인 기묘한 세계이다. 이렇게 소설에서 일견 주변적 인물로 보이는 모로토야말로, 실은 양가적이고 이율배반적인 근대성의 본질을 체현·폭로하는 중심적 존재인 것이다.

한편으로 기형인간 제조라는 뒤틀려진 우생학적 욕망을 실천하는 조고로 자신이 실은 '꼽추'라는 기형 신체 당사자인 점에 주목할 필요가 있다.

> 미노우라, 이 죽음의 어둠 속이니까 자네에게 털어놓는데, 그들은 불구자 제조를 착상한 거야. 자네는 중국의 『우초신지(虞初新志)』라는 책을 읽은 일이 있는가? 그 속에는 구경거리(見世物)로 팔기 위해 갓난아기를 상자에 가두어 불구자로 만드는 이야기가 씌어 있어. 그리고 나는 빅토르 위고의 소설에서, 옛날 프랑스의 의사가 그런 장사를 했다는 이야기를 읽은 기억이 있어. 불구자 제조는 어느 나라나 있었는지도 모르지. 조고로는 물론 그런 전례를 알지 못했지. 인간이 생각해낼 수 있는 것을 녀석도 생각해낸 것에 불과해. 그러나 조고로는 돈벌이가 목적이 아니라 정상적인 인류에 대한 복수가 목적이었으니, 그런 장사꾼보다 몇 배나 집요하고 심각했을 거야. (301쪽)

충격적인 것은, 악마 조고로가 엄청난 음모를 기획한 진정한 동인이 "불구자 제조"의 문화적 계보도 "돈벌이"도 아니라 "인류에 대한 복수"였다는 사실이다. 조고로의 복수는 '정상성'이라는 자의적 잣대로 그 기준에서 이탈하는 이들을 '비정상적' 존재로 내몬, 이른바 "정상적 인류"를 자임하는 대부분의 사회 구성원들을 향한다. 그는 마이너 신체성으로 말미암아 사회로부터 자신이 당한 차별·혐오·소외를 동일한 방식으로 선취해 사회에 되돌려주는 방식으로 적극적 복수를 꾀한 것이다. 이렇게 조고로의 만행을 통해 소설 『외딴섬 악마』는 근대 우생학 및 우생정책에 대한 강력한 비판을 발신하고 있는 것이다. 왜냐하면 조고로가 기형적 신체성을 배양·생산하려 했던 행위도 그 나름의 목적성을 지닌 '유전 형질에 대한 인위적 개입'이었다는 점에서, 결국 근대 우생학의 철학 및 방법론과 동일선상에 위치하기 때문이다. 실제 조고로가 기형인간 생산을 위해 행한 구체 방식, 즉 '격리'와 '인체실험'은 그대로 근대 우생정책이 한센병자·결핵환자 등 신체 마이너리티에 가한 행위와 한 치의 어긋남도 없이 일치한다. 더욱이 생산된 기형인간을 서커스단 등에 비싸게 팔아넘김으로써 조고로가 경제적 이익을 편취하려 했다는 점에서, 근대 자본주의 혹은 상업주의에 대한 비판으로 읽을 수 있는 여지도 충분하다.

나아가, 기형 신체에 대한 사회적 수요의 이면에 작동하는 원리가 바로 인간 보편의 일그러진 욕망이라는 점을 놓쳐서는 안 된다. 일상성에서 이탈한 타자의 특이성·비정상성·괴물성을 '혐오'하면서도 한편으로 경이로이 여기고 '매혹'된다. 역겨워하면서도 매혹되고, 비정상이라 혐오하면서도 숭배하는 것이다. 서커스단의 다양하고 이질적인 기형 신체들, 거인/난쟁이, 다지증/단지증 신체, 다모증/무모증 신체, 양성구유 신체 등등을 욕망하는 대중의 시선들이야말로 괴물의 타자성에 대한 주체의 욕망인 동시에 소외라는 점에서, '뒤섞임' 그 자체라고 해야 할 것이다.

이와 같은 매혹과 혐오, 혹은 이끌림과 혐오의 혼합을 줄리아 크리스테바(Julia Kristeva)는 '내던져짐(abjection)'이라는 개념을 통해 풀어낸다. 크리스테바에 의하면, "우리는 모두 여성에게서 태어나는데, 존재의 출발점으로서의 어머니의 몸은 신성하면서도 더럽혀져 있고, 성스러우면서도 지옥과 같은"[14] 것이다. 생명과 죽음의 부여자인 동시에 숭배와 공포의 대상으로서의 모성에 대한 이중적 의미부여를 예시로 크리스테바는 '내던져짐'을 설명한다. "괴물이나 비정상적인 것은 인식 가능한 규범이나 한계들 사이에 있는 경계선을 침입하고 넘는다는 점"에서 "내던져짐의 형상"[15]이며, 여성 신체는 위와 같은 이유에서 그 대표적 예라는 것이다. 내던져진 존재는 정상과 비정상 사이의 회색지대에서, 혼합과 모호함 사이에서 소생함을 통해 정상/비정상의 경계를 침입하고 월경한다.

『외딴섬 악마』 속 우생학적 기형인간은 '내던져진 존재'라는 점에서 여성과 닮아 있다. 그들은 모두 혐오와 매혹의 시선을 동시에 껴안는 존재로서 정상과 비정상의 경계를 넘나드는 변칙적 존재이다. 이원론적 논리를 내세우는 남성 중심적 담론 질서에서는 타자성을 부정적인 것으로 인식하기에 내던져진 존재인 여성 역시 타자로 인식된다. 마찬가지로 우생사상의 기저를 이루는 근대 내셔널리즘 질서에서 신체 마이너리티는 정상성에서 비껴난 타자적 존재다. 그러한 의미에서 소설 『외딴섬 악마』 속 괴물을 둘러싼 설정은 매우 흥미롭고 문제적이다. 조고로가 기형 신체 인간을 생산하는 것은 곧 선천적 괴물이 우생학적 방법을 동원해 후천적 괴물을 만들어내는 것을 의미하기 때문이다. 내던져진

---

14 로지 브레이도티, 손영희 옮김, 「어머니, 괴물, 기계」, 케티 콘보이 편, 『여성의 몸, 어떻게 읽을 것인가? - 성의 상품화 그리고 저항의 가능성』, 한울, 2001, 87쪽.
   프랑스어로 abjection은 '역겨움'으로 번역되기도 하며, 주체(subject)도 객체(object)도 아닌 내던져진 역겨운 존재를 '비체'(abject, 卑体)라고 지칭하는 것이 일반화되었다. '비체'는 특히 페미니즘 등의 젠더론 소수자 논의에서 빼놓을 수 없는 핵심 개념의 하나이다.
15 로지 브레이도티, 앞의 글, 87쪽.

존재이자 타자인 조고로가 바로 그 자신을 중심의 바깥으로 내몰았던 근대 내셔널리즘의 우생학적 방법을 거꾸로 선취해 자신과 닮은 복제 괴물을 대량생산해 사회에 공급함으로써 중심과 주변, 정상과 비정상의 경계를 모호하게 만들고 있는 것이다. 동시에 경제적 부 또한 축적해 나간다. 이것이야말로 자신을 괴물로 낙인찍은 근대 국민국가와 산업자본주의에 대한 가장 '괴물 같은' 복수가 아니고 무엇이겠는가?

이상과 같은 의미에서, 조고로의 우생학적 욕망과 실천은 근대 내셔널리즘의 배제와 포섭의 시스템에 대한 강렬한 내파(內破)적 움직임으로 해석할 수 있다. 이는 앞선 6장에서 고찰한, 전유된 모성주의를 통한 남성 주체의 여성 재타자화 문제와 관련해서도 시사적이다. 어찌 보면 동시대 페미니즘 운동의 모성주의를 남성 주체 관점에서 전유해 다시금 여성 신체와 정신을 소외(추방)한 시마자키 도손의 남성적 욕망과 그 실천의 대척점에 조고로의 복수가 위치하고 있다고도 해석할 수 있을 것이다. 여성 신체성과 기형 신체성은 여기서 이렇게 또 유착된다.

하지만 그럼에도 불구하고, 소설은 근대성의 자기장으로부터 탈출하는 데는 실패한다. 불온한 요소들의 뒤섞임을 통해 가능했던 체재 균열내기의 성공에도 불구하고 텍스트는 결국 정상성의 완승으로 마감되기 때문이다. 미노우라는 인공적 샴쌍둥이 신체로부터 해방된 히데짱과 결혼한다. 분리 수술을 통해 기형적 남녀 샴쌍둥이 신체 상태로부터 온전한 정상 여성 신체를 회복한 히데짱이 주인공 미노우라와 결혼한다는 해피엔딩이 소설의 결말이다. 이는 기형성의 극복, 열성 인자 제거와 같은 우생학 논법에 충실히 부응한 끝맺음이라는 점에서 '비정상성에 대한 정상성의 승리'라는 근대성의 전형적 레토릭에 완벽히 부합하는 엔딩인 셈이다.

뿐만 아니라, 히데짱은 미노우라의 옛 연인 하쓰요의 쌍생아 동생이다. 그녀는 미노우라에게 쌍둥이 언니 하쓰요의 부재를 대리하고 결핍을 보완해 주는 역할을 담당한다. 히데짱이 아름답고 착한 이유 또한 그녀가 하쓰요의 혈육으로 언니를 꼭 닮았기 때문이라는 것이 소설의 논리다. 여기서 확인되는 것은, 혈육의 선천적 신체가 우생학적인 후천적 신체를 극복한다는 메시지다. 주의해야 할 것은, 이때의 선천성이 아름다움·착함 등과 같은 긍정성이며, 후천성은 추함·괴팍함과 같은 부정성을 의미하고 있다는 사실이다. 즉 아름다운 것이 추한 것에 승리하고, 선한 것이 악한 것에 승리한다는 전통적 당위성에『외딴섬 악마』는 충실히 순응한다. 아름답고 착한 여성 히데짱이 추하고 괴팍한 남성 기쓰짱과의 억지 유착 상태로부터 해방되는 것 또한 비정상성을 정상성으로 바로잡은 당연한 귀결이다. 결국 모든 것은 정상적이고 안정적인 상태로 되돌려진다.

오직 하나 예외가 있다. 바로 모로토다. 그는 해피엔딩의 이면에서 희생되는 단 한사람이다. 모든 것들이 안정적이고 평온한 상태를 회복해 가는 도도한 흐름 속에서 오직 그만이 비껴 나온다. 남녀의 축복받는 결혼 뒤편에서 절망한 동성애자 모로토의 비극적 죽음이 교차하는 엔딩의 본질은 낭만적 결말과는 멀찌감치 떨어져 있다. 동성애에 대한 이성애의 승리, 불결함에 대한 순결함의 승리라는 이분법 구도 안에는 정상성과 비정상성을 넘나드는 경계적 존재 모로토의 자리는 마련돼 있지 않다. 결국『외딴섬 악마』는 그 안에 내포된 다양한 전복의 가능성에도 불구하고 비정상성에 대한 정상성의 승리를 재확인하는 구조로 끝을 맺는다. 분명 외면할 수 없는 텍스트의 한계이다. 하지만 소설은 유일하게 선악·미추의 이분법 구조에 수렴되지 않는 내던져진 존재 모로토를 통해, 마지막까지도 결코 일상적이지 않았던 그의 기묘하고 비장한 최후를 통해, 역설적으로 내파(內破)의 가능성을 오롯이 보여주고 있다.

5. 변종의 가능성

이상에서 소설『외딴섬 악마』에 범람하는 기형적 신체성의 의미와 우생사상의 투영에 대해 고찰해 보았다. 인간의 기형적 신체가 그 어떤 것보다도 인간의 가학적 욕망을 충족시키는 대상이 된다는 충격적 설정은 소설이라는 픽션의 범주를 초월해 '근대성의 어둠'이라 부를 만한 가혹한 현실세계를 가감 없이 투영하고 있다. 동시대 우생사상이 요구하던 정상성으로부터 일탈된 기형적 신체의 엽기성·괴물성이 정작은 과잉의 코드로서 동시대 대중의 욕망을 한껏 부추기고 부응하는 기제로 소비되고 있는 것이다. 여기서 확인되는 것은 뒤틀린 우생학적 욕망과 상업주의의 결탁이다. 그 대표적 예가 남녀 이성 샴쌍둥이였다. 생물학적으로 현실에서는 존재할 수 없는 이성 유착 신체를 우생학적 지식을 선취해 인위적으로 제조한다는 설정은 가히 본 텍스트의 불온성을 상징하는 대목이다. 우생학에 의해 비정상 신체로 규정된 신체 마이너리티가 자신을 소외했던 우생학을 되레 이용해 비정상 변형 신체를 제조하고 이를 판매하는 것은, 우성 인자 확산과 열성 인자 제거를 기치로 내걸었던 근대 우생사상의 전복적 확장으로 부를 만하다. 소설은 이화된 신체, 변형된 신체를 상품으로 개발한다는 전복적 발상을 통해 근대의 안정화된 제도 시스템에 균열을 초래하는 데 성공하고 있다.

하지만 소설의 결말은 다시금 익숙한 세계, 안정적 구조로 회귀한다. 악마는 응징되고, 주인공은 사랑을 되찾고, 정상과 비정상을 오가던 주변적 존재는 사라진다. 남녀 샴쌍둥이의 일원이었던 히데짱이 분리 수술을 통해 온전한 여성성을 회복하고 주인공 미노우라와 결혼한다는 해피엔딩의 결말은 비정상성에 대한 정상성의 승리를 의미한다. 추함에 대한 아름다움의 승리이자 불결함에 대한 순결함의 승리이다. 소설은 이렇게 내재된 전복의 가능성에도 불구하고 결국 정상화·안정화의 역학을 거스르지 못한다. 주인공의 조력자이자 동성애자로서 정상성과 비정상성의 경계를 넘나들던 모로토의 자리는 그곳에 없다. 그렇지만 애잔하면서도 기묘한 모로토의 최후는 공감과 위화감이 뒤섞인 묘한 여운을 남긴다. 그 누구보다 인간적이면서도 그 누구보다 그로테스크했던 모로토의 존재야말로 근대의 포섭과 배제 시스템에 수렴되지 않는 변종(変種)의 가능성을 내재하고 있는 것이다.

9장

범람하는 그로테스크 신체 묘사의 불온성

1. 엽기에서 불온함으로

에도가와 란포는 1920년대 중후반에서 30년대 초반에 걸쳐 발표한 일련의 소설들에서 인간 신체의 그로테스크성과 비일상성을 중점적으로 그렸다. 『인간의자(人間椅子)』(1925), 『난쟁이(一寸法師)』(1926-1927), 『애벌레(芋虫)』(1929), 『외딴섬 악마(孤島の鬼)』(1929-1930), 『눈먼 짐승(盲獸)』(1931-1932) 등이 그 대표적 작품들이다. 각각의 소설은 자신이 만든 의자 속에 들어가 타인의 일상을 엿보는 가구 기술자, 난쟁이, 사지 절단의 상이군인, 선천적 꼽추 및 동성애자, 맹인 살인마 등을 주인공으로 신체의 장애 및 기형성, 비정상성을 작품의 중요한 모티브로 사용한다. 그들은 모두 동시대의 근대국가 구성원에게 요구되던 정상적 신체 및 정신과는 거리가 먼 존재들이다. '정상'으로부터 일탈된 신체에, 타자에 대한 성적 욕망과 가학·자학적 공격성을 은밀하게 또는 노골적으로 체현하는 이러한 인물들은 흡사 '괴물'에 가까운 존재로 묘사된다.

신체는 세계를 분절화해 가는 근저인 동시에 문화적·역사적·사회적으로 분절된 것이다.[1] 신체를 통해 표현되는 의미들은 당사자 개인 차원을 넘어 공동체의 욕망과 의식을 표상하는 시대성과 역사성을 띤다. 소설 속 범람하는 신체성은 그래서 주목의 대상이다. 게다가 정상성에서 벗어난 비정상적 신체, 즉 마이너 신체라면 더욱 문제적이다. 마이너 신체는 정형에서 일탈한 기형·변형·장애 등의 모습으로 드러난다. 일탈 양상은 때로는 결손의 징후를, 때로는 과잉의 징후를 나타낸다. 결손과 과잉은 일견 대비돼 보이나 실은 표리일체이다. 비정상성으로 함께 수렴될 수밖에 없는 마이너성이 양자를 관통하는 공통의 본질이기 때문이다. 결손과 과잉 그 자체가 아니라 정상성에서 일탈된 비정상성이 문제가 되며, 많고 적음의 방향성이 초점이 아니라 그 과도함과 이상성이 문제시되는 것이다.

그러한 의미에서 그간 엽기물·괴기물·추리미스터리물 등 장르소설의 구성요소로서만 간주되기 일쑤였던 란포 소설 속 그로테스크 신체가 의미하는 바는 재고되어야만 한다. 그로테스크 신체성의 빈출이 대중의 호기심을 자극해 란포 소설에 대한 관심을 견인하는 통속 장치로 기능하고 있음은 분명하다. 동시대 우생사상이 요구하던 정상성에서 일탈한 신체의 비정상성이 정작은 과잉의 코드로서 동시대 독자의 욕망을 한껏 부추기고 부응하는 기제로 소비된 것도 사실이다. 하지만 포섭과 배제라는 근대의 이분법적 시스템에 수렴되기를 거부하는 불온성이야말로 란

---

1 田口律男, 「『孤島の鬼』論-〈人間にはいろいろなかたちがあるのだ〉」, 『国文学解釈と鑑賞』 59(12), 至文堂, 1994.12, 110쪽.

포 소설에서 가장 주목되어야 할 지점이다. 이진경에 의하면, '불온성'이
란 단순히 정부에 대한 비판이나 체재에 대한 비난을 의미하지 않는다.
불온성의 감정은 "그 부정의 대상이 나를 덮쳐올 것 같은 불안이 없다면,
내가 선 자리와 내가 가진 것을 잠식하리라는 예감이 없다면 발생하지
않는" 것이다. 그것은 대상의 "정체를 알 수 없다는 것"에서 기인함과
동시에 "결과를 예측할 수 없는 어떤 두려움의 예감"이기도 하다.[2] 정치
적 레벨만이 아니라 심경의 차원, 존재론의 차원도 아우르고 있기 때문에
역설적으로 더욱 전복의 힘을 내재하는 것이 불온성의 본질이다.

이번 장은 이진경의 불온성 정의를 수용해, 에도가와 란포 소설에
범람하는 그로테스크 신체에 투영된 다양한 불온함의 가능성에 주목하
고자 한다. 우선 『인간의자』·『난쟁이』·『눈먼 짐승』 등 다양한 신체성이
착종된 소설군을 그로테스크 신체와 전도된 근대주의의 관점에서 살핀
후, 특히 근대 전쟁과 분리돼 사고될 수 없는 문제적 소설 『애벌레』의
전복된 젠더 양상에 주목해 불온성의 내실을 고찰할 것이다.

2. 근대적 신체성에서 이화(異化)하는 신체

야스 사토시(安智史)는 에도가와 란포에 대해 "하기와라 사쿠타로가
앞서 선수를 친 근대 신체성의 이화(異化) 표현을, 어떤 의미에서는 전위
적일 정도로 강렬히 과장하고 대중화한 문학자"[3]라고 평한 바 있다. 동시

---

2 이진경, 『불온한 것들의 존재론』, 휴머니스트, 2011, 22-28쪽.

3 安智史, 「江戸川乱歩における感覚と身体性の世紀-アヴァンギャルドな身体」, 藤井淑禎
   編, 『国文学 解釈と鑑賞 別冊-江戸川乱歩と大衆の二十世紀』, 至文堂, 2004, 192쪽.

에 란포 문학이 "근대적인 신체감각의 규율, 훈련에 이화(異和)하는 신체성을 표현의 근본에 설치하는 타입의 문학"이라고 덧붙인다. 여기서 '근대적 신체성'이란 효율적인 노동과 생산, 병역 등의 근대적 규율과 훈련을 내면화한 신체성을 말한다. 바꿔 말하면, 근대적 이성을 표방하는 합리적 신체성이다. 동시에 '근대적 몸'이란 "이성중심적이며 개인주의적인 전통에 맞물려 육체와 정신으로 균열된 몸으로, 과학적·물질주의적·기계론적 관점에서 설명되는 육체"[4]이기도 하다. 란포의 문학은 근대적 신체성, 근대적 몸에서 일탈하는 신체성이 두드러진다는 얘기다. 1920년대 중반에서 1930년대 초중반에 이르는 시기, 란포는 『인간의자』(1925)를 필두로 합리적 신체성과 이화(異和)하는 이화(異化)의 신체성을 그의 소설에 넘치도록 담아내었다. 소설 속 '몸'은 근대성의 중핵인 이성과 과학의 정합성과는 동떨어진 비정상적 신체투성이다.

그 양상은 실로 다양하다. 난쟁이, 꼽추, 샴쌍둥이, 맹인, 사지 절단의 상이군인, 털복숭이 등등 기형, 변형, 장애, 엽기 신체로 칭할 만한 마이너 신체성 캐릭터가 범람한다. 란포가 특히 작품에 즐겨 등장시킨 '난쟁이'를 예로 들면, 『난쟁이』(1926-1927), 『외딴섬 악마』(1929-1930), 『지옥풍경(地獄風景)』(1931-1932), 『악령(惡靈)』(1933-1934), 『요충(妖虫)』(1933-1934), 『대암실(大暗室)』(1936-1939), 『회색의 거인(灰色の巨人)』(1955) 등의 다수의 소설에 난쟁이 캐릭터가 등장할 정도이다.[5] 게다가 그들은 보여주기 식의 주변적 캐릭터로 잠시 텍스트에 머무르는 것이 아니라 이야기의 흐름을 좌우하는 중심 캐릭터 역할을 담당하는 경우가 대부분이다.

---

4 김종갑, 『근대적 몸과 탈근대적 증상』, 나남, 2008, 11쪽.
5 閔義男, 「文学にみる障害者像 : 江戸川乱歩著『一寸法師』『芋虫』『盲獣』-残酷趣味で描かれた障害者」, 『ノーマライゼーション 障害者の福祉』 26(302), 2006, 2쪽.

소설『인간의자』『난쟁이』『눈먼 짐승』을 중심으로 살펴보자. 먼저
『인간의자』를 보면, 편지 형식을 빌린 고백체 소설에서 '나'는 추한 용
모로 인해 주위 사람들의 경멸을 받는 가난한 가구 기술자다. 가구 중
에서도 의자가 전문인 '나'는 어느 날 수리를 의뢰받은 호텔의 고급 의
자 내부에 사람이 들어갈 만한 공간을 만들어 그 자신이 들어간다. 그
리고 의자에 앉는 여성 신체의 감촉을 점차 즐기게 된다. 추한 외모라
는 마이너 신체성이 모티브 되어 '나'는 '인간의자'이자 '의자인간'으로
변신한다. 신체의 물질화인 동시에 물질의 육화(肉化)라고 부를 만한
변형의 신체성을 소설『인간의자』는 노정한다. 인간 신체와 물질이 합
체한다는 발상의 관점에서 보면, AI·안드로이드·휴머노이드 등의 현
실화가 더 이상 몽상만이 아니게 된 현재의 트랜스휴머니즘 또는 포스
트휴머니즘 담론의 상상력을 선취한 기발한 상상력에 기초한 작품으로
평가할 수도 있다.

　『난쟁이』와『눈먼 짐승』은 제목에서 연상되는 그대로 각각 난쟁이
와 맹인이 작품의 중심인물이다. 먼저『난쟁이』에서는 실업가 집안 딸
의 갑작스런 실종을 둘러싼 의문을 해결할 수 있는 열쇠를 쥔 수수께끼
의 인물로 '난쟁이'가 등장한다.『눈먼 짐승』은 선천적 '맹인'으로 촉각
의 세계에 눈을 뜬 한 남자가 주인공이자 범인인 소설이다. 그는 매력
적인 신체의 여성들을 자신의 비밀 지하실에 납치해 육체를 탐닉하다
마지막에는 살해한다. 뿐만 아니라 시체를 절단해 분절화한 다음 도시
여기저기에 사람들의 구경거리가 되도록 은밀히 흩뿌린다는 내용의 엽
기물이다. 란포 스스로 "실패작"으로 규정한 작품이지만, 상상 그 이상
을 보여주는 충격적 엽기성으로 인해 1969년에 마쓰무라 야스조(松村保
造)에 의해 영화화되었던 화제작이기도 하다.『난쟁이』와『눈먼 짐승』

두 작품에서 공통적인 것은 신체장애자가 등장한다는 것 외에도 신체
절단과 그 가시화가 두드러지는 텍스트라는 점이다.[6] 절단된 신체는
근대사회의 특징을 대변하는 모더니티의 은유로 해석 가능하다. 조각
난 신체들이 공통적으로 나타내는 것은 자아의 파괴와 사회 전체성의
해체라는 근대성의 일면이라는 점에서 분절화된 신체는 근대의 익명성
과 가변성, 우연성을 표상한다고 볼 수 있다. 근대의 합리적 신체성을
해체하는 아방가르드적인 근대성을 상징하는 것이다. 반면, 절단된 여
성의 다리와 팔과 같은 신체의 일부를 초점화한 묘사는 일종의 페티시
(fetish)로서 인체의 물질화를 넘어 여성 신체의 성상품화 측면에서의
페미니즘적 비판의 대상의 될 소지 또한 안고 있다. 란포 소설에서 희
생양이 되는 것은 대부분 여성이며, "여자의 잘린 다리는 분명히 남자
의 잘린 다리와는 전혀 다른 의미"[7]를 지니기 때문이다. 결국 동시대의
특징적인 에로·그로·넌센스 풍조에 수렴되는 양상이긴 하지만, 절단
된 여성 신체 이미지를 페티시로 수용해 성적인 만족감을 얻는 주체는
다름 아닌 남성인 것이다.

　이와 같이 『인간의자』 『난쟁이』 『애벌레』 『눈먼 짐승』 등 1930년대를
전후해 발표된 란포 소설에는 신체의 비정상적 왜곡·훼손과 인간 신체
와 다른 사물 혹은 동물과의 접합이라는 특징적인 유사점이 있다. 그

6　흥미로운 사실은, 각각의 작품으로도 수차례 영화화된 바 있는 『난쟁이』(1927, 1948,
　1955)와 『눈먼 짐승』(1969)이 이시이 테루오(石井輝男) 감독에 의해 『눈먼 짐승vs난쟁
　이(盲獸 vs 一寸法師)』(2001년 제작, 2004년 개봉)라는 제목의 영화로 함께 각색되어
　제작되기도 했다는 사실이다. 그 만큼 두 소설의 그로테스크 신체 가시화 양상이 유사하
　다는 방증이라 할 수 있다. https://ja.wikipedia.org/wiki/%E6%B1%9F%E6%88%B8%
　E5%B7%9D%E4%B9%B1%E6%AD%A9 (검색일 : 2018.12.22.)
7　린다 노클린, 노연심 옮김, 『절단된 신체와 모더니티』, 조형교육, 2001, 59쪽.

양상을 좀 더 구체적으로 살펴보자. 우선 신체의 비정상적 왜곡·훼손 양상을 보면, 『인간의자』에는 의자 속에서 의자의 일부가 되어 살아가다가 걷는 것조차 어려울 정도로 망가진 몸, 『애벌레』에는 팔다리, 즉 사지를 잃는 부상을 당한 군인의 몸, 『난쟁이』에는 난쟁이로서 아이의 몸과 어른의 얼굴을 한 부조화된 몸, 『눈먼 짐승』에는 앞을 보지 못하는 맹인의 몸, 그가 살해 후 토막 낸 몸이 등장한다. 이어, 인간 신체와 동물 혹은 사물과의 접합 양상을 보면, 『인간의자』에서는 의자와 인간의 신체가 일체화되며, 『애벌레』에서는 사지를 상실한 인간의 신체가 애벌레에 비유된다. 『난쟁이』에서는 마네킹에 인간의 절단된 손목을 접합해 시체를 유기하며, 『눈먼 짐승』은 살해한 일곱 명의 여성 신체를 부위별로 모아 기괴한 조각상을 완성하는 등 인간과 비인간의 경계는 신체를 매개로 뒤섞인다.

그런데 문제는, 장르적 특성을 감안한다 하더라도 그로테스크 신체묘사의 정도가 평균적 엽기성, 잔혹성을 훨씬 초월하는 까닭에 현실감을 공유하기 어렵다는 점이다. 더 큰 문제는, 이러한 과잉성이 "공포나 잔혹 그 자체"를 드러내기만 할 뿐 "공포나 잔혹에 대한 사유"[8]를 환기하지는 못한다는 데 있다. 일시적 충격이나 당혹감이 아니라 세계의 본질적 잔혹함을 각인시키는 데에는 미치지 못하는 것이다. 특히 살인동기조차 불분명한 엽기적 연쇄 살인을 자행하고 시신을 토막 낸 신체 부위를 도시의 이곳저곳에 매우 기이하고 잔혹한 방법(인형 속 은닉, 애드벌룬 이용한 살포 등)으로 살포해 대중에게 현시하는 『난쟁이』『눈먼 짐승』에서

---

8 高原英理, 「リテラリーゴシック宣言」, 高原英理 編, 『リテラリーゴシック・イン・ジャパン』, ちくま文庫, 2014, 17쪽.

이러한 양상은 더욱 두드러진다. 란포 또한 이에 대해 스스로 인정한 바 있다. "나 자신은 이 소설을 결코 좋은 작품이라고 생각하지 않는다"[9] (『난쟁이』)거나 "작품 속 정경묘사에 마음이 차지 않는 부분이 많다"[10] "심한 변태물이다. 내 작품이 에로그로라고 불리며 탐정소설에 해독을 끼치는 것이라고 비난받는 것은 이런 작품 때문이라고 생각한다"[11](『눈먼 짐승』)며 그 자신이 아쉬움을 후술하고 있지만, 그럼에도 불구하고 그저 잔혹하고 엽기적인 장면을 과도하게 나열하는 효과에 그칠 뿐 진정 "섬 뜩한 것"[12]과는 거리가 있는 텍스트의 근원적 결핍은 불식되지 않는다.

이와 같은 공허한 과잉성은 고딕소설(Gothic Novel), 즉 중세적 분위기 를 배경으로 공포와 낭만적 분위기를 불러일으키는 19세기 전후 유럽 낭만주의 소설양식의 성립조건을 제시한 다카하라 에이리(高原英理)의 주장에 그대로 부합한다. 다카하라가 "비참, 잔학, 경이. 무엇이 벌어져 도 좋다. 다만 품격을 떨어뜨리는 느낌, 중요한 무언가를 방치해 그 상황 을 무마하려는 느낌, 다시 말하면 낮은 위치에 안주하는 비천한 마음을 발상의 근원으로 하는 작품은 아무리 강렬한 효과를 보인다 할지라도 고딕소설로 일체 인정하지 않는다."[13]고 주장한 바와 같이, 중요한 무언 가(고딕소설의 경우는 멜랑콜리한 정서, 죽음에 대한 감수성)가 누락된 작품은

9 江戸川乱歩, 春陽堂版 『江戸川乱歩全集』 付録 「探偵通信」 四, 五号, 1955. 『江戸川 乱歩全集』 第2巻, 光文社文庫, 2004, 674쪽에서 재인용.

10 江戸川乱歩, 「作者後記」, 講談社版 『長篇名作全集 江戸川乱歩』, 1950. 『江戸川乱 歩全集』 第5巻, 光文社文庫, 2005, 597쪽에서 재인용.

11 江戸川乱歩, 「あとがき」, 桃源社版 『江戸川乱歩全集』, 1961. 『江戸川乱歩全集』 第5 巻, 光文社文庫, 2005, 598쪽에서 재인용.

12 지그문트 프로이트, 정장진 옮김, 「두려운 낯설음」, 열린책들편집부 편, 『창조적인 작가와 몽상』 프로이트전집 18, 열린책들, 1996, 106쪽.

13 高原英理, 앞의 책, 17쪽.

아무리 잔인함과 기괴함 등의 효과가 두드러진다 하더라도 고딕소설의
조건을 충족시키지 못한다는 것이다.

그러한 관점에서 주목해야 할 소설이 바로『애벌레』이다. 전쟁에서
양팔과 양다리, 즉 사지를 잃고 귀향한 남편과 그의 아내의 기이하고
충격적인 이야기를 담은 소설은 공포나 잔혹 그 자체를 넘어 그것의
동인과 배경에 대한 사유, 즉 '더 중요한 무언가'를 견인하는 것으로
보이기 때문이다. 신체 상실과 감각 훼손의 궁극의 지점을 묘사하는
『애벌레』를 다음 절에서 고찰한다.

3. 숭고한 괴물과 전쟁의 그늘

『애벌레』[14]는 발표 당시부터 논란의 대상으로 큰 화제를 모은 작품이
다. 1929년 1월에『신청년(新青年)』에 발표될 당시의 제목은「애벌레」가
아니라「악몽」이었다. 여기에는 나름의 사연이 있다. 원래『애벌레』는
잡지『개조(改造)』에 게재하기 위해 쓰인 소설이었다. 하지만 훈장에 대
한 거부감 등 작품 속 반국가주의적 표현을 부담스러워 한 개조사 측의

---

14 본 글의『애벌레(芋虫)』분석은『江戸川乱歩傑作選』(新潮社, 1994)에 수록된『芋虫』
를 텍스트로 한다. '芋虫'는 직역하면 '고구마벌레'이지만, 작품의 주제의식을 잘 담아낼
수 있는 보다 보편적이고 인상적인 제목으로 번역하고자 하는 취지에서 '애벌레'로 번역
하였다. 가장 최근에 번역된『에도가와 란포 결정판1』(검은숲, 2016)에서도 '애벌레'로
번역돼 수록되었다. 한편, 도서출판두드림에서 출판된『에도가와 란포 전단편집3』
(2008)에서는 '고구마벌레'로, 동서문화사에서 출판된『음울한 짐승』(2003)에서는 '배
추벌레'로 번역된 바 있다. 그 외, 본 글에서 함께 고찰한『인간의자』『난쟁이』『눈먼
짐승』등의 작품은 각각 순서대로 光文社文庫版『江戸川乱歩全集』(2004-2005) 第1
卷, 第2卷, 第5卷을 분석 텍스트로 하였다.

거절로 상대적으로 검열에서 자유로웠던 통속오락잡지 『신청년』에 실리게 되었던 것이다. 게다가 전쟁 초기, 란포의 많은 작품들이 일부 내용삭제 명령을 받는 와중에 그 중에서도 전면 발매금지 처분을 받은 유일한 소설이 『애벌레』였다.[15] 발표 당시, "제목이 벌레 이야기 같아 매력이 없다"며 「악몽」이라는 제목으로 바꾸자는 제의를 한 『신청년』 편집장에 대해 "「악몽」이 더 평범하고 매력이 없다"고 란포가 반박했음에도 불구하고 결국엔 「악몽」이라는 제목으로 출판될 수밖에 없었던 이유가 여기에 있다.[16] 과연 어떤 내용의 소설이었기에 이토록 논란거리가 된 것일까?

에도가와 란포 소설 전반의 선행연구로는 신체성 특히 시각에 주목한 논고[17]가 눈에 띄는 가운데, 『애벌레』를 중심으로 고찰한 연구는 최근 들어 검열, 신체장애, 과학과의 접점 등에 착목한 연구[18]가 확인된다. 검열문제와 신체성이 작품을 논함에 있어서 중요한 과제임을 알 수 있다. 국내연구로는 차주연 「에도가와 란포의 『애벌레』 다시 읽기-

---

15 1939년, 『거울지옥(鏡地獄)』(春陽堂)에 수록될 당시 삭제처분을 받게 된 것을 필두로 『애벌레』의 수난은 전후까지 이어졌다.

16 江戸川乱歩, 『探偵小説四十年(上) 江戸川乱歩全集13』, 講談社, 1970, 201-202쪽.

17 中川成美, 「視覚性のなかの文学」(『日本近代文学』 60(4), 2011), 韓程善, 「江戸川乱歩と映画的想像力」(『比較文学』 48, 2006), 安智史, 「江戸川乱歩における感覚と身体性の世紀-アヴァンギャルドな身体」, 藤井淑禎 編, 『国文学 解釈と鑑賞 別冊-江戸川乱歩と大衆の二十世紀』(至文堂, 2004) 등이 대표적이다.

18 검열문제에 대해서는 藤沢不二夫, 「佐藤春夫「律義者」、江戸川乱歩「芋虫」の検閲」(『日本近代文学』 83, 2010), 신체장애는 関義男, 「文学にみる障害者像 : 江戸川乱歩著『一寸法師』・『芋虫』・『盲獣』-残酷趣味で描かれた障害者」(『ノーマライゼーション 障害者の福祉』 26(9), 2006), 二通諭, 「文学にみる障害者像 : 乱歩『芋虫』から『キャタピラー』へ-絶望が性的喜びに反転し、それが反戦に反転する時空を超えた物語」(『ノーマライゼーション 障害者の福祉』 30(10), 2010), 과학과의 접점은 原田洋将, 「江戸川乱歩「芋虫」に見る「探偵小説」と「科学」の接点」(『阪神近代文学研究』 15, 2014) 등의 논고에서 이러한 연구경향이 확인된다.

현실 장치로서 그로테스크의 의미」가 그로테스크 신체성과 동시대의 사회문화적 배경에 주목해 논하고 있다.[19]

그런데『애벌레』를 둘러싸고 현재 가장 논의의 중심에 있는 문제는 '전쟁'과의 관련성, 즉 반전(反戰)소설이냐 아니냐의 문제이다. 니쓰 사토시(二通論)가 이 문제에 착목하고 있다. 니쓰는『애벌레』에는 표면상 반전(反戰)소설의 성격은 없으며 반전(反戰)이라는 레벨로 수렴될 작품이 아니라고 주장한다.[20] 란포 자신이,『애벌레』에는 "「모노노아와레(もののあわれ)」 같은 것이 들어가 있다. 반전보다는 그것을 오히려 의식했다. 반전 요소를 집어넣은 것은 마침 그것이 비참함을 표현하기에 가장 적합한 소재였기 때문일 뿐이다."[21]라고 직접 말한 바도 있기에 니쓰의 주장은 더 힘을 얻는 것처럼 보인다. 하지만 논쟁의 불씨를 지핀 것이 와카마쓰 고지(若松孝二) 감독의 영화 〈캐터필러(キャタピラ)〉(2010)였다. 당초 란포의『애벌레』를 원작으로 영화화했음을 천명했던 〈캐터필러〉는 소설에는 없는 일본군 병사의 중국 전선에서의 강간 및 살육 장면을 삽입하는 등 반전과 군국주의 비판의 주제의식을 명확히 했기 때문이다. 영화는 2010년 베를린국제영화제 황금곰상 후보에 오르는 등 그 작품성을 인정받았음에도 불구하고 일본 내의 우경화 기류와 맞물려 큰 반발에 직면했다. 결국 저작권료문제 등을 이유로『애벌레』를 원작으로 정식 표명하지는 못한 채 '란포 작품에서 착상을 얻은 오리지날 작품' 정도로 소개하는 데 그치게 되었지만,[22] 영화의 강렬한 반전의식과 가해자로서

---

19 차주연, 「에도가와 란포의『애벌레』다시 읽기−현실 장치로서 그로테스크의 의미」, 『일본어문학』 77, 2018.

20 二通論, 앞의 글, 2쪽.

21 江戸川乱歩, 『探偵小説四十年(上) 江戸川乱歩全集13』, 203쪽.

의 일본군 묘사가 걸림돌이 된 것은 분명했다. 영화가 개봉된 당해연도
에 거의 시차 없이 발표된 니쓰 사토시의 논문 등이 논란을 둘러싼 역학
을 방증한다. 주의해야 할 것은, 전시기를 포함한 소설 발표 당시의 논란
과 영화를 둘러싼 현재의 논란이 결코 별개의 사안이 아닐 것이라는
점이다. 다시 말하면, 되물어야 할 것은, 21세기 이 시점에서 『애벌레』가
여전히 논란의 중심에 설 수밖에 없는 동인 혹은 배경이 무엇인가이다.
소설『애벌레』를 더 엄밀히 들여다보아야 할 이유이다.

  소설은 전쟁에 참전했다 포탄을 맞아 사지를 잃고 몸통만 남은 채
목숨을 부지하고 있는 스나가 전 중위와 그를 3년째 보살피고 있는 아
내 도키코의 이야기다. 정절과 희생정신의 모범으로 마을에서 칭송이
자자한 아내 도키코지만, 부부의 실상은 충격적이다.

> ① 남편의 몸은 수족을 뭉개버린 인형처럼 더 이상 심할 수 없을 정도로
> 무참하고 꺼림칙한 상처투성이였다. 두 팔과 다리는 뿌리부터 잘려
> 나가 살짝 튀어나온 살덩이만 남은 것도 모자라서 몸통만 남은 괴물
> 같은 전신도 얼굴을 시작으로 크고 작은 무수한 상흔들로 번뜩이고
> 있었던 것이다. (275쪽)
> ② 그것은 마치 커다랗고 누런 애벌레 같았다. 도키코가 언제나 마음속
> 으로 빗대고 있던 것처럼 몹시 기괴하게 변형된 살로 된 팽이 같았
> 다. 어떤 때는 팔다리의 잔재인 네 개의 고깃덩이를, 그 살로 된
> 돌기를 마치 애벌레의 다리처럼 기이하게 떨면서 엉덩이를 중심으
> 로 머리와 어깨가 마치 팽이처럼 바닥을 빙글빙글 돌곤 했다.
> (276쪽)

---

22 https://ja.wikipedia.org/wiki/%E8%8A%8B%E8%99%AB_(%E5%B0%8F%E8%AA%AC)
   (검색일 : 2018.12.23.)

『애벌레』는 전쟁에서 중상을 입고 기적적으로 생환은 했지만 사지를 잃고 청각과 성대도 상실해 한낱 고깃덩이(肉塊)처럼 돼 버린 어느 군인과 그 아내의 비극이다. 소설은 그저 "살덩이" "고깃덩이"로 전락해 버린 신체를 현미경처럼 초점화해 묘사한다. 남편의 엽기적 신체를 지시하는 단어는 소설에서 헤아릴 수 없을 정도로 많다. 신체가 훼손되기 전에는 "스나가 중위"라 불리던 남자는 이제 더 이상 이름으로 불리지 않는다. 그나마 불구자, 병신, 폐인, 산송장 등의 지시어는 그래도 남자를 아직은 인간 범주 내의 존재로 간주하는 언어다.

하지만 남자는 이제 '인간'이기보다 '인간 아닌 생물' 혹은 '무생물'을 가리키는 단어로 지시될 뿐이다. 짐승, 누런 고깃덩이, 방아깨비, 추잡한 괴물, 애벌레 등은 인간 아닌 생물, 즉 동물적인 것으로 남자를 부르는 말이다. 무생물에 빗댄 지시어는 훨씬 더 풍부하다. 사물, 도구, 살로 된 팽이, 완구, 장난감 보따리, 기이한 물체, 기묘한 작동기계, 자극물, 흙인형, 망가진 인형, 생명 없는 석고 흉상 등등 남편은 아내에게 은유의 형태로 존재할 뿐이다. 이렇게 남편은 살아있으되 살아 있지 않은 존재, 무생물과 같은 존재로 다만 생명을 지연시키고 있을 따름이다.

소설 발표 당시『애벌레』는 좌익 진영으로부터 호평을 얻었다. 참전 군인의 신체상실로 인한 비극을 다룬 이야기를 반군국주의적 작품으로 이해하고 호의적 반응을 보인 것이다. 이에 대해 란포는 부정적 입장을 취했다. 문학은 통속적이고 재미있으면 그걸로 충분하며, 자신의 작품은 이데올로기를 위한 작품이 아니라고 단언한 것이다. 그러면, 작가 란포의 창작 의도는 그러하되, 텍스트로서의『애벌레』해석의 가능성은 어떠한가?

"정말 기적입니다. 전장에서 사지, 두 손과 두 다리를 잃어버린 부상
자는 스나가 중위뿐만이 아닙니다만, 모두 다 목숨을 건질 수는 없었습
니다. 실로 기적입니다. 이건 그야말로 군의관 마사도노(正殿)와 기타무
라 박사의 놀랄 만한 의술의 결과입니다. 필시 어느 나라의 군인병원에
서도 이런 사례는 없을 겁니다."

의사는 쓰러져 흐느끼는 도키코의 귀에 대고 위로하듯 그렇게 말했다.
「기적」. 기뻐해야 할지 슬퍼해야 할지 가늠할 수 없는 그 말이 몇 번이고
몇 번이고 되풀이되었다. (280쪽)

"놀랄 만한 의술", 즉 근대적 과학의 탁월성 덕분에 목숨을 건질 수
있었다는 스나가 중위의 '기적'은 일본군과 아내 도키코에게 각각 전혀
상이한 의미로 다가온다. 생존할 수 있는 낮은 가능성을 현실화해낸
중위의 신체는 근대국가 일본 그 자체라 할 수 있는 일본군에게는 생명
유지만으로도 충분히 자긍심의 근거일 터이다. 그들에게 스나가 중위는
참혹한 신체훼손에도 불구하고 전장에서 용케 '살아남은' 존재인 동시에
분명히 '살아있는' 존재이다. 허나 아내 도키코에게 남편은 함께 '살아가
야' 할 존재이기에, 생물학적으로는 '살아 있으되' 사회적으로는 '살아있
지 않은' 실로 애매모호한 존재이다. 삶을 동행하기에도 죽음을 애도하
기에도 애매모호한 경계적 존재가 되어 남편은 귀환한 것이다. 사지를
상실한 목숨마저 살려냈다는 일본 의학의 기적(奇蹟)은 이인삼각(二人三
脚)조차 여의치 않은 기이(奇異)한 신체를 오롯이 껴안고 살아가야만 하
는 아내의 부담으로 가중된다. 군대와 과학, 근대국가를 구성하는 두
핵심요소가 협업해 살려낸 남자의 목숨은 마지못해 살아가야 할 '죽음과
같은 삶'을 여자와 남자, 즉 개인에게 전가시킨 것이다. "기뻐해야 할지
슬퍼해야 할지 가늠할 수 없는" 아내의 불확실성은 남편의 살아 있음을

'기적'이라고 칭송하는 군의관의 확신과 명확히 대비된다.

　국가를 위해 자신을 던져 희생한 전쟁 영웅의 귀환은 언론에 대서특필되었다. "화려한 전공"(279쪽), "혁혁한 공훈"(280쪽) 등 스나가 중위에 대한 찬사는 그를 살려낸 일본 "외과 의술의 기적"(280쪽)이라는 자축의 언설과 긴밀히 연동돼 보도되었다.

> 　상관과 동료 군인들이 거들어 스나가 중위의 살아있는 시체가 집으로 옮겨짐과 거의 동시에 그의 상실된 사지에 대한 보상으로 공훈 5급의 금치(金鵄)훈장이 수여되었다. 도키코가 불구자의 개호에 눈물 흘릴 때, 세상은 개선축하로 대소동을 벌이고 있었다. 그녀를 향해서도 친척이나 지인 그리고 마을사람들은 명예, 명예라는 찬사를 쏟아지는 비처럼 퍼부었다. (중략) 도키코의 아이디어로 연필을 입에 물고 글을 쓰는 방법으로 대화를 나눌 수 있게 되었을 때, 가장 먼저 폐인이 쓴 것은 「신문」과 「훈장」의 두 단어였다. 「신문」은 그의 무훈을 크게 보도한 전쟁 당시의 신문기사를 오려낸 것이고, 「훈장」은 두 말할 나위 없이 금치훈장이었다. 그가 의식을 찾았을 때 와시오 소장이 제일 먼저 그의 눈앞에 갖다 내민 것이 그 두 가지였는데 폐인은 그것을 기억하고 있었던 것이다. (281-282쪽)

　화려한 전공, 혁혁한 무훈을 대서특필한 "신문기사"와 국가가 수여한 "훈장"은 군인으로서의 명예와 공로를 상징한다. 그 '명예'는 전쟁으로 인해 상실된 사지에 대한 보상이었다. 하지만 세상은 자신의 신체와 바꾼 공훈을 전시기에 요구되는 군인정신의 표상으로 한껏 "대소동"을 벌여 소비한 다음, 금세 망각해 버렸다. 세상의 기억에서 지워진 중위와 그 아내는 이내 얼마 안 되는 연금으로 살아가기 힘겨운 막막한 현실에 직면한다. 남편의 상관이었던 와시오(鷲尾) 소장의 호의 덕분에 외딴 시골의 어느 별채를 무상으로 빌려 생활하게 되지만, 사회로부터 격리된 고독한 생활은 온전히 부부의 몫이 되어 버렸다. 부부 모두에게 찬사를 보내던 주변 사람들은 하나 같이 이제 그들을 외면한다.

그런데 괴물이 되어버린 남편의 신체보다 더욱 그로테스크한 것은 그 괴물을 받들어 '축제'를 벌이다가 이내 '희생양'으로서 망각해 버리는 메커니즘 그 자체이다. '그로테스크'에 공존하는 세 가지 측면 즉, 축제 분위기를 반영하는 신체변용, 숭고함의 체험을 강제하는 추한 신체, 정상성을 혁신시키는 비정상성은 기이할 정도로 스나가 중위의 처지에 들어맞는다. 그는 공동체로부터 추방된 희생양이 신성한 존재로 귀환한다는 르네 지라르의 '괴물' 그 자체이다.[23] 축제의 이면에서 눈물 짓는 아내의 절망은 "질서화 경향과 무질서화 경향을 동일 형상 안에 결합"[24]하는 '괴물'의 본질을 여실히 폭로한다.

> 그러나 그녀가 「명예」를 경멸하기 시작한 것보다는 훨씬 뒤의 일이기 했지만 폐인 또한 「명예」에 호되게 질려버린 것처럼 보였다. 그는 이전처럼 신문과 훈장을 보여 달라 요구하지 않았다. 그리고 그 후에 남겨진 것은 불구자인 까닭에 병적으로 뜨거운 육체적 욕망뿐이었다. 그는 회복기의 위장병 환자처럼 음식물을 걸신들린 듯 요구하고 때를 가리지 않고 그녀의 육체를 탐했다. 도키코가 그것에 응하지 않을 때면 그는 위대한 고깃덩이 팽이가 되어 미친 듯이 다다미 위를 구르며 시위했다.
>
> 도키코는 처음엔 그것이 왠지 두려운 나머지 꺼려했지만 이윽고 세월이 흐름에 따라 그녀 또한 서서히 육욕의 아귀가 되어 갔다. 들판의 외딴집에 갇혀 앞날에 대한 그 어떤 기대조차도 상실해 버린, 거의 무지하다 해도 좋을 두 남녀에겐 그것이 생활의 전부였다. 동물원 우리 속에서 일생을

---

23 이창우, 『그로테스크의 정치학』, 커뮤니케이션북스, 2015, 51쪽.
24 이창우, 위의 책, 58쪽.

보내는 두 마리 짐승처럼. (282~283쪽)

이제 "가련한 불구자 군인과 정절 높은 그 아내"(281쪽)는 세상에서 분리되어 외딴 시골 별채의 "이층 육조 다다미방"(281쪽)에 갇혀 버렸다. 세상의 무관심과 외면 속에 오직 그곳만이 그들에게 허락된 "유일한 세계"(281쪽)였다. 세상의 외면 속에 버려진 부부에겐 오직 '육체'만이 살아가는 이유가 되었다. 두 남녀에게 신체 교섭은 본능을 넘어선 유일한 삶의 소일거리이자 소통방식이라 해도 과언이 아니었다.

주목해야 할 것은, 부부가 광기에 휩싸인 듯 질주하게 되는 본능적 욕망에 눈뜬 계기이다. 세상이 부여한 "명예"에 질려 그것이 더 이상 유효하지 않게 된 즈음, 남편은 더 이상 자신의 사지와 맞바꾼 "신문기사"와 "훈장"을 보여 달라 요구하지 않게 되었다. 그 대신 "병적으로 뜨거운 육체적 욕망"으로 치달아 아내의 몸을 "걸신들린 듯" 탐닉하기 시작한다. 명예의 허망성을 자각함으로써 그 반대급부로 남편은 이제 동물적 본능에 눈뜨게 된 것이다. 그 다음은 아내 도키코이다. 처음엔 마지못해 응했던 그녀도 점차 남편의 욕망에 응답하듯이 육욕에 눈뜨게 된다. 먼저 병적으로 육체적 욕망으로 치달은 것은 남편이나, 아내 또한 점차 길들여져 "육욕의 아귀"가 되어 갔다. 허망한 "명예" 뒤에 부부에게 남은 것은 "두 마리 짐승"처럼 증폭된 본능적 욕망뿐이었다. 이제 수치심마저 망각한 도키코는 더 이상 남편의 그로테스크한 신체 앞에서 당혹해 하지 않는다. 이러한 두 사람의 변화는 "당혹감은 수치심과 분리될 수 없는 다른 짝"이며, 수치심은 "어떤 사람이 스스로 자아와 사회의 명령을 어겼을 때" 생기며 당혹감은 "사회의 금지지침을 다른 사람이 파괴할 위험이 있거나 또는 파괴할 때"[25] 발생한다고 했던 엘리아스의 주장마저 훌쩍 넘어서버린 양상이라 할 수 있다. 즉, 두 남녀에게서는 자아와 사회 규범의 금지선을 침범하였다는 자의식조차 더 이상 찾을 수 없는 것이다.

이와 같이 전쟁의 그림자는 인간 신체와 정신 양자 모두를 철저히 소외하는 양상으로 노정된다. 소외된 인간은 전쟁의 그늘 속에서 그림자로서 살아갈 수밖에 없다. 스나가 중위와 아내 도키코가 그러하듯, 그들은 전쟁을 통해 소비되고 또 소거된 존재이다. '전쟁'이라는 비일상성과 '생활'이라는 일상성 사이의 메울 수 없는 불화를 표상하는 존재가 다름 아닌 스나가 중위 부부인 것이다. 그들의 비극, 즉 부부의 광기의 생활은 전쟁의 인간소외, 이데올로기의 허망성을 여실히 폭로한다.

이러한 부부의 실상은 세상이 그들을 바라보는 시선과 철저히 대극에 위치한다. 세상은 여전히 상이군인과 그 아내에게 동시대 국가가 규범으로 삼는 모럴과 역할에 충실할 것을 요구한다. 와시오 중장이 도키코를 만날 때마다 건네는 칭찬이 그 증거이다.

> "스나가 중위의 충렬은 두 말할 나위 없이 우리 육군의 자랑이지만 이건 이미 세상에 널리 알려진 바일세. 허나 그대의 정절 또한 대단하네. 그 폐인을 삼 년 세월, 조금도 싫은 내색 하지 않고 자신의 욕망을 일체 버리고 헌신적으로 돌보고 있으니. 아내로서 당연한 일이라 한다면 그뿐이지만 좀처럼 쉽지 않은 일이지. 나는 대단히 감동을 받았다네. 요즘 세상의 미담이라 생각하네. 하지만 아직 앞길이 멀지. 부디 마음 변치 말고 잘 돌봐 주게." 와시오 소장은 얼굴 마주칠 때마다 말하지 않고는 맘이 편치 않다는 듯이 그의 옛 부하이자 지금은 그의 골칫거리가 된 스나가 중위와 그의 아내를 극구 칭찬하는 것이었다. (268쪽)

---

25 노르베르트 엘리아스, 박명애 옮김, 『문명화 과정Ⅱ』, 한길사, 1999, 387-388쪽.

　　부부의 이야기는 "미담"이 되어야만 한다. 이것이야말로 국가가 그들에게 요구하고 기대하는 역할이다. 일본 육군의 자랑인 스나가 중위의 "충렬"은 자신의 욕망을 일체 희생하는 아내의 헌신적 "정절"로 보상되어야 한다. 보기 드문 "요즘 세상의 미담"은 아내가 한 인간이자 여성으로서의 개인적 "욕망"을 철저히 희생함을 통해 완성된다. 와시오 중장의 헌사는 곧 사회가 도키코에게 제시하는 기대 역할이다. 근대 초기 여성에게 요구된 '현모양처'라는 통상적 규범을 훌쩍 초월해 일체의 개인적 욕망마저 봉인하는 금욕적 삶이 그녀에게 부여된 역할이다. 아내의 헌신(獻身)은 사지를 국가에 바친 남편의 헌신(獻身)에 비례하는 것이어야 한다. 따라서 그들의 몸은 개인의 신체결정권 범주에 귀속되지 않는 공적인 몸이라고 할 수 있다. 전방의 군인 남편에게 요구된 충렬에 비례하는 수준으로 후방의 아내에게 헌신이 요구되었다는 점에서, 도키코를 향한 찬사는 철저히 국수적 내셔널리즘 시대 이데올로기의 산물인 것이다. 그녀에게는 "살아 있는 시체"(281쪽)이자 "산송장"(286쪽) 같은 전쟁영웅 남편을 평생 돌봐야만 하는 거부할 수 없는 의무가 있는 것이다. 그녀는 언제까지고 미담의 제공자이자 사회의 모범이어야 했다.

　　허나 세상의 기대와는 달리 아내는 자신의 욕망을 버리기는커녕 은밀히 그 욕망을 채워가고 있었다. 군인의 충성과 그 아내의 희생을 통해 근대국가 일본의 "자랑"이자 "미담"으로 완성되어야 할 부부 관계의 내실은 봉인되지 않는 욕망의 발산이라는 반전(反轉)의 계기로 이미 충만해 있다. 그 반전이 향하는 곳은 어디인가.

4. 텍스트의 불온성과 전복된 젠더

애당초 도키코가 정욕에 눈뜬 것은 성욕과 식욕 외에는 삶의 의미를 발견할 수 없었던 남편의 병적인 요구에 응하지 않을 수 없었던 것이 계기였다. 하지만 본능적 교섭 관계가 지속됨에 따라 도키코의 신체는 점차 자신도 당혹스러울 만큼 극적 변화를 맞이하게 된다.

> 처음에는 세상 물정 모르는 소심한 여자로서 문자 그대로 정절을 지키는 아내였던 그녀가 지금은 외견과 달리 마음속엔 소름 끼칠 정도의 정욕의 귀신이 또아리를 틀고 가련한 병신 남편을, 일찍이는 국가에 충성한 용맹스런 군인이었던 남편을 그녀의 정욕만을 채우기 위해 사육하고 있는 것처럼, 혹은 일종의 도구처럼 여길 정도로 추하게 변해 버린 것이다. 이 음란한 귀신은 도대체 어디에서 온 것인가. 저 누런 고깃덩이의 불가사의한 매력 때문인가, 그게 아니면 서른 살 그녀의 육체에 충만해 넘치는 정체를 알 수 없는 힘 때문인가. 필시 그 두 가지 모두 때문일지도 모르지만. 와시오 노인이 무언가 말을 건넬 때마다 도키코는 요즘 들어 부쩍 기름기가 도는 그녀의 육체나 다른 사람도 필시 알아차릴 법한 그녀의 체취가 마음에 몹시 걸려서 안절부절못했다. "나는 어쩌다가 이렇게 마치 바보 따위처럼 뒤룩뒤룩 살이 찌는 걸까." (269-270쪽)

그녀는 더 이상 "정절을 지키는 아내"도 "세상 물정 모르는 소심한 여자"도 아니다. 소름 끼칠 것 같은 "음란한 귀신"으로 스스로를 지칭하리만치 그녀는 현저히 변모했다. 미담의 이면에서 정절은커녕 정욕의 화신이 되어 남편의 불구 신체를 성적 도구화한 한 여자가 있을 뿐이다. 근대 일본의 용맹스런 군인이었던 남편의 신체는 이제 아내의 정욕을 채우는 도구로서 소비된다. 하지만 사지가 절단되어 무용의 신체가 된 남편의 결손투성이 몸의 유일한 쓰임새가 아내의 성적 도구라는 것은 참으로 아이러니컬하다.

이제 더 이상 기묘한 신체는 스나가 중위만의 몫이 아니다. 도키코의 신체 변화는 남편 못지않게 그로테스크하다. 상이군인 남편을 개호하는 힘겨움으로 나날이 쇠약해져야 "세상의 미담"에 더 부합할 아내의 신체는 되레 "기름기"가 돌 정도로 살이 찌고 이전에는 없던 체취마저 강하게 풍기게 된다. 아내의 신체는 분명 변화하고 있으되, 그녀 스스로도 놀랄 만큼 건강한 성적 신체로 탈바꿈하고 있는 것이다. 이러한 변화는 일체의 개인적 욕망을 버리고 정절을 지키는 희생적 군인 아내에게 기대되는 양처(良妻)상에서 일탈하는 기묘한 신체 변화이다. 사지 절단된 남편의 신체와 나날이 정욕의 기름기가 충만해지는 아내의 신체는 그 동인의 현격한 차이에도 불구하고 그로테스크 신체의 현저함에서는 분명 맞닿는다.

당연히 이러한 변화는 심각한 결손 신체로 전장에서 돌아온 남편의 귀환을 전후해 야기된 변화이다. 그로테스크할 정도의 신체훼손을 전환점으로 가부장제 아래에서 수동적, 보조적 역할에 머물렀던 아내와 상이군인으로 돌아온 남편의 관계는 극적으로 전도되는 것과 궤를 같이 하는 변화이다. 사지가 잘려나간 남편은 아내의 전적인 도움 없이는 살아가는 것 자체가 불가능한 몸이다. 그야말로 쓸모없는 몸이다. 극도로 훼손된 남편의 몸은 이제 "군대적 유용성의 대극에 위치"[26]할 뿐만 아니라 일상에서도 무용(無用)한 신체이다. 혼란스럽고 안쓰러운 마음으로 남편을 개호하던 아내는 훼손된 남편의 신체를 더욱 성적으로 가

---

26 安智史, 앞의 글, 194쪽.

학하는 것으로 질식할 것 같은 일상으로부터의 일탈을 꾀하고, 이를
통해 가까스로 정신의 균형을 유지해 나간다. 가학과 환희의 경계를
넘나드는 성적 탐닉은 아내의 탈출구인 동시에 남편이 아내에게 제공
할 수 있는 유일한 봉사이기도 하다. 집밖에서는 남편의 신체결손을
헌신적으로 메꾸어주는 조강지처로 칭송받는 아내이지만, 집안에서는
"괴물" 같은 남편의 몸 위에서 "짐승"처럼 군림하는 도키코이다. 남편
은 아내에게 "사육"되는 도구적 존재에 불과하다.

이렇게 남편과 아내, 부부의 젠더 위계는 전쟁이라는 계기로 인해
완벽히 역전된다. 남편이 군인인데다 부부 관계의 역전을 야기한 직접
적 계기가 전쟁이라는 점에서 뒤집혀진 위계가 의미하는 바는 크다.
집안에서 남편을 내조하고 후방에서 전방을 지원하는 것이야말로 근대
일본의 여성에게 부여된 지상과제였기 때문이다. 따라서 남편의 신체
를 유린하는 도키코의 가학은 내셔널리즘과 분리 불가능한 근대 남성
성에 대한 반란인 동시에 흠집 내기로 해석할 수 있다. 스나가에 대한
도키코의 가학이 여성에게는 제한적으로, 금욕적으로 허용되었던 성
적 쾌락과 긴밀히 연동돼 있다는 점 또한 이를 뒷받침하는 근거이다.

문득 다른 것을, 좀 전의 기묘한 유희의 광경을 환상처럼 눈에 떠올렸
다. 거기엔 빙글빙글 도는 살아있는 팽이 같은 살덩어리가 있었다. 그리
고 살이 쪄 기름기가 오른 서른 살 여자의 흉측한 몸뚱이가 있었다. 마치
지옥도처럼 뒤엉켜 있는 것이다. 이 얼마나 꺼림칙하고 추한 광경인가.
허나 그 꺼림칙함, 추함이 어떤 다른 것보다도 마약처럼 그녀의 정욕을
불러일으키고 그녀의 신경을 황홀케 하는 힘을 지니고 있을 줄은 삼십
년 반생을 통해 그녀가 일찍이 상상조차 못했던 일이었다.
"아아, 아아."

> 도키코는 가만히 스스로의 가슴을 끌어안으며 영탄인지 신음인지 분간키 힘든 소리를 내며 이제 막 부서질 듯한 인형 같은 남편의 잠든 모습을 바라보았다. (278쪽)

아내의 육체는 남편의 훼손된 신체를 성적으로 탐닉한다. 꺼림칙한 "남편의 팽이 같은 살덩어리"는 아내의 정욕을 억제시키는 것이 아니라 되레 "마약처럼" 고양시킨다. 꺼림칙함, 추함 같은 네거티브 요소로부터 그녀의 욕망은 더욱 부추겨진다. 이처럼 추한 것, 원초적인 것, 날것에서 더 성적 욕망이 자극되는 양상은 미시마 유키오 『가면의 고백』(1949)의 시점 인물 '나'가 유년기에 똥지게꾼이 오물을 퍼 나를 때의 맨몸이나 행군하는 병사들의 땀 냄새로부터 성적 욕망을 환기하는 성적 원체험의 장면과 오롯이 오버랩된다.[27] 이성애와 동성애의 차이를 넘어 일견 추한 것, 날것으로부터 더욱 성적 자극이 배가되는 양상은 두 소설에서 매우 유사하다고 할 수 있다.

> 그녀는 갑자기 남편 위로 몸을 웅크려 일그러진 입 주위의 번들번들 광택 나는 커다란 화상 상처 위에 흡사 쏟아지는 비처럼 입맞춤을 퍼붓는 것이었다. 그러면 폐인의 눈에 겨우 안도의 빛이 보이고 일그러진 입 주위에 흡사 울고 있는 듯한 추한 미소가 번진다. 도키코는 항상 그래왔듯이 남편의 추한 미소에도 불구하고 미친 듯한 격렬한 입맞춤을 멈추지 않았다. 그건 우선은 상대의 추함을 잊으려 그녀 자신을 억지로 달콤한 흥분으

---

27 미시마 유키오, 양윤옥 옮김, 『가면의 고백』(문학동네, 2009)을 통해 각각 그 일부 내용을 인용하면 다음과 같다. 「지저분한 몰골의 젊은이를 올려다보며 나는 저 사람처럼 되고 싶다는 욕구, 저 사람이고 싶다는 욕구에 휩싸였다.」(18쪽, 똥지게꾼), 「그러나 나를 매료시키고 그들에게서 총알 통을 받는 즐거움의 숨은 동기가 된 것은 오로지 그들의 땀 냄새였다.」(22쪽, 병사들).

로 유혹하기 위함이었지만, 또 다른 이유로는 완전히 신체의 자유를 상실
한 이 가련한 불구자를 제 마음대로 괴롭히고 싶은 불가사의한 기분 또한
거들고 있었다.

　하지만 페인은 그녀의 과분한 호의에 당황해 숨조차 내쉴 수 없는 고통
에 몸부림치며 추한 얼굴을 이상하리만큼 일그러뜨리며 괴로워했다. 그것
을 본 도키코는 언제나처럼 어떤 감정이 신체 내부로부터 근질근질하며
솟구쳐 오르는 것을 느낄 수 있었다. 그녀는 광기에 휩싸인 듯 페인에게
달려들어 남편의 몸을 덮고 있던 오시마 메이센의 보자기를 억지로 잡아
찢어 벗겨버렸다. 그러자 그 속에서 무언지 정체를 알 수 없는 고깃덩이가
굴러 나왔다. (274-275쪽)

　잠시 자리를 비운 아내의 부재를 질투하는 남편을 달래는 "손쉬운
화해 수단"(274쪽) 또한 남편에 대한 위로와 가학의 경계를 넘나드는 성
적 스킨십이었다. 그것은 그녀 자신에게는 성적 흥분의 고양과 불구자
에 대한 가학이라는 기묘한 조합으로 이루어진 교섭이었다. 신체적 약
자를 학대하고픈 "불가사의한 기분"이 성적 욕망과 맞물린 결과로서의
격렬한 입맞춤은 되레 남자에게 위로를 선사한다. 그 위로는 아내의
신체에 짓눌려 숨조차 제대로 쉴 수 없는 "고통"과 "미소"가 하나 된
기묘한 양태로 드러난다. 불구의 신체 외에 달리 자신을 증명할 길 없
는 남자에게는 여자의 가학적 스킨십이 고통인 동시에 기쁨인 것이다.
양자는 여기서 명확히 가학-피가학의 SM적 관계를 노정하고 있다.

　무엇보다 중요한 것은, 『애벌레』에서 여성이 수동적 객체가 아니라
적극적 주체로서 성교섭을 견인하는 양상을 보인다는 점이다. 여성은
마지못해 남자의 성적 요구에 응하는 존재가 아니라 주도권을 쥐고 자신
의 욕망을 충족시키고자 하는 주체적 존재이다. 부부 관계의 신체결정

권을 남편이 아니라 아내가 주도하는 것이다. 이는 분명히 동시대의
젠더 이데올로기를 뒤집은 전복적 남녀 관계이다. 또한 그로테스크 신
체와 성적 묘사의 과도한 현시를 그 특징으로 하는 1930년 전후 란포
소설에서 여성은 남성에 의해 납치되고, 살해되고, 신체가 분절되고,
성적 유희의 대상화되는 등 예외 없이 피해자이자 객체로서만 그려지고
있다는 점에서 보면, 이와 같이 전도된 『애벌레』의 남녀 관계는 단순히
예외적인 차원을 넘어 필히 주목해야 할 대상이다. 작가 란포의 작의가
젠더 관계의 전복에 있지 않았다 할지라도 텍스트 『애벌레』에서의 젠더
관계 역전은 중요한 의미를 지닌다. 남자의 폭력에 노출된 여자, 성적
대상화되는 여자에서 남자를 때리는 여자, 성적 주체로서의 여자로 전
화한 것이다. 이를 가학-피가학 관계, 이른바 SM관계로 파악하더라도
양상은 마찬가지이다. 여성은 피가학적 객체로부터 가학적 주체로 탈바
꿈한다. 심지어 도키코의 가학 대상은 가부장제와 내셔널리즘을 동시에
체현한 존재, 전직 군인 남편이다. 그러한 의미에서 소설 『애벌레』는
작가 자신의 적극적 부인에도 불구하고, 아니 그 부인(否認)으로 인해서
역설적으로 더욱 불온성을 띠게 되는 것이다.

　전술한 바 있지만, 이진경에 의하면, 불온함의 기분이나 감정은 흔
히 생각하듯 정부에 대한 비판이나 체재에 대한 비난에 의해서만 야기
되는 것이 아니다. 스나가와 도키코의 기묘한 관계는, 불온성에 대해
"불온함이라는 감정은 정체를 알 수 없는 것에서 온다. 뻔히 눈앞에 있
지만 무엇을 하는지, 무엇 때문에 저런 짓을 하는지 이해할 수 없을
때 일어난다."[28]고 정의했던 이진경의 언급에 그대로 부합한다. 불온성

---

28 이진경, 앞의 책, 22-23쪽.

의 불안은 "침범이나 횡단에 의해, 대상들을 구별하게 해주던 경계들
이 와해되고 뚜렷하게 변별되던 대상들이 하나로 섞이는 침수"[29] 속에
서 야기된다고 한 지적 또한 남편과 아내를 변별했던 자명한 경계선이
무너지고 그 관계가 극적으로 뒤집어지는『애벌레』의 당혹스런 상황을
해석함에 있어 매우 시사적이다.

　무용의 몸으로 전락한 남자의 신체는 아내의 성적 "완구"로서만 그
존재 가치를 인정받는다. 성적 쾌락에 눈뜬 여자의 몸은 남자의 신체를
유린함으로써 근대 내셔널리즘이 구축했던 남녀의 젠더 경계선을 훌쩍
월경한다. 쾌락에 환희하는 아내의 몸은 "정절"과 "희생정신"으로 부부
의 이야기를 미담화하기에 여념 없는 세상의 시선을 보란 듯이 조소한
다. 가련하고 기특한 부부를 위해 집을 빌려준 전역군인 와시오 소장의
시선은 보고 싶은 것만 보고 믿고 싶은 대로만 믿으려 하는 세간의 몰
이해 혹은 무의식을 상징한다. 제국의 장성이 마련한 집안에서 제국의
군인이었던 남편의 신체를 유린함으로써 아내는 그간 억눌려 비가시화
된 채 있었던 여성의 신체와 욕망을 현저히 가시화한다. 남편의 몸은
아내의 욕망을 충족시켜주는 충실한 노리개다. 신체와 성의 관계 역전
으로 상징되는 남녀 관계의 전도가 실은 페미니즘이 남성중심주의의
견고함을 해체하기 위해 실천하는 핵심 전략 중 하나임을 상기하면 더
욱 그러하다. 즉 여성이, 젠더적으로 남성적 역할이나 양태로 여겨지
는 것들을 되레 적극적으로 행동하기가 바로 그것이다. 폭력성, 가학
성 등 비록 네거티브한 영역일지라도 남성적인 것으로 간주되었던 양
태들을 의식적으로 흉내내기 함으로써 남녀 간의 견고한 성별이분법

---

29 이진경, 앞의 책, 30쪽.

경계선을 허물고자 하는 일련의 실천방법이다.

나아가 이러한 관계가 근대 내셔널리즘이 전쟁을 빌미 삼아 여성 신체를 동원하고 소비했던 역사적 사실의 전복적 양태로서 읽힌다면 과도한 해석일까. 종군위안부가 그 대표적 사례였음은 두 말할 나위가 없다. 『애벌레』는 작가 란포의 의도와 무관하게 젠더적, 내셔널리즘적 전복의 계기를 강렬히 그 안에 담고 있다. 작가의 의도와 어긋나는 지점에서 되레 구축된 해석의 가능성으로 인해 텍스트의 불온성은 더욱 배가된다. 발표 당시의 1929년이든, 전쟁이 본격화되던 1939년이든, 전전이든 전후이든, 좌파이든 우파이든, 장애인이든 비장애인이든, 반전소설이든 아니든, 이 소설이 상이한 시대의 상이한 입장의 이들로부터 비판과 칭송을 포함한 다양한 반응을 자아내는 이유 또한 텍스트에 내장된 불온성 때문일 것이다. 감각에 호소하는 기이하고 자극적인 소설에 그치지 않고 참으로 불편하게 읽히는 소설이 『애벌레』이다. 감각적으로 낯선 차원을 넘어 동시대 체재 자체와 이화되게 읽히는 불편함이야말로 이 소설이 정치적 무의식과 정치적 올바름 사이에서 극단적으로 엇갈린 평가를 두루 받는 이유이기도 하다.

그러면 이 뒤집혀진 남녀 관계의 끝은 어디인가. 그것은 어디로 향하는가. 성욕을 담보하는 촉각과 더불어 남편에게 남겨진 마지막 감각인 시각이 그 단서를 제공한다.

> ① 괴물 같은 모습 중에서 그나마 온전한 것이 두 눈이었는데, 추한 다른 모습과는 달리 이것만은 순진무구한 어린아이처럼 맑고 둥글고 귀여웠다. (273쪽)
> ② 무엇보다 분명한 것은 무언가 말하는 듯한 남편의 두 눈이 서로가

편안한 짐승으로 변하는데 몹시 성가신 방해물처럼 느껴졌다는 것
이다. 때때로 그 눈에 떠오르는 정의감은 가증스럽기조차 했다. 두
눈은 보기 싫은 방해물일 뿐만 아니라 그 속에는 훨씬 더 기분 나쁜
무언가가 느껴지기도 했다. 그러나 그건 거짓말이다. 그녀는 남편을
진짜 산송장으로 만들고자 했던 것은 아닐까. (중략) 그래서 그녀의
채워지지 않는 잔학성을 밑바닥부터 충족시키고 싶었던 것은 아닐
까. 불구자의 온몸 중에서 두 눈만이 겨우 인간적 면모를 남기고
있었다. 그 눈이 남아 있어서는 어쩐지 불완전한 느낌이 들었던 것이
다. 그녀의 진정한 고깃덩이 팽이는 아닌 것 같은 느낌이 들었다.

(286-287쪽)

남편의 두 눈은 아내 도키코에게 양가적으로 다가온다. 두 눈은 남편
의 다른 신체와는 달리 유일하게 추하지 않은 기관으로 "순진무구한
어린아이"의 그것처럼 느껴진다. 한편 유일하게 "인간적 면모"를 남기고
있는 남편의 눈은 "보기 싫은 방해물"이자 "성가신 방해물"이기도 하다.
남편에게 헌신한다는 칭송의 이면에서 아내는 은밀하되 노골적으로 남
편에게 가학적 폭력을 행사하고 성적으로 능욕하는 매일을 보내고 있었
기에, "인간적 면모"를 환기시키는 남편의 두 눈이 오히려 불편하고 "성
가신" 것이다. 아내는 아무런 저항도 불가능한 남편의 신체를 성의 완구
로 사용하고 욕망의 배설구로 취급한다. 아내의 "채워지지 않는 잔학성"
앞에서 남편이 할 수 있는 것이란, 오직 눈빛을 보내는 것뿐이다. 그
눈빛으로 인해 남편이란 존재는 완전한 괴물도 완전한 인간도 아닌 "불
완전한 느낌"의 애매한 존재가 되어 버린다. 그 애매함, 모호함, 경계성
이 도키코에게 내면 깊숙이 잠재돼 있는 죄의식, 윤리성, 정의감을 상기
시키기에, 도키코는 유일하게 "온전한" 두 눈이 가증스러운 "방해물"처

럼 느껴지는 것이다. 인간성의 환기가 두려운 것이다.

결국 도키코는 남편의 두 눈을 손가락으로 짓이겨 무참히 망가뜨려 버린다. 그것이 "무의식적인 과실"(286쪽)인지 아니면 남편을 "진짜 산송 장"으로 만들고자 한 고의의 산물인지는 그녀 자신에게도 확실치 않지 만, 명확한 것은 남편에게 유일하게 남겨진 "외계와의 창"(286쪽)이 이제 영원히 닫혀져 버렸다는 사실이다. "편안한 짐승"이 되는 본능적 동물화 과정의 유일한 심리적 걸림돌이던 남편의 눈을 도키코는 닫아버린 것이 다. 왜냐하면 그 눈은 남편과 세계를 잇는 유일한 창일뿐 아니라 도키코 의 양심, 즉 죄의식이 비쳐지는 거울이기도 했기 때문이다.

> 폐나 위는 있지만 사물을 볼 수는 없다. 소리도 못 듣는다. 한마디 말도 할 수 없고, 뭔가를 잡을 손도 없고, 일어날 다리도 없다. 그에게 이 세계는 영원한 정지이자 끝없는 침묵이며, 한없는 어둠이다. 일찍이 그 누가 이런 공포의 세계를 상상할 수 있었겠는가. 그곳에 사는 이의 심경을 그 무엇에 비할 수 있겠는가. 그는 필시 살려달라고 한껏 소리 내어 외치고 싶으리라.
> (289쪽)

아내의 광기 어린 가학 행위로 인해 마지막 남은 세상과의 창인 시 각마저 상실한 남편의 세상은 말 그대로 침묵의 세계이자 암흑의 세계 이다. 그것은 감각과 움직임이 차단된 "영원한 정지"의 세계이다. 생명 의 유력한 증거인 감각과 움직임이 차단된 그 세상은 그래서 한없이 죽음에 가까운 세상이라 할 수 있다. 살아 있으되 죽은 것이나 진배없 는 세상이기에 그곳은 "공포의 세계"인 것이다. 생명으로부터도 안식 으로부터도 동떨어진 절망의 세계 속에 남편은 갇혀 몸부림친다. 침묵 의 어둠 속에 유폐된 그의 영혼은 세상을 향해 절규하지만 그 소리에는 메아리가 없다.

그런데 실은 이 절망의 세계는 남편을 껴안은 채 세상으로부터 완전 고립된 아내의 세계이기도 하다. 과잉의 정욕과 가학성에도 불구하고 남편 이상으로 아내가 더 애잔한 이유는, 남자의 어둠과 침묵마저 오롯이 여자의 몫이기 때문이다. 그 고통과 공포를 나눌 수 있는 이조차 남편 외에 달리 존재하지 않는다. 세상의 "미담"이자 "정절"의 상징으로 의미 부여된 부부의 처절하고 추한 실상을 세상은 알고자 하지 않기 때문이다. 모르는 것이 아니라 알고 싶어 하지 않는 것이다. "명예"는 세상이 부부에게 부여한 찬사가 아니라 '역할'이다. 부여된 명예, 즉 주어진 역할에 충실한 배우로서 살아갈 것을 요구받는 부부에게 서로는 각자에게 허락된 유일한 대화 상대이다. 그런 의미에서 증폭되는 아내의 정욕과 가학 행위는 감각이 마비된 남편과 소통하고자 하는 처절한 몸부림이기도 하다. 고립무원의 그들에게 '고통'은 한쪽이 다른 한쪽에게 일방적으로 주고 당하는 것이 아니라 함께 '나누는' 것이다. 고통과 쾌감이 분할선 없이 혼재된 극적인 관계 맺기야말로 이 부부가 둘만의 고독한 세계를 살아가는 소통법이다.

따라서 이 소설의 그로테스크함은 부부의 비범한 성적 교섭, 과잉의 가학성에서 비롯되는 것이 아니라 묘사 및 표현 차원의 과잉성, 비일상성을 넘어 그것이 마땅히 그렇게 전개될 수밖에 없는 심리와 과정이 수긍되어지는 개연성, 즉 삶의 리얼리티를 담보하고 있는 것에서 역설적으로 기인한다고 할 수 있다. 상이군인 부부의 은밀하고 처절한 관계를 엿본 독자가 당혹케 되는 진짜 이유는 둘의 기묘한 관계 이상으로 기묘한 실존의 애잔함에 공감하는 스스로를 발견하게 되기 때문이다. 즉 소설은 과도한 비일상성을 통해 삶의 일상성을 극적으로 환기시키고 있는 것이다. 『애벌레』의 그로테스크는 전쟁과 일상적 삶의 불화, 이데올로기의 허망성을 여실히 폭로함을 통해 달성된다는 점에서, 공감 곤란한 과도한 신체성에 주로 집착하는 것으로만 시종일관한 란포의 동시대 다른 소설과는 명확히 변별된다.[30] 그 차이는 결코 "모노노 아와레"[31]나 "노스탤지어"[32] 등과 같은 정서적 레벨로 수렴될 수 있는 성격의 무엇이 아니다.

부부는 남편에게 남겨진 마지막 감각인 촉각을 매개로 마지막 대화를 나눈다. 아내는 남편의 몸 위에 몇 번이고 "용서해 줘"라는 메시지를 남겨 자신의 죄업을 사죄한다. 남편은 마지막 혼신의 몸부림으로 "용서해"라는 답을 아내에게 남긴다. 그리고 아내의 부재를 틈타 깊은 밤 "애벌레"(293쪽)처럼 계단과 정원 땅바닥을 기고 또 기어간 끝에 우물에 몸을 던진다. 이렇게 애잔함과 충격이 교차하는 마무리는 란포 미스터리소설 특유의 귀결로서는 이례적이다. 결핍된 신체를 통한 소통으로 신체의 상실을 메울 수밖에 없었던 부부의 비극적 관계는 그저 놀라운 읽을거리가 아니라 전쟁이라는 비일상성을 통해 삶의 본원적 일상성을 환기한다. 그런 의미에서 소설은 반전(反戰)소설이라는 기대마저 훌쩍 넘어선 진정한 반전(反転)소설에 이른다고 할 수 있다. 『애벌레』의 진정한 그로테스크함은 여기에 있다.

---

30 다만, 『외딴섬 악마』는 이성 샴쌍둥이, 인공적 기형아 등 소설 속에 등장하는 인공적 기형 신체가 우성 인자 확장, 열성 인자 소거라는 동시대 우생학의 모토를 뒤집어 전복적으로 전유하는 문제의식을 내재하고 있다는 점에서, 『인간의자』 『난쟁이』 『눈먼 짐승』 등의 소설과는 구별해 사고될 필요가 있다.

31 江戸川乱歩, 『探偵小説四十年(上) 江戸川乱歩全集13』, 講談社, 203쪽.

32 小松史生子, 「風景としての身体－モダニズム文学と探偵小説」, 『日本近代文学』94, 2016, 192쪽.

여기서 다시 니쓰 사토시의 주장을 재고하면, 『애벌레』는 반전(反戰)소설의 성격은 없으며 오히려 지배적인 도덕관으로부터의 일탈, 지배체제에 대한 반역적 태도가 더 투영돼 보인다는 것이 그의 입장이다.[33] 하지만 란포의 창작 의도가 반전소설이 아니었고 표면적으로 반전소설 요소가 없다 하더라도, 소설은 이미 반전(反戰)소설로 읽힌다. 작가의 의도와 무관하게, 의도를 벗어나서, 의도를 넘어서서 독자들에게 반전소설로 읽힌다는 것이야말로, 작품 해석의 가능성에서 실로 중요한 부분이다. '반전'보다는 오히려 "지배 체제에 대한 반역적 태도"가 투영된 소설로 읽어야 한다는 니쓰의 주장도 달리 말하면, 텍스트의 불온성, 반역성을 더 적극적으로 해석하고 인정한다는 의미가 아니고 무엇이겠는가.

"커다랗고 누런 애벌레"(276쪽)는 우물 속 "칠흑 같은 아래"(293쪽)로 한없이 추락한다. 상상조차 할 수 없는 고통을 무릅쓰고 남편이 사지 없는 몸통을 이끌어 죽음으로 향한 것은 마지막 남은 인간다움을 지키기 위함일 터이다. 훈장도 명예도 지켜주지 못한 인간으로서의 마지막 존엄을 온몸으로 증명하고자 함이었을 것이다. 동물적 본능이나 광기에 내맡긴 충동적 행위가 아니라 남겨진 이성을 쥐어짠 의지적 선택이라는 점에서, 소설의 여운은 짙고 길다. 전쟁이라는 비일상성과 생활이라는 일상성 사이의 양립할 수 없는 불화를 직시하게끔 하는 소설 『애벌레』는 참으로 불온한 텍스트이다. 과잉의 신체훼손으로 인해 야기된 인간의 동물적 본성과 광기를 그로테스크의 레벨에서 폭로하고자한 소설은 작가의 의도를 넘어서서 비극의 근원 그 자체를 사유하게끔 견인한다. 그러한 의미에서, 소설 『애벌레』는 전복적 전유의 해석 가

---

33 二通論, 앞의 글, 2쪽.

능성을 한껏 내포한 불온한 텍스트임에 분명하다.

5. 역사를 환기하는 반전소설

이상에서 1930년을 전후해 발표된 에도가와 란포 소설에 범람하는 그로테스크 신체성의 내실과 텍스트의 불온성을 소설『애벌레』에 특히 주목해 고찰하였다. 이 시기 란포 소설의 공통점은 기형, 변형, 장애 신체 등 신체의 비정상적 왜곡과 훼손이라는 그로테스트 신체성이 두드러진다는 점이다. 다만『인간의자』·『난쟁이』·『눈면 짐승』등의 소설에서는 잔혹, 엽기적 과잉성이 공포나 잔혹 그 자체를 드러낼 뿐, 그 배경에 대한 본질적 사유를 환기하지 못하는 한계가 있었다. 이에 비해 전쟁에서 사지를 잃고 귀향한 군인 남편과 그의 아내의 기이하고 충격적인 서사『애벌레』는 공포나 잔혹 그 자체를 넘어 그 동인과 배경에 대한 사유를 견인하고 있음을 확인할 수 있었다.

사지를 잃은 불구에 시각과 촉각 외엔 모든 감각이 마비된 남편의 훼손된 비정상 신체로 인해 부부의 관계는 극적으로 전복된다. 국가에 온몸을 다해 충성한 남편과 정절을 지키며 헌신하는 아내의 미담으로 칭송받는 이면에서, 아내는 남편의 신체를 성의 완구로 소비하고 가학적 폭력을 행사한다. 비록 가학−피가학 관계의 형태를 취하고는 있지만, 여성이 적극적 주체로서 성교섭을 주도하고 신체결정권을 쥐고 있다는 점에서 이는 분명히 동시대의 젠더 이데올로기를 뒤집은 전복적 남녀 관계라고 할 수 있다. 더욱이 피가학 대상이 내셔널리즘과 가부장제를 동시에 체현한 존재인 군인 남편이라는 점에서, 소설은 작가 자신

의 부인에도 불구하고 단순한 반전(反戰)소설의 레벨을 넘어선 불온성
을 띠게 되는 것이다.[34] 남과 여, 남편과 아내, 국가와 국민 사이를 변
별했던 자명한 경계선은 와해되고 양자의 관계는 극적으로 뒤집히고 또
뒤섞여진다.

이와 같이 비정상 신체를 매개로 인간 내면의 가학성과 폭력성을 확
인케 하는 소설은 작가의 의도를 벗어난 지점에서 전복의 가능성을 내
장한다. 부부의 기묘하고 전도된 관계를 통해 전쟁과 일상적 삶의 불
화, 이데올로기의 허망성을 여실히 폭로한다. 결국 남편은 비극적 자
살을 선택하고, 이로 인해 환기된 인간다움의 편린으로 인해『애벌레』
는 통속소설로만 소비될 수 없는 진정 불편하고 불온한 텍스트가 되어
버렸다. 그로테스크한 신체성이 그저 범람할 뿐인 엑센트릭한 텍스트
로 마무리되었다면,『애벌레』또한 과잉의 신체성만 부각돼 돋보이는
란포의 다른 소설들과 하등 다를 바 없는 평가를 받는 것이 온당할 것
이다. 허나 인간다움의 편린을 그 마지막 지점에서 상기함으로 인해
비인간적이었던 자신의 모습을, 야만적인 과거의 역사를 직시해 소환
할 수 있는 출구를 소설은 마련한 것이다. 상기된 인간다움으로 인해,
비인간과 인간 사이에 가로놓인 현격한 낙차를 환기함으로 인해, 역설
적으로 소설『애벌레』는 통속소설로만 소비될 수 없는 진정 불편한 소

---

34 란포는 전후 1948년에『애벌레』를 다시 출간함에 있어, 한때는 "전쟁으로 불구가 된
불행한 사람들"을 생각해 재출간을 피했지만 "이 작품의 진짜 의미는 결코 장애인을
야유하는 게 아니기 때문"에 재출간의 결심을 했다는 글을 남기고 있다. 당국이 아닌
란포 자신의 자기검열을 통과한 셈이다. 그리고 이를 통해 또 한 가지 간과하지 말아야
할 것은, 란포 또한 '전쟁'이라는 소재를 우연히 차용했을 뿐이라는 자신의 언급과는
달리 '전쟁'을 그리고 전쟁과 비정상 신체와의 연관성에 대해 다분히 의식하고 있었다
는 사실이다. (江戸川乱歩,『旬間ニュース 特集』2, 1948.9)

설이 되어 버렸다. 21세기에도 『애벌레』가 여전히 논란의 중심에 있는 이유는, 텍스트의 불온성이 전쟁이라는 역사를 소환하고 일본의 엄정한 현실을 끊임없이 환기시키기 때문일 것이다.

마이너 신체성과 근대일본문학

　근대는 우생학의 시대다. 건강하고 우수한 신체를 지닌 국민의 재생산이야말로 근대국가의 향상성과 지속성을 담보할 수 있는 토대로 인식되었다. 평균적 수준을 충족하고 넘어서는 정상적 신체가 욕망되었고, 평균적 기준에 미치지 못하는 비정상적 신체는 소외되었다. 정상성의 기준이 온전하고 건강하고 아름다운 신체라면, 비정상성의 요소는 결여되고 부실하고 추한 신체였다. 또한 공동체 재생산이라는 근대국가의 요건을 충족할 수 있는 전제로서 이성애적 신체가 자명시되었다. 근대의 개인은 정상적 기준을 충족할 경우에만 근대국가의 국민으로 인정받을 수 있었다. 국가는 앞장서 개인의 신체를 관리하였고, 신체와 분리될 수 없는 개인의 정신은 국가의 관리정책 아래 구속되었다. 그러한 의미에서 근대국가가 우생학을 통해 궁극적으로 장악하려 한 것은 개인의 자유로운 정신이었다.

　하지만 신체와 달리 정신은 쉽사리 장악될 수 있는 성질의 것이 아니다. 억압으로부터 벗어나고자 하는 욕망은 다양한 양상으로 표출되었다. 한센병자 격리 정책은 비록 신체는 감금하였으되 요양소의 담을 넘어 사회로 뻗어가는 한센병자의 생명은 가둬둘 수 없었으며, 이성애 이데올로기는 도시의 어둠을 틈타 자신의 정체성을 확인하고자 하는 동성애자의 영혼을 교화할 순 없었다. 일탈은 마이너리티만의 몫이 아니었다. 남성 작가는 동시대 여성운동의 요체였던 모성주의 우생사상을 부성의 관점으로 전유해 문학과 실생활 모두에서 재생의 전기를 마련하고, 그로테스크소설은 신체 향상을 목적으로 하는 우생사상을 전복적으로 전유함으로써 뜻하지 않게 젠더 간 비대칭성과 역사의 엄정함을 환기시킨다. 이렇게 국가의 신체 구속과 마이너리티의 저항이라는 이항대립 구도에서 일탈한 예기치 않은 다층적 양상이 동시대 콘텍스트 속에서 빚어진다. 근대 초기, 과학과 내셔널리즘이 결탁한 우생사상의 영향으로부터 자유로울 수 있는 이는 없었다. 향상, 상승 지향의 우생사상의 배제 대상이 되는 마이너리티가 아닐지라도 동시대의 지배적 이데올로기와 나름의 방식으로 관계 맺지 않을 방도는 없었기 때문이다. 그렇기에 우생사상의 진정한 불온성은 그것으로 인해 파생될 수 있는 양상의 예측 불가능성에 있다고 해야 할 것이다. 우생사상의 대항체 혹은 희생양이 아니라 우생사상 자체가 불온성의 온상인 것이다. 이러한 다면적, 다층적 측면을 살펴보고자 함이야말로 본 저술이 지향하는 바였다.

1부는 '한센병과 근대 내셔널리즘'이라는 주제로 한센병자의 고난과 비극이 투영된 한센병문학에 대해 살펴보았다. 한센병자의 근대는 내셔널리즘과 결탁한 우생사상에 기초한 국가정책에 의해 격리와 단종을 강요당하는 억압의 시대였다. 한센병문학은 오랜 동안 혹독한 혐오와 차별의 대상이었던 한센병과 한센병자의 실상에 대한 정보를 사회로 발신하는 통로였다는 점에서 그 의의가 자못 크다. 일본 최초의 한센병 문학 작가로 평가되는 호조 다미오는『생명의 초야』(1936)를 통해 요양 소 격리에 대한 한센병자 당사자의 최초의 문학적 자기표현을 사회에 발신하였다.『생명의 초야』는 한센병자 자신에게도 낯설고 두려운 요 양소의 삶을 수용해 가는 고뇌와 실존적 성찰로 충만한 세계다. 그것은 과거의 삶에 집착해 한센병자를 타자로 바라보던 자신의 '인간'을 죽이 고 한센병자로서의 '생명'을 새로이 받아들이는 것을 통해 가능한 세계 였다. 그렇기에 한센병문학은 결코 한센병 혹은 한센병자만의 특수한 세계가 아니라 어떻게 살 것인가라는 '생명'의 고뇌를 공유하는 우리 삶의 보편성과 긴밀히 맞닿아 있다.

　이어 호조 다미오 이후의 한센병소설의 계보와 변천을 격리, 불치(不 治), 단종을 키워드로 연대기별로 고찰하였다. 한센병자를 둘러싼 삶의 실존적 조건들이 전전에서 전후로, 근대에서 현대로 이어지는 시대의 흐름에 따라 어떻게 변화하는지, 그리고 그 양상은 한센병소설 속에 어떻게 투영되어 있는지를 살펴보았다. 주요 탐구대상은 1930년대 초기 한센병소설의 화두인 '격리' 문제, 전전 1940년대 소설에서 초점화된 전쟁기 요양소의 억압적 실태, 전후 1950년대 소설이 문제시한 한센병 관련 법안 개정 문제, 현대 한센병소설의 대주제인 '인간적 삶의 희구' 등이었다. 1930년대 호조 다미오의 소설이 요양소 격리의 현실과 자신 이 한센병자임을 받아들이는 기로에서 고뇌하는 개인의 내면에 초점을 맞추었다면, 전시기 40년대 소설은 단종, 요양소 내 권력관계, 전시기 강제노동 등 시국과 긴밀히 연동하며 한센병자의 삶을 더욱 옥죄는 요양소의 냉엄한 현실을 극사실적으로 그리고 있다. 전후 1950년대 소설은 치료약 개발로 불치의 굴레에서 해방되었음에도 불구하고 여전히 격리, 단종 정책을 존속시킨 나병예방법(1953) 개정에 대한 연대 투쟁을 생생히 기록하고 있다. 이후, 현대 한센병소설에서는 좀처럼 불식되지 않는 사회 차별에 맞서 인간다운 삶을 영위하기 위한 한센병자의 희구와 분투가 처절하다. 한센병자의 근대는 '환자'가 아니라 '인간'으로 대우받기 위한 기나긴 여정이었던 것이다. 따라서 민족차별마저 감수해야 했던 재일조선인 한센병자의 중층의 고난은 더욱 주목되어야 마땅하다.

2부는 '동성애 신체성과 우생사상 그리고 전후'라는 주제로 남성 동성애문학과 성과학잡지에 대해 탐구하였다. 동성애문학 분석은 미시마 유키오 소설을 포함해 남성 동성애문학으로 분류 가능한 일련의 근대소설을 대상으로 이루어졌다. 동성애문학 개념 정의부터 남성 동성애문학 목록 작성까지 필히 짚어야 할 논제들을 살핀 후, 동성애문학의 핵심 키워드를 통해 그 세계를 조감하였다. 커밍아웃과 은폐, 이성애와 동성애 선상을 넘나드는 경계성의 본질은 혐오와 긍지, 결벽과 전율, 고독과 죽음이라는 동성애 주체의 심연이었다. 성과학잡지는 전후에 간행된 대표적 카스토리잡지이기도 한 『인간탐구』(1950-1953)를 중심으로 고찰했다. 특히 동성애 관련 기사에 주목해 전전과 전후를 가로지른 우생사상의 파급력을 확인하고 동성애 신체성의 유동성과 일상적 자율성을 살폈다. 전후의 개방적 분위기 속에서 '성'과 '동성애' 담론이 맞물려 그 이전까지 우생사상에 입각한 국가의 통제와 관리 대상이었던 개인의 성(性)이 비로소 그 당사자들에게 되돌려졌음에 주목하였다.

3부는 '여성 신체성과 전유된 모성주의'를 다루었다. 여기서 주목한 것은, 성차에 기초한 성역할 분담이라는 미명 아래 사회적 역할을 정교

히 억압당한 여성의 '기능적 마이너성'이다. 이는 한센병자·장애자 신체
의 '가시적 마이너성', 동성애자의 은폐된 성정체성에 뚜렷한 '잠재적
마이너성'과는 구별되는 마이너성이다. 임신·출산 등 '생식'이라는 여
성 신체성의 특성을 이유로 육아와 가사 등 가내 활동에만 여성의 역할
을 제한하려 했던 근대 모성주의의 그늘이다. 중요한 것은 모성주의에
기초한 여성 역할의 제한이 다름 아닌 우생사상에 크게 힘입고 있다는
사실이다. 건전하고 건강한 여성이 건강하고 우수한 아이를 낳을 수
있고, 그 아이가 생모의 품에서 성장해야만 근대국가의 굳건한 동량이
될 확률이 높아진다는 1910-20년대의 편향된 사회적 통계와 믿음은
근대 여성이 내셔널리즘과 결탁한 우생사상에 의해 깊이 속박될 수밖에
없는 동인이었다.

흥미로운 점은, 이렇게 우생사상에서 배태된 1910년대 일본의 모성
주의가 여성만이 아니라 동시대 남성을 포함한 지배 체제 전체에 전유
되어 유의미한 균열을 초래했다는 사실이다. 1918-19년에 걸쳐 요사
노 아키코와 히라쓰카 라이초를 중심으로 펼쳐진 모성보호논쟁이 그
대표적 계기였다. 아키코의 '여권' 주장과 라이초의 '모성' 주장으로 나
뉘어 여성의 사회적 역할을 논하고 여성운동의 방향성 및 주도권 다툼
이 전개된 이 논쟁을 통해 급기야 1920년대 일본 사회의 화두로 '모성
주의'가 부상했다. 이렇게 여성 신체성과 사회적 역할이 문제시됨을 통
해 파생된 동시대 문화와 문학의 변주를 중도 보수 성향 여성 주간잡지
『부녀신문』과 시마자키 도손 소설『신생』 및 동화집 분석을 통해 살펴
보았다. 이를 통해 남성과는 다른 여성 신체의 특수성에 과도하게 주목
한 우생사상의 관점이 어떻게 여성 역할을 제어했으며, 그 양상을 남성
주체가 어떻게 전략적으로 전유했는지를 확인할 수 있다.

4부에서는 에도가와 란포의 초기 소설을 중심으로 '기형적 신체성과 그로테스크문학'이라는 주제를 탐구했다. 『인간의자』, 『애벌레』, 『눈 먼 짐승』 등의 제목에서 드러나듯 작품들은, 의자 속에 스스로를 가두고 타인의 사생활을 엿보는 가구 장인, 사지가 절단된 상이군인, 엽기적 맹인 살인마 등을 주인공으로 신체의 장애 및 기형성을 중요한 모티브로 삼는다. 그들은 동시대의 근대국가 구성원에게 요구되던 정상적 신체 및 정신과는 거리가 먼 존재들이다. 정상으로부터 일탈된 신체에, 타자에 대한 성적 욕망과 가학·자학적 공격성을 은밀하게 또는 노골적으로 체현하는 이러한 캐릭터들은 흡사 '괴물' 같은 존재로 묘사된다. 이러한 신체적 기형성 혹은 괴물성이 한편으론 독자의 호기심을 자극하는 통속 장치로 기능한다. 동시대 우생사상이 요구하던 정상성으로부터 일탈된 신체가 정작은 과잉의 코드로서 대중의 욕망을 한껏 부추기고 또 부응하는 기제로 소비되는 것이다. 여기서 확인되는 것은 전도된 우생학적 욕망과 상업주의의 음험한 결탁이다.

뿐만 아니라 신체 마이너리티 당사자가 우생학적 방법을 동원해 기형 신체를 인위적으로 생산한다는 『외딴섬 악마』의 충격적 설정은 근대의 폭주하는 우생학적 욕망에 대한 강렬한 조소이자 비판으로 읽힌다. 우생학에 의해 '내던져진' 존재에 의해서 우생학적 세계관이 전복되는 것이다. 소설 『애벌레』 분석을 통해서는 상이군인의 괴물적 신체와 그 부부의 비일상적 관계를 자극적으로 소묘한 그로테스크 소설이 작가의 의도마저 벗어나 근대 전쟁의 역사성을 환기하는 텍스트의 불온성이 드러나기도 했다.

과연 이 책은 무엇을 담아내었는가? 과잉과 결핍을 키워드로 마이너 신체성을 문제시하는 본서는 필연적으로 마이너리티 당사자 문제와 연결되지 않을 수 없다. 마이너리티 문학과 마이너리티 당사자 간의 간극은 이 책을 통해 어떻게 메워지고 있는가, 아니면 혹 더 벌어지지는 않았는가? 마이너리티 당사자에 의한 문학과 마이너리티를 대상으로 하는 문학 사이의 틈새는 좀 더 사려 깊게 고려되어야 하지 않았는가? 마이너리티 당사자가 아닌 필자가 마이너 신체성과 그 당사자에 주목하는 것이 되레 마이너리티 소외에 대한 안이한 온정적 공감과 통속적 소비에 가담하는 결과가 되는 것은 아닌가? 이러한 우려와 거리낌이 책을 마무리하는 이 순간에 넘치도록 맴돈다.

그럼에도 불구하고 조심스레 책을 내놓는 것은 신체소외로 말미암아 비가시화될 수밖에 없었던 마이너리티와 그들의 소외에 비례해 함께 비가시화될 수밖에 없었던 신체 마이너리티 문학이 보다 사람들의 시선 앞에 가시화될 수 있기를 바라기 때문이다. 올바름의 기치 아래 당위적 주장을 앞세우기 보다는 마이너리티 소외, 차별, 혐오의 원천인 마이너 신체성을 담은 문학 텍스트를 구체적으로 문제시하는 편이 현실의 소외 문제를 사유함에 있어서도 좀 더 유의미하리라 믿기 때문이다. 근대일본문학을 텃밭으로 공부하는 한사람으로서, 시대를 역행해 더욱 첨예화되는 마이너리티 차별, 혐오 문제를 성찰하는 데 작은 힘을 보태는 것이 연구자의 소임이라고 생각한다.

참고문헌

〈1차 자료〉

風見治(1977), 「不在の街」, 『火山地帯』.

甲斐八郎(1988), 「その日」, 『その日：甲斐八郎作品集』, 甲斐八郎作品集刊行
委員会.

島比呂志(1986), 『海の沙』, 明石書店.

永上恵介(1955), 「オリオンの哀しみ」, 『新日本文学』.

北条民雄(1935), 「間木老人」, 『文学界』.

北条民雄(1936), 「癩家族」, 『文芸春秋』.

北条民雄(1937), 「癩院受胎」, 『北条民雄全集』.

北条民雄(1937), 「吹雪の産声」, 『北条民雄全集』.

宮島俊夫(1955), 『癩夫婦』, 保健同人社.

森春樹(1983), 「雪の花は」, 「弱肉強食」, 『微笑まなかった男』, 近代文芸社.

〈국내 단행본〉

가미카와 아야, 우윤식 옮김(2016), 『바꾸어나가는 용기』, 한울.

가야트리 스피박, 태혜숙 옮김(2003), 『다른 세상에서』, 도서출판 여이연.

강미라(2011), 『몸 주체 권력-메를로퐁티와 푸코의 몸 개념』, 이학사.

고지현 외(2012), 『포스트모던의 테제들』, 사월의 책.

공자그 드 라로크, 정재곤 옮김(2007), 『동성애』, 웅진지식하우스.

김용규(2013), 『혼종문화론-지구화 시대의 문화연구와 로컬의 문화적 상상력』,
소명출판.

김종갑(2008), 『근대적 몸과 탈근대적 증상』, 나남.

김학이(2013), 『나치즘과 동성애』, 문학과지성사.

김호연(2009), 『우생학, 유전자 정치의 역사』, 아침이슬.

루이 조르주 탱, 이규현 옮김(2010), 『사랑의 역사 – 이성애와 동성애, 그 대결의 기록』, 문학과지성사.

린다 노클린, 노연심 옮김(2001), 『절단된 신체와 모더니티』, 조형교육.

마크 S. 블럼버그, 김아림 옮김(2012), 『자연의 농담-기형과 괴물의 역사적 고찰』, 알마.

미리엄 실버버그, 강진석 외 옮김(2014), 『에로틱 그로테스크 넌센스-근대일본 대중문화』, 현실문화.

마사 누스바움, 조계원 옮김(2015), 『혐오와 수치심』, 민음사.

심귀연(2012), 『신체와 자유 : 칸트의 자유에서 메를로-퐁티의 자유로』, 그린비.

앙드레 피쇼, 이정희 옮김(2009), 『우생학-유전학의 숨겨진 역사』, 아침이슬.

염운옥(2009), 『생명에도 계급이 있는가-유전자 정치와 영국의 우생학』, 책세상.

요로 다케시, 신유미 옮김(2005), 『일본문학과 몸』, 열린책들.

이진경(2011), 『불온한 것들의 존재론』, 휴머니스트.

이현재(2016), 『여성혐오 그 후, 우리가 만난 비체들』, 동녘.

인디고 연구소(2012), 『불가능한 것의 가능성 : 슬라보예 지젝 인터뷰』, 궁리.

조르조 아감벤, 박진우 옮김(2008), 『호모 사케르-주권 권력과 벌거벗은 생명』, 새물결.

조셉 브리스토우, 이연정·공선희 옮김(2000), 『섹슈얼리티』, 한나래.

조지 모스, 서강여성문학연구회 옮김(2004), 『내셔널리즘과 섹슈얼리티』, 소명출판.

플로랑스 타마뉴, 이상빈 옮김(2007), 『동성애의 역사』, 이마고.

하용조 편(2004), 『개역개정판 비전성경』, 두란노서원.

〈국내 논문〉

강태웅(2013), 「우생학과 일본인의 표상-1920~40년대 일본 우생학의 전개와 특성」, 『일본학연구』 38집, 단국대학교 일본연구소.

구인모(2002), 「『무정』과 우생학적 연애론-한국의 근대문학과 연애론」, 『比較文学』 28호, 한국비교문학회.

김려실(2015), 「냉전과 박애-냉전기 미국의 구라활동과 USIS 영화 〈황토길〉의 사례」, 『현대문학의 연구』 55권, 한국문학연구학회.

김예림(2005), 「전시기 오락정책과 '문화'로서의 우생학」, 『역사비평』 73호, 역사문제연구소.

로지 브레이도티, 손영희 옮김(2001), 「어머니, 괴물, 기계」, 케티 콘보이 편, 『여성의 몸, 어떻게 읽을 것인가? - 성의 상품화 그리고 저항의 가능성』, 한울.

박진빈(2006), 「끝나지 않은 이야기-미국의 우생학 연구」, 『西洋史論』 90호, 한국서양사학회.

신영전(2006), 「식민지 조선에서 우생 운동의 전개와 성격-1930년대 『우생(優生)』을 중심으로」, 『医史学』 제15권 제2호, 대한의사학회.

신지연(2006), 「1920~30년대 '동성(연)애' 관련 기사의 수사적 맥락」, 『民族文化研究』, 고려대학교 민족문화연구원.

염운옥(2004), 「영국의 우생학 운동과 섹슈얼리티」, 『여성과 역사』 창간호, 한국여성사학회.

_____(2005), 「우생학과 여성」, 『영국연구』 13호, 영국사학회.

윤건차(1996), 「일본의 사회진화론과 그 영향」, 『역사비평』 계간 32호, 역사비평사.

윤조원(2012), 「멜빌의 청년들 : '퀴어'한 결혼과 남성적 성장의 서사」, 『영미문학페미니즘』 제20권2호, 한국영미문학페미니즘학회.

이승신(2007), 「야마자키 도시오 「크리스마스이브(耶蘇聖誕祭前夜)」론-동성애문학이라는 관점에서」, 『아시아문화연구』 제13집, 가천대학교 아시아문화연구소.

이재원(2010), 「식민주의와 '인간 동물원(Human Zoo)' - '호텐토트의 비너스'에서 '파리의 식인종'까지」, 『서양사론』 106호, 한국서양사학회.

이지형(2013), 「일본 LGBT(문학) 엿보기-그 불가능한 가능성」, 『일본비평』 8호, 서울대학교 일본연구소.

_____(2014), 「일본 LGBT문학 시론-남성 동성애문학을 중심으로」, 『일본연구』 제21집, 고려대학교 일본연구센터.

_____(2014), 「일본 마이너리티문학 연구의 현재와 과제-내셔널리즘, 우생사상 그리고 궁극의 문학」, 『日本学報』 제100집, 한국일본학회.

이태숙(1997), 「100년 전의 국가적 표어들 : 영국의 "국가효율" 对 일본의 "国粋保存"」, 『영국연구』 창간호, 영국사학회.

정근식(2002), 「동아시아 한센병사 연구를 위하여」, 『보건과 사회과학』 제12집, 한국보건사회학회.

최성희(2001), 「동양에서 온 기인(奇人)들 : 19세기 미국의 괴물쇼(freak show)에 등장한 동양인의 이미지 연구」, 『미국사연구』 14호, 한국미국사학회.

한순미(2012), 「'서러움'의 정치적 무의식-역사적 신체로서 한하운의 자전(自伝)」, 『사회와 역사』 제94집, 한국사회사학회.

허호(2004), 「미시마 유키오의 문학과 나르시시즘-『금색』을 중심으로」, 『世界文学比較研究』 11권, 세계문학비교학회.

〈日本 単行本〉

秋田昌美(1994), 『性の猟奇モダンー日本変態研究往来』, 青弓社.

阿久根巌(1977), 『サーカスの歴史ー見世物小屋から近代サーカスへー』, 西田書店.

_____(1988), 『サーカス誕生 曲馬団物語』, ありな書房.

阿南文化協会(2014), 『阿南市の先覚者たち 第1集』.

阿部恒久 外編(2006), 『男性史〈3〉「男らしさ」の現代史』, 日本経済評論社.

天野正子 外編(2009), 『男性学』新編 日本のフェミニズム12, 岩波書店.

荒井裕樹(2011), 『隔離の文学ーハンセン病療養所の自己表現史』, 書庫アルス.

_____(2011), 『障害と文学』, 現代書館.

飯野由里子(2008), 『レズビアンである〈わたしたち〉のストーリー』, 生活書院.

石井達朗(2003), 『男性のセクシュアリティ』, 新宿書房.

石川弘義(1991), 『大衆文化事典』, 弘文堂.

井上章一(1999), 『愛の空間』, 角川書店.

イヴ・コゾフスキ・セジウィック著、外岡尚美訳(1999),『クローゼットの認識論』, 青土社.

上野千鶴子 外著(1992),『男流文学論』, 筑摩書房.

海野弘(2005),『ホモセクシャルの世界史』, 文芸春秋.

江戸川乱歩(1970),『江戸川乱歩全集13 探偵小説四十年 (上)』, 講談社.

岡庭昇(2002),『性的身体ー「破調」と「歪み」の文学史をめぐって』, 毎日新聞.

荻野美穂 編著(2009),『性の分割線：近現代日本のジェンダーと身体』, 青弓社.

小熊英二(1995),『単一民族神話の起源』, 新曜社.

加賀乙彦 外編(2002),『ハンセン病文学全集 第1巻』, 皓星社.

風間孝・キース・ヴィンセント・河口和也編(1998),『実践するセクシュアリティー同性愛/異性愛の政治学』, 動くゲイとレスビアンの会.

風間孝・河口和也(2010),『同性愛と異性愛』, 岩波書店.

加藤秀一(2004),『〈恋愛結婚〉は何をもたらしたか』, 筑摩書房.

加藤秀一 外著(2005),『ジェンダー』, ナツメ社.

河口和也(2003),『クィア・スタディーズ』, 岩波書店.

河出書房新社 編(1993),『新文芸読本 高橋鉄』, 河出書房新社.

川端康成・三島由紀夫(2000),『川端康成・三島由紀夫 往復書簡』, 新潮社.

紀田順一郎(2011),『乱歩彷徨』, 春風社.

木本至(1985),『雑誌で読む戦後史』, 新潮選書.

小森陽一 外編(2002),『編成されるナショナリズム』, 岩波書店.

佐藤秀明(2006),『三島由紀夫 人と文学』, 勉誠出版.

佐藤泰正 編(2011),『三島由紀夫を読む』, 笠間書院.

斎藤夜居(1996),『セクソロジスト 高橋鉄』, 青弓社.

柴田勝二(2012),『三島由紀夫 作品に隠された自決への道』, 祥伝社.

島田等(1985),『病み捨てー思想としての隔離』, ゆみる出版.

ジェニフェール・ルシュール著, 鈴木雅生訳(2012),『三島由紀夫』, 祥伝社.

ジュディス・バトラー著, 竹村和子訳(1999),『ジェンダー・トラブル』, 青土社.

新潮文庫 編(2004),『文豪ナビ 三島由紀夫』, 新潮社.

鈴木敏文(1993),『性の伝道者 高橋鉄』, 河出書房新社.

鈴木善次(1983),『日本の優生学ーその思想と運動の軌跡』, 三共出版.

高橋世織(2003), 『感覚のモダン―朔太郎・潤一郎・賢治・乱歩』, せりか書房.

高原英理(2003), 『無垢の力―〈少年〉表象文学論』, 講談社.

高山文彦(1999), 『火花―北条民雄の生涯』, 飛鳥新社.

竹内久美子(2012), 『同性愛の謎』, 文芸春秋.

武田徹(2005), 『「隔離」という病い―近代日本の医療空間』, 中央公論新社.

田中玲(2006), 『トランスジェンダー・フェミニズム』, インパクト出版会.

中央公論編集部 編(2010), 『三島由紀夫と戦後』, 中央公論新社.

徳永進(2001), 『隔離―故郷を追われたハンセン病者たち』, 岩波現代文庫.

広野喜幸・市野川容・林真理 編(2002), 『生命科学の近現代史』, 勁草書房.

伏見憲明(1997), 『性のミステリー―越境する心とからだ』, 講談社.

_____(2004), 『ゲイという経験』, ポット出版.

藤井淑禎 編(2004), 『江戸川乱歩と大衆の二十世紀』, 至文堂.

藤野豊(1998), 『日本ファシズムと優生思想』, かもがわ出版.

_____(2001), 『「いのち」の近代史』, かもがわ出版.

_____(2009), 『戦争とハンセン病』, 吉川弘文館.

藤森かよこ 編(2004), 『クィア批評』, 世織書房.

『婦女新聞』を読む会 編(1997), 『『婦女新聞』と女性の近代』, 不二出版.

三橋順子(2008), 『女装と日本人』, 講談社.

三浦雅士(1994), 『身体の零度』, 講談社.

三浦玲一・早坂静 著(2013), 『ジェンダーと「自由」：理論、リベラリズム、クィア』, 彩流社.

宮本和歌子(2012), 『江戸川乱歩作品論：一人二役の世界』, 和泉書院.

矢島正見 編著(2006), 『戦後日本女装・同性愛研究』, 中央大学出版部.

山下多恵子(2003), 『海の蠍―明石海人と島比呂志 ハンセン病文学の系譜』, 未知谷.

四方田犬彦・斎藤綾子(2004), 『男たちの絆、アジア映画：ホモソーシャルな欲望』, 平凡社.

リリアン・フェダマン著, 富岡明美・原美奈子訳(1996), 『レスビアンの歴史』, 筑摩書房.

〈日本 論文〉

跡上史郎(2000),「最初の同性愛文学－『仮面の告白』における近代の刻印」,『文芸研究』150巻

荒木映子(1999),「同性愛を物語る〈作家〉：ナラトロジーで三島由紀夫の二作品を読む」,『人文研究』51(8), 大阪市立大学.

安藤礼二(2005),「身毒丸変幻—折口信夫の「同性愛」」,『群像』60(9), 講談社.

アンドリュー・ヒューイット著, 太田晋訳(1998),「敵と寝ること－ジュネとホモ－ファシズムの幻想－」,『批評空間』2期(16), 太田出版.

内海紀子(2008),「メタフィクショナルな欲望—BLという文化をめぐって」, 菅聡子 編,『文化現象を読む－ジェンダー研究の現在』, F－GENS.

岡庭昇(2002),「闇の文学史覚書 柳浪、乱歩、風太郎をめぐって」,『性的身体－「破調」と「歪み」の文学史をめぐって』, 毎日新聞.

柿沼英子×西野浩司×伏見憲明(2000),「三島由起夫からゲイ文学へ」,『クィア・ジャパン』VOL.2.

金井景子(2000),「全生座のこと－北条民雄に導かれて－」,『日本文学』49巻7号.

菅聡子(2006),「女性同士の絆－近代日本の女性同性愛」,『国文』第106集, お茶の水女子大学国語国文学会.

風間孝(1997),「エイズのゲイ化と同性愛者たちの政治化(総特集 レズビアン/ゲイ・スタディーズ)－(理論とアクティヴィズム)」,『現代思想』25(6), 青土社.

_____(1997),「解釈の政治学－同性愛者の歴史と証言(特集=教科書問題－歴史をどうとらえるか)」,『現代思想』25(10), 青土社.

_____(2009),「同性愛者の声が聞こえるか」, 天野正子 外編,『男性学』新編日本のフェミニズム12, 岩波書店.

川津誠(2011),「語られた北条民雄」,『聖心女子大学論叢』第117集.

_____(2015),「読まれた北条民雄」,『聖心女子大学論叢』第125集.

川村湊(1998),「風を読む 水に書く(六)鳥になりたい 花になりたい」,『群像』.

クラウス・マン著, 辰巳伸知訳(1998),「同性愛とファシズム」,『批評空間』2期(16), 太田出版.

栗本薫(1978), 「因縁のようなものー江戸川乱歩と私」, 『江戸川乱歩全集3 パノラマ島奇談』 解説, 講談社.

黒岩裕市(2005), 「「男色」と「変態性欲」の間：『悪魔の弟子』と『孤島の鬼』における男性同性愛の表象」, 『一橋論叢』 134(3), 一橋大学.

_____(2009), 「ホモセクシュアル文学」, 『昭和文学研究』 第58集.

_____(2012), 「大江健三郎『喝采』の男性同性愛表象」, 『フェリス女学院大学文学部紀要』 47集.

小森陽一(1994), 「『こゝろ』における同性愛と異性愛ー「罪」と「罪悪」をめぐって」, 小森陽一・中村三春・宮川健郎 編, 『総力討論 漱石の『こゝろ』』, 翰林書房.

酒井晃(2009), 「戦後初期日本における男性性の「再構築」ー男性の主体化と「男女平等」」, 『文学研究論集』(31), 明治大学大学院.

_____(2012), 「戦後日本社会における高橋鉄のセクシュアリティとナショナリズム」, 『文学研究論叢』 第36号.

桜庭太一(2013), 「小説集『世界神秘郷』と高橋鉄の作家活動について」, 『専修国文』 92巻.

佐藤深雪(2004), 「名前と身体ー近世小説と乱歩」, 藤井淑禎 編, 『江戸川乱歩と大衆の二十世紀』, 至文堂.

ジェームス・キース・ヴィンセント(1998), 「大江健三郎と三島由紀夫の作品におけるホモファシズムとその不満」, 『批評空間』 2期(16), 太田出版.

新保博久(2003), 「不可思議な双生児的二長編」, 『江戸川乱歩全集 第4巻 孤島の鬼』解説, 光文社文庫

須永朝彦(1987), 「乱歩のひそかなる情熱ー江戸川乱歩と同性愛(江戸川乱歩ーレンズ仕掛けの猟奇耽異〈特集〉)」, 『ユリイカ』 19(5), 青土社.

関義男(2006), 「文学にみる障害者像：江戸川乱歩著『一寸法師』『芋虫』『盲獣』ー残酷趣味で描かれた障害者ー」, 『ノーマライゼーション 障害者の福祉』 26巻302号.

田口律男(1994), 「『孤島の鬼』論ー〈人間にはいろいろなかたちがあるのだ〉ー」, 『国文学 解釈と鑑賞』 第59巻12号, 至文堂.

竹内佳代(2007), 「三島由紀夫『仮面の告白』という表象をめぐってー1950年前

後の男性同性愛表象に関する考察」, 『F-GENSジャーナル』9集.

竹内瑞穂(2008), 「近代社会の〈逸脱者〉たち－大正期日本の雑誌投稿からみる男性同性愛者の主体化－」, 『Gender and sexuality：journal of Center for Gender Studies, ICU』(3), 国際基督教大学.

月川和雄(1994), 「小説のなかの同性愛－江戸川乱歩『孤島の鬼』と森鴎外『ヰタ・セクスアリス』」, 『昭和薬科大学紀要』(28), 昭和薬科大学.

中村清治(2009), 「同性愛と異性愛の狭間で：芥川竜之介『秋』試論」, 『日本文芸研究』52(2), 関西学院大学.

西村峰竜(2013), 「文学者の差別性をどう裁くべきか－阿部知二とハンセン病患者達との交流からの一考察」, 『阿部知二研究』20号.

＿＿＿＿(2014), 「椎名麟三とハンセン病－ハンセン病療養所同人誌の選評からみえてくるもの」, 『阪神近代文学研究』15号.

＿＿＿＿(2015), 「文学が描いた「軍人癩」－「兵士」は如何に「癩者」となるのか」, 『社会文学』41号.

二通諭(2010), 「文学にみる障害者像：乱歩『芋虫』から『キャタピラー』へ－絶望が性的喜びに反転し、それが反戦に反転する時空を超えた物語」, 『ノーマライゼーション　障害者の福祉』10月号.

藤本純子(2001), 「女性の「性」をめぐる眼差しの行方－少女マンガとしての"男性同性愛作品"の変容を手がかりに」, 『大阪大学日本学報』(20), 大阪大学文学部日本学研究室.

藤森清(2012), 「異性愛体制下の男性同性愛映画：木下恵介『惜春鳥』」, 『金城学院大学論集　人文科学編』8(2).

古川誠(1994), 「セクシュアリティの変容：近代日本の同性愛をめぐる3つのコード」, 『日米女性ジャーナル』17集, 城西大学.

＿＿＿＿(1994), 「江戸川乱歩のひそかなる情熱－同性愛研究家としての乱歩(江戸川乱歩の魅力－生誕100年〈特集〉)－(乱歩の軌跡)」, 『国文学解釈と鑑賞』59(12), 至文堂.

＿＿＿＿(1996), 「自然主義と同性愛－明治末性欲の時代(特集・近代日本とセクシュアリティ)」, 『創文』(380), 創文社.

＿＿＿＿(1997), 「近代日本の同性愛認識の変遷－男色文化から「変態性欲」への

転落まで (特集 多様なセクシュアリティ)」,『季刊女子教育問題』(70), 労働教育センタ.

_____(2009),「同性愛者の社会史」, 天野正子 外編『男性学』新編 日本のフェミニズム12, 岩波書店.

吉川豊子(1992),「ホモセクシュアル文学管見」,『日本文学』, 日本文学協会.

光石亜由美(2003),「女形・自然主義・性欲学ー《視覚》とジェンダーをめぐっての一考察」,『名古屋近代文学研究』20号.

松田修(1988),「少年愛の精神史」,『華文字の死想』, ベヨトル工房.

松葉志穂(2012),「近代日本における職業婦人同士の心中と同性愛：1920~30年代を中心に」,『大阪大学日本学報』31集.

三橋順子(2006),「戦後東京における『男色文化』の歴史地理的変遷ー『盛り場』の片隅で」,『現代風俗学研究』12号.

毛利優花(2010),「同性愛的な憧憬ー川端康成、住吉連作論」,『金城学院大学大学院文学研究科論集』16集.

_____(2012),「同性愛的な精神空間：川端康成「しぐれ」と吉屋信子『花物語』の近似性」,『金城学院大学大学院文学研究科論集』18集.

安智史(2004),「江戸川乱歩における感覚と身体性の世紀ーアヴァンギャルドな身体」, 藤井淑禎 編,『江戸川乱歩と大衆の二十世紀』, 至文堂.

山田健一朗(2010),「「男色」という死角ー時代小説から見る同性愛表象の問題系」,『Juncture』1集, 名古屋大学大学院文学研究科附属日本近現代文化研究センター.

渡辺憲司(2004),「江戸川乱歩と男色物の世界」, 藤井淑禎 編,『江戸川乱歩と大衆の二十世紀』, 至文堂.

渡辺恒夫(1980),「近代・男性・同性愛タブーー文明、および倒錯の概念(1)」,『高知大学学術研究報告・人文科学編』(28), 高知大学.

〈신문, 잡지 기사, 평론 등〉

大橋洋一(1999),「解説」, Oscar Wilde 外著, 大橋洋一 監訳,『ゲイ短編小説集』, 平凡社.

川端康成(1936), 「「いのちの初夜」推薦」, 『文学界』.

小林秀雄(1936.1.24.), 「作家の顔(一)ー北条民雄の希有な作品」, 『読売新聞』 朝刊.

武田麟太郎(1936.10.3.), 「「癩院受胎」についてー北条民雄の作品(文芸時評【2】)」, 『読売新聞』朝刊.

中村武羅夫(1936.1.25.), 「胸に泊る作品(文芸時評【五】)」, 『東京日日新聞』朝刊.

丹羽文雄(1937.2.), 「文芸時評」, 『新潮』.

埴谷雄高(1951.11), 「『禁色』を読む」, 『群像』.

「没後77年、ハンセン病作家・北条民雄の本名公開「事実を世に伝えたい」と 打診」, 『読売新聞』 2014.7.30.

〈인터넷 자료〉

http://kenko321.web.fc2.com/gay/list-gay.html (검색일 : 2013.10.12.)

http://ja.nawa.wikia.com/wiki/%E9%AB%98%E6%A9%8B_%E9%90%B5 (검색일 : 2014.12.27.)

http://www.dinf.ne.jp/doc/japanese/prdl/jsrd/norma/n289/n289014.html (검색일 : 2015.12.16.)

http://www.geocities.jp/libell8/97j-yamai.html (검색일 : 2015.12.16.)

http://ja.wikipedia.org/wiki/%E5%84%AA%E7%94%9F%E5%AD%A6 (검색 일 : 2017.5.1.)

https://ja.wikipedia.org/wiki/%E6%B1%9F%E6%88%B8%E5%B7%9D%E4% B9%B1%E6%AD%A9 (검색일 : 2018.12.22.)

https://ja.wikipedia.org/wiki/%E8%8A%8B%E8%99%AB_(%E5%B0%8F%E 8%AA%AC) (검색일 : 2018.12.23.)

찾아보기

이지형

숙명여대 일본학과 교수. 고려대학교 일어일문학과를 졸업하고 와세다대학교에서 석사 학위, 쓰쿠바대학교에서 박사 학위를 취득하였다. 워싱턴대학교 방문교수를 역임하고, 2003년부터 숙명여대에서 학생들을 가르치고 있다. 일본근현대문학, 일본문화를 공부 텃밭으로 마이너리티 문제와 장애, 성적 지향, 노화 등 신체소외 문제에 관심을 가지고 연구하고 있다. 주요 저서 및 논문으로는『젠더와 일본사회』,『일본 전후문학과 마이너리티문학의 단층』(공저), 「일본 LGBT(문학) 엿보기 : 그 불가능한 가능성」, 「일본 마이너리티문학 연구의 현재와 과제」, 「요양소의 담을 넘어 : 한센병문학의 위기와 사회화 담론의 계보」 등이 있다.

과잉과 결핍의 신체
일본문학 속 젠더, 한센병, 그로테스크

2019년 10월 15일 초판 1쇄 펴냄
2020년 9월 29일 초판 2쇄 펴냄

지은이 이지형
펴낸이 김흥국
펴낸곳 도서출판 보고사

책임편집 이순민
표지디자인 손정자

등록 1990년 12월 13일 제6-0429호
주소 경기도 파주시 회동길 337-15 2층
전화 031-955-9797(대표)
    02-922-5120~1(편집), 02-922-2246(영업)
팩스 02-922-6990
메일 kanapub3@naver.com / bogosabooks@naver.com
http://www.bogosabooks.co.kr

ISBN 979-11-5516-938-4 93830
ⓒ 이지형, 2019

정가 23,000원